AF723297

OVERLORD

Band 2: Der dunkle Krieger

Kugane Maruyama | Illustration: so-bin

TOKYOPOP

Inhalt

Prolog

Das Büro des Herrschers der Großen Gruft von Nazarick war äußerst luxuriös. Die gesamte Einrichtung bestand aus fein verzierten Möbeln und Gegenständen, die dem Raum eine Atmosphäre von Eleganz und Kostbarkeit verliehen. Weicher scharlachroter Teppichboden dämpfte jeden Schritt. Flaggen mit verschiedenen Designs hingen an der Wand am anderen Ende des Raumes.

Der Tisch in der Mitte war aus wunderschönem Elfenbein gehauen. Der Besitzer dieses Zimmers saß in einem schwarzen Ledersessel. Man konnte dieses Individuum, gekleidet in einen pechschwarzen Umhang, der aussah, als würde er jegliches Licht absorbieren, auch den »Dunklen Lord des Todes« nennen.

Sein kahler Kopf hatte weder Haut noch Haare – er bestand lediglich aus Knochen. Rote Flammen mit einem Hauch von Schwarz darin tanzten in seinen leeren Augenhöhlen. Einst war sein Name Momonga, doch nun verwendete er den Namen seiner Gilde, Ainz Ooal Gown.

Ainz faltete seine Knochenfinger. Seine neun Ringe glänzten und reflektierten das Licht, das vom Zauber *Continual Light* ausging. »Mann, und was mach ich jetzt?«

Acht Tage waren nun schon vergangen, seit das DMM-ORPG (Dive Massively Multiplayer Online Role-Playing Game) *Yggdrasil* seine Server heruntergefahren hatte und er auf mysteriöse Weise – in der Form dieses skelettartigen Avatars – in eine andere Welt versetzt worden war. Während dieser Zeit hatte er überprüft, in welchem Zustand sich das Schloss, die Große Gruft von Nazarick, befand und wie es um seine Lakaien und Untergebenen stand. Nachdem er jedoch festgestellt hatte, dass sich seine neue Situation nicht grundlegend vom In-Game-Zustand unterschied, hatte er beschlossen, seinen nächsten Zug zu planen.

»Alles wird zu Eurer Zufriedenheit umgesetzt, mein Lord.« Eine wunderschöne Frau, die still an Ainz' Seite stand, antwortete ihm auf sein Gemurmel. Ihr Anblick war makellos und unvergleichlich und sie war in ein schneeweißes Kleid gehüllt. Ihr Lächeln glich dem einer Göttin und ihr langes, glänzendes Haar reichte ihr bis zur Hüfte, was einen starken Kontrast zu ihrem Kleid bildete. Aber sie war kein Mensch.

Ihre Augen waren golden und ihre Pupillen schmale Schlitze wie bei einer Echse. Große Hörner wuchsen ihr aus den Schläfen und wanden sich um ihren Kopf wie die eines Widders. Aus ihrem unteren Rücken sprossen zwei rabenschwarze Schwingen empor, die sich um ihre Gestalt schmiegten und sogar ihre Füße verdeckten.

»Hmm. Ich schätze deine Loyalität sehr, Albedo.«

Ihr Name war Albedo und sie war ein NPC und die Oberste der sieben Ebenenwächter der Großen Gruft von Nazarick. Ainz und die anderen Mitglieder seiner Gilde hatten das Schloss und die NPCs geschaffen, die nun ein eigenes Bewusstsein erlangt und Ainz ihre ewige Treue geschworen hatten. Es gefiel ihm, wie ein Herrscher behandelt zu werden, doch es war ihm auch eine Last, da er in seinem realen Leben nur ein einfacher Büroangestellter gewesen war. Sich vor seinen Untergebenen als Herr und Meister zu geben und ihnen Befehle zu erteilen, sodass alles in der Gruft reibungslos ablief – es gab vieles, das nun in seiner Verantwortung lag.

Das größte Problem war, dass der Gilde noch immer Informationen über die Außenwelt fehlten.

»Und der nächste Bericht?«

»Hier ist er, Lord Ainz.«

Ainz nahm einen Stapel Papiere entgegen und ließ den Blick über die dicke Schrift eines Füllhalters wandern. Es war ein Bericht der Wächterin der sechsten Ebene, Aura Bella Fiora.

In ihrem Bericht stand, dass sie bisher noch immer keinen anderen Spielern aus *Yggdrasil* begegnet waren und auch keine Spur von ihnen entdeckt hatten. Sie berichtete aber, dass ihre Untersuchung des Waldes nahe der Gruft nach Plan verlief und dass sie den See jenseits der Berge erreicht hatten.

Ainz nickte. Seine größte Sorge war, anderen Spielern zu begegnen, deshalb war er erleichtert, dass dem nicht so war. »In Ordnung. Bitte lass Aura wissen, dass sie ihren Befehl weiterhin nach Plan ausführen soll.«

»Verstand…« Es klopfte mehrfach leise an der Tür. Albedo sah erst zu Ainz hinüber, verbeugte sich dann und ging zur Tür, um zu öffnen. Als sie sah, wer es war, meldete sie: »Shalltear würde Euch gerne sprechen.«

Ainz gab ihr die Erlaubnis zum Eintritt und ein Mädchen im Alter von ungefähr vierzehn Jahren trat elegant durch die Tür. Sie war in ein schwarzes Ballkleid mit weitem Rock gekleidet und ihre blasse Haut mutete fast wie Porzellan an. Auch bei ihr war »unübertroffen« das richtige Wort, um ihr wunderschön geformtes Gesicht zu beschreiben. Ihr langes silbernes Haar wippte bei jedem ihrer Schritte, genau wie ihr Busen, der für ihr Alter sehr üppig schien. Sie war die Wächterin der ersten, zweiten und dritten Ebene, Shalltear Bloodfallen, die »Wahre Vampirin«.

»Ich hoffe, es geht Euch gut, Lord Ainz.«

»Danke, ich hoffe, dir auch, Shalltear. Was führt dich heute in mein Quartier?«

»Ich wollte natürlich Euer überaus attraktives Gesicht sehen.«

Ainz' Schädel hatte keine Möglichkeit, seine Mimik zu verändern, doch die Flammen tief in seinen Augenhöhlen flackerten. Er wollte schon fast sagen, dass sie sich nicht so einschleimen sollte, entschied sich dann jedoch anders – der Grund dafür war, dass er sehen konnte, wie sich Albedos Ausdruck nach und nach veränderte, während sie aus dem Augenwinkel beobachtete, wie Shalltears rote Augen sich lüstern verengten. Ihre sanfte Ausstrahlung blieb unverändert und auch ihrer Schönheit tat es keinen Abbruch, doch ihr Lächeln hatte sich zur Grimasse eines eifersüchtigen Dämons verzerrt. Ainz machte das jedoch nichts aus – ihr Zorn galt einzig und allein Shalltear, nicht ihm.

»Bist du dann fertig, Shalltear? Lord Ainz und ich haben wichtige Dinge über die Zukunft der Großen Gruft von Nazarick zu besprechen. Würde es dir etwas ausmachen, zu gehen? Wir wollen nicht gestört werden.«

»Du könntest mich wenigstens begrüßen, bevor du mir Befehle erteilst. Sei nicht so überheblich, alte Schachtel. Wieso so eilig? Machst es wohl nicht mehr lange, was?«

»Willst du Ärger, du Klappergestell? Im Gegensatz zu dir habe ich wenigstens Kurven.«

»Wohl eher Hängetitten und tiefe Falten!«

»Du kannst dich noch so aufreizend zurechtmachen, das täuscht nicht darüber hinweg, dass an dir nichts dran ist – vor allem obenrum ...«

»›Nichts dran?!‹ Ich bring dich um!«

»Dein letztes Stündlein hat geschlagen!«

Vor Ainz ragten zwei Wesen auf, deren Gesichtsausdruck schwer zu beschreiben war – er war aber so eisig, dass er die Sonne hätte gefrieren können. Er widerstand dem Drang, sein Gesicht in den Händen zu vergraben und schritt ein, bevor es zu Gewalttaten kommen konnte. »Schluss mit dem Kinderkram, ihr beiden.«

Beide reagierten auf Ainz' Worte in gleicher Manier und strahlten ihn an. Gerade waren sie noch zwei Furien direkt aus der Hölle gewesen, doch nun standen dort zwei unschuldige, liebreizende Jungfern.

Frauen können wirklich Furcht einflößend sein ... Oder vielleicht gilt das nur für die beiden hier? Sogar Ainz, bei dem größere Emotionsausbrüche gedämpft wurden, seit er ein Untoter war, war etwas unwohl bei den extremen Stimmungsschwankungen, denen er sich hier gerade gegenübersah.

Der wahre Grund für ihre Feindseligkeit war natürlich, dass sie Konkurrentinnen um Ainz' Liebesgunst waren. Albedo und Shalltear waren beide unsterblich in Ainz verliebt – was bedeutete, dass Ainz von zwei unvergleichlich schönen Frauen begehrt wurde. Wer würde sich nicht darüber freuen?

Ainz jedoch konnte ihre Gefühle nicht einfach so erwidern, besonders wenn die nekrophile Shalltear ihm mit der süßlichen Stimme ins Ohr flüsterte: »Eure Knochenstatur ist außergewöhnlich – man könnte fast meinen, sie wäre von einem Gott geschaffen worden.« Für sie war das vielleicht ein Ausdruck ihrer Zuneigung – vielleicht sah sie es sogar als Kompliment an –, doch bei Ainz saß der Schock immer noch tief: Vor ein paar Tagen hatte er zu ersten Mal in seinem Leben ein Kompliment für sein Äußeres bekommen – und das als Skelett!

Er schüttelte diese trivialen Gedanken ab und wiederholte seine Frage. »Ich frage erneut: Was führt dich her, Shalltear?«

»Mein Lord, ich werde mich wie gewünscht Sebas anschließen. Ich werde wohl für eine Weile weg sein, also wollte ich mich nur von Euch verabschieden.«

Ainz erinnerte sich an den Befehl, den er ihr gegeben hatte, und nickte. »Verstehe. Bleib wachsam, mach deine Arbeit gut und komm wohlbehalten wieder nach Hause, Shalltear.«

»Ja, mein Lord!«, antwortete sie ehrfürchtig.

»Du kannst jetzt gehen, Shalltear. Sobald du mein Quartier verlassen hast, sag Narberal oder Entoma, dass sie Demiurge zu mir schicken sollen. Ich will unseren nächsten Zug mit ihm besprechen.«

»Verstanden, Lord Ainz.«

Kapitel 1: Zwei Abenteurer

Kapitel 1: Zwei Abenteurer

1

E-Rantel, die Festungsstadt, war in einer Schlüsselposition zwischen dem Königreich Re-Estize und seinen Nachbarländern, dem Kaiserreich Baharuth und dem Gottesstaat Slane gelegen. Die Stadt machte ihrem Namen alle Ehre, denn sie war von drei dicken Mauerwällen umgeben. Die Bereiche zwischen diesen Mauern dienten unterschiedlichsten Zwecken.

Im äußersten Ring war die königliche Armee mit all ihren Militäreinrichtungen stationiert. Im innersten Ring war die Administration untergebracht. Auch die Lagerhallen mit dem Proviant für das Militär befanden sich dort und der ganze Bereich wurde streng bewacht. Der mittlere Ring gehörte den Stadtbewohnern. Wenn jemand den Namen der Stadt hörte, kam ihm zuerst das rege Treiben ebendieser Zone in den Sinn.

Im Zentrum lag der Marktplatz, der größte freie Platz der ganzen Zone. Offene Stände boten dort allerhand Waren an. Hier fand man alles, angefangen von frischem Gemüse bis hin zu verarbeiteten Nahrungsmitteln. Es herrschte reges Treiben. Verkäufer priesen den Passanten lautstark ihre Waren an, ältere Kunden feilschten mit den Verkäufern um den besten Preis, junge Männer, die vom Duft des gegrillten Fleisches angelockt worden waren, aßen genüsslich ihre Spieße.

Das lebhafte Treiben zur Mittagszeit ließ vermuten, dass der Lärm bis zum Abend nicht abnehmen würde – doch als zwei Gestalten plötzlich aus einem fünfstöckigen Gebäude traten, wurde es mit einem Mal ganz still auf dem Platz. Alle Augen waren auf sie gerichtet.

Eine der Gestalten war eine Frau. Sie sah aus, als wäre sie höchstens Anfang zwanzig und sie hatte wunderschöne Mandelaugen, die leuchteten wie Obsidian. Ihr volles Haar, das so schwarz war, dass es feucht zu glänzen schien, war zu einem Pferdeschwanz gebunden. Ihre ebenmäßige, blasse Haut reflektierte das Licht wie eine Perle in der Sonne. Das Anziehendste an ihr war jedoch ihre Schlichtheit. Sie hatte etwas Exotisches an sich, das jedem den Kopf verdrehte. Sogar ein einfacher brauner Umhang schien sich in ein luxuriöses Gewand zu verwandeln, wenn sie ihn trug.

Das Geschlecht der Gestalt neben ihr war nicht zu deuten – es waren einfach keine besonderen geschlechtsspezifischen Merkmale ersichtlich.

Jemand auf dem Platz flüsterte: »Der Dunkle Krieger …«

Tatsächlich war die Gestalt neben der Frau in eine glänzende pechschwarze Ganzkörperrüstung gehüllt, die mit purpurnen und goldenen Akzenten versehen war. Es war unmöglich, ihr Gesicht durch den dünnen Schlitz in ihrem Helm zu erkennen, doch passend zu ihrer massive Statur ragten die Griffe zweier auf dem Rücken gekreuzter Großschwerter über ihrem karminroten Umhang empor.

Sie ließen ihren Blick über den Platz schweifen, dann ging die in die Rüstung gehüllte Gestalt voraus. Die Menschen auf dem Platz verfolgten die Schritte der beiden Gestalten, die sich nun wieder den Blicken der Menge entzogen, und Getuschel breitete sich aus. Dass die Leute so erregt waren, lag nicht daran, dass sie Angst hatten oder sich von den Waffen bedroht fühlten – sie waren nur gerade Zeuge eines überaus seltenen Anblicks in dieser Stadt geworden.

Ein weiterer Grund für ihre Gelassenheit war, dass das Gebäude, aus dem die beiden Gestalten herausgekommen waren, ein Ort für Abenteurer war, die sich auf Monstereliminierung spezialisiert hatten – die Abenteurergilde. Es kam häufig vor, dass man bewaffnete Leute ein- und ausgehen sah. Tatsächlich traten nach den gerade erschienenen Gestalten noch weitere Personen mit Waffen ein und kamen wieder heraus. Und wer gute Augen hatte, hatte die Kupfermarken erkannt, die die beiden um den Hals trugen. Womit klar war, dass der Grund für das Aufsehen, das die beiden erregt hatten, einzig die Schönheit der jungen Frau und die beeindruckende Rüstung der anderen Gestalt gewesen sein mussten.

Das Paar ging schweigend die schmale Gasse entlang, in der das Wasser in den Wagenradrillen das Sonnenlicht reflektierte. Der Weg war nicht gepflastert, sondern bestand aus einer Mischung aus gestampfter Erde und Dreck, was das Vorankommen erschwerte. Eine falsche Bewegung und man rutschte sofort aus, doch vielleicht lag es an ihrem überlegenen Gleichgewichtssinn, dass die beiden weiterhin mit einer Eleganz ausschritten, als bewegten sie sich auf Kopfsteinpflaster.

Die Frau prüfte, ob auch niemand in der Nähe war, bevor sie sich an die Figur in der Ganzkörperrüstung wandte: »Lord Ai…«

»Nein. Mein Name ist Momon. Und du bist nicht Narberal Gamma von den Plejaden, sondern Nabe, Momons Abenteurerfreundin.« Es war die Person in Rüstung – Ainz –, die die Frau unterbrochen hatte – Narberal.

»Oh! Bitte verzeiht meinen Fehler, Lord Momon!«

»Lass das mit dem Lord. Wir sind einfach nur Abenteurer und wir sind Freunde. Es würde verdächtig erscheinen, wenn du mich Lord nennst.«

»A… Aber Ihr seid doch eins der Höchsten Geschöpfe!«

Ainz bedeutete ihr, ihre Stimme zu senken, und antwortete mit einer gewissen Genervtheit: »Wie oft soll ich das noch sagen? In diesem Land hier bin ich Momon, der Dunkle … Ich meine, Momon, und du bist meine Partnerin. Also hör auf mit dem Lord. Das ist ein Befehl.«

Einen Moment lang schwieg Narberal, doch dann stimmte sie mit leichtem Widerwillen zu. »Verstanden, Sir Momon.«

»Schon besser, aber das mit dem Sir können wir auch sein lassen. Ich bin dein Kamerad, wenn du mich also Sir nennst, entsteht wieder ein Gefälle zwischen uns.«

»Wäre das nicht … respektlos oder …?«

Narberal sprach nicht weiter, aber Ainz zuckte nur mit den Schultern. »Niemand darf herausfinden, wer wir wirklich sind. Das verstehst du doch, oder?«

»Natürlich, Herr.«

»Lass das … Na ja, wie dem auch sei. Ich will ja nur sagen, dass wir vorsichtig sein sollten.«

»Verstanden, Sir Momon! Seid Ihr sicher, dass ich für diese Mission die Richtige bin? Wenn Ihr eine Gefährtin wünscht, wäre dann jemand mit Grazie und Eleganz wie Albedo nicht besser geeignet?«

»Albedo, hm …?« In Ainz' Stimme schwangen gemischte Gefühle mit. »Albedo muss Nazarick führen, während ich weg bin.«

»Falls ich mir den Kommentar erlauben darf … Ich bin sicher, Cocytus könnte Nazarick auch allein führen. Das haben die Wächter alle gesagt … Aber wenn es um Eure Sicherheit geht, mein Lord, dann wäre es doch ratsam, Nazaricks beste Verteidigerin, Albedo, bei Euch zu haben, nicht wahr?«

Diese Frage brachte Ainz in Verlegenheit. Als er angekündigt hatte, dass er sich persönlich auf die Reise nach E-Rantel begeben würde, war es die Wächterin Albedo gewesen, die am nachdrücklichsten dagegen protestiert hatte – doch erst, als sie erfahren hatte, dass sie Ainz nicht begleiten durfte.

Er hatte immer noch das Gefühl, ihr etwas zu schulden, weil sie ihn gedeckt hatte, als er, gleich nachdem er in diese Welt versetzt worden war, ohne Leibgarde ausgezogen war. Deshalb hatte er auf ihren

Widerwillen nicht allzu heftig reagiert. Aber dieses Mal war es anders. Dies war eine sorgfältig geplante Erkundung, keine Laune, also würde er auch zu seinem Plan stehen.

Albedo hatte wahrscheinlich ihre persönlichen Wünsche unterdrückt und gehorcht, denn alle Wächter erfüllte es, wenn sie ihre Befehle ausführen konnten – aber Ainz fühlte sich dabei nicht wohl. Es störte ihn, dass er den Kreationen seiner früheren Gildenkameraden Befehle aufzwang.

Ainz hatte mit Engelszungen auf sie eingeredet, doch Albedo war strikt gegen seine Entscheidung gewesen. Ihre Meinungen gingen so weit auseinander, dass es einfach keinen gemeinsamen Nenner geben konnte. Dementsprechend schien es auch keine Lösung für das Problem zu geben. Dann hatte Demiurge Albedo jedoch etwas ins Ohr geflüstert, worauf sie sich abrupt zurückgezogen und all ihre Beschwerden hinuntergeschluckt hatte. Und damit war es entschieden gewesen. Sie hatte sich sogar ein »Ich verstehe es jetzt« abgerungen und sich mit einem sanften Lächeln von ihm verabschiedet.

Ainz wusste immer noch nicht, was Demiurge zu ihr gesagt hatte. Zusammen mit Albedos dramatischem Stimmungswechsel machte ihn das etwas nervös.

»Der Grund, warum ich Albedo nicht mitgebracht habe, ist, dass ich niemandem mehr vertraue als ihr. Genau deshalb muss ich mich in meiner Abwesenheit nicht um Nazarick sorgen, da ich weiß, dass es bei ihr in den besten Händen ist.«

»Verstehe. Das hatte ich mir schon gedacht. Also bedeutet das, dass Ihr zu Albedo das innigste Verhältnis habt, nehme ich an?«

Er hätte in dieser Situation unmöglich sagen können: *Ja, na ja, denk schon*, also nickte Ainz nur. »Und ich weiß, wie gefährlich diese Mission ist.« Ainz hielt seine rechte Hand hoch und wackelte mit dem Ringfinger. »Aber ich muss das tun. Wenn ich nur von Nazarick aus meine Befehle gebe, fehlen mir wichtige Informationen, da mir diese Welt immer noch zum größten Teil unbekannt ist. Ich muss selbst hinausgehen und mir ein Bild machen. Ich bin sicher, es hätte auch andere Wege gegeben, diese Mission anzugehen, doch ich wollte mich für die entscheiden, bei der ich mich am sichersten fühle, nachdem wir es ohnehin schon mit so vielen Unwägbarkeiten zu tun haben.«

Ainz blickte durch den Schlitz in seinem Helm auf Narberal herab, die seine Entscheidung demütig akzeptierte, und fragte dann mit ein wenig Unbehagen in der Stimme: »Sag mal, siehst du Menschen als niedere Lebensformen an?«

»Natürlich tue ich das. Menschen sind wertloser Abschaum.«

Die Antwort kam ohne Zögern und aus tiefstem Herzen. Ainz presste ein »Also denkst du auch so …« hervor, doch es war zu leise, als dass Narberal es hätte hören können. Er grummelte weiter vor sich hin: »Das ist der Grund, warum ich euch nicht einfach in eine Menschenstadt schicken kann. Ich hätte es zu meiner obersten Priorität machen sollen, die Persönlichkeiten meiner Untergebenen genauer zu studieren.«

Einer der Gründe, warum er Albedo nicht mitnehmen konnte, war ihre Einstellung den Menschen gegenüber. Sie betrachtete sie als niedere Lebensformen. Er konnte sie unmöglich in eine Stadt mitnehmen, in der so viele Menschen lebten, und riskieren, dass sie ein Blutbad anrichtete, sobald er sie kurz aus den Augen ließ. Außerdem beherrschte Albedo keine Tarnmagie, was es unmöglich gemacht hätte, ihre Hörner oder ihre Flügel zu verstecken.

Und dann gab es da noch den allerwichtigsten Grund – den, von dem er niemandem erzählen konnte: Ainz, der früher ein normaler Büroangestellter gewesen war, hatte kein Vertrauen in seine Fähigkeit, Nazarick zu führen und für die Zukunft zu planen, wenn ihm nur Informationen aus zweiter Hand zur Verfügung standen. Deshalb hatte er auch beschlossen, diese Mission anzutreten und Albedo im Gegenzug das Kommando zu überlassen, wozu sie bestens qualifiziert war. Wann immer möglich, sollte man einem talentierten Untergebenen Aufgaben übertragen. Es kam nie etwas Gutes dabei heraus, wenn jemand aus den oberen Rängen in etwas herumpfuschte, das außerhalb seines Kompetenzbereichs lag.

Außerdem war Albedo durch zwei metaphorische Ketten an ihn gebunden: ihre Liebe zu Ainz und ihre Treue ihm gegenüber. Unter solchen Umständen fühlte er sich sicher dabei, ihr die Große Gruft von Nazarick zu überlassen.

Liebe ... Wann immer er Albedo sah oder sie ihm sagte, wie sehr sie ihn bewunderte, wurde er an sein Vergehen erinnert, ihre Hintergrundgeschichte manipuliert zu haben. Ja, kurz bevor die Server heruntergefahren worden waren, hatte er einen Teil am Ende ihres ellenlangen Profils verändert und hineingeschrieben, dass sie Momonga – also Ainz – liebte. Er hatte damals natürlich keine Ahnung gehabt, dass sie alle nach dem Server-Shutdown in eine andere Welt katapultiert werden würden. Er hatte sich an seinem letzten Tag nur ein kleines Späßchen erlauben wollen.

Wenn er jedoch so darüber nachdachte, schien Albedo selbst kein Problem mit der Veränderung zu haben. Was aber würde Ainz' Freund, Tabula Smaragdina, dazu sagen, wenn er herausfand, was geschehen war? *Was, wenn mir das passiert wäre? Wenn jemand einen meiner NPCs verändert hätte ...?* Auch behagte ihm nicht, dass er ihren Zustand ausnutzte und einfach davon ausging, dass sie ihn nicht hintergehen würde.

Er schüttelte den Kopf, um diese dunklen Gedanken zu verbannen. Sein untoter Körper ließ keine starken Emotionen zu, doch kleine Gefühlsausbrüche wie dieser beeinflussten ihn immer noch so, als wäre er ein Mensch. *Wenn ich mich gänzlich in einen Untoten verwandle, werde ich dann diese Schuldgefühle los?* Während er sich hinter seinem Vollvisier diesen

Fragen hingab, wandte er sich wieder Narberal zu. »Nabe, ich sage nicht, dass du diese Einstellung einfach ablegen sollst, aber bitte unterdrücke sie wenigstens. Dies ist eine Menschenstadt und wir wissen nicht, wie stark einige von den Leuten hier vielleicht sind, ganz zu schweigen von all den anderen Dingen, die uns weiterhin verborgen bleiben. Achte darauf, dass du nichts tust, was irgendwelche Feindseligkeiten auslösen könnte.«

Narberal verneigte sich tief, um ihre Loyalität und Unterwürfigkeit zu unterstreichen, und Ainz legte eine seiner Hände auf ihren Kopf, um einen letzten Punkt klarzumachen. »Eins noch. Wenn wir Kämpfe zu ernst nehmen und jemandem den Hals umdrehen wollen ... dann macht das den Menschen Angst. Ich weiß nicht, ob du tatsächlich blutdurstig bist oder nicht, aber zumindest scheint es so – also mach nichts ohne meine Zustimmung, in Ordnung?«

»Ja, Sir Momon.«

»Okay, das Gasthaus, von dem uns die Dame erzählt hat, sollte hier irgendwo sein ...« Ainz sah sich um.

Manche Geschäfte waren offen und man sah hier und da Leute ein- und ausgehen. Rechts von ihnen transportierten ein paar Handwerker in Schürzen irgendwelche Waren. Ainz und Narberal suchten anhand des Bildes auf dem Schild nach dem Gasthaus, da sie die Schrift dieses Landes nicht lesen konnten.

Endlich fand Ainz das entsprechende Bild und beschleunigte seinen Schritt. Narberal passte sich seinem Tempo an.

Ainz klopfte den Dreck von seinen Eisenschuhen und betrat die Stufe am Eingang. Er stieß die Schwingtüren auf und trat in den schlecht beleuchteten Gastraum ein. An den Fenstern, die Licht hereingelassen hätten, waren größtenteils die Läden geschlossen. Jemand, der gerade von draußen, wo helllichter Tag herrschte, hereinkam, hätte im ersten Moment gar nichts gesehen, aber Ainz hatte die Fähigkeit *Dark Vision*, die ihm erlaubte, alles zu erkennen.

Die Gaststube war recht geräumig. Am anderen Ende des Erdgeschosses befand sich eine Bar, hinter der zwei Einbauregale voller Flaschen aufragten. Die Tür neben dem Tresen führte vermutlich in die Küche.

In der Ecke führte eine Wendeltreppe in die oberen Stockwerke. Der Dame in der Gilde zufolge befanden sich im ersten und zweiten Stock die Zimmer des Gasthauses.

Ein paar Gäste, vorwiegend Männer, saßen um runde Tische herum. Die Atmosphäre ließ schon erahnen, dass dies Leute waren, die es gewohnt waren, sich in gefährliche Situationen zu begeben.

Fast alle Blicke waren auf Ainz und Narberal gerichtet, viele beäugten sie kritisch. Die einzige Person, die ihnen keine Aufmerksamkeit schenkte, war eine junge Frau, die am anderen Ende des Raumes saß und auf eine Phiole starrte.

Ainz zog bei diesem Anblick eine seiner nicht vorhandenen Augenbrauen hoch. Er war zwar auf vieles vorbereitet, aber dieser Ort war dann doch schäbiger, als er erwartet hatte.

Es hatte natürlich auch widerliche und abstoßende Orte in *Yggdrasil* gegeben – sogar in der Großen Gruft von Nazarick fand man immer mal wieder solche Ecken. Das Quartier des Prinzen des Schreckens zum Beispiel oder auch die Gifthöhle. Aber dies war eine andere Art von schmutzig.

Der Boden war übersät mit Essensresten und Pfützen von irgendwelchen Flüssigkeiten. An den Wänden waren eigenartige Flecken und in einer Ecke war irgendetwas geronnen und hatte Schimmel gebildet …

Ainz seufzte innerlich und spähte in den hinteren Bereich des Raumes. Dort stand ein Mann, der eine schmuddelige Schürze trug. Unter den hochgekrempelten Ärmeln kamen seine starken Unterarme zum Vorschein. Sie waren voller Narben, doch es war schwer zu sagen, ob diese von Schwertern oder Tieren verursacht worden waren. Seine

Gesichtszüge rangierten irgendwo zwischen absoluter Männlichkeit und wildem Tier und auch dort zeichneten sich ein paar Narben ab. Sein Kopf war kahl geschoren – nicht ein einziges Haar war übrig geblieben. Dieser Mann, der einen Wischmopp in der Hand hielt und eher wie ein angeheuerter Schläger als ein Gasthausbesitzer anmutete, musterte Ainz ganz besonders genau.

»Ihr braucht also 'n Zimmer, was? Wie viele Nächte sollen's denn sein?«, fragte er mit ruhiger Stimme.

»Eine Nacht bitte.«

»Eine Kupfermarke …? Fünf Kupferstücke für 'n Bett im Gemeinschaftszimmer«, gab der Mann schroff zurück. »Zu essen gibt's Haferschleim – oder auch altes Brot – und Gemüse. Wenn ihr Fleisch wollt, kostet das extra.«

»Wenn es ginge, hätten wir gern ein Zimmer nur für uns allein.«

Ein leises Grunzen erklang. »Es gibt in dieser Stadt drei Gasthäuser, die Abenteurer aufnehmen. Das schlechteste is meins. Ihr wurdet von der Gilde geschickt, was? Wisst ihr, woher ich das weiß?«

»Nein, aber Ihr werdet es uns sicher gleich sagen.«

Auf Ainz' abrupte Antwort hin verfinsterte sich die Miene des Gasthausbesitzers. »Denk doch mal nach! Oder ist dein schicker Helm nur mit heißer Luft gefüllt?«

Ainz blieb unbeeindruckt angesichts des aggressiven Tonfalls des Gasthausbesitzers. Nach seinem letzten Kampf konnte er diesen Ausbruch wie den Wutanfall eines Kindes betrachten.

Dieser Kampf und die Folterung der Gefangenen hatten ihm gezeigt, welche Macht er wirklich besaß. Angeschrien zu werden musste ihn nicht weiter bekümmern.

Der Gasthausbesitzer bemerkte, dass er Ainz nicht einschüchtern konnte, und gab nur ein leises Grummeln von sich, das schon fast wie Bewunderung klang. »Scheint, als hättet ihr ziemlichen Mumm, was?

Die Abenteurer, die normalerweise herkommen, haben meistens Bronze- oder Eisenmarken. Wenn sie ähnliche Fähigkeiten haben und miteinander auskommen, tun sich viele zusammen und ziehen gemeinsam los. Mein Laden hier ist perfekt, um Teammitglieder zu finden ...« Die Augen des Gasthausbesitzers weiteten sich bedrohlich. »Von mir aus könnt ihr in eurem eigenen Zimmer schlafen, aber wenn ihr keine Leute trefft, dann könnt ihr hier auch keine Freunde finden. Und wenn ihr kein ausgewogenes Team habt, dann verreckt ihr bei eurem nächsten Kampf gegen 'n Monster. Deshalb übernachten die Grünschnäbel lieber gleich in 'nem großen Zimmer, damit sie Leute treffen können. Ich frag euch deshalb noch mal: Wollt ihr 'n Gemeinschaftszimmer oder 'n Doppelzimmer?«

»Ein Doppelzimmer, bitte. Und wir brauchen keine Nahrung.«

»Tse, ich versuch hier nur, nett zu sein ... Oder willste behaupten, dass diese Ganzkörperrüstung nicht nur zum Angeben is? Na, was soll's. Eine Nacht macht sieben Kupferstücke – im Voraus, versteht sich.« Der Gasthausbesitzer streckte die Hand aus.

Unter den Blicken aller Anwesenden machten die beiden sich auf den Weg. Plötzlich wurde Ainz ein Bein in den Weg gestreckt. Er blieb stehen und drehte sich zu dem Mann um, dem es gehörte.

Er hatte ein widerliches Grinsen auf den Lippen. Alle anderen, die um seinen Tisch herum saßen, grinsten entweder ebenso dreckig oder starrten Ainz und Narberal mit durchdringendem Blick an.

Weder der Gasthausbesitzer noch irgendwelche anderen Gäste schritten ein. Entweder war es ihnen egal oder sie erwarteten, dass ihnen gleich eine lustige Show geboten werden würde. Einige wenige jedoch beobachteten jede Bewegung der Neuankömmlinge.

Oh Mann. Ainz stieß ein leichtes Seufzen aus und schob dann mit seinem Schuh das Bein von sich.

Als hätte er nur darauf gewartet, erhob sich der Mann plötzlich von seinem Stuhl. Da er keine Rüstung trug, konnte man die Muskeln deutlich erkennen, die sich unter seiner Kleidung abzeichneten. Eine Marke, die der glich, die Ainz trug, baumelte um seinen Hals – seine war allerdings aus Eisen. »Hey, das hat wehgetan!«, rief er in drohendem Ton, während er sich langsam vor Ainz aufbaute. Zwischenzeitlich hatte er seine Handschuhe übergezogen und als er die Fäuste ballte, konnte man das Metall bedrohlich knarzen hören.

Ainz und der Mann schätzten einander ab, doch sie standen ein bisschen zu dicht zusammen, um sich zu prügeln. Sie waren in etwa gleich groß. Ainz machte den ersten Schritt. »Oh, ich hab dein Bein nicht gesehen. Mit diesem Helm ist meine Sicht ziemlich eingeschränkt. Oder vielleicht liegt es daran, dass du so Stummelbeinchen hast … Das wirst du mir doch nicht krummnehmen, oder?«

»Mistkerl!« Auf Ainz' Provokation hin funkelten die Augen des Mannes bedrohlich. Aber als sein Blick dann an Ainz vorbei auf Narberal fiel, wurde seine Wut durch eine andere Emotion ersetzt. »Du machst mich echt krank, aber hey, ich bin ein netter Kerl. Wenn du mir deine Braut für die Nacht überlässt, lass ich das noch mal durchgehen.«

»Ha! Ha ha ha!« Ainz brach in Gelächter aus und streckte die Hand aus, um Narberal aufzuhalten, die sich schon in Bewegung setzen wollte.

»Was …?«

»Ach, es ist nur, das war gerade ein Paradebeispiel für die Worte eines richtigen Dreckskerls, da konnte ich einfach nicht anders, als zu lachen. Tut mir echt leid.«

»Hä …?« Vor Wut zeichneten sich inzwischen rote Flecken auf dem Gesicht des Mannes ab.

»Oh, bevor es zu einer Schlägerei kommt, darf ich vielleicht vorher was fragen? Bist du stärker als Gazef Stronoff?«

»Was?! Was zum Teufel redest du da?«

»Verstehe. Die Reaktion reicht mir als Antwort. Ich glaube, ich müsste mich bei dir so sehr zurückhalten, dass es keinen Spaß mehr macht. Zeit, dass du ’ne Fliege machst!«

Blitzschnell packte Ainz den Mann am Kragen, um ihn vom Boden hochzuheben. Da er sich nicht wehren oder gar ausweichen konnte, stieß der Mann ein erschrockenes »Woah!« aus und die Menge begann zu toben. Wie stark jemand wohl sein musste, um einen anderen mit nur einer Hand in die Luft zu heben? Alle konnten es sich ziemlich gut vorstellen.

Auf den Aufruhr folgte ein kollektives Atemanhalten. Ainz durchbrach die gespannte Stimmung, indem er den Mann sanft durch den Raum schleuderte – »sanft« natürlich nur aus Ainz’ Sicht.

Der Körper des Mannes flog mit beeindruckender Geschwindigkeit fast bis zur Decke, bevor er auf einen Tisch krachte.

Der Aufprall des Körpers, das Zerbrechen der Dinge auf dem Tisch, das Bersten des Holzes, das schmerzerfüllte Stöhnen des Mannes – die Kakophonie all diese Geräusche erfüllte den Raum. Dann, als hätte sich das Ächzen des Mannes über den Lärm gelegt, senkte sich Stille über den Raum. Nur einen Herzschlag später jedoch ...

»Nyaaaargh!« Ein eigenartiger Schrei entrang sich aus dem Mund der Frau, die an dem Tisch gesessen hatte – der Schrei kam aus tiefster Seele und drückte aus, dass sie gerade etwas Unaussprechliches mitangesehen hatte. Die Reaktion war völlig normal, wenn man bedachte, dass ein Mann plötzlich auf ihrem Tisch gelandet war, doch dieser Schrei galt definitiv etwas anderem.

»Also? Was habt ihr jetzt vor? Es wäre echt mühsam, wenn ich einen jeden von euch einzeln verdreschen müsste, ganz zu schweigen davon, dass es eine ziemliche Zeitverschwendung wäre. Ihr könnt also gerne alle auf einmal auf mich losgehen«, wandte sich Ainz an die anderen

Männer, die um den Tisch saßen, von dem der eben Besiegte aufgestanden war.

Sie verstanden nur zu gut, was er da angedeutet hatte, und senkten eilig ihre Köpfe. »Hm? Ohh! Wir wollen uns für unseren Kameraden entschuldigen, bitte, nimm die Entschuldigung an!«

»Verstanden. Ich verzeihe euch. Das hat mir gar nichts ausgemacht. Stellt aber sicher, dass ihr dem Gasthausbesitzer den Tisch ersetzt.«

»Natürlich. Wir kümmern uns darum.«

Das wäre geklärt. Ainz wollte gerade weitergehen, als eine andere Stimme ihn auf einmal ansprach. »Hey, hey, hey!«

Als er sich umdrehte, kam die Frau, die vorhin so laut geschrien hatte, auf ihn zumarschiert.

Sie war höchstens zwanzig und ihr rotes Haar war auf eine praktische Länge zurechtgestutzt, aber selbst mit viel Wohlwollen waren die Spitzen alles andere als gerade geschnitten – ihr Haar glich eher einem Vogelnest. Ihr Gesicht war von mittelmäßiger Schönheit. Sie trug jedoch keinerlei Make-up und in ihren Augen stand eine tiefe Verachtung. Ihre Haut hatte eine gesunde Bräune und ihre Armmuskeln traten hervor. Ihre Hände waren schwielig, was darauf hindeutete, dass sie Schwertträgerin war. Der erste Eindruck, den man von ihr hatte, war nicht der einer Frau, sondern einer *Kämpferin*. Die Eisenmarke um ihren Hals schwang bei jedem Schritt mit.

»Was meinste, was du hier machst?!«

»Was meinst du?«

»Du hast ’nen Schimmer, was du da grade veranstaltet hast?!« Sie zeigte auf den zerschmetterten Tisch. »Du hast diesen Idioten hier rumgeschleudert und mein Trank, mein kostbarer Trank, ist zerbrochen! Was soll das überhaupt, hier einfach solche Kleiderschränke rumzuschmeißen?!«

»Worauf willst du hinaus?«

»Worauf ich rauswill?! Oh Mann ...« Ihre Augen funkelten und sie senkte die Stimme. »Ich verlange natürlich Ersatz! Für meinen Trank!«

»Es war doch nur ein Trank ...«

»Ich hab auf mein Essen verzichtet und geschmachtet und gespart, wie 'ne Kirchenmaus hab ich gelebt, nur damit ich mir diesen Trank leisten konnte – und du hast ihn einfach so zerstört! Dieser Trank sollte mich auf einer gefährlichen Reise vor dem Tod bewahren! Und wie reagierst du, nachdem du mir meinen Traum einfach zerstört hast?! Das macht mich echt rasend!« Sie schritt weiter auf Ainz zu. Ihre weit aufgerissenen Augen waren blutunterlaufen. Sie sah nun gänzlich aus wie ein wütender Bulle.

Ainz unterdrückte ein Seufzen. Es war rücksichtslos von ihm gewesen, dass er nicht auf die Umgebung geachtet hatte, bevor er den Mann weggeschleudert hatte. Aber es gab einen bestimmten Grund dafür, dass er nicht einfach zustimmte, ihr den Trank zu ersetzen.

»Wieso verlangst du nicht von dem Kerl hier Ersatz? Wenn er seine Gräten bei sich behalten hätte, wär das alles nie passiert, oder?« Er starrte die Freunde des Mannes durch den Schlitz in seinem Helm an.

»Ohhh ...«

»Aber ...«

»In Ordnung, ihr könnt mir entweder einen neuen Trank geben oder mich ausbezahlen, beides ist mir recht ... Aber er hat ein Goldstück und zehn Silberstücke gekostet.« Die Männer starrten auf ihre Füße. Anscheinend hatten sie nicht genug Geld, um den Trank zu ersetzen. Der Blick der Frau wanderte also wieder zurück zu Ainz. »War ja klar. Die kommen immer her und saufen sich die Hucke voll. Woher sollten die auf einmal so viel Geld haben? Aber du ... du trägst diese schicke Rüstung, also musst du doch wenigstens einen kleinen Heiltrank dabeihaben, oder?«

Verstehe, dachte Ainz. *Deshalb hat sie mich also als Erstes angesprochen.* Die Sache wurde immer komplizierter. Ein falscher Zug und alles wäre ruiniert. Er dachte einen Moment nach und traf dann eine Entscheidung. »Habe ich, aber … bist du sicher, dass das ein Heiltrank war?«

»Na klar! Ich hab so hart dafür geschu…«

»Ja, das hab ich verstanden. Ich werde dir einen Trank geben, also sind wir danach quitt.« Er nahm einen schwachen Heiltrank aus seinem Inventar und streckte ihn der Frau entgegen.

Sie beäugte ihn misstrauisch, nahm ihn aber mürrisch entgegen.

»Gibt es sonst noch irgendwas?«

»Nein, ich denke, das war's.« Es klang so, als stünde immer noch irgendetwas im Raum, was geklärt werden musste, doch Ainz tat den Gedanken schnell ab. Er hatte wichtigere Dinge, über die er sich den Kopf zerbrechen musste. Da war ja auch noch Narberal, die jede Sekunde einen fatalen Fehler begehen konnte. Auch wenn er die Situation entschärft hatte, stand sie anscheinend immer noch unter Strom. Die anderen Schaulustigen um sie herum schienen dies auch zu spüren, denn ihnen stand allesamt der Schrecken ins Gesicht geschrieben.

»Lass uns gehen«, sagte Ainz, auch um Narberal auf andere Gedanken zu bringen, und wandte sich wieder dem Gasthausbesitzer zu. Dann nahm er beiläufig seinen schwarzen Lederbeutel heraus, zog eine Silbermünze hervor und ließ sie in die raue Hand des Inhabers fallen.

Der Gasthausbesitzer verstaute sie ohne ein weiteres Wort und als er seine Hand wieder hervorholte, lagen mehrere Kupferstücke darin. »Okay, hier, du kriegst sechs Kupferstücke zurück.« Er ließ die Stücke in Ainz' Hand fallen und legte mit einem Klirren einen Schlüssel auf die Theke. »Die Treppe hoch und dann gleich die erste Tür rechts. Euer Gepäck könnt ihr in den Schubfächern verstauen, die unter den Betten eingebaut sind. Ich glaub nicht, dass ich euch das sagen muss, aber haltet euch nicht in der Nähe der anderen Zimmer auf, wenn ihr keinen Grund dazu habt. Wenn ihr jemandem verdächtig vorkommt, gibt's Ärger. Andererseits kann man so auch Leute kennenlernen. Ihr scheint ja mit jedem Ärger fertigwerden zu können. Solange ihr mir keinen macht, verstehen wir uns.« Die Augen des Gasthausbesitzers huschten kurz zu dem Mann, der immer noch ächzend auf dem Boden lag.

»Verstehe. Könnten Sie uns bitte außerdem mit der Minimalausrüstung aushelfen, die man zum Abenteuern braucht? Ich habe alles verloren, was ich hatte. Als ich bei der Gilde gefragt habe, sagten die, dass Sie uns da ...«

Der Gasthausbesitzer sah sich die Rüstung und Kleidung von Ainz und Narberal an und ließ seinen Blick dann zu dem Lederbeutel wandern. »Ja, natürlich. Ich werde euch alles bis zum Abendbrot vorbereiten lassen. Stellt sicher, dass ihr genug Geld zum Zahlen habt.«

»Machen wir. Okay, Nabe, gehen wir.«

Narberal folgte Ainz die alte Wendeltreppe hinauf, die bei jedem Schritt quietschte und knarzte, und sie verschwanden in ihrem Zimmer.

*

Sobald Ainz verschwunden war, wendeten die Kameraden des zuvor umhergeschleuderten Mannes Heilmagie auf ihn an. Und als wäre ihre Magie der Auslöser, erwachte das totenstille Gasthaus plötzlich wieder zum Leben.

»Der Typ ist also wirklich so hart, wie er aussieht, was?«

»Ja, diese Kraft war echt nicht von schlechten Eltern! Ich frag mich, wie er trainiert hat.«

»Außer diesen zwei Großschwertern hatte er keine anderen Waffen dabei, aber das zeigt eigentlich nur, wie selbstsicher er ist.«

»Argh, noch ein Typ, der uns alle mit einem Streich ausschalten könnte?«

Sämtliche Unterhaltungen drückten Bewunderung, Staunen und auch Überraschung aus. Tatsächlich hatte jeder von Anfang an gewusst, dass Ainz kein gewöhnlicher Abenteurer war. Das Erste, was ihn verriet, war natürlich seine eindrucksvolle Ausrüstung. Eine Ganzkörperrüstung war nicht billig. Nur jemand, der ein Abenteuer nach dem anderen absolviert hatte – also jemand mit jeder Menge Erfahrung –, konnte sich so etwas leisten. Wenn man nur die Belohnungen rechnete, könnte man ein solches Vermögen angehäuft haben, wenn man die Silbermarke erreichte. Natürlich gab es auch Leute, die Ausrüstung erbten, oder welche, die sie in Ruinen und auf Schlachtfeldern auflasen. Deshalb hatten die Männer testen wollen, wie stark Ainz wirklich war.

Hier im Gasthaus war man freundlich zueinander und doch waren alle auch Konkurrenten. Wenn jemand Neues sich zeigte, dann wollten alle wissen, wie stark der Neuling war. Dementsprechend waren Situationen wie die gerade eben hier gang und gäbe. Tatsächlich war jeder von ihnen einer solchen Prüfung unterzogen worden, auch wenn niemand von sich sagen konnte, dass er sie so mühelos bestanden hatte.

Mit anderen Worten war also jedem klar: Ob sie nun Freunde oder Feinde waren, dieses unbekannte Paar mit den Kupfermarken besaß wahre Stärke.

»Wie sollen wir ab jetzt mit ihnen umgehen?«

»Ich glaube, wir können nie wieder mit der hübschen Lady ein Wort wechseln.«

»Wenn sie nur zu zweit sind, können sie meinem Team beitreten!«

»Du meinst wohl, du wirst drum betteln, dass sie euch beitreten!«

»Ich frag mich, wie sein Gesicht unter dem Helm aussieht.«

»Ich werd mich heute Nacht vor ihr Zimmer hocken und sie belauschen!«

»Er hat Gazef Stronoff erwähnt, den stärksten Krieger, den es gibt!«

»Denkst du, er ist vielleicht sein Schüler oder so?«

»Möglich.«

»Überlasst so einen wichtigen Job mir! Ich bin ein Dieb mit ausgeprägtem Gehörsinn.«

Inmitten all des Getratsches über das unbekannte Paar kam der Gasthausbesitzer auf einen ganz speziellen Abenteurer zu – die Frau, die gerade den Trank von Ainz erhalten hatte.

»Hey, Brita.«

»Hmm? Was?« Ohne den Kopf zu bewegen, richtete die Frau ihren Blick, der zuvor auf dem roten Trank geruht hatte, auf ihn.

»Was ist mit dem Trank?«

»Keine Ahnung.«

»Komm schon, was meinste damit, ›keine Ahnung‹? Du hast ihn doch nur genommen, weil du wusstest, wie viel er wert ist, oder?«

»Ja, stimmt. Um ehrlich zu sein, hab ich so einen Trank noch nie vorher gesehen. Und du bist nur hier, weil's dir genauso geht, stimmt's?«

Sie hatte ins Schwarze getroffen. »Und das ist okay für dich? Immerhin hat er deinen Trank vernichtet. Der hier könnte weniger wert sein als der, den du hattest!«

»Hmm, ja. Das Risiko besteht, aber ich hab das Gefühl, dass ich trotzdem Gewinn mache. Er hat ihn mir ja erst angeboten, *nachdem* ich gesagt hab, wie viel meiner wert war.«

»Oh …«

»Außerdem habe ich noch nie einen Trank in dieser Farbe gesehen. Das heißt, dass er ziemlich selten sein könnte, oder? Wenn ich gezögert hätte, dann wäre das fast gewesen, als wär ich in ein Drachennest eingedrungen, nur um dann nichts mitzunehmen. Morgen werde ich ihn jedenfalls schätzen lassen, dann weiß ich endlich, wie viel er wirklich wert ist.«

»Ach ja? Dann lass mich die Kosten für die Schätzung übernehmen. Und nicht nur das, ich werd dir außerdem einen richtig guten Laden nennen.«

»Das würdest du tun?«, fragte Brita, die Augenbrauen ungläubig hochgezogen. Der Gasthausbesitzer war ein guter Mann, aber er war kein Dummkopf. Er hatte sicher einen Hintergedanken.

»Nun mach doch nicht so ein Gesicht. Alles, was du tun musst, ist, mir zu sagen, was der Trank für eine Wirkung hat.«

»Das ist alles, ja?«

»Kein schlechter Deal, oder? Und mit meinen Kontakten kann ich dich sogar mit der besten Trankbrauerin in der Gegend bekanntmachen – Lizzie Baleare.«

Brita stand nun aufrichtige Überraschung ins Gesicht geschrieben.

E-Rantel war eine Stadt, in der es viele Söldner und Abenteurer gab, also gab es auch einen reichen Handel mit Ausrüstung und Items, die ganz auf diese Berufsgruppen ausgerichtet waren. Besonders das Geschäft mit den Tränken boomte und es gab hier viel mehr Heiler und Alchemisten als in anderen Städten.

Unter ihnen war Lizzie Baleare als beste Heilerin bekannt, die die komplexesten Tränke überhaupt herstellen konnte. Als der Name dieses bestsortierten Ladens in E-Rantel gefallen war, musste Brita das Angebot einfach annehmen.

2

Die Holztür fiel leise zu.

Die einzigen Möbel in diesem Zimmer waren ein kleiner Tisch und zwei simple Holzbetten, unter denen Schubkästen eingebaut waren. Da die Fensterläden geöffnet waren, strömten Sonnenlicht und frische Luft herein.

Ainz sah sich sichtlich enttäuscht um. Er wusste, dass dies ein Gasthaus am Rande der Stadt war und dass er sich nicht so viel Komfort und Sauberkeit erhoffen konnte, wie er sie aus Nazarick gewohnt war, doch dieser Anblick verstörte ihn.

»Dass Ihr in einem Zimmer wie diesem hier die Nacht verbringen müsst, Lord Momon, das ist …«

»Oh, sag das bitte nicht. Unser Ziel ist, uns in dieser Stadt einen Ruf als Abenteurer aufzubauen. Wir müssen hoch hinaus, damit auch jeder meinen Namen erfährt. Bis dahin wird es nicht schaden, wenn wir auch unseren Lebensstil entsprechend anpassen.« Ainz verbarg seine wahren Emotionen, um sie zu beruhigen, und schloss die Fensterläden. Trotzdem fiel noch genug Licht, durch die Spalten zwischen den Läden, dass es nicht ganz dunkel im Zimmer wurde. Ainz und Narberal hatten beide die Fähigkeit *Dark Vision*, deshalb machte ihnen das Dämmerlicht nichts aus, aber für jemanden, der diese Fähigkeit nicht hatte, wäre es wahrscheinlich dennoch zu finster gewesen, um etwas erkennen zu können. »Ein Abenteurer zu sein ist viel trostloser, als ich es mir vorgestellt hatte.«

Abenteurer. In Ainz löste das Wort immer noch eine gewisse Faszination aus. Sie zogen durch die Welt und stürzten sich ins Unbekannte. Er hatte diesen Beruf immer als einzig »richtige Art« gesehen, *Yggdrasil* zu spielen, doch nachdem er mit der Rezeptionistin bei der Gilde gesprochen hatte, wurde ihm bewusst, dass es eine viel zu praktisch orientierte und langweilige Tätigkeit war.

Abenteurer waren im Grunde nichts anderes als Monster eliminierende Söldner. Sie hatten zwar auch etwas von den Abenteurern, von denen Ainz immer geträumt hatte – zum Beispiel gab es natürlich die Möglichkeit, Ruinen zu erkunden oder auch Städte, die von bösen Göttern zerstört worden waren, die vor zweihundert Jahren aufgetaucht und ihr Unwesen getrieben hatten, oder in unbekannte und unerforschte Gebiete auszuziehen –, doch eigentlich waren sie nur Monsterbekämpfer.

Die Monster hatten verschiedene Spezialfähigkeiten, die sich je nach ihrer Art unterschieden. Das war auch der Grund, warum die Bekämpfung Leute erforderte, die mit einer Vielzahl verschiedener Fertigkeiten gegen sie vorgehen konnten, über die gewöhnliche Soldaten nicht verfügten.

So gesehen hätte man erwarten können, dass sie so etwas wie die Position eines Helden in einem Videospiel einnahmen, auf den sich viele Leute verließen ...

Aber das entsprach nicht der Realität. Den herrschenden Klassen gefiel nicht, dass bewaffnete Gruppen unkontrolliert durch ihre Ländereien zogen. Deshalb waren Abenteurer nicht wirklich angesehen, auch wenn sie gutes Geld verdienten. Der Grund, warum diese Abenteurer nicht auf nationaler Ebene angestellt wurden, war derselbe wie auch bei großen Firmen in der echten Welt: Vollzeitangestellte kosten Geld, deshalb ist es einfacher, bei Bedarf vorübergehend Leute anzuheuern. Und genau, wie es auch Firmen gibt, die ohne Zeitarbeiter auskommen, gab es hier auch Länder, deren eigene Armeen die Monster in Schach halten konnten. In diesen Gebieten war das Ansehen der Abenteurer sogar noch geringer.

Die Dame hinter der Theke der Gilde hatte sich darüber beschwert, dass es keine Abenteurer im Gottesstaat Slane gab und dass der Status von Abenteurern im Kaiserreich Baharuth weiter gesunken war, seit der neue Herrscher an die Macht gekommen war.

Ainz schüttelte den leichten Anflug von Enttäuschung ab. Es war gar nicht so ungewöhnlich, dass man einen Job annahm, den man immer schon gewollt hatte, nur um herauszufinden, dass dieser gar nicht so toll war, wie man immer gedacht hatte.

Mit einer kleinen Handbewegung lösten sich seine rabenschwarze Rüstung und die zwei Großschwerter in Luft auf und gaben seinen Skelettkörper frei, der immer noch in magische Gegenstände gehüllt war. Hin und wieder erschien ein rotes Fadenkreuz auf seiner schmalen, schwarz-verspiegelten Sonnenbrille und verschwand wieder. Die Amethystkrone auf seinem Kopf erinnerte an eine Rosenranke – aus der Außenseite ragte eine Vielzahl von Dornen. Er trug ein schwarzes Langarmshirt, das einen Seidenschimmer hatte, und dazu eine weite Hose. Der Gürtel erinnerte an einen schwarzen Gürtel aus dem Kampfsport. Unter seinen Handschuhen kamen an allen Fingern außer den Ringfingern Ringe zum Vorschein. Seine robusten, rotbraunen Stiefel waren mit Goldfäden bestickt. Um seinen Hals hing eine Halskette mit einem silbernen Anhänger, der wie ein Löwenkopf geformt war, und sein karminroter Umhang fiel über seine Schultern herab.

Für gewöhnlich konnte man Items in *Yggdrasil* durch Datenkristalle aufwerten. Deshalb war es ziemlich schwierig, zusammenpassende Rüstungsteile zu finden. Es gab allerdings genügend Spieler, die es leid waren, wie dahergelaufene Zirkusclowns auszusehen, sodass die

Spieleentwickler ein Update eingeführt hatten, das es Spielern, die bestimmte Kriterien erfüllten, ermöglichte, das Design ihrer Rüstungsteile zu vereinheitlichen, ohne dabei Statuswerte einzubüßen.

Das zusammenpassende Set der schwarzen Ganzkörperrüstung, die Ainz bis eben noch getragen hatte, war durch *Create Greater Item* erschaffen worden, was eine dieser Voraussetzungen war.

Zu den Items, die Ainz ausgerüstet hatte, gehörten *Direct Hit Glasses*, eine *Crown of Psychic Defense*, *Black Widow Spider Clothes*, ein *Black Belt*, *Járngreipr*-Handschuhe, eine *Nemean Lion*-Halskette, *Haste Boots* und ...

In *Yggdrasil* kaufte und verkaufte man meistens Datenkristalle, manchmal kam es allerdings auch vor, dass Spieler ein mächtigeres Item kreierten und dann einfach ihre zuvor getragene Ausrüstung verkauften. Das Problem dabei war, dass ein Spieler ein Item, das er geschaffen hatte, nennen konnte, wie immer er wollte (die Admins forderten nur Änderungen, wenn der Name verbotene Begriffe oder gezielte Beleidigungen enthielt).

Verständlicherweise wurden Items mit seltsamen Namen auf dem Markt eher gemieden. Eine Namensänderung kostete nicht viel, aber es gab nicht viele Leute, die diese Funktion nutzen würden, nur um ein bestimmtes Item kaufen zu können. Deshalb zermarterten sich viele Spieler das Hirn, wenn es um die Namen ihrer Items ging. Mythische Namen oder auch englische Begriffe waren gängige Lösungen für das Probleme.

Natürlich gab es auch Ausnahmen. Ringe einfach *Ring1*, *Ring2*, *Ring3* usw. zu nennen war irgendwie noch eine liebenswerte Variante. Ainz hatte auch schon *Daumen*, *Zeigefinger* und *Mittelfinger* als Namensvarianten gesehen. Einer von Ainz' Freunden, Krieger Takemikazuchi, hatte zwei *Odachi*, die er für verschiedene Dinge benutzte. Er nannte die achte Generation von einer dieser Waffen *Takemikazuchi MK 8*.

Auch Ainz' karminroter Umhang hatte einen benutzerdefinierten Namen: *Necroplasmic Mantle*. Die Idee stammte von einem dunklen Helden aus einem amerikanischen Comic.

Die Items, die er trug, hatten alle Relic-Rang. Sie lagen zwei Stufen unter seinen sonstigen Ausrüstungsgegenständen, doch ihm fielen verschiedene Gründe ein, wieso er keine allzu mächtigen Items hierherbringen sollte, deshalb hatte er sich zurückgehalten.

Als Ainz seine Schultern kreisen ließ und die Bewegungsfreiheit genoss, nachdem er die Rüstung abgelegt hatte, stellte Narberal ihm eine Frage. »Was sollen wir wegen der nervigen Frau von vorhin tun?«

»Ach, du meinst die, deren Trank ich zerstört habe? Die sollte kein Problem mehr sein. Wenn mir etwas so Teures kaputtgemacht worden wäre, würde ich mich auch aufregen …« Als er sich an die Veränderungen in seiner Psyche erinnerte, die er durchgemacht hatte, seitdem er in diesem Körper steckte, hielt einen Moment inne und sagte dann: »Schätze ich. Ich war rücksichtslos, also war es nur natürlich, dass sie mir die Schuld gegeben hat.«

»Aber all dies ist nur passiert, weil ein dummer Mensch so töricht war, Euch zum Kampf herauszufordern, Ihr, der Ihr eines der Höchsten Geschöpfe seid. Die Schuld liegt allein bei dem Mann.«

»Das ist wahr, aber ich war derjenige, der den Mann geworfen hat. In diesem Fall sollten wir uns in Toleranz üben und vergeben. Außerdem sind wir in dieser Stadt, um uns einen Ruf als Momon und Nabe aufzubauen, Bewohner dieser Welt. Wenn irgendjemand rauskriegen würde, dass wir uns nicht mal einen Trank leisten können, dann wäre das ein schlechter Start für unser Vorhaben.«

Narberal schien nicht gerade überzeugt von Ainz' Worten zu sein, doch sie stimmte trotzdem mit einer tiefen Verbeugung zu.

»Außerdem hatte sie mehr Erfahrung als wir. Wir sollten uns wahrscheinlich davor hüten, den Stolz von erfahreneren Abenteurern anzukratzen.«

Momonga spielte mit der Kette, die um seinen Hals hing. *Dies sind nur Metallmarken. Ich frage mich, ob man die irgendwie fälschen kann ... Na, das soll Sorge der Abenteurergilde sein.* Im Grunde war das Ding nur eine Erkennungsmarke.

Die Abenteurermarken belegten das jeweilige Fähigkeitslevel der Abenteurer: Es gab den Kupfer-, Eisen-, Silber-, Gold-, Platin-, Mithril-, Oreichalkos-, und Adamantrang. Die letzteren Metalle bedeuteten einen höheren Rang und einen besseren Ruf und diese Abenteurer konnten nicht nur schwierigere Quests annehmen, sondern wurden auch besser bezahlt. Das System war so angelegt, dass unnötige Todesfälle von Abenteurern vermieden werden sollten.

Ainz hatte sich gerade erst bei der Gilde registriert, also hatte er eine Kupfermarke, was den niedrigsten Rang darstellte. Diese Frau von vorhin hatte eine Eisenmarke gehabt. Und in jeder Gesellschaft kam man nur voran, indem man Höhergestellten zumindest ein Mindestmaß an Respekt entgegenbrachte.

»Aber Lord Ainz, Adamant ist ein so weiches Metall. Ihr solltet lieber ein prismatisches Metall bekommen wie Apoitakara oder Hihi'irokane*. Die müssen blind sein.« Narberal zählte hochrangige Metalle aus *Yggdrasil* auf.

Ainz kniff die Augen leicht zusammen und sprach dann etwas an, das ihn schon die ganze Zeit beschäftigt hatte. »Nabe, nur um sicher zu gehen. Du solltest mich Momon nennen, während wir hier sind.«

»Verstanden, Lord Momon!«

»Müssen wir das wirklich noch mal durchgehen? Einfach nur *Momon!*«

»E... Es tut mir leid, Sir Momooon!«

*Metalle aus japanischen Legenden mit herausragender Härte, die in wunderschönen Farben glänzen.

»Sir Momooon klingt ziemlich dämlich ... Na, was auch immer. Wenn Momon zu schwierig für dich ist, dann sag wenigstens Sir Momon. In Ordnung?«

»Ja, Sir Momon!«

Sie verbeugte sich erneut tief und Ainz packte sich an die Stirn. *Sie versteht einfach nicht, wieso ich will, dass sie mich Momon nennt. Vielleicht ist sie einfach nur ein bisschen langsam ... Na ja, wenigstens ist hier keiner, der uns sehen kann. Ich lass es noch mal durchgehen.*

»Lass uns erst mal unseren Plan besprechen.«

»Mein Lord!« Sie sank auf eines ihrer Knie und senkte den Kopf – die Pose einer Dienerin, die Befehle von ihrem Meister erwartet.

Was mach ich nur mit ihr? Für den Moment waren sie sicher, denn er hatte die Tür verriegelt, sobald sie drinnen waren – doch er ahnte, dass die Leute reden würden, wenn sie eine Szene wie diese hier beobachteten. *Wieso versteht sie nicht, warum ich will, dass sie mich Momon nennt? Ich bin mir ziemlich sicher, dass ich es auf dem Weg hierher erklärt habe ...*

Geschlagen fuhr er fort: »Wir werden uns in dieser Stadt verdeckt einen Ruf als Abenteurer aufbauen. So erlangen wir Informationen, die nur Abenteurer oder mächtige Leute hier haben. Ich möchte natürlich besonders von Gerüchten um andere *Yggdrasil*-Spieler wissen. Sobald wir einen höheren Rang haben, werden wir auch neue Jobs angeboten bekommen, die dann unserem neuen Erfahrungslevel entsprechen. Das bedeutet auch, dass die Informationen, die wir erlangen können, akkurater sein werden und wir mehr damit anfangen können. Unsere Hauptaufgabe besteht also im Moment darin, als Abenteurer erfolgreich zu sein.«

Als Narberal dem zustimmte, begann Ainz die anderen Aufgaben aufzuzählen, die außer dieser noch anstanden. »Wir sind allerdings bereits auf Probleme gestoßen.« Er nahm seinen kleinen Lederbeutel heraus, öffnete ihn und leerte seinen Inhalt in seine Hand. Es waren nur ein paar Münzen und Gold war auch keins zu sehen. »Erstens sind wir pleite.«

Es gab verschiedene Gründe, warum er den Streit vorhin beigelegt hatte, indem er der Frau einen Trank geben hatte. Einer davon war, dass Ainz nicht sicher gewesen war, ob er die Sache mit Geld hätte regeln können. Es wäre zu erniedrigend gewesen, wenn er hätte eingestehen müssen, dass er eigentlich kein Geld hatte.

Narberal sah ihn zweifelnd an und Ainz fuhr fort: »Also, wir haben schon Geld. Aber das meiste davon ist Gold aus *Yggdrasil*. Das will ich nur im Notfall benutzen.«

»Aber warum? Habt Ihr nicht schon festgestellt, dass *Yggdrasil*-Münzen auch hier monetären Wert haben?«

»Das schon. Als ich in Carne war, hatte ich die Goldmünzen dabei ... Sie sagten mir damals, dass eine davon zwei von ihren Goldmünzen wert sei. Aber wenn ich in dieser Stadt auf einmal *Yggdrasil*-Gold nutze, lässt sich nicht voraussagen, was passieren könnte. Wenn wir nicht aufpassen, könnten wir auch gleich laut herausschreien, dass ein *Yggdrasil*-Spieler hier ist. Das möchte ich unter allen Umständen vermeiden, bis wir mehr über diese Welt in Erfahrung gebracht haben.«

»Spieler ... Wesen mit demselben Rang wie mein Lord, aber aufsässiges Gesindel, das einst Nazarick überfallen hat.«

Ainz runzelte die nicht vorhandene Stirn, als er sie »mein Lord« sagen hörte, doch er entschied sich, es nicht weiter zu kommentieren – aus dem gleichen Grund wie auch zuvor. »Ja. Wir müssen uns vor ihnen hüten.«

Er, Ainz Ooal Gown, hatte den höchsten Level in *Yggdrasil* erreicht – Level 100. Aber unter Spielern war das nichts Außergewöhnliches. Tatsächlich hatten die meisten Spieler es so weit gebracht. Ainz wusste, dass er unter ihnen im höheren Durchschnitt gelegen hatte, was seine Kraft anging. Der Grund dafür war, dass er sich nicht nur auf Klassen fokussiert hatte, die auf einen untoten Caster zugeschnitten waren, sondern sie auch mal nach dem Spielinhalt ausgewählt hatte, auch wenn das weniger Macht bedeutete. Wenn man seine vielen Divine-Stufe-Items und seine Items aus dem Cash Shop miteinbezog, war er wahrscheinlich eher stärker als der Durchschnitt, aber es würde trotzdem immer jemanden geben, der ihm überlegen war.

Deshalb wollte er es vermeiden, von anderen Spielern entdeckt zu werden. Wenn er sich in den falschen Kampf begab, könnte es sein, dass er einer Vielzahl von Gegnern gegenüberstand, denen er nicht gewachsen war.

Spieler waren außerdem für gewöhnlich Menschen, also würden die meisten sich auch mit Menschen verbünden. Wenn Spieler wie diese dann auf jemanden wie Albedo trafen, die Menschen als niedrige Lebensformen betrachtete, würden sie vielleicht entscheiden, dass die Große Gruft von Nazarick wie auch Ainz Ooal Gown Feinde der Menschheit waren. Entsprechend hatte er sich auch dazu entschieden, Albedo lieber im Schloss zu lassen und sie nicht mit auf diese Reise zu nehmen.

Ich hätte allerdings nicht gedacht, dass Narberal auch so drauf ist ... Ainz war kein Feind der Menschheit, er würde jedoch keine Skrupel kennen, wenn er seine Ziele nur erreichen konnte, indem er Menschen tötete. Trotzdem wollte er Konfrontationen mit anderen Spielern vermeiden.

»Das war schon echt eine Verschwendung.«

»Was war eine Verschwendung?«

»Dass wir diesen Nigun so schnell verloren haben. Er hatte wahrscheinlich eine Menge Informationen, aber wir haben ihn zu schnell erledigt.«

Von all den Mitgliedern der Heiligen Schrift des Sonnenlichts, die sie in Carne gefangen genommen hatten, waren nur noch zehn am

Leben. Die anderen waren während der Befragungen gestorben und Futter für Ainz' beschworene Untote geworden. Er erinnerte sich an ein paar Informationsfetzen, die sie aus den Gefangenen hatten herausfoltern können, und lachte über sich selbst.

»Die meisten Spieler würden sich wahrscheinlich auf die Seite des Gottesstaats Slane stellen, was?«

Der Gottesstaat Slane war eine religiöse Nation, die an die Sechs Götter glaubte, die vor sechshundert Jahren erschienen waren. In den Worten der Mitglieder des Kults der Heiligen Schrift des Sonnenlichts war es ein Land, das danach strebte, den schwachen Menschen zu ermöglichen, die mächtigeren Rassen zu besiegen und so zu gedeihen. Wenn es Spieler gab, die immer noch ihre Menschlichkeit besaßen, würden sie wahrscheinlich den Lehren des Gottesstaats zustimmen.

In dieser Welt standen die Menschen nicht an der Spitze der Nahrungskette – hier wurden sie eher als untergeordnete Rasse angesehen. Ja, sie hatten große Städte in den Ebenen wie diese hier, doch gerade dass sie auf den großen Ebenen lebten, war ein Zeichen ihrer Schwäche.

Die Ebenen waren eigentlich ein gefährlicher Ort. Es gab keine Versteckmöglichkeiten und man konnte leicht von Feinden ausgemacht werden. Der Grund, warum sie sich hier niedergelassen hatten, war, dass sie sich als fragile Rasse mit Augen, die nicht in der Dunkelheit sehen konnten, und ohne kräftige Beine oder bessere Ausdauer an keinem anderen Ort ein Leben hatten aufbauen können.

Es gab Rassen, die den Menschen körperlich überlegen waren und deren Zivilisationen der ihren voraus waren. Diese hatten den Kontinent jedoch nicht bezwingen können. Selbst nachdem die Acht Gierigen Könige ihn vor fünf Jahrhunderten eingenommen hatten, hatten sie sich in endlosen internen Kämpfen gegenseitig aufgerieben. Wenn das nicht geschehen wäre, wären die Menschen vielleicht sogar gänzlich ausgelöscht worden.

Wenn man sich in so einer Welt wiederfand, würde man sich wahrscheinlich den Menschen anschließen wollen. Und genau deshalb hielt Ainz sich vom Gottesstaat Slane fern – er befürchtete, dort anderen Spieler zu begegnen.

»Jedenfalls habe ich dich die Schwerter mitbringen lassen, die wir den vermeintlichen Rittern des Gottesstaats abgenommen haben, weil ich dachte, wir könnten sie im Notfall verkaufen. Aber bevor es dazu kommt, sollten wir lieber Arbeit finden.«

»Verstanden. Also gehen wir morgen wieder zur Gilde?«

»Ja. Eigentlich würde ich mir gern die Stadt ansehen und mehr Informationen sammeln, aber das wird warten müssen, bis wir etwas Geld verdient haben.«

»In Ordnung, mein Lord. Ich werde Euch als Kampf-Maid mit aller Kraft zur Seite stehen.«

»Sehr gut. Vielen Dank, Narberal.«

Zufrieden über Narberals tiefe Verbeugung, sprach Ainz einen Illusionszauber und kleidete sich in seine Rüstung. »Ich werde rausgehen und mich umsehen. Du bleibst hier in Bereitschaft.«

»Sollte ich nicht mit Euch ge…?«

»Nein, danke. Ich werde nicht lange unterwegs sein. Ich habe gehört, es gibt hier irgendwo einen großen Friedhof. Den möchte ich mir genauer ansehen, wenn möglich … Du bleibst hier, für den Fall, dass jemand versucht einzubrechen. Bleib stets wachsam. Ich glaube nicht, dass wir bisher irgendwelche Fehler gemacht haben, aber man kann durchaus sagen, dass wir uns in feindlichem Territorium befinden. Halt die Augen offen.«

»Ja, mein Lord.«

»Und vergiss nicht, dich in Nazarick zu melden.«

Nachdem Ainz das Zimmer verlassen hatte, stieß Narberal einen Seufzer aus. Dann massierte sie sich die Schläfen. Sie war die ganze Zeit wachsam gewesen, doch nun wurden ihre Lider schwer, während die Anspannung aus ihrem Körper wich. Sogar ihr Pferdeschwanz hing herunter, als wäre selbst dieser erschöpft.

Aber sie hatte die Befehle ihres großen Herrschers natürlich nicht vergessen. Sie schärfte all ihre Sinne, sodass sie auch wahrnehmen konnte, was sich vor dem Zimmer abspielte, doch als Magic Caster konnte sie an die Fähigkeiten eines Diebes nicht heranreichen. Sie kompensierte dies durch einen ihrer Tricks.

»*Rabbit Ears*!« Als sie den Zauber sprach, erschien auf einmal ein Paar niedlicher Hasenöhrchen auf ihrem Kopf. Sie zuckten und halfen ihr, auch aus der Ferne Geräusche besser wahrzunehmen.

Rabbit Ears war einer von drei Zaubern in *Yggdrasil*, die die Spieler »Häschenmagie« nannten. Die anderen beiden waren einmal der *Rabbit's Foot*, der das Glück des Anwenders erhöhte, und der *Bunny Tail*, der dafür sorgte, dass man weniger Gegner anzog. Diese Zauber erfreuten sich absurder Popularität, denn das Outfit eines weiblichen Avatars änderte sich, wenn er alle drei Zauber auf einmal sprach. Narberal benötigte im Moment allerdings nur den einen, also verzichtete sie darauf.

Dieser Zauber war einer der wenigen, die sie gelernt hatte, die nicht für den Kampf gedacht waren. Nachdem sie sich ausreichend umgehört und überprüft hatte, dass sich auch niemand in der Nähe aufhielt, sprach sie den Zauber *Message*.

Als hätte sie schon auf den Anruf gewartet, antwortete eine liebliche Frauenstimme umgehend in Narberals Kopf. »Narberal Gamma. Gibt es ein Problem?«

»Nein, ich wollte mich nur melden.«

Narberal sprach mit Albedo, der Obersten der Ebenenwächter der Großen Gruft von Nazarick. Nachdem sie ihre derzeitige Lage detailliert geschildert hatte, schloss sie ihren Bericht mit der Information, von der sie wusste, dass Albedo sie am dringendsten hören wollte. »Lord Ainz sagte, dass er niemandem mehr vertraut als Euch.«

»Ti hi!«, ertönte ein seltsam schriller Schrei in Narberals Kopf. »Sehr gut, das ist gut. Gut gemacht, Narberal! Du weißt, wie man sich einschleimt! Hör bloß nicht damit auf! Das ist ein Befehl!«

Narberal fragte sich, ob dieser Befehl wirklich nötig war, aber sie erinnerte sich daran, dass Albedo mit Shalltear in einen erbitterten Kampf verwickelt darum war, wer an der Seite ihres Lords dienen würde. Aus dieser Perspektive ergab der Befehl also durchaus Sinn.

Während Narberal zu dieser Erkenntnis kam, erklang Albedos Stimme erneut in ihrem Kopf. »Während Shalltear nicht hier ist, werde ich mich Lord Ainz langsam annähern. Er mag eine unbezwingbare Festung sein, doch wenn ich in Wellen angreife und einen Brückenkopf lege, wird er sich irgendwann geschlagen geben müssen! Und an jenem glorreichen Tag wird sich Shalltear die Augen ausweinen!«

Narberal zog ihre Brauen leicht zusammen, als sie Albedo so glückselig vor sich hin schreien hörte. Wie nicht anders zu erwarten, war die Oberste der Ebenenwächter wirklich anstrengend, wenn sie so aufgeregt war.

Ihre Stimme klang so aufgekratzt, während sie ihre Pläne schmiedete, dass Narberal sie vor ihrem geistigen Auge förmlich rumhüpfen sehen konnte, doch mit einem Mal wurde Albedo todernst. »Aber warum hilfst du mir? Wieso unterstützt du mich und nicht Shalltear? Hast du irgendwelche Hintergedanken?«

»Ganz einfach. Wenn mich jemand fragen würde, wer an Lord Ainz' Seite auf dem Thron sitzen sollte – Ihr oder Shalltear –, würde ich mich ganz klar für Euch entscheiden.«

»Ti hi! Das ist wundervoll! Endlich ein Mädchen, das Nazaricks Zukunft im Blick hat! Beeindruckend!«

»Darüber hinaus mag Yuri Meisterin Shalltear nicht besonders.«

»Ah, Yuri Alpha. Ich verstehe. Sehr interessant. Kann ich dann davon ausgehen, dass ich die anderen auch als meine Verbündeten betrachten kann?«

Narberal stellte sich die Vizekommandantin Yuri Alpha und ihre anderen Teamkameradinnen eine nach der anderen vor, bevor sie antwortete. »Hmm. Ich bin nicht sicher. Lupusregina scheint mehr auf Eurer Seite zu sein, aber Solution tendiert wohl zu Meisterin Shalltear. Bei Entoma und Shizu weiß ich es nicht. Sie scheinen beide nicht wirklich festgelegt zu sein.«

»Denkst du, es gibt vielleicht einen Weg, Solution umzustimmen?«

»Ich denke, das wäre ziemlich schwierig. Sie und Shalltear haben einiges gemeinsam, wisst Ihr ...«

»Oh, verstehe. Wie ihren schlechten Geschmack, was?« Narberal stimmte zu, sie verstand das außergewöhnliche Hobby von Solution Epsilon immer noch nicht. Auch Narberal betrachtete die Menschen als niedere Lebensform, aber das hieß nicht, dass sie sie quälen wollte. Wenn sie ihr in die Quere kamen, tötete sie sie. Wenn sie ihr Probleme bereiteten, tötete sie sie. Aber das hieß nicht, dass sie sich in ihrer kostbaren Freizeit mit ihnen beschäftigen wollte.

»Tja, daran lässt sich nichts ändern. Also gut. Lass uns versuchen, die anderen Mädchen auf meine Seite zu ziehen. Wir beginnen am besten mit Entoma und Shizu.«

»Klingt gut. Solution und Entoma essen beide gern Menschen, also ist die Chance groß, dass Solution klein beigeben wird, wenn wir Entoma dazu bringen können, sich mit Euch zu verbünden.«

»Hmm ... Verstehe. Um wieder das Thema zu wechseln ... Erzähl mir, wie es meinem Liebsten, Lord Ainz, geht?«

»Ja, Meisterin.«

Die Berichterstattung wurde mit einem Mal wieder lebhafter. Allerdings gab es immer wieder kleinere Ausbrüche. Albedo tobte, als sie erfuhr, dass Narberal und Ainz im selben Zimmer nächtigen würden. Narberal musste die Verbindung viermal wieder aufbauen und Ainz war sichtlich genervt, als er davon erfuhr, doch das war eine andere Geschichte.

3

Brita folgte ihrer Nase und meinte plötzlich, tatsächlich Farben riechen zu können. Und die leicht grünliche Note, die sie wahrnahm, war vermutlich nicht nur Einbildung. Es musste irgendeine Chemikalie oder eine zerdrückte Pflanze sein. Das sagte ihr jedenfalls, dass sie sich auf dem richtigen Weg befand.

Brita folgte der Straße und erreichte den Häuserblock, bei dem der Geruch stärker wurde. Sie sah sich noch einmal in beide Richtungen um und blieb dann vor dem größten Haus des ganzen Blocks stehen. Die meisten der Häuser in der Gegend waren so konstruiert, dass sie vorne ein Geschäft und im hinteren Bereich eine Werkstatt hatten, während dieses hier einfach nur nach Werkstatt aussah. Das Holzschild an der Tür und das an der Hauswand bestätigten, dass sie richtig war.

Sie drückte die Tür auf. Die Glocke darüber bimmelte so laut, dass sie erschrak. Der Raum wirkte wie ein Empfangszimmer, in dem wahrscheinlich Gespräche mit Kunden geführt wurden. Zwei Sofas standen sich in der Mitte des Raumes gegenüber und entlang der Wände konnte sie Regale sehen, die vollgestopft mit Dokumenten waren. Eine Topfpflanze stand in der Ecke.

Kaum war Brita eingetreten, wurde sie begrüßt. »Tag auch!« Es war die Stimme eines Mannes. Oder doch nicht? Sie klang etwas zu jung dafür.

Als sie sich umsah, bemerkte sie einen Jungen, der im hinteren Bereich des Zimmers stand. Er trug eine abgenutzte Schürze, die bei all den Pflanzenresten, die darauf klebten, fürchterlich riechen musste. Sein langes blondes Haar hing ihm ins Gesicht, deshalb konnte sie nicht sagen, wie alt er wirklich war. Aber seiner Körpergröße und der Tonlage seiner Stimme nach zu urteilen, befand er sich wohl gerade in einem Wachstumsschub.

Brita hatte so eine Ahnung, wer der Bursche sein könnte. Ja, seine Großmutter war weit und breit bekannt, doch auch diesen Jungen hatte sein Talent zu einer Berühmtheit in E-Rantel gemacht.

»Nphelia Baleare?«

»Das bin ich«, nickte er und fragte dann: »Was kann ich für Euch tun?«

»Oh, ähm, Moment.« Brita nahm das gefaltete Papier aus ihrer Tasche, das der Gasthausbesitzer ihr überreicht hatte, und gab es dem Jungen, der nun näher gekommen war. Er öffnete es und begann langsam zu lesen.

»Das ist also ... Ich verstehe. In Ordnung. Könntet Ihr mir den Trank vielleicht zeigen?«

Nphelia nahm den Trank, den sie hervorgeholt hatte, und hielt ihn auf Augenhöhe – zumindest vermutete sie auf dieser Höhe die Augen, die unter seinen Haaren verborgen waren.

Die Stimmung veränderte sich mit einem Mal.

Nphelia strich seinen Pony zur Seite und darunter kam ein Gesicht zum Vorschein, bei dem klar war, dass die Mädchen sich in der Zukunft um ihn reißen würden. Er sah immer noch sehr jung aus, aber nun verhärteten sich seine Züge. Sein eindringlicher Blick hatte nichts mehr von der Gelassenheit seiner Begrüßung eben. Er blinzelte einige Male und seine Augen strahlten aufgeregt. Er schüttelte das Fläschchen ein paarmal und nickte dann. »Entschuldigt bitte, aber im Moment kann ich noch nicht viel darüber sagen. Würdet Ihr mir bitte folgen?«

Brita folgte Nphelia in einen chaotischen Raum. Wobei – eigentlich erschien er nur chaotisch, da sie mit all den Dingen darin nichts anzufangen wusste.

Auf einem Tisch vor ihnen drängten sich bauchige Fläschchen, Reagenzgläser, eine Brennblase, Mörser, Labortrichter, Messgläser, Brenner, eine Waage, eigenartige Aufbewahrungsgläser und verschiedene andere Gerätschaften. An den Wänden standen Regale, die mit unzähligen medizinischen Kräutern und Erzen vollgeräumt waren. Der ganze Raum war erfüllt von einem zusammengewürfelten Gestank, der roch, als wäre er gesundheitsschädlich.

Die Person, die sich im Raum befand, warf den beiden Eindringlingen einen bösen Blick zu. Sie war eine sehr alte Frau, mit Falten im Gesicht und an den Händen. Ihr schulterlanges Haar war schneeweiß. Ihre Arbeitskleidung wies sogar noch mehr grüne Flecken als Nphelias auf und roch nach Kräutern.

Als sie eintraten, rief er: »Großmutter!«

»Was gibt's? Was ist los? Ich höre dich auch, wenn du nicht so schreist. Meine Ohren sind noch gut genug.«

Nphelia hatte nur eine Großmutter und die war als die beste Heilerin der Stadt bekannt – Lizzie Baleare.

»Sieh dir das an!«

Lizzie nahm das Fläschchen, das Nphelia ihr in die Hände drückte. Ihr durchdringender Blick war so scharf, dass Brita sich innerlich auf einen Angriff vorbereitete. Sie spürte, dass sie sich in der Präsenz einer mächtigen Frau befand, die genau wusste, was sie tat.

Und das bildete sie sich nicht ein. Heiler mussten Magie für die Herstellung ihrer Medizin nutzen und je besser der Ruf eines Heilers war, desto höherrangig musste auch die Magie sein, die er anwenden konnte. Das bedeutete, dass Lizzie – die als die beste Heilerin in E-Rantel galt – im Kampf stärker sein musste als Brita.

»Das ist ... Hat sie ihn mitgebracht? Den legendären ...? Das ist unmöglich ... Gottesblut? Hey, was ist das hier?«

»Hm?« Brita blinzelte verwirrt. Um das zu erfahren, war sie doch hier.

»Dieser Trank ... er dürfte gar nicht existieren. Wo habt Ihr ihn her? Ist er aus den Ruinen?«

»Hm? Ähm ... nein, also ...«

»Ihr drückt Euch nicht sehr verständlich aus, meine Liebe. Ich will eine klare Antwort! Woher habt Ihr das? Ihr habt es doch nicht gestohlen? Hmm?«

Brita zog den Kopf ein. Sie fühlte sich, als würde sie wie ein kleines Kind gescholten, obwohl sie doch gar nichts falsch gemacht hatte.

»Großmutter! Du machst ihr Angst.«

»Was meinst du, Nphelia? Ich mach ihr doch keine Angst. Kein bisschen ... oder?«

Ähm, ich habe definitiv Angst, wollte Brita schon sagen, doch das konnte sie natürlich nicht machen, also schluckte sie die Worte gleich wieder hinunter und verlor keine Zeit mehr, ihr zu sagen, woher sie den Trank hatte. »Jemand ... ähm ... hat ihn mir gegeben.«

»Hm?« Lizzies Blick wurde noch anklagender. »Ihr meint ...?«

»Großmutter, nun warte doch mal einen Augenblick. Ähm, Brita, wer hat Euch denn diesen Trank gegeben und warum?«

Die Rettungsleine ergreifend, die Nphelia ihr gerade hinwarf, gab Brita eine einfache Antwort und erklärte, dass sie den Trank von einer mysteriösen Person in Ganzkörperrüstung erhalten hatte.

Lizzie runzelte ihre ohnehin schon runzelige Stirn. »Wusstet Ihr, dass es drei verschiedene Arten von Tränken gibt?« Obwohl Lizzie gerade eine Frage gestellt hatte, wartete sie nicht auf Britas Antwort, bevor sie fortfuhr: »Es gibt Tränke, die werden nur aus Kräutern gebraut. Sie haben keinen sofortigen Effekt, sie verbessern die Selbstheilungskräfte des Menschen. Sie sind nicht wirklich effektiv, aber dafür sehr günstig in der Herstellung und im Erwerb. Dann gibt es noch Tränke, die mit Kräutern und Magie hergestellt werden. Ihre Wirkung setzt schneller ein, aber es dauert trotzdem eine Weile, bis sie sich entfaltet. Abenteurer trinken sie oft nach einem Kampf oder wenn sie etwas mehr Zeit haben, um sich zu erholen. Zuletzt gibt es noch Tränke, die nur durch Magie hergestellt werden können. Sie werden durch die Kombination von alchemistischen Lösungen gebraut, die mit Magie versetzt werden. Ihre Wirkung setzt augenblicklich ein und entspricht der von Zaubern. Natürlich hat das aber seinen Preis. Dieser Trank, den Ihr gebracht habt, weist keine Ablagerungen von Heilkräutern auf. Das bedeutet, dass wir sicher sein können, dass er allein durch Magie hergestellt wurde, aber …« Lizzie nahm ein Fläschchen mit einer blauen Flüssigkeit und drückte es Brita in die Hände. »Dies hier ist eine typische Heilmedizin. Seht Ihr den Farbunterschied? Egal wie man sie herstellt, am Ende ist sie immer blau. Aber Eure ist rot. Das bedeutet, dass Euer Trank völlig anders gebraut wurde. Mit anderen Worten ist dieser Trank also eine echte Rarität – er könnte das Potenzial haben, die Trankherstellung zu revolutionieren! Obwohl ich nicht sicher bin, ob meine Worte irgendeine Bedeutung für Euch haben …«

Nachdem sie mit ihrer Erklärung fertig war, sprach Lizzie zwei Zauber über den Trank. »*Appraise Magic Item! Detect Enchantment!*« Verwunderung und Wut zeichneten sich auf ihrem Gesicht ab. »He he … Wah ha ha ha!«

Mit einem Mal war der Raum von schallendem Gelächter erfüllt. Lizzie sah langsam wieder auf. Ihre Mundwinkel verzogen sich zu einem verrückten Lächeln. Brita war wegen des plötzlichen Stimmungswechsels so erschrocken, dass sie wie erstarrt war. Sie brachte keinen Ton heraus.

»He he he. Ich wusste es! Sieh dir das gut an, Nphelia! Das hier, das ist der perfekte Trank! Danach sterben alle – Heiler und Alchemisten, jeder, der in die Trankherstellung involviert ist –, aber auch nach jahrelanger Forschung blieb es uns bisher verwehrt: der vollkommene Trank!« Lizzies Gesicht strahlte vor Begeisterung und ihr Atem war beschleunigt. Sie hielt das Fläschchen Nphelia hin, doch sie hielt es so fest umklammert, dass es wirkte, als wolle sie es nie wieder hergeben. »Tränke zerfallen, nicht wahr?«

»Ja, jeder weiß das«, antwortete Nphelia tonlos, was einen starken Kontrast zu Lizzies überschwänglicher Reaktion bildete, doch Brita konnte auch auf seinem Gesicht einen Anflug von Begeisterung ausmachen.

Sie verstand nur nicht, warum sie so begeistert waren. Aber sie spürte zumindest, dass sie hier an etwas Großem teilhatte. Es musste etwas zu bedeuten haben, wenn die größte Heilerin der Stadt so aufgeregt war.

»Für Tränke, die gänzlich durch Magie hergestellt werden, braucht man alchemistische Lösungen. Diese werden durch die Anwendung von Alchemie auf Erze erzeugt, deshalb liegt es nur nahe, dass diese auch nach einer gewissen Zeit zerfallen. Entsprechend müssen wir *Preservation* anwenden.« Sie hielt für einen Augenblick inne, ehe sie fortfuhr.: »Oder besser gesagt, *mussten*!«

Brita verstand nur im Ansatz, was Lizzie ihr damit sagen wollte, und sah überrascht auf den Trank hinab.

»Das hier! Dieser Trank! Er wird nicht zerfallen! Es ist also der perfekte Trank! Nie zuvor war jemand in der Lage, so etwas herzustellen!

Die Legende besagt, dass ein wahrer Heiltrank das Blut der Götter darstellt. Diese Geschichte wird schon seit Jahrhunderten erzählt.« Sie schüttelte den Trank und die rote Flüssigkeit schwappte umher. »Natürlich ist es nur eine Legende und Heiler scherzen sogar untereinander, dass die Götter selbst blaues Blut haben müssen, aber …« Sie hielt einen Moment inne, um noch einmal auf das Fläschchen zu starren, das fest umschlossen in ihren zitternden Händen lag. »Dieser Trank hier muss das wahre Blut der Götter sein!«

Lizzie war außer Atem, so sehr hatte sie sich aufgeregt. Nphelia streichelte ihr den Rücken, um sie zu beruhigen. Brita war einfach nur sprachlos.

Erneut war es Lizzie, die die Stille, die sich über die drei gelegt hatte, brach: »Ich nehme an, Ihr seid hier, um Euch über die Wirkung dieses Tranks zu erkundigen. Das hier ist das Äquivalent einer Heilmagie der Stufe zwei. Auch wenn man die Seltenheit nicht einrechnet, läge der Wert bei etwa acht Goldstücken. Doch durch diese Wertsteigerung schießt der Preis so in die Höhe, dass Euch jemand dafür töten könnte.«

Brita zitterte am ganzen Leib. Allein der Wert für die Wirkung des Tranks war eine große Summe für eine Abenteurerin mit Eisenmarke wie sie. Diese zusätzliche Wertsteigerung stellte allerdings ein echtes Problem dar. Sie fühlte sich nicht einmal mehr in der Gegenwart von Lizzie sicher, die mit ihrem scharfen Blick jede Sekunde auf sie losgehen mochte.

Aber Brita verstand immer noch nicht alles. Wieso hatte dieser mysteriöse Mann in der Ganzkörperrüstung ihr einfach so einen solchen Heiltrank gegeben? Wie sah wohl das Gesicht aus, das sich unter seinem Helm verbarg?

Unzählige Fragen strömten auf Brita ein und Lizzie fügte noch eine weitere hinzu. »Ihr wärt nicht vielleicht daran interessiert, diesen Trank an mich zu verkaufen? Ich würde Euch einen guten Preis machen. Wie wäre es mit zweiunddreißig Goldstücken?«

Britas Augen weiteten sich. Für sie war das ein unaussprechliches Vermögen. Eine dreiköpfige Familie könnte davon drei Jahre lang gut leben.

Sie konnte sich nicht entscheiden. Sie wusste, dass der Trank unglaublich wertvoll war. Wäre es die richtige Entscheidung, ihn für zweiunddreißig Goldstücke zu verkaufen? Andererseits war die Wahrscheinlichkeit, dass sie jemals einen weiteren in ihre Hände bekommen würde, verschwindend gering.

Aber wenn ich jetzt ablehne, komme ich dann lebend nach Hause?

Lizzie schüttelte ihren Kopf angesichts Britas Unvermögen, eine Entscheidung zu treffen. Dabei konnte sie ihr auch nicht helfen. Dann schlug sie jedoch etwas anderes vor ...

4

Am nächsten Morgen stieß Momon/Ainz die Tür zur Gilde ein weiteres Mal auf. Als er eingetreten war, sah er schon den Tresen am anderen Ende des Raumes, an dem drei freundliche Rezeptionistinnen Abenteurer berieten. Da waren ein Ritter in Ganzkörperrüstung, ein drahtiger Mann in leichter Rüstung mit Pfeil und Bogen und jemand in priesterlicher Kleidung mit dem Siegel eines Gottes und ein arkaner Magier in einer Robe, der einen Stab in der Hand hielt – Abenteurer aller Art trafen hier zusammen.

Zu seiner Linken befand sich eine große Tür und zu seiner Rechten das Schwarze Brett. Dort hingen einige Pergamente, die am Tag zuvor noch nicht dort gewesen waren. Natürlich hatten sich bereits Abenteurer darum versammelt. Eine Gruppe beratschlagte sich vor einem der Anschläge. Ainz, den bei diesem Anblick ein ungutes Gefühl beschlich, ging hinüber zur Rezeption.

Er konnte spüren, dass die anderen Abenteurer die Marke um seinen Hals inspizierten und ihn dann von Kopf bis Fuß musterten. Es war dasselbe Gefühl, das er auch am Tag zuvor im Gasthaus gespürt hatte.

Aus dem Augenwinkel beobachtete er die Abenteurer um sich herum. Ihre Marken waren silbern und golden. Nicht eine einzige Kupfermarke war zu sehen. Er fühlte sich nicht wirklich zugehörig und doch ging er weiter auf die Rezeption zu.

Eine Gruppe schien gerade fertig geworden zu sein und Ainz näherte sich der nun freien Rezeptionistin. »Entschuldigen Sie. Ich bin auf der Suche nach Arbeit ...«

»Oh! Dann suchen Sie sich doch bitte ein Pergament vom Schwarzen Brett aus und bringen Sie es hierher.«

Ainz nickte, doch dann hatte er auf einmal das Gefühl, dass seine verloren geglaubten Schweißdrüsen zurückgekehrt seien. Er ging auf das Brett zu und betrachtete es. Dann nickte er bestimmt. *Jepp. Ich kann hier nichts lesen.*

Zu den Gesetzen dieser Welt gehörte, dass das gesprochene Wort direkt übersetzt wurde, aber das galt nicht für die Schrift.

Beim letzten Mal hatte die Rezeptionistin alles Nötige für ihn veranlasst, also hatte er angenommen, dass es auch diesmal so sein würde. *Wie naiv.*

Aaah! Er wollte am liebsten schreien und sich auf dem Boden wälzen, doch dann beruhigte sich sein Geist schlagartig wieder. Dankbar für die Veränderungen, die mit seinem neuen Körper einhergegangen waren, betrachtete er die Situation mit kühlem Kopf.

Analphabetismus schien hier weit verbreitet zu sein, dennoch war es peinlich, nicht lesen zu können. Die Leute würden nur auf ihn herabsehen. Er hatte alle seine Items, die ihm hätten helfen können, fremde Schriften zu lesen, Sebas Tian gegeben und in *Yggdrasil*-Zeiten hatte er derartige Zauber immer nur verspottet. »Ich habe Schriftrollen, so eine Magie ist komplett nutzlos«, waren seine Worte gewesen.

Er fühlte sich wie ein Idiot. Er wusste ja, dass er die Schrift in dieser Welt nicht entziffern konnte, warum hatte er sich dann also keinen Plan für so eine Situation zurechtgelegt? Aber es half nichts, darüber zu jammern – was geschehen war, war geschehen. Auch Narberal konnte die Schrift hier nicht lesen. *Schachmatt, Ende.*

Doch auch wenn er das alles wusste, konnte er sich als Herrscher von Nazarick nicht einfach dieser Schmach aussetzen. Er traf eine Entscheidung, riss irgendein Pergament vom Brett und ging damit zurück zur Rezeption. »Diesen Auftrag würde ich gern annehmen.«

Die Rezeptionistin sah sich das Pergament an, das er ihr ziemlich eifrig in die Hand gedrückt hatte, und verzog das Gesicht. Mit einem peinlich berührten Lächeln entgegnete sie: »Tut mir sehr leid. Dies ist ein Auftrag für Abenteurer des Mithrilrangs.«

»Ich weiß. Deshalb habe ich ihn ja ausgewählt.«

Als die Rezeptionistin den unterschwelligen Stolz in Ainz' Stimme hörte, standen ihr leichte Zweifel ins Gesicht geschrieben. »Oh, ähm …«

»Ich möchte diesen Auftrag annehmen.«

»Aber …? Ähm, ich meine, ich verstehe, dass Ihr das möchtet, aber das ist gegen die Vorschriften und …«

»Das sind dumme Vorschriften. Ich kann nicht glauben, dass ich erst all diese lausigen Quests annehmen soll, nur damit ich aufsteigen kann.«

»Aber Euer Scheitern könnte viele Leben kosten.« *Ganz davon zu schweigen, dass auch der Ruf der Gilde ruiniert wäre, für den so viele Abenteurer so hart gearbeitet hatten*, schwang in ihrem strengen Tonfall mit.

»Hmpf.« Die Blicke der Abenteurer um Ainz herum wurden nun ebenso finster wie der der Rezeptionistin. Dieser Neuling wollte also einfach die Vorschriften missachten, denen sie alle so vorbildlich gefolgt waren. *Ganz normal, dass sie das aufregt*, dachte er. Dem untoten Ainz machte das nichts aus, doch der Überrest von Satoru Suzuki in ihm verbeugte sich unzählige Male, um um Entschuldigung zu bitten.

Was Satoru Suzuki jedoch wirklich hasste, waren Menschen, die Vorschläge einfach ablehnten, ohne sich vorher eine Erklärung anzuhören – oder eine Alternative anzubieten – sowie weinerliche Memmen ohne gesunden Menschenverstand. Ainz war im Moment ein Paradebeispiel des Letzteren – einer von diesen Idioten, denen man nur zu gern eins überziehen würde.

Aber er würde trotzdem nicht so schnell klein beigeben. Er hatte es wirklich in Betracht gezogen, aber er musste erst die Grenzen ausloten. Deshalb spielte er seine Trumpfkarte aus. »Die Dame hinter mir, Nabe, kommt mit mir. Sie kann Magie der Stufe drei nutzen.«

Die Luft erzitterte und plötzlich starrten alle erstaunt auf Narberal. In dieser Welt war Magie der Stufe drei nur sehr begabten Castern vorbehalten. Während sie Ainz in seiner Ganzkörperrüstung musterten, fragten sich alle, ob stimmte, was er gesagt hatte. Abenteurern war es möglich, bessere Ausrüstung zu erlangen, sobald sie im Rang aufstiegen. Nichts war überzeugender als die Tatsache, dass dieser Mann, der wohl Nabes Freund sein musste, eine so edle Rüstung trug.

Als Ainz die Veränderung in den Gesichtern um sich herum bemerkte, klopfte er sich innerlich auf die Schulter und spielte seine nächste Karte aus. »Und natürlich bin auch ich als Krieger genauso stark wie sie. Dieser Auftrag wird uns keine Probleme bereiten, das garantiere ich Euch.«

Die Reaktionen der Abenteurer um ihn herum sowie die der Rezeptionistin waren nicht mehr so ausgeprägt wie bei seiner ersten Aussage, doch er spürte, dass sie ihn alle nun in einem anderen Licht sahen.

»Ich bin kein Abenteurer geworden, um komische Quests für eine Handvoll Kupferstücke anzunehmen. Wir wollen höherrangige Aufträge. Wenn Ihr sehen wollt, wozu wir imstande sind, dann werden wir Euch mit Freuden eine Demonstration unserer Fähigkeiten geben. Können wir den Auftrag nun also annehmen?«

Die Feindseligkeit war wie weggefegt. Nun herrschte eher eine Atmosphäre von *Oh ja, natürlich* oder *Das verstehe ich nur zu gut*. Für diese rohen Kämpfer, für die die Stärke eines Abenteurers mehr zählte als alles andere, ergaben seine Worte natürlich Sinn.

Die Rezeptionistin allerdings war weniger verständnisvoll. »Es tut mir sehr leid, aber so sind die Vorschriften.«

Ainz jubelte innerlich, während sie sich entschuldigte und sich verbeugte. »Ich verstehe – da kann man nichts machen, wie es aussieht. Bitte verzeiht meine Anmaßung.« Er nickte ihr kurz zu. »Bitte gebt mir einfach die schwierigste Quest für den Kupferrang, den Ihr anzubieten habt. Vielleicht gibt es ja eine, die nicht am Schwarzen Brett zu finden ist?«

»Äh … Ja, Sir.«

Als die Rezeptionistin aufstand und Ainz innerlich schon Tränen der Freude über seinen Sieg vergoss, meldete sich einer der anwesenden Männer zu Wort: »Wenn Ihr auf eine Herausforderung aus seid, wie wär's dann, wenn Ihr mit uns kommt?«

»Hm?« Ainz konnte seine aufflackernde Wut nicht ganz verbergen. Er sah auf, um sein Missgeschick zu überspielen, und erblickte vier Männer, deren Silbermarken im Licht glänzten. *Dabei lief doch gerade alles so, wie ich wollte,* grummelte er innerlich, als er sich zu ihnen drehte. »Lohnt sich der Auftrag denn?«

»Na ja, hmm, ich denke, das kommt darauf an, was man daraus macht«, antwortete einer der Männer, der wie der Anführer der Gruppe wirkte. Er war ein Krieger, der einen Spangenpanzer trug – eine Art Rüstung, bei der dünne Metallplatten über ein Kettenhemd und eine Lederschicht gelegt wurden.

Soll ich mit denen zu ihrer Quest losziehen? Natürlich kann ich mir das auch überlegen, nachdem ich gehört habe, worum es geht, aber ich bin mir nicht sicher, ob die Rezeptionistin beim nächsten Mal wieder einen Auftrag für mich aussuchen wird. Wenn ich allerdings diesen Job hier annehme, kann ich vielleicht ein paar Kontakte knüpfen und Informationen sammeln.

Es dauerte ein paar Sekunden, bis er eine Entscheidung getroffen hatte. Dann nickte er langsam. »Das hört sich gut an. Wir kommen gerne mit. Aber würdet Ihr mir erst verraten, worum es genau geht?«

Die Männer ließen von der Rezeptionistin ein Zimmer für ihre Besprechung vorbereiten, nachdem sie Ainz' Antwort gehört hatten.

Es war im Grunde ein Konferenzraum. In der Mitte stand ein Tisch mit Stühlen. Die vier Männer setzten sich ans andere Ende des Tisches.

»Okay, Ihr könnt hier sitzen.«

Ainz nahm auf dem Stuhl Platz, der ihm zugewiesen wurde. Narberal setzte sich still neben ihn.

Die Männer waren jung – keiner von ihnen sah aus, als wäre er älter als zwanzig –, aber sie sahen nicht wie Grünschnäbel aus. Sie wirkten um einiges gesetzter als andere in ihrem Alter. Sie waren entspannt, saßen aber weit genug auseinander, um jeden Moment ihre Waffen zücken zu können. Das hatten sie ganz unbewusst getan, was bedeutete, dass ihnen das in zahllosen Schlachten um Leben und Tod in Fleisch und Blut übergegangen sein musste.

»Okay, bevor wir das Geschäftliche besprechen, stellen wir uns doch erst mal vor.« Der Krieger, der ihn auch zuvor angesprochen hatte, schien für die Gruppe zu sprechen. Er hatte das typische Aussehen der Leute dieses Königreichs. Er war blond und blauäugig und obwohl an seinem Gesicht nichts Besonderes war, war er doch gut aussehend.

»Freut mich sehr. Ich bin der Anführer der Schwerter der Dunkelheit, Peter Mauk. Dies hier ist der Ranger Lukeluther Volve, die Augen und Ohren unseres Teams.«

Ein blonder Mann in Lederrüstung grüßte Ainz mit einem Nicken. In seinen braunen Augen blitzte der Schalk. Er war recht groß gewachsen und hatte lange Arme und Beine, die irgendwie an eine Spinne erinnerten. Es war jedoch klar, dass sein Körperbau das Resultat von jahrelangem Training sein musste.

»Dies ist das Gehirn unseres Teams, ein Magic Caster, Ninya der Spell Master.«

»Auf gute Zusammenarbeit.«

Ninya war wohl der Jüngste der Gruppe. Er hatte blaue Augen und braunes Haar. Ein Lächeln, das zu jugendlich aussah, um zu einem Erwachsenen zu gehören, umspielte seine Lippen, als er sich verbeugte. Verglichen mit den anderen Mitgliedern der Gruppe, die alle recht braun gebrannt aussahen, war er sehr blass. Er war außerdem der Attraktivste der Gruppe. Sein gutes Aussehen war aber eher androgyner Natur. Auch seine Stimme war etwas hoch für die eines Mannes.

Obwohl sein Lächeln aufrichtig wirkte, hatte es etwas Maskenhaftes an sich.

Die anderen Männer trugen alle Rüstungen, doch er war nur in Leder gekleidet. Dafür konnte man in den Schatten unter dem Tisch eine Vielzahl kurioser Objekte erkennen, die von seinem Gürtel baumelten – eigenartig geformte Fläschchen und Schnitzereien. Wenn er der Spell Master genannt wurde, war er wahrscheinlich ein Nutzer von arkaner Magie wie Ainz selbst.

»Peter, könntest du bitte aufhören, mich so zu nennen? Das ist mir peinlich.«

»Warum? Was ist falsch mit dem Namen?«

»Das ist also sein Spitzname?«

Lukeluther lieferte die Erklärung, da Ainz nicht zu verstehen schien, worauf sich die Bezeichnung bezog. »Er hat ein Talent, müsst Ihr wissen! Dieser Junge ist ein berühmtes Caster-Genie!«

»Ach?«, entgegnete Ainz. Er hatte drei der Gefangenen der Heiligen Schrift des Sonnenlichts befragt, um Informationen über die Talente und Kräfte zu bekommen, mit denen manche Leute hier geboren wurden. Er war erfreut, nun endlich ein Beispiel vor sich zu haben.

Narberal hingegen grunzte spöttisch. Ainz war froh, dass nur er es gehört zu haben schien. Er fühlte sich wie ein Manager, dessen Kollege gerade ein Problem bei einem Klientengespräch verursacht hatte, und wurde für einen kurzen Moment wütend, bevor er sich wieder fing. Es würde nichts bringen, eine Szene zu machen.

»Es ist keine große Sache. Das Talent, mit dem ich geboren wurde, passte eben einfach zu meinem Typ.«

»Oho.« Ainz lehnte sich interessiert nach vorne und spitzte die Ohren.

Talente, wie auch Kampfkünste, existierten in *Yggdrasil* nicht – es gab sie nur in dieser Welt. Vielleicht einer in zweihundert Menschen wurde mit einem Talent geboren, also war es nicht unbedingt selten, dass man eine Kraft besaß. Es gab allerdings eine unendliche Vielfalt von ihnen, die von sehr schwach bis sehr stark reichten. Die Bandbreite reichte von der Fähigkeit, das Wetter des nächsten Tages mit siebzigprozentiger Treffsicherheit vorhersagen zu können, bis zur Beschleunigung der Erntezeit von Poaceae-Getreidearten um ein paar Tage, vom Beschwören stärkerer Monster bis hin zur Fähigkeit, die Magie der Drachen zu nutzen, die einst über die ganze Welt geherrscht hatten.

Die Art der Kraft war allerdings bei der Geburt schon festgelegt und oft passte das Talent nicht wirklich zu der Natur seines Trägers. Wenn jemand zum Beispiel mit einem Talent für die Verstärkung von Zerstörungszaubern geboren wurde, ihm aber die Veranlagung oder körperliche Stärke fehlte, um ein Caster zu werden, lag das Talent brach.

Wenn ein Talent allerdings der Natur seines Trägers entsprach, konnte dieser sich wirklich glücklich schätzen – mit der Ausnahme von ein paar außergewöhnlich starken Fähigkeiten bedeutete es aber noch nicht, dass ein Talent das Leben seines Trägers bestimmte. Die Tatsache, dass Gazef Stronoff selbst kein Talent besaß, war das beste Beispiel dafür.

Talentträger, die besondere Fähigkeiten für den Kampf aufwiesen, neigten allerdings dazu, sich für eine Karriere als Abenteurer zu interessieren – deshalb gab es auch viele Abenteurer, die Talente besaßen. Unter diesen war Ninya ein hervorragendes Beispiel für den glücklichen Umstand, wenn ein Talent tatsächlich auch mit der Natur seines Trägers übereinstimmte.

»Hast du mit deiner magischen Begabung nicht nur vier Jahre gebraucht, um das zu meistern, wofür andere acht brauchen? Ich mein, ich bin ja kein Caster, also weiß ich nicht, ob das wirklich eine Errungenschaft ist, aber …«

Als Magienutzer war Ainz sehr interessiert an seinen Fähigkeiten, doch auch seine Gier als Sammler trieb ihn an, mehr zu erfahren. Wenn er sich eine Kraft aneignen könnte, die niemand sonst in der Großen Gruft von Nazarick hatte, würde sie das um einiges stärker machen. Wenn es einen Weg gab, diese Fähigkeit irgendwie zu stehlen, wäre es das durchaus wert, sich ein paar Feinde zu machen.

Wenn es einen Weg gab, wäre es wahrscheinlich *Wish Upon a Star*, ein Zauber der höchsten Stufe.

Ninya hatte natürlich keine Ahnung, dass Ainz unter seinem Helm solche Gedanken hegte und ihn dabei beobachtete wie ein Jäger seine Beute, während sie sich ganz normal unterhielten.

»Ich hatte wirklich Glück, dass ich mit dieser Kraft geboren wurde. Sie hat mir geholfen, den ersten Schritt in Richtung der Erfüllung meiner Träume zu gehen. Ohne diese Kraft wäre ich sicher als irgendein armer Dörfler geendet«, murmelte Ninya mit düsterer Stimme.

Um die Stimmung ein wenig aufzulockern, fiel Peter ihm ins Wort, natürlich mit einem Tonfall, der das exakte Gegenteil zu Ninyas darstellte: »Na, jedenfalls ist er ein berühmter Talentträger in unserer Stadt!«

»Es gibt trotzdem jemanden, der noch berühmter ist als ich.«

»Die Anführerin der Blauen Rosen?«

»Die Anführerin der Blauen Rosen ist auch berühmt, aber ich meine jemanden aus dieser Stadt.«

Das letzte Mitglied der Truppe, dessen Namen Ainz bisher noch nicht erfahren hatte, meldete sich lautstark zu Wort. »Er meint Herrn Baleare!«

Ainz' Interesse war geweckt und er fragte: »Und was für ein Talent hat er?«

Alle wirkten sichtlich überrascht. Die Antwort auf diese Frage war wohl allgemein bekannt. Ainz war so erpicht darauf gewesen, mehr zu erfahren und Nazaricks Position zu stärken, dass er für einen Moment nicht aufgepasst hatte. Das war natürlich ein Problem, doch er war sich sicher, dass er seine Fehler überspielen konnte. Bevor er allerdings zu einer Ausrede ansetzen konnte, waren die anderen bereits zu ihrer eigenen Schlussfolgerung gelangt.

»Verstehe! Dass wir also noch nie von Euch und Eurer wunderschönen Begleiterin gehört haben, die sicher in der ganzen Stadt bekannt wäre, liegt also daran, dass Ihr gar nicht von hier seid?«

Ainz nahm diese Steilvorlage dankbar an und antwortete: »Das ist richtig. Wir sind gestern erst hier eingetroffen.«

»Ah, dann könnt Ihr das natürlich nicht wissen, was? Er ist hier ziemlich bekannt, aber wahrscheinlich hat sich das noch nicht bis in andere Städte herumgesprochen.«

»Scheint so, denn ich habe noch nie von ihm gehört. Würdet Ihr uns von ihm erzählen?«

»Sein Name ist Nphelia Baleare. Er ist der Enkel einer berühmten Heilerin und sein Talent ist, dass er jedes magische Item benutzen kann. Er kann Schriftrollen mit verschiedenen Magietypen nutzen, was normalerweise unmöglich ist, und er kann Items nutzen, die für gewöhnlich nur von Nichtmenschlichen genutzt werden können. Ich wette, dass er sogar Items benutzen kann, für die man eigentlich königliches Blut bräuchte.«

»Hmm …«, brummte Ainz, der sich bemühte, sich seine Verunsicherung nicht anmerken zu lassen.

Wie weit geht so ein Talent wohl? Könnte er auch Items benutzen, die zum Beispiel nur von Gildenmeistern benutzt werden können, wie das Zepter von Ainz Ooal Gown? World Items *auch? Oder gibt es da irgendeine Beschränkung?*

Er wusste, dass er ein Auge auf diesen Nphelia haben musste. Natürlich könnte er sich allerdings auch als wertvoller Verbündeter erweisen.

Narberal musste dasselbe gedacht haben, denn sie brachte ihre Lippen nah an die Stelle, an der sie Ainz' Ohren vermutete, und flüsterte leise und mit Bedacht: »Dieser Typ könnte gefährlich werden.«

»Ich weiß. In diese Stadt zu kommen war die richtige Entscheidung.«

»Momon, ist irgendwas?«

»Oh, nein, es ist nichts. Ich wollte fragen, ob Ihr mir vielleicht auch das letzte Mitglied Eurer Gruppe vorstellen möchtet?«

»Natürlich. Das ist Dyne Woodwonder, ein Druide. Er nutzt Heilmagie und Magie, die die Natur manipulieren kann. Außerdem hat er ein breites Wissen über allerlei Heilkräuter. Wenn Ihr also irgendwas braucht, dann zögert nicht und fragt einfach. Er hat sogar Medizin für Bauchschmerzen und solche Sachen.«

»Ich freue mich auf die Zusammenarbeit!«, sagte der Mann ehrfürchtig. Sein struppiger Bart in Kombination mit seinem massigen Körperbau ließ ihn wie einen Barbaren erscheinen. Er war allerdings jünger, als Ainz es zu sein schien. Ein leichter Grasgeruch drang aus der Tasche, die an seinem Gürtel befestigt war.

»Okay, dann sind wir dran, oder? Das ist Nabe und ich bin Momon. Es freut mich, mit Euch zusammenzuarbeiten.«

»Ebenso.«

»Wir werden ein gutes Team abgeben, Momon. Wir können uns übrigens gern duzen. Und ich will keinen Druck machen, aber ich würde gern zum Geschäftlichen kommen. Nicht dass es ein richtiger Job wäre …«

»Äh …«

Auf Ainz' misstrauischen Einwurf hob Peter eine Hand, um ihn um Geduld zu bitten. »Unser Ziel ist, die Monster zu jagen, die um die Stadt herum auftauchen.«

»Monsterfangen also …?« Ainz fand, dass dies auf jeden Fall als Arbeit gelten konnte. *Oder gibt es irgendeinen Grund, warum Abenteurer so was nicht als Job betrachten?* Fast hätte er die Frage gestellt, aber falls auch das wieder allgemein bekannt war, könnte es wirken, als würde er nicht wissen, wovon er sprach, und das würde ein schlechtes Licht auf ihn werfen. Er entschied sich also für eine sicherere Frage. »Um welche Monster handelt es sich?«

»Oh nein, so war das nicht gemeint – ich frage mich, wie ihr das bei euch nennt. Wir jagen die Monster und werden dann von der

Stadt über die Gilde bezahlt, je nachdem wie stark die Monster waren.«

Ah! Jetzt hatte Ainz es verstanden. Die Arbeit, die Peter und die anderen machten, würde in *Yggdrasil* und anderen Spielen dem Monstergrinden entsprechen, um Drops zu sammeln.

»Wenn man hier was verdienen will, kommt man nicht daran vorbei«, erklärte der Druide Dyne sachlich.

Lukeluther meldete sich ebenfalls zu Wort. »Wir haben zu essen. Andere Leute haben weniger zu befürchten. Die Händler können wieder sicherer reisen. Die Regierung kann ihre Steuern eintreiben. Alle gewinnen!«

»Heutzutage hat jedes Land mit Gilden so ein System, aber das ist wirklich überraschend, wenn man bedenkt, dass das vor fünf Jahren noch nicht so war«, warf Ninya ein und alle nickten.

Plötzlich schienen sie in Nostalgie zu versinken und Ainz vollkommen vergessen zu haben, während sie völlig vom eigentlichen Thema abschweiften. Er hatte zur Unterhaltung nichts mehr beizutragen. Es wäre zu verdächtig gewesen, dass er rein gar nichts über das Land wusste, in dem er sich befand, also hörte er ihnen lieber schweigend zu.

»Lang lebe die Goldene Prinzessin, richtig?«

»Der Vorschlag stieß auf einigen Widerspruch, aber ich hab gehört, sie wollte die Grundsteuer für Abenteurer abschaffen.«

»Wow. Es ist unglaublich, dass sie uns so wertschätzt.«

»Nicht wahr? Sie hat all das beschlossen, obwohl wir bewaffnete Truppen sind, die dem Königreich nicht mal ihre Loyalität bewiesen haben. Je nach Gruppierung sind manche vielleicht sogar Feinde! Nicht mal das Kaiserreich ist so tolerant.«

»Diese Prinzessin hat wirklich ein paar wundervolle Ideen … obwohl sie meistens abgelehnt werden.«

»Ich hoffe, ich kann irgendwann mal eine Frau heiraten, die so toll ist!«

»Du hast noch einiges an Arbeit vor dir, wenn du hoffst, irgendwann in die Ränge des Adels aufzusteigen!«

»Nein, danke ... ich passe. So ein striktes, formelles Leben ist nichts für mich.«

»Ach, komm schon, es wär sicher der Hammer, ein Adliger zu sein! Die Regierung erlaubt dir sogar, andere Menschen auszunutzen, und du kannst tun und lassen, was immer du willst!«

In diesen Worten offenbarten sich Ninyas wahre Gefühle, die er hinter seinem Lächeln verbarg. Unter seinem Helm zog Ainz seine nicht vorhandene Augenbraue hoch, doch Narberal wirkte gänzlich unbeeindruckt.

Dann rief Lukeluther heiter: »Ugh! Das ging wieder mal unter die Gürtellinie! Du hast wie immer nichts übrig für den Adel, was?«

»Manche von ihnen sind sicher rechtschaffene Leute, aber ... als jemand, dessen ältere Schwester von diesen Schweinehunden entführt wurde, kann ich einfach nicht ...«

»Dieses Gespräch hat ein paar unerwartete Wendungen genommen. Diese Sache sollten wir nicht vor Momon und Nabe besprechen.«

Dynes Versuch, das Gespräch in eine andere Richtung zu lenken, folgend räusperte sich Peter und fuhr mit seiner Erklärung fort: »Also, darum geht's. Wir machen uns auf die Suche nach Monstern in der Gegend. So nah an der Zivilisation werden sie nicht sehr stark sein ... Ich hoffe, das macht euch nichts aus, Momon?«

Peter nahm ein Stück Pergament heraus und breitete es vor ihnen in der Mitte des Tisches aus. Es schien eine grobe Karte der Gegend zu sein, mit Wäldern und Flüssen und anderen Landschaftsmerkmalen.

»Unser Plan war, dass wir von hier nach Süden ziehen und dort jagen.« Er tippte mit seinem Finger auf die Mitte der Karte und zog ihn bis in den Süden, zur Markierung eines Waldes. »Wir werden hauptsächlich Monster bekämpfen, die aus den Wäldern an der Grenze zum

Gottesstaat Slane kommen. Die einzigen Monster, die Waffen benutzen oder ganze Gruppen angreifen, dürften wahrscheinlich Goblins sein.«

»Ja, die sind allerdings echt schwach, also wird unsere Bezahlung auch dementsprechend klein ausfallen, wenn wir sie erledigen.«

Ainz wunderte sich ein wenig über die entspannte Stimmung. Die Goblins, die er aus *Yggdrasil* kannte, hatten alle spezielle Namen und waren Monster von Level 1 bis 50 – man hätte sie niemals alle so über einen Kamm scheren können. Wenn sie nicht aufpassten, würden sie in echte Schwierigkeiten geraten.

Sind sie so gechillt, weil sie sicher sind, dass Goblins auf höheren Leveln hier nicht auftauchen werden? Oder ist es, weil Goblins in dieser Welt einfach nicht so stark sind?

»Es gibt also keine starken Goblins?«

»Doch, schon. Aber sie verstecken sich nicht in dem Wald, zu dem wir unterwegs sind. Die stärkeren Goblins sind die Sippenanführer. Und ich kann mir nicht vorstellen, dass sie mit ihrer ganzen Sippe angreifen würden.«

»Außerdem sind sich die Goblins bewusst, wie weit der menschliche Einfluss reicht. Sie wissen, wie schwer es wäre, eine größere Invasion durchzuführen – besonders bei den stärkeren Sub-Rassen, die etwas mehr Grips haben.«

»Und wenn Nabe Magie der Stufe drei anwenden kann, sind auch die Sub-Rassen leicht zu besiegen.«

»Verstehe. Ich will euch nur daran erinnern, dass es auch Goblins gibt, die Magie der Stufe drei anwenden können. Nur um einen Anhaltspunkt zu haben: Könnt ihr mir vielleicht sagen, wie diese Monster heißen, denen wir wahrscheinlich über den Weg laufen werden?«

Die Blicke aller Mitglieder der Schwerter der Dunkelheit richteten sich sofort auf Ninya, der eine ernste Miene aufsetzte und seine

Erklärung begann. »Die Monster, denen wir häufig begegnen, sind Goblins und ihre Wölfe. Ich kenne keine Aufzeichnungen darüber, dass wir in dieser Gegend auf irgendwelche anderen wilden Kreaturen treffen könnten, die im Kampf ein Problem für uns darstellen würden. In der Ebene wäre wahrscheinlich das gefährlichste Monster, dem wir begegnen könnten, ein Oger.«

»Also gehen wir nicht in den Wald?«

»Nein, im Wald ist es ziemlich gefährlich. Wir hätten wohl kein Problem mit springenden Blutegeln, Riesenkäfern und solchen Dingern, aber die von den Bäumen hängenden Spinnen und Waldwürmer, die aus dem Boden auftauchen und einen mit Haut und Haar verschlingen können, wären sicher schwieriger zu überwältigen.«

Verstehe. Ainz nickte. *Also werden wir gegen die Monster kämpfen, die aus dem Wald auf die Ebene kommen.*

»Okay, das ist der Job, Momon. Wie sieht's aus? Werdet ihr uns helfen?«

»Äh ... Ich denke, ja ... Aber könntet ihr mir vorher vielleicht noch sagen, mit was für einer Belohnung wir rechnen können?«

»Oh, ach ja. Das ist wichtig, nicht wahr? Da es zwei Teams gibt, eures und unseres, werden wir die Belohnung durch zwei teilen.«

»Wenn man bedenkt, dass euer Team größer ist, ist das wirklich großzügig.«

»Wenn Monster auftauchen, werdet ihr allerdings auch die Hälfte von ihnen erledigen müssen, und wir können nur Magie der Stufe zwei nutzen. Ich denke, dass es sich dadurch wieder ausgleicht.«

Ainz gab vor, für einen Moment nachzudenken, und nickte dann. »Das ist in Ordnung für mich. Wir haben einen Deal. Und da wir für eine Weile zusammenarbeiten werden, werde ich euch mein Gesicht zeigen.«

Ainz nahm seinen Helm ab. Leichte Überraschung zeichnete sich auf den Gesichtern der vier Abenteurer vor ihm ab.

»Schwarzes Haar und schwarze Augen, wie Nabe. Ihr seid gewiss nicht von hier. Ich hab gehört, dass es im Süden ein Land gibt, in dem Leute wie ihr leben … Kommt ihr beide von da?«

»Ja. Wir sind ziemlich weit gereist.«

»Er ist älter, als ich dachte … Ein ziemlich alter Knacker.«

»Sei nicht unhöflich! Ein Krieger, der Magie der Stufe drei nutzen kann, muss so alt sein!«

»Dann muss Nabe ja wirklich schnell gelernt haben!«

Ainz' Gehör war scharf genug, dass er das Geflüster der drei anderen hören konnte. Er fühlte sich zu jung, als dass man ihn »alter Knacker« nennen konnte, aber verglichen mit diesen Jungspunden war er wahrscheinlich wirklich alt. Wenn man bedachte, dass die Leute hier schon mit sechzehn volljährig waren, war er schon in reiferen Jahren.

»Da ihr mein Gesicht jetzt gesehen habt, werde ich den Helm wieder aufsetzen«, sagte er, als er ihn wieder über seinen Kopf stülpte. »Wenn sich herumspricht, dass wir beide Ausländer sind, könnte das Probleme machen.«

Ainz grinste unter seinem Helm. Er hatte schwache Illusionsmagie benutzt, die sich sofort auflösen würde, wenn man sie berührte, doch er war froh, dass er so vorausschauend gewesen war.

»Okay, wenn wir gemeinsam jagen gehen wollen, dann sollten wir jetzt alle Fragen aus dem Weg schaffen. Gibt es irgendwas, das ihr wissen wollt?«

»Ja!«

Eine Hand schoss in die Höhe, kaum dass Ainz ausgesprochen hatte. Sie gehörte Lukeluther. Als er sah, dass kein anderer etwas fragen wollte, stellte er seine Frage direkt an Narberal. »Was für eine Beziehung habt ihr zueinander?«

Stille.

Ainz konnte sich nicht vorstellen, warum er so etwas fragen würde. Peter und der Rest der Truppe dagegen wussten es nur zu genau.

»Wir sind Freunde.«

Lukeluthers Reaktion auf Ainz' Antwort ließ die Stimmung des ganzen Treffens mit einem Mal kippen. »Ich habe mich verliebt! Es ist Liebe auf den ersten Blick! Willst du mit mir ausgehen?«

Alle starrten ihn an. Als sie realisierten, dass er das nicht als Scherz, sondern todernst meinte, wanderten ihre Blicke zu Narberal. Als neuer Mittelpunkt der Aufmerksamkeit im Raum seufzte sie nur, bevor sie antwortete: »Sei still, du Wurm. Sprich mich erst wieder an, wenn du weißt, wo dein Platz ist, oder ich reiße dir die Zunge raus.«

Eine tiefe Stille breitete sich im Raum aus.

»Äh, ähm …«

Bevor Ainz auch nur ein Wort herausbrachte, erwiderte Lukeluther: »Danke für diese vehemente Ablehnung! Lass uns als Freunde anfangen!«

»Stirb, du Made. Als ob wir jemals Freunde sein könnten! Soll ich dir die Augen mit einem Löffel herausschälen?«

Peter und Ainz ignorierten den Schlagabtausch und verbeugten sich voreinander.

»Tut mir leid, dass unser Kamerad euch Umstände bereitet.«

»Aber nicht doch, ich sollte mich für diesen Ausbruch entschuldigen.«

»Okay, können wir dann davon ausgehen, dass niemand mehr Fragen hat?«, richtete Peter sich an alle im Raum außer dem idiotisch grinsenden Lukeluther und der wutschäumenden Narberal. »Dann lasst uns losziehen, sobald ihr beide fertig seid. Wir haben unsere Vorbereitungen bereits getroffen.«

Das Wort Vorbereitungen erinnerte Ainz an etwas. Er hatte die Grundausrüstung zum Abenteurern vom Gasthausbesitzer erworben, doch weder er noch Narberal brauchten Essen oder Trinken.

Natürlich wäre es verdächtig, wenn sie nichts essen würden, also würden sie wohl zumindest so tun müssen.

»Okay. Wir sind bereit, sobald wir unsere Essensvorräte aufgestockt haben.«

»Nur Essen? Wenn ihr nichts von einem bestimmten Laden braucht, dann könnt ihr am Tresen vorne Unverderbliches kaufen. Dort versorgt man euch im Handumdrehen mit allem, was ihr braucht.«

»Oh, das klingt gut. Dann können wir sofort los.«

»Sollen wir also?«

Alle erhoben sich und verließen den Konferenzraum.

An der Rezeption tummelten sich inzwischen mehr Abenteurer als zuvor und einige Gruppen hatten sich am Schwarzen Brett versammelt. Die Aufmerksamkeit aller war jedoch auf einen ganz bestimmten Jungen gerichtet.

Der blonde Jüngling sprach mit einer der Rezeptionistinnen, doch die anderen beiden hörten ebenso zu. Die Atmosphäre war das genaue Gegenteil zu dem ganzen Aufruhr, der sich zuvor im Eingangsbereich abgespielt hatte.

Erstaunt blickte die Rezeptionistin plötzlich zu Ainz.

Was zur Hölle? Während Ainz sich noch fragte, was hier eigentlich los war, stand die Rezeptionistin auf und kam auf ihn zu.

»Man verlangt nach Euch.«

Die Stimmung im Raum veränderte sich schlagartig, als die Rezeptionistin diese Worte ausgesprochen hatte. Ainz spürte neugierige Blicke auf sich ruhen. Auch die Mitglieder der Schwerter der Dunkelheit schienen überrascht zu sein.

Narberal reagierte auf die umschlagende Stimmung und machte sich bereit, sollte es zum Kampf kommen.

Ugh. Dass Narberal sich bereit machte, war ein Problem, egal was ihr Beweggrund war. Vielleicht hatte sie eine Bedrohung wahrgenommen und wollte Ainz beschützen, doch das war hier alles andere als angebracht. Zumindest würde jemand mit etwas mehr Weitsicht nicht tun, was sie gerade tat. Auch wenn sie Ainz' Sicherheit über alles andere stellte, sollte sie wirklich nachdenken, bevor sie handelte.

Sie ist so ein Dummkopf. Sie ist keinen Deut besser als Albedo. Was denkt die sich eigentlich? Na ja, wahrscheinlich denkt sie gar nicht. Sie sieht auf Menschen herab, also ist es für sie, als würde sie ein paar nervige Insekten zertreten. Es ergibt schon irgendwie Sinn, dass sie sich so verhält, da die Gilde Ainz Ooal Gown nur aus Heteromorphen besteht, aber hier und jetzt ist nicht der richtige Zeitpunkt für so was.

Ainz vergrub das Gesicht in seinen Händen. Er hatte das Bedürfnis, seine Gildenkameraden zu fragen, warum all ihre NPCs so waren. *Es ist mir egal, was ihr ihnen für Hintergrundgeschichten geschrieben habt – aber gebt ihnen wenigstens ein Minimum an zwischenmenschlichen Skills, wie Situationen einschätzen zu können oder die Folgen ihrer Taten zu bedenken.*

Er hatte jetzt keine Zeit, sie zu rügen. Aber er wusste auch nicht, was passieren würde, wenn die Leute bemerkten, dass sie sich gerade kampfbereit machte. Er versetzte ihr einen schnellen Schlag mit der Handkante an den Kopf – natürlich nicht mit voller Kraft. Doch der Schmerz, den er mit seinem Eisenhandschuh verursacht hatte, schien nicht zu verachten zu sein, denn Narberal sah mit Tränen in den Augen zu ihm auf. Verwunderung und Verwirrung standen ihr ins Gesicht geschrieben.

Ainz ignorierte sie und wandte sich wieder an die Rezeptionistin: »Wer hat nach mir verlangt?«

Schon während er die Frage stellte, fühlte er sich dumm. Es musste dieser Junge gewesen sein.

»Nphelia Baleare.«

Ainz erkannte, dass er diesen Namen gerade erst gehört hatte. Der Junge kam direkt auf ihn zu. »Freut mich, Euch kennenzulernen.

Ich war es, der nach Euch gefragt hat.« Er senkte den Kopf zur Begrüßung und Ainz erwiderte die Geste. »Also, es geht um …«, begann Nphelia, doch Ainz hielt eine Hand hoch, um ihn zu unterbrechen.

»Es tut mir furchtbar leid, aber ich habe mich schon für einen anderen Auftrag verpflichtet. Ich kann im Moment keine weiteren annehmen.«

Ein Raunen ging durch den Raum. Besonders die Mitglieder der Schwerter der Dunkelheit waren schockiert.

»Aber Momon, er verlangt nach *dir*!«

Ainz fragte sich, ob es wirklich so etwas Besonderes war, wenn jemand nach einem direkt verlangte, doch …

»Das mag sein, aber es ist doch wohl nur gerecht, dass vorherige Verpflichtungen Vorrang haben, meint ihr nicht?« Ainz' schien mit seiner Schlussfolgerung nicht ganz falschzuliegen. Einige der umstehenden Abenteurer nickten. Er hatte wohl ihren Zuspruch gefunden.

»Aber … unsere Quest ist nicht mal wirklich ein richtiger Auftrag und wir könnten euch nicht mal bezahlen, wenn wir keinen Monstern begegnen …«, murmelte Peter vor sich hin.

Die Differenz zwischen dem Wert des Auftrags dieses Jungen hier (der nicht nur selbst berühmt ist, sondern auch noch eine berühmte Großmutter hat) und dem Herumstreifen und Monsterjagen ist enorm. Das muss der Grund sein, wieso Peter ihm hier den Vorrang lassen will, vermutete Ainz, also antwortete er mit freundlicher Stimme: »Wie wäre es damit, Peter? Ich weiß bisher weder, um welchen Auftrag es geht, noch, wie die Bezahlung aussieht, also werde ich mir zuerst anhören, was Herr Baleare mir sagen möchte, und dann werde ich eine Entscheidung fällen.«

»Das geht für mich in Ordnung. Wir würden zwar lieber bald aufbrechen, aber wir hatten nicht mal geplant, heute oder morgen schon loszuziehen.«

»Dann sollen die Schwerter der Dunkelheit mitkommen, wenn wir alles besprechen. Wenn wir uns einigen können ... oder eher, falls wir das nicht können, werde ich meine Verpflichtung einhalten.«

»Was? Du willst, dass wir mit zur Besprechung kommen?«

»Ja. Da ihr nun auch betroffen seid, ist eure Meinung wertvoll für mich.«

Nachdem die Schwerter der Dunkelheit eingewilligt hatten, gingen sie alle gemeinsam zurück zum Konferenzraum, aus dem sie gerade erst gekommen waren.

Das artet ja richtig in Stress aus. Ainz lächelte bitter und setzte sich auf denselben Stuhl wie zuvor. Narberal setzte sich wieder neben ihn, während Nphelia direkt neben ihr Platz nahm. Die Männer der Schwerter der Dunkelheit setzten sich ebenso auf ihre vorigen Plätze.

Der Erste, der das Wort ergriff, war natürlich Nphelia. »Die Rezeptionistin hat meinen Namen zwar schon erwähnt, aber erlaubt mir, dass ich mich noch einmal vorstelle. Ich heiße Nphelia Baleare. Ich bin Heiler in dieser Stadt. Was mein Anliegen betrifft: Ich muss in einen nahen Wald und wie Ihr wisst, ist es dort sehr gefährlich. Also würde ich Euch um Eure Eskorte bitten, aber auch darum, mir beim Sammeln von Heilkräutern zur Seite zu stehen.«

»Eine Eskorte also? Ich verstehe.« Ainz nickte selbstsicher, wobei er sich insgeheim dachte, dass das nicht gerade verlockend klang.

Ainz kannte seine eigene Stärke und wenn auch noch Narberal an seiner Seite kämpfte, wäre es überhaupt kein Problem, jegliches Monster, das sich ihnen in den Weg stellte, auszuschalten. Was allerdings ein Problem werden konnte, das war das Eskortieren an sich. Als Caster hatten weder er noch Narberal die Fähigkeiten eines Tanks, die es leichter machen würden, jemanden zu beschützen.

»Als Vergütung würden wir eine Summe fest...«

»Einen Moment bitte. Es ist wirklich praktisch, dass es um eine Eskorte geht. Hey, Peter, was würdet ihr sagen, wenn ich stattdessen *euch* anheuere?«

»Was?«

»Wäre es für eine Eskorte in den Wald und das Sammeln von Heilkräutern nicht besser, wenn wir einen Ranger und einen Druiden dabeihätten?«

»Das ist wahr! Wie scharfsinnig von dir, Momon. Druiden sind im Wald tatsächlich in ihrem Element. Ich wäre wahrscheinlich sogar hilfreicher als Lukeluther!« Ein Anflug von Stolz schlich sich in Dynes Stimme.

Lukeluther fand dies allerdings nicht so amüsant. »Red nur weiter, Dyny.«

»Mit meinen Druidenfähigkeiten ist es nur natürlich, dass ich ihnen mehr helfen könnte. Und vergiss nicht, dass ich mich auch mit Medizin auskenne.«

»Hmm. Ich wär dabei, Peter. Scheinbar muss ich dem Herrn Druiden hier beweisen, dass ich besser im Sammeln bin.«

»Von mir aus. Und wenn unterwegs Monster auftauchen, können wir sie erledigen und bekommen obendrein die Vergütung von der Stadt. Herrn Baleares Bezahlung könnten wir dann unter uns allen aufteilen, oder, Peter?«

»Dagegen habe ich nichts einzuwenden, wenn das für dich in Ordnung geht, Momon.«

»Tut mir leid, dass Ihr warten musstet, Herr Baleare. Wenn Ihr keine Einwände habt, würden wir den Auftrag gern annehmen.«

»Oh? Ja, in Ordnung. Ich freue mich, mit Euch allen zusammenzuarbeiten. Oh, und Ihr könnt mich Nphelia nennen.«

Sie stellten sich alle einzeln bei Nphelia vor und obwohl Narberal Lukeluther noch mit ein paar Spitzen versetzte, gab es keine wirklichen Probleme.

»Also, normalerweise reise ich erst zum Dorf Carne, übernachte dort und ziehe dann weiter zum Wald. Die Zeit, die wir für das Sammeln der Kräuter brauchen, hängt davon ab, wie viele wir finden, aber es wird maximal drei Tage dauern. Im Durchschnitt dauert es immer so zwei Tage.«

»Wie werden wir dort hinkommen?«

»Ich habe einen Wagen mit einem Pferdegespann, aber in dem werden die ganzen Kräuter transportiert, also können nicht alle mitfahren.«

»Können wir unseren Proviant in Carne aufstocken?«

»Wasser wird kein Problem sein, aber was Nahrungsmittel angeht, könnte es schwieriger werden. Es ist kein besonders großes Dorf.«

Die Schwerter der Dunkelheit diskutierten, wie sie ihre Vorbereitungen treffen wollten, und überhäuften Nphelia mit Fragen. Dann meldete sich Ainz zu Wort: »Dürfte ich vielleicht auch ein paar Fragen stellen?« Als Nphelia mit einem einladenden Lächeln antwortete, dass er nur fragen solle, fuhr Ainz fort: »Wieso hast du explizit nach mir verlangt? Ich bin erst vor Kurzem hier angekommen, ich habe keine Freunde in dieser Stadt, niemand kennt mich, und trotzdem wolltest du explizit mich für diesen Auftrag? Außerdem klang es so, als würdest du diesen Trip öfter machen. Bedeutet das, dass du bisher einen anderen Abenteurer angeheuert hast? Was ist mit ihm passiert?«

Ainz' Blick unter seinem Helm durchbohrte Nphelia förmlich. Er konnte sich nicht daran erinnern, diesem Jungen je begegnet zu sein. Falls seine wahre Identität ans Licht gekommen war, würde er eine andere Möglichkeit der Tarnung finden müssen. Er bemühte sich, die wahren Motive des Jungen herauszufinden, doch er konnte in dessen Gesicht keine Regung feststellen, da der lange Pony die Hälfte seines Gesichts verdeckten.

Ainz begann schon, sich zu fragen, ob er einfach überreagierte, als Nphelia erklärte: »Die Person, die ich sonst angeheuert habe, hat E-Rantel verlassen, um in eine andere Stadt zu reisen. Deshalb war ich auf der Suche nach jemand Neuem. Und dann … Nun ja, ich habe von jemandem, der meinen Laden besucht hat, von dem Vorfall im Gasthaus gehört.«

»Der Vorfall im Gasthaus?«

»Ja, wie du einen Abenteurer, der einen Rang über dir war, mit einem Streich verdroschen hast.«

»Verstehe.«

Ainz hatte seine Stärke im Gasthaus zur Schau stellen wollen, damit sich sein Name in der Stadt verbreitete, und es schien funktioniert zu haben. Er war fast davon überzeugt, als Nphelia scherzte: »Außerdem kosten Abenteurer des Kupferrangs weniger, stimmt's? Ich würde mich freuen, wenn wir eine Zeit lang zusammenarbeiten könnten.«

»Ha ha, das ist wahr«, antwortete Ainz. Er wusste nur zu gut, dass man ganz unten starten musste. Seine Zweifel waren zerstreut, aber es gab noch eine Sache, die ihm Sorge bereitete. Falls das der Fall wäre …

Während Ainz noch ein wenig darüber nachdachte, wurden Nphelia weitere Fragen gestellt, die er geduldig beantwortete. Als es endlich schien, als wäre alles geklärt, erhob Nphelia seine Stimme. »Dann machen wir uns bereit und ziehen los!«

5

Mitten in der Nacht schlüpfte eine Kapuzengestalt in den riesigen Friedhof von E-Rantel. Der schwarze Umhang zusammen mit den eigentümlich steifen Bewegungen des über den Boden huschenden Schattens erweckte den Eindruck eines Geistes. Geschickt vermied die Gestalt alle magischen Lichtquellen des Friedhofs und drang immer tiefer vor.

Schon bald erreichte sie ein Mausoleum. Die Schattengestalt nahm langsam ihre Kapuze ab und eine junge Menschenfrau kam zum Vorschein. Sie musste Anfang zwanzig sein. Ihr attraktives Gesicht hatte etwas Katzenhaftes. Sie übte einen gewissen Reiz aus, strahlte gleichzeitig aber auch Gefahr aus – als könnte sie jeden Moment ihre wahre Gestalt als fleischfressende Bestie offenbaren.

»Hier ist es!«, rief sie voller Freude in der Stimme, während sie ihr kurzes blondes Haar zurückstrich. Sie stemmte die steinerne Tür auf. Unter ihrem Umhang konnte man das leise Klirren von Metall auf Metall hören – es klang fast wie ein Kettenhemd.

Als sie das Mausoleum betrat, lagen keine Körper auf den steinernen Leichenbahren und der Grabschmuck für die toten Seelen war bereits weggeräumt. Trotzdem hing ein widerwärtiger Geruch in der Luft und kitzelte die Nase der Frau, als hätte das Gestein den Duft des Räucherwerks aufgesogen.

Mit einer leicht hochgezogenen Augenbraue näherte sie sich einer großen Plattform im hinteren Bereich des Mausoleums. »Hmm, hmm,

hmm! Mal sehen ...«, summte sie, als sie ein besonders detailliertes Relief an ihrem Sockel drückte.

Sie hörte ein Klicken und eine Sekunde später glitt die Plattform zur Seite, um ein Treppe freizugeben.

»Ich komme rei-heiiin!«, rief sie in die Dunkelheit und zog die letzte Silbe in die Länge, bevor sie sich an den Abstieg machte. Unterwegs gab es eine Abzweigung und am Fuß der Treppe tat sich eine große Höhle auf.

Die Wände und der Boden waren voller Geröll, aber da die Höhle größtenteils von Menschen erbaut zu sein schien, sah es nicht aus, als ob sie in nächster Zeit einstürzen würde. Die Luft war auch nicht abgestanden. Es war nicht zu erkennen, woher sie kam, aber sie roch frisch.

Dieser Ort war nicht Teil des Friedhofs. Nein, er war um einiges unheimlicher.

Eigenartige Wandteppiche hingen an den Wänden und unter ihnen sah mal eine Vielzahl brennender roter Kerzen. Sie verbreiteten den Gestank von verbranntem Blut, das in ihr Wachs eingearbeitet war. Zwischen den zahllosen Schatten, die an den Wänden tanzten, erkannte sie auch einige Löcher. Sie waren groß genug, dass Menschen hindurchpassen würden, und verströmten ebenfalls einen Verwesungsgeruch, wie er nur von niederrangigen Untoten stammen konnte.

Die Frau ließ ihren Blick durch die Höhle wandern, bevor sie sich auf einen einzelnen Punkt konzentrierte. »Oh! Hey, du da in deinem Versteck! Du hast einen Gast!«

Die Schultern eines Mannes, der in den Schatten eines Durchgangs stand, zuckten.

»Hey du! Ich bin hier, um Khaj zu sehen! Ist er hier?«

Der Mann wusste nicht, was er tun sollte, und seine Schultern bebten unaufhörlich bei dem Geräusch der Schritte, die auf ihn zukamen.

»Schon in Ordnung. Lass uns alleine.« Der neu hinzugekommene Mann schickte den Zögerer weg und zeigte sein Gesicht.

Er war sehr dünn. Seine Augen waren eingesunken und sein Gesicht war so blass, dass fraglich war, ob er wirklich am Leben war – *aschfahl* war das perfekte Wort, um es zu beschreiben. Nicht ein einziges Haar war auf seinem Kopf auszumachen. Tatsächlich hatte er weder Augenbrauen noch Wimpern und auch ansonsten deutete nichts auf irgendeine Form der Behaarung hin. Durch sein Aussehen war es unmöglich zu sagen, wie alt er wirklich sein mochte, aber da seine Haut faltenfrei war, konnte er nicht all zu alt sein. Er trug eine blutrote Robe und eine Halskette, an der kleine Tierschädel baumelten. Seine Arme bestanden fast nur aus Haut und Knochen und in seinen Fingern, die in gelben Nägeln endeten, hielt er einen schwarzen Stab. Er hatte mehr von einem untoten Monster als von einem Menschen.

»Hi, Khaj.«

Der Mann verzog das Gesicht, als er diese freudige Begrüßung hörte. »Hör auf, mich so begrüßen! Das ist eine Beleidigung des stolzen Namens von Zurrernorn.«

Zurrernorn – eine böse Geheimgesellschaft, die aus Castern bestand, die ihren mächtigen Herrscher über alles verehrten und denen der Tod auf Schritt und Tritt folgte. Sie hatten bereits mehr als ein paar Tragödien verursacht und wurden von den umliegenden Nationen als Feinde angesehen.

»Hmm!« Ihre Reaktion deutete nicht darauf hin, dass sie ihre Begrüßung ändern wollte, woraufhin sich tiefe Falten in die Stirn des Mannes gruben.

»Und? Was führt dich hierher? Du weißt, dass ich hier Energie in das Juwel des Todes fließen lasse. Wenn du hier bist, um mir Probleme zu bereiten, dann werde ich mir erlauben, mit dir zu verfahren, wie es mir beliebt.« Er kniff die Augen zusammen und eine seltsame Macht schien sich in seinem Stab zu sammeln.

»Ach, Khaj, jetzt sei doch nicht so. Ich hab dir sogar ein Geschenk mitgebracht!« Die Frau grinste und kramte in ihrem Umhang herum. Man konnte etwas rasseln hören, doch dann fand sie endlich, was sie suchte, und zog es fröhlich hervor.

Es war eine Krone. Unzählige kleine Edelsteine waren sorgfältig auf dem dünnen Metallgespinst befestigt, das so dünn wie Spinnfäden war – es sah fast wie ein Spinnennetz aus, das mit Wassertropfen gesprenkelt war. Ein größerer schwarzer Kristall war in seiner Mitte eingesetzt, ungefähr da, wo die Stirn des Trägers sein würde.

»Das ist …« Die Augen des Mannes weiteten sich. Er hatte bereits eines aus der Ferne gesehen, deshalb war er sich absolut sicher. »… das Zeichen einer Miko-Prinzessin, eine Krone des Weisen – einer der bestgehüteten Schätze des Gottesstaats Slane!«

»Jepp! Ein süßes Mädel hat sie getragen, aber sie hat ihr nicht gestanden, also hab ich ihr einen Gefallen getan und sie gestohlen. Und dann – Überraschung! – ist sie komplett durchgedreht! Sie hat überall hingepinkelt und hingekackt!« Die Frau lachte hasserfüllt.

Sie war zuvor ein Mitglied der Schwarzen Schrift gewesen, deshalb wusste sie ganz genau, was mit der Trägerin – einer der Miko-Prinzessinnen, die Schlüsselrollen in den magischen Zeremonien des Gottesstaats innehatten – geschehen würde, wenn man ihr die Krone entwendete. Wurde eine neue Prinzessin gekrönt, war es die Aufgabe der Schwarzen Schrift, die andere, die durch den Verlust ihrer Krone in den Wahnsinn getrieben wurde, mit den Göttern zu vereinen.

»Ich mein, da war nichts, was ich hätte tun können. Das kann man nicht anders sehen! Es ist die Schuld von dem Typen, der die Dinger gemacht hat. Kann nicht glauben, dass er damit davongekommen ist.«

Es gab keine Möglichkeit, eine Krone des Weisen auf sichere Weise zu entfernen. Die einzige Möglichkeit war, sie zu zerstören. Aber eine Krone des Weisen transformierte einen Menschen in jemanden, der Magie der höchsten Stufe nutzen konnte, während sie die eigentliche Persönlichkeit versiegelte und nur die Hülle der früheren Person zurückließ. Es wäre Verschwendung, ein so kostbares Artefakt zu zerstören.

Da nahm man lieber ein paar Wahnsinnige in Kauf.

»Hmpf. Ich kann nicht glauben, dass du die Schwarze Schrift hintergangen hast, nur um so ein Stück Schrott zu stehlen. Wenn du schon so weit gehst, hättest du wenigstens einen der heiligen Schätze der Sechs Götter stehlen können!«

»Schrott?! Wie gemein!« Schmollend blies sie die Backen auf.

»Oh, ich bin sicher, dass das Schrott ist. Die Mädchen, die dieses Ding benutzen können, sind ziemlich selten – nur eine in einer Million kann das. Um nach einem solchen Mädchen zu suchen, bräuchtest du schon eine ganze Nation hinter dir – wie den Gottesstaat Slane zum Beispiel«, spottete der Mann.

Der Gottesstaat Slane war das einzige Land in der Gegend, das ein Einwohnerregister hatte. Auf diese Weise konnten sie die Trägerinnen der Kronen überhaupt ausfindig machen – die Opfer. Ohne dieses System wäre es außerordentlich schwierig, nach ihnen zu suchen, selbst mit der Kraft von Zurrernorn.

»Außerdem, wie soll ich denn bitte so einen heiligen Schatz stehlen? Das stärkste Monster der Schwarzen Schrift, das Kräfte aus einer anderen Welt hat – die primitive Arschgeige, von der es heißt, dass sie das Blut der Götter in sich trägt –, bewacht die alle!«

»Diese Halbgöttin …? Ist sie wirklich so stark? Ich habe bisher nur von ihr gehört, wenn du von ihr erzählt hast.«

»Oh Mann, die ist 'ne ganze Nummer zu groß! Aber das weißt du wahrscheinlich nicht, weil es streng geheim ist. Ich wünschte, es gäbe mehr Informationen, aber sie sagen, wenn das rauskäme, würde der ganze Gottesstaat in einen Krieg gegen die übrig gebliebenen *Dragonlords* verwickelt und ausradiert werden.«

»Das bezweifle ich stark.«

Der Tonfall der Frau veränderte sich schlagartig. »Klar tust du das, weil du seine Kraft noch nicht mit eigenen Augen gesehen hast ... Aber zurück zum Thema, Khajiit Dale Badantel ... Wir beide gehören zu den zwölf Anführern. Lass uns zusammenarbeiten.«

»Oh? Blitzt da etwa gerade deine wahre Persönlichkeit hervor? Eine echte Quintias? Das Dale kannst du weglassen. Ich benutze den Namen nicht mehr.«

»Nur wenn du aufhörst, mich ›eine echte Quintias‹ zu nennen. Sag einfach Clementine zu mir!«

»Clementine also. Und warum sollten wir zusammenarbeiten?«

»Es gibt jemanden mit einem ganz wundervollen Talent in dieser Stadt, weißt du? Ich wette, er könnte dieses Item benutzen.«

»Ah ... Ich habe die Gerüchte gehört. Aber du kannst doch sicher eine einzelne Person alleine kidnappen?«

»Na sicher! Aber wenn ich das tue, brauche ich eine Ablenkung.«

»Du willst also fliehen, während alle anderweitig beschäftigt sind? Ich verstehe ...«

»Ich würde dir auch bei deinem Ritual helfen. Das ist doch kein schlechtes Angebot, oder?«

Khajiits Augen verengten sich und ein abgrundtief böses Lächeln breitete sich auf seinem Gesicht aus. »Sehr gut, Clementine. Wenn das so ist, dann können wir das Totenritual früher ausführen als geplant. Ich bin dabei. Du hast meine volle Unterstützung.«

Kapitel 2: Die Reise

Kapitel 2: Die Reise

1

Es gab zwei Hauptrouten, über die man mit dem Wagen von E-Rantel ins nordöstlich gelegene Dorf Carne reisen konnte. Man konnte zuerst nach Norden gehen und dann dem Pfad am Wald entlang nach Osten folgen oder Richtung Osten aufbrechen und sich dann nach Norden wenden. Die Gruppe entschied sich für Ersteres.

Am Waldrand war das Risiko, Monstern zu begegnen, größer, was man als Eskorte eher hätte vermeiden wollen. Der Grund, warum sie sich trotzdem für diesen Weg entschieden hatten, war die Monsterjagd, auf die Ainz ursprünglich mit Peter und seiner Gruppe hatte gehen wollen. Sie wollten zwei Fliegen mit einer Klappe schlagen, aber riskierten damit, gar keine zu erwischen. Mit Ainz und Nabe an ihrer Seite fühlten sich jedoch alle sicher genug, den gefährlicheren Weg zu nehmen. Ainz hatte Nabe befohlen, *Lightning* einzusetzen, sobald sie die Stadt verlassen hatten, um den anderen zu beweisen, dass sie Magie der Stufe drei anwenden konnte, was auch die letzten Zweifel ausgeräumt hatte.

Ohnehin würden sie nicht tiefer in den Wald vordringen, sondern auf der Grasebene an ihm vorbeiziehen, sodass sie keinen allzu starken Monstern begegnen sollten. Da sie allerdings auch mit diesen fertig werden würden, entschieden sie, dass dies eine gute Gelegenheit wäre, die Fähigkeiten jedes Teams in der Praxis auszutesten.

Sie hatten E-Rantel verlassen, als die Sonne gerade ihren Zenit überschritten hatte. In der Ferne konnten sie einen kleinen Wald ausmachen, der wie ein dunkelgrüner Fleck aussah, so dicht war er. Die dicken Stämme der Bäume wuchsen pfeilgerade aus dem Boden und ihre prächtigen Äste waren so ausladend, dass kaum ein Sonnenstrahl hindurchdrang. Im Wald sah man kaum die Hand vor Augen und es fühlte sich fast an, als würde man von der Dunkelheit verschluckt, sobald man hineintrat. Die Leerräume zwischen den Bäumen muteten wie weit aufgerissene Mäuler an, die auf ihre Beute warteten. Allein der Anblick ließ einen erzittern.

Die Gruppe war so aufgestellt, dass der Wagen in der Mitte war. Nphelia lenkte logischerweise den Wagen, Lukeluther, der Ranger, übernahm die Spitze, Peter, der Krieger, deckte die linke Seite, Dyne, der Druide, und Ninya die rechte und Ainz und Narberal bildeten das Schlusslicht.

Sie waren bisher nicht besonders wachsam gewesen, unter anderem weil die Sicht gut war, doch auf einmal verschärfte sich Peters Tonfall. »Momon, wir erreichen jetzt gefährlicheres Terrain. Ich denke nicht, dass es hier Monster gibt, mit denen wir nicht klarkommen werden, aber bleibt sicherheitshalber wachsam.«

»Verstanden«, nickte Ainz, dann kam ihm ein Gedanke.

In einem Spiel waren die Monster, denen die Spieler in einem bestimmten Gebiet begegnen konnten, festgelegt. Das konnte jedoch unmöglich auf die Realität zutreffen. *Wer weiß, was für gewitzten Gegnern wir hier begegnen.*

Nach dem Vorfall im Dorf Carne und dem, was er von den gefangen genommenen Mitgliedern der Heiligen Schrift des Sonnenlichts erfahren hatte, hatte Ainz keine Zweifel an seiner Stärke. Aber das betraf nur seine Stärke als Magic Caster. Derzeit konnte er allerdings kaum irgendwelche Zauber sprechen, da er in seiner engen Rüstung steckte. Wenn er seine Spezialfähigkeiten nicht einsetzen konnte, würde er dann den Erwartungen an ihn als Vorhut überhaupt gerecht werden können? Außerdem waren sie als Eskorte hier, es ging also nicht nur darum, Monster zu erledigen – er musste Nphelia unter allen Umständen am Leben halten, sonst würde die Mission fehlschlagen. Bei diesem Gedanken wurde ihm doch ein wenig mulmig zumute.

Wenn es wirklich darauf ankam, würde er die Rüstung einfach abwerfen und seine Magie nutzen, doch dann würde er entweder die ganze Gruppe töten oder sie mit einer Art Gedächtnismanipulationsmagie belegen müssen, was er lieber vermeiden wollte. *Das wär echt nervig.*

Ainz sah zu Narberal. Sie reagierte mit einem einzelnen Nicken. Sie hatten sich darauf geeinigt, dass sie im Ernstfall auch höhere Zauber als die der Stufe drei anwenden würde – bis zu Stufe fünf war alles erlaubt. Das würde hoffentlich alle Gefahren beseitigen. Falls nicht, würde Ainz seine Rüstung ablegen und ernst machen.

Lukeluther schien den Blickkontakt (den er unter Ainz' Helm nur vermuten konnte) zwischen Ainz und Narberal irgendwie fehlgedeutet zu haben, denn er scherzte: »Es ist alles gut. Ihr müsst euch keine Sorgen machen. Solange wir nicht aus dem Hinterhalt angegriffen werden, wird auch nichts Schlimmes passieren. Ich bin Eure Augen und Ohren, also alles *no problemo.* Hab ich recht, Nabe? Bin ich nicht toll?«

Er setzte eine ritterliche Miene auf und Narberal lachte abfällig. »Habe ich die Erlaubnis, diese schäbige Mücke zu zerquetschen, Sir Momon?«

»Eiskalt! Aber das lob ich mir!« Lukeluther streckte den Daumen hoch, was alle anderen nur noch mehr nervte, aber niemand schien sich an Narberals harten Worten zu stören. Glücklicherweise schienen sie es alle als Reaktion auf Lukeluthers schlechte Anmachkünste zu verstehen und nicht als einen Ausdruck des abgrundtiefen Hasses, den sie gegen die Menschen im Allgemeinen verspürte.

Ainz bremste sie, doch ein ungutes Gefühl machte sich in seiner nicht vorhandenen Magengegend breit. *Du bist hier mit Menschen unterwegs! Sei ein bisschen diskreter!*

Nphelia musste seine Körpersprache anders gedeutet haben und erklärte schnell: »Es ist alles in Ordnung. Von hier bis nach Carne erstreckt sich das Gebiet des Weisen Königs des Waldes, ein mächtiges magisches Ungeheuer, deswegen ist es ziemlich selten, dass hier andere Monster auftauchen.«

»Der Weise König des Waldes?«, fragte Ainz, dem einfiel, was er im Dorf Carne herausgefunden hatte. Der Weise König des Waldes war angeblich eine magische Bestie, die eine unglaubliche Macht besaß und sogar in der Lage war, Magie anzuwenden. Er lebte so tief im Wald verborgen, dass keiner ihn je mit eigenen Augen gesehen hatte, doch Sagen und Legenden über ihn wurden seit Generationen weitergegeben. Eine Geschichte, die er gehört hatte, beschrieb ihn als silberne, vierbeinige Bestie, die den Schwanz einer Schlange hatte und Hunderte von Jahren alt war.

Ich würde ihn zu gern treffen. Die Geschichte ist nicht so leicht zu glauben, aber wenn er echt so alt ist, muss er eine Menge wissen. Immerhin heißt er ja schon der Weise König des Waldes! Ihn zu fangen würde Nazaricks Macht stärken. Ainz erinnerte sich vage daran, wie die magische Bestie ausgesehen hatte. *Der Weise König des Waldes ... Ich bin ziemlich sicher, dass es ein ausgestorbenes Tier gibt, das so hieß ... Es hat ungefähr wie ein Affe ausgesehen ... Ja, genau, ein Orang-Utan. Eine Person ... ähm, ich meine, ein weiser Mann, der tief im Wald lebt ...? Mit einem Schlangenschwanz ...? Ich glaube, so ein Monster gab es.* Er war sich auf einmal sicher, dass es so ein Lebewesen in *Yggdrasil* gegeben hatte, doch dann fiel ihm endlich ein, was es wirklich war. *Eine Chimäre! Die hat doch so ausgesehen, mit einem Affenkopf, dem Körper eines Dachses, den Beinen eines Tigers und einem Schlangenschwanz ... Ich kann nicht mit Sicherheit sagen, dass das hier wie das Monster aus* Yggdrasil *sein wird, aber wenn es irgendwie so wie damals mit den beschworenen Engeln wird, dann ist die Chance ziemlich groß.*

Während Ainz so darüber nachdachte, was er noch alles über die Chimäre aus *Yggdrasil* wusste, sprach Lukeluther Narberal schon wieder an. »Hm, okay, ich muss mir hier echt Mühe geben, damit Nabe den besten Eindruck von mir bekommt und lernt, mich zu mögen.«

Narberal schnalzte mit der Zunge und das Geräusch schien alle Missgunst aus der tiefsten Tiefe ihres Herzens zu beinhalten.

Lukeluther war schockiert, doch niemand schien ihn trösten zu wollen. Es schien, als ob die Truppe das Hin- und Her zwischen den beiden mittlerweile als Comedy-Einlage sah.

Gelegentlich von solchen Plänkeleien unterbrochen, zog die Gruppe weiter, die brennende Sonne immer im Rücken. Als sie so durch das Gras stapften, blieb der Saft des frischen, zertretenen Grases an ihren Lederschuhen haften und verströmte seinen Duft.

Wenn Ainz sah, wie die anderen sich den Schweiß von der Stirn wischten, war er wieder froh, ein Untoter zu sein. Sein Körper hatte keine Probleme mit der gleißenden Sonne und selbst in seiner schweren Rüstung wurde er nicht wirklich müde.

Lukeluther war weiterhin der Einzige, der die Stille mit seinen frechen Kommentaren unterbrach. »Ihr müsst nicht so viel Ausschau halten, wisst ihr, meine Augen sind weit offen! Ich meine – seht euch mal Nabe an, sie ist total tiefenentspannt, weil sie an meine Fähigkeiten glaubt.«

»An deine glaube ich nicht. Aber an die von Sir Momon.« Sie zog die Augenbrauen zusammen. Da er spürte, dass Narberal jede Sekunde explodieren konnte und etwas Furchtbares anrichten würde, legte Ainz seine Hand auf ihre Schulter. Ihr Gesichtsausdruck wurde augenblicklich wieder ganz entspannt.

Als er das sah, musste Lukeluther einfach noch mal nachbohren. »Hey, ihr beiden, seid ihr sicher, dass ihr nicht doch ein Liebespaar seid?«

»L… Liebespaar?! Wovon sprichst du?! Er hat doch Meisterin Albedo!«

»Ah!« Sie schlug sich die Hände vor den Mund, während sie ihre Augen weit aufgerissen hatte.

Ainz räusperte sich und fuhr dann in kaltem Ton fort: »Lukeluther. Würdest du bitte mit diesen Fragen aufhören?«

»Oh … Tut mir leid. Ich hab nur gescherzt. Hmm, also hast du wohl schon jemanden, was?« Lukeluther schien es nicht wirklich leid zu tun, aber Ainz war ihm nicht böse deswegen. Dieses Mal war es Narberal, die zu unvorsichtig gewesen war.

Er fragte sich, ob er sich für die falsche Begleitung entschieden hatte, aber ihm fiel einfach niemand ein, den er sonst hätte nehmen können. In Ainz Ooal Gown waren alle Mitglieder Heteromorphe und fast alle NPCs, die sie geschaffen hatten, ebenso. Es gab also niemanden, der eine menschliche Stadt infiltrieren konnte, ohne aufzufallen. Narberal war eine der wenigen, die menschliche Gestalt hatten, obwohl auch diese nur Schein war … aber Ainz hatte sich nicht mit ihrer Persönlichkeit auseinandergesetzt, bevor er sich für sie entschieden hatte. Rückblickend wäre Lupusregina Beta, eine der Plejaden, wahrscheinlich eine bessere Wahl gewesen, aber das ließ sich nun nicht mehr ändern.

Narberal war ganz bleich, da sie wusste, dass sie einen Fehler gemacht hatte. Ainz tätschelte ihr ein paarmal den Rücken, um sie wieder zu beruhigen. Ein guter Anführer musste seinen Untergegeben ihren ersten Fehler verzeihen. Wenn sie denselben Fehler allerdings noch einmal begehen sollte, würde er ihr zeigen, wo der Hammer hängt. Würde sie nun niedergeschlagen und deprimiert weiterziehen, würde das ihre Leistung beeinträchtigen und alles nur noch schlimmer machen.

Sie hatte ja nur Albedos Namen erwähnt. Es war wahrscheinlich nicht einmal notwendig, das Gedächtnis der anderen zu manipulieren.

»Lukeluther, hör auf mit dem Geplapper und konzentrier dich auf die Umgebung.«

»Ja, Sir.«

»Momon, ich entschuldige mich für das Verhalten meines Freundes. Er sollte eigentlich wissen, dass persönliche Fragen tabu sind.«

»Ist schon in Ordnung. Solange es nicht noch mal vorkommt, kann ich diesen Ausrutscher verzeihen.«

Ainz und Peter sahen gleichzeitig zu Lukeluther vor ihnen, nur um dann wieder von ihm enttäuscht zu werden, als dieser begann: »Ahh, Nabe hasst mich jetzt sicher. Sie hat keinen Funken Zuneigung für mich übrig!«

»Dieser Idiot ... Ich werde ihm später die Leviten lesen. Und wir werden so tun, als hätten wir das von vorhin nicht gehört.«

»Ah, na ja, okay. Vielen Dank. Später soll Lukeluther dann Wache halten und wir nutzen die Gelegenheit für ein Gespräch.«

»Sicher, sehr gern. Wir werden ihn für die Probleme schuften lassen, die er uns bereitet hat.«

Peter lächelte und Ainz rückte zu Ninya und Dyne auf. Dyne ließ sich deshalb ein wenig zurückfallen und ging neben Narberal her.

»Ich möchte dich ein paar Dinge über Magie fragen ...«, sagte Ainz und Ninya stimmte zu. Doch sobald Ainz seine erste Frage gestellt hatte, wurde auch Nphelia hellhörig und wandte sich ihnen zu. »Wenn jemand mit Betörungs- oder Kontrollmagie belegt wird, dann sagt er einem alles, was man wissen will. Aber gibt es als Gegenmaßnahme, vielleicht auch einen Zauber, der jemanden töten würde, wenn ihm unter bestimmten Umständen dieselbe Frage wieder und wieder gestellt würde?«

»Von so einem Zauber habe ich noch nie gehört.«

Ainz drehte den Kopf, um Nphelia durch seinen Helm hindurch anzusehen.

»Ich auch nicht. Man könnte vielleicht einen verzögert einsetzenden Zauber benutzen, wenn man Magiemodifikations-Buffs benutzt.«

»Verstehe …« Das war nicht die Antwort, die Ainz sich erhofft hatte. Er wusste immer noch nicht, wie er mit den restlichen Gefangenen der Heiligen Schrift des Sonnenlichts verfahren sollte.

Es gab nicht viele Überlebende und sie einfach so zu verheizen wäre Verschwendung gewesen. Um herauszufinden, ob sie vielleicht magische Items in sich trugen, die sie auflösen würden, wenn sie starben, hatte er ein paar von ihnen bei lebendigem Leib sezieren lassen. Das hatte sich allerdings als reinste Zeitverschwendung erwiesen. Wenn es ohnehin so ausging, hätte er sie wenigstens ausquetschen sollen, bevor sie ihr Leben aushauchten. Er hatte drei Chancen pro Gefangenem vertan, an mehr Informationen zu kommen.

Nigun jedoch war die größte Enttäuschung gewesen. Ihn als Erstes zu benutzen war eine schlechte Wahl gewesen. Er verfügte über die meisten Informationen und war nach einer so banalen Frage einfach getötet worden.

Nun, es war nicht *alles* umsonst gewesen. Ainz' Versagen in dieser Sache brachte ihn zu der Erkenntnis, dass er nicht alles Wissen, das er in *Yggdrasil* kultiviert hatte, in dieser Welt nutzen konnte. Er sollte die Dinge optimistisch betrachten – immerhin hatte er dadurch viel gelernt.

Während Ainz seinen Gedanken nachhing, fuhr Ninya mit seiner Antwort fort: »Ich kenne allerdings nur einen Bruchteil aller existierenden Zauber. In Ländern, in denen Magic Caster als nationale Garde ausgebildet werden, könnte es sein, dass sie so eine Magie geschaffen haben. Im Gottesstaat Slane bilden sie zum Beispiel

Priester aus – Magic Caster, die Glaubensmagie benutzen – und im Kaiserreich Baharuth haben sie eine Akademie für Arkanier, Zauberer, Magier und andere arkane Magieklassen. Es würde mich nicht überraschen, wenn der Argland-Ratsstaat Magie nutzen würde, die auf das Wissen der Drachen zurückgreift.«

»Verstehe. Also würde es Euch nicht wundern, wenn so eine Magie existieren sollte.«

Soweit Ainz bisher in Erfahrung hatte bringen können, war der Argland-Ratsstaat eine Nation von Heteromorphen, die von einer Gruppe von Ratsmitgliedern regiert wurde. Wenn man bedachte, dass der Gottesstaat Slane die Vorherrschaft der Menschen predigte, mussten diese beiden Staaten zwangsläufig früher oder später aneinandergeraten. Der Ratsstaat war vor allem für seine fünf Drachen-Ratsmitglieder bekannt, von denen es hieß, sie seien überaus mächtig.

Ainz war durchaus an dem Land interessiert, aber da er noch nicht ganz in der neuen Welt Fuß gefasst hatte, gab es aktuell keine Möglichkeit für ihn, dort hinzugelangen. Und ohnehin verfügte Nazarick nicht über die Kampfkraft für einen eventuellen Konflikt.

»Okay, dann habe ich noch eine andere Frage.« Nachdem Ninya seine Fragen beantwortet hatte, war er endlich zufrieden.

Die anderen Mitglieder der Schwerter der Dunkelheit nahmen kaum noch zur Kenntnis, dass Ainz erneut in ein Gespräch verwickelt war. Er hatte Ninya, Peter und die anderen schon so viel gefragt, dass das inzwischen völlig normal war. Ainz hatte Wissen über eine Vielzahl von Themen wie Magie, Kampfkünste, Abenteurer, nahe gelegene Länder und viele andere Dinge gesammelt. Er musste seine Fragen mit Bedacht formulieren, doch alles, was er erfahren hatte, stellte sich als äußerst hilfreich heraus, und er hatte das Gefühl, dass sein Wissen über diese Welt immens zugenommen hatte.

Aber das war Ainz immer noch nicht genug. Wann immer er etwas Neues erfuhr, vervielfachten sich die Dinge, die er in Erfahrung bringen musste. Das war besonders beim Thema Magie der Fall. Er war überrascht, wie anders alles in einer Welt war, in der alles auf Magie basierte.

Mit am stärksten davon beeinflusst war der Grad der Zivilisation. Augenscheinlich befand sich diese Welt in der Periode des Mittelalters, der technologische Stand entsprach aber eher der Vormoderne oder fast schon der Moderne, was nur durch Magie erreicht wurde.

Sobald Ainz das verinnerlicht hatte, konnte er auch aufhören, sich den Kopf über den Stand der Technologie zu zerbrechen. Jemand, der in einer Welt der Wissenschaft aufgewachsen war, sollte nicht zu genau über dieses vollkommen andere System nachdenken. Sie hatten sogar Magie hier, mit der man Salz und Zucker erschaffen konnte, und auch Magie, um den Boden anzureichern, damit die Pflanzen immer genug Nahrung hatten.

Darüber hinaus hatte er gehört, dass das Meer hier nicht salzig war – er wusste allerdings nicht, ob das wirklich stimmte. Vieles unterschied sich sehr von Ainz' Weltbild.

Er hatte seine Neugierde einigermaßen befriedigt, als plötzlich ...

»Da hat sich etwas bewegt«, meldete Lukeluther hörbar angespannt. Die Albernheit seiner Plänkeleien mit Narberal war verschwunden – dies war die Stimme eines erfahrenen Abenteurers. Die Truppe zog ihre Waffen, als sie alle Lukeluthers Blick folgten.

»Wo?«

»Da drüben.« Auf Peters Frage hin deutete Lukeluther mit einem Finger auf eine Stelle in dem gigantischen Wald vor ihnen. Durch die Schatten der Bäume war es schwierig, überhaupt etwas zu erkennen. Niemand konnte etwas entdecken, aber keiner zweifelte an Lukeluthers Fähigkeiten.

»Es hat keinen Sinn, es in den Wald zu verfolgen, also lasst es uns einfach ignorieren, solange es nicht aus dem Wald kommt.«

»Wir sollten uns an den Plan halten und Nphelia gut abschirmen.«

Während sie sprachen, tat sich etwas im Gebüsch vor ihnen und die Monster kamen langsam zum Vorschein. Fünfzehn kleine Kreaturen, die alle in etwa so groß wie Kinder waren, waren dort zu sehen. Um sie herum befanden sich sechs größere Kreaturen.

Die kleineren Monster waren halbmenschliche Monster namens Goblins. Sie hatten flache Nasen und zwei kleine Fangzähne, die aus ihrem Kiefer emporragten und in ihren zerquetschten Gesichtern fast wie klaffende Wunden aussahen. Ihre Haut war hellbraun und ihre schmuddeligen, fettigen Haare schwarz. Es war schwer zu sagen, ob ihre zerlumpte dunkelbraune Kleidung gefärbt oder einfach nur schmutzig war. Darüber trugen sie Tierhäute, die sie als Rüstung gebrauchten. Jeder von ihnen trug einen Holzknüppel in der einen und einen kleinen Schild in der anderen Hand. Sie sahen fast wie eine Mischung zwischen Mensch und Affe aus, versehen mit einer Prise Bösartigkeit.

Die größeren Monster waren zwei bis drei Meter groß. Ihr Kiefer ragte vor, was sie wie die Blödheit in Person aussehen ließ. Ihre muskelbepackten Arme erinnerten an große Bäume und ihre Hände reichten fast bis zum Boden, was aber auch an ihrer krummen Haltung lag. Sie trugen Knüppel, die aussahen, als hätten sie sie direkt von einem Baum gerissen, und um die Hüfte ungefärbte Tierhäute. Ihr ekelhafter Gestank wehte zu den Abenteurern hinüber. Ihre warzenübersäte Haut war dunkelbraun und ihre Brust- und Bauchmuskeln waren deutlich ausgeprägt. Sie wirkten wirklich stark und erinnerten ein wenig an große, haarlose Schimpansen mit ziemlich verdrehter Statur. Diese Monster gehörten der halbmenschlichen Rasse an, die man Oger nannte.

Fast alle dieser Monster trugen Beutel mit sich, die aussahen, als wären sie aus Lumpen hergestellt worden. Sie mussten einen weiten Weg zurückgelegt haben.

Ihre Blicke blieben auf den Abenteurern haften und sie stapften auf sie zu. Sie waren immer noch in einiger Entfernung zur Gruppe, doch den feindseligen Ausdruck auf ihren hässlichen Fratzen konnte man auch aus der Ferne mühelos deuten.

»Das sind eine ganze Menge, oder? Ein Kampf lässt sich wohl nicht vermeiden.«

»Ja, Goblins und Oger greifen an, wenn sie sehen, dass sie in der Überzahl sind. Besser gesagt, sie sind zu begriffsstutzig, um die Kampfkraft ihrer Gegner anders zu beurteilen als durch die reine Anzahl. Echt nervig.«

Ainz verstand nur allzu gut, in welcher Situation er sich nun befand, doch er staunte immer noch darüber, wie anders sich das alles im Vergleich zu einem Spiel anfühlte. Die Goblins und Oger unterschieden sich alle in Größe oder Hautfarbe voneinander. Sie waren alles andere als identisch. Ainz hatte das Gefühl, einundzwanzig unbekannten Monstern gegenüberzustehen.

»Die Realität ist kein Spiel«, jammerte er mit so leiser Stimme, dass niemand sonst ihn hören konnte. Er fühlte sich, als würde er in ein neues Gebiet stürmen, ohne vorher einen Strategie-Guide gelesen zu haben, und sich mit Monstern anlegen, von denen er noch nie gehört hatte. Das alles erinnerte ihn an das, was bei der Schlacht im Dorf Carne geschehen war.

»Also, Momon.«

»Oh … Ja?«

»Wir haben ja gesagt, dass ihr euch die Hälfte der Monster vornehmen würdet, also wie sollen wir sie aufteilen?«

»Können wir uns nicht einfach in unsere beiden Teams aufteilen und die töten, die auf uns zukommen?«

»Das wird schwer, wenn sich alle auf ein Team stürzen. Nabe, kannst du alle Goblins in einem bestimmten Bereich mit einem AoE-Zauber wie *Fireball* auf einmal erledigen?«

»Ich kann *Fireball* nicht nutzen. Unter meinen Zaubern hat wahrscheinlich *Lightning* die meiste Feuerkraft.«

So soll das also laufen, ja?, grummelte Ainz innerlich.

»*Lightning* wirkt in einer geraden Linie, richtig?«

»Wenn das so ist, könntest du sie doch alle mit einem Mal von der Seite erwischen, wenn wir sie alle in eine Linie bringen, oder?«

»Wir bräuchten jemanden, der sie vom Frontalangriff abhält …«

»Oh, das erledige ich. Aber viel wichtiger ist, dass wir Nphelia im Wagen beschützen. Könnt ihr anderen euch darum kümmern?«

»Momon …?«

»Ich würde nicht so große Reden schwingen, wenn ich ein Problem mit ein paar Ogern hätte. Ich werde euch allen zeigen, wie leicht es ist, diesen Typen den Garaus zu machen.«

Die Mitglieder der Schwerter der Dunkelheit verstanden, was Ainz, der absolute Selbstsicherheit ausstrahlte, sagen wollte. Sie waren erleichtert, dass sie sich auf ihn verlassen konnten.

»Verstanden. Wir dürfen den Feind nicht auf uns losstürmen lassen. Wir werden euch so gut wir können unterstützen.«

»Ähm, brauchst du Magieunterstützung?«

»Oh, das geht schon. Unterstütz du deine Teamkameraden.«

»Okay, das werde ich. Männer, wenn wir hier angreifen, könnten sie sich in den Wald zurückziehen.«

»Dann tun wir, was wir immer tun! Wir locken sie raus wie eine Schildkröte aus ihrem Panzer!«

»Ein guter Plan. Also, Momon wird den Angriff übernehmen, aber wie sollen wir mit denen verfahren, die an ihm vorbeikommen, Peter?«

»Ich werde die Oger mit der Kampfkunst *Trutzburg* festsetzen. Dyne, du kümmerst dich um die Goblins, die mir entwischen. Ninya, du sprichst Defensivmagie über mich. Danach unterstützt du Nabe mit Angriffsmagie, auch wenn es wahrscheinlich gar nicht nötig ist.

Lukeluther, du erledigst so viele Goblins, wie du kannst. Falls irgendwelche Oger entkommen, halt sie auf. In dem Fall übernimmst du die Goblins, Ninya.« Alle bestätigten Peters Befehle mit einem entschiedenen Nicken. Ihre Kampfstrategie war schnell festgelegt. Sie waren eben alle auf derselben Wellenlänge.

Ainz seufzte erleichtert und war beeindruckt, wie gut sie zusammenarbeiteten. Es erinnerte ihn an seine Tage in *Yggdrasil*. Er und seine Gildenkameraden waren auch auf derselben Wellenlänge gewesen, wenn es darum ging, auszuziehen und Monster zu grinden. Ködern, antäuschen, blocken, den Gegner anvisieren – ein solches Teamplay kam nur zustande, wenn jeder die Fähigkeiten des anderen in- und auswendig kannte.

Vielleicht war Ainz voreingenommen, aber er war sich sicher, dass eine solche Chemie nicht einfach zu finden war – dennoch erkannte er sie bei den Schwertern der Dunkelheit, auch wenn diese nicht so gut zusammenarbeiteten, wie es seine alten Freunde getan hatten.

»Momon, braucht du irgendwelche Unterstützung außer Magie?«

»Nein, das wird nicht nötig sein. Wir beide kommen zurecht.«

»Ihr seid wirklich ... selbstbewusst, was?«

Ainz hörte einen Unterton der Sorge in Peters Stimme – *Werdet ihr das wirklich schaffen?* Wenn die Blockade einfach durchbrochen wurde, liefen sie Gefahr, dass sie einer nach dem anderen fallen würde. Das beunruhigte ihn.

Das hier war kein Spiel – es ging um Leben und Tod.

»Ihr werdet es verstehen, sobald wir loslegen.« Mehr hatte Ainz nicht zu sagen. »Wenn euer Team bereit ist, können wir loslegen.«

Lukeluther zog seinen Kompositbogen hervor. Die Bogensehne surrte und dann schnitt der Pfeil durch die Luft. Er flog querfeldein über die Grasebene und bohrte sich ungefähr zehn Meter von den Goblins entfernt in den Boden. Die Monster hatten ihre Schilde erhoben und bewegten sich langsam auf die Gruppe zu, hielten allerdings für einen Moment inne, als Lukeluther sie angriff. Sie lachten Lukeluther aus, weil er sie verfehlt hatte. Natürlich konnten sie ebenso wenig Ziele in mehr als hundertdreißig Metern Entfernung treffen, doch das hatten sie in diesem Moment geflissentlich vergessen.

Plötzlich wurde ihre angeborene Gewalt entfacht, als den Goblins wieder bewusst wurde, dass sie gerade angegriffen wurden und dass sie in der Überzahl waren – sie stießen Kampflaute aus und stürmten blindlings auf Lukeluther zu. Die Oger taten es den Goblins nach einem kurzen Zögern gleich.

Die Monster verloren sich in ihrem Durst nach Blut, gaben jegliche Formation auf, vernachlässigten sogar ihre Abwehr und ließen ihre Schilde sinken. Ihr Verstand war vollkommen abgeschaltet.

Lukeluther grinste hämisch, als er es bemerkte.

Die Feinde waren noch ungefähr hundert Meter entfernt, als er zum nächsten Schuss ansetzte. Dieser verfehlte sein Ziel nicht. Er traf einen Goblin direkt im Kopf. Er hatte das Schlusslicht gebildet und stolperte noch ein paar Schritte weiter, bevor er dann tot zusammenbrach.

Sie kamen immer näher, doch Lukeluther legte bereits seinen nächsten Pfeil an und zeigte keine Spur von Nervosität. Selbst wenn sie ihn erreichten, wusste er, dass er Freunde bei sich hatte, die ihn beschützen würden.

»*Reinforce Armor*!« Hinter Lukeluther hörte man Ninya einen Abwehrzauber sprechen, während schon der nächste Pfeil losgelassen wurde.

Ein Schuss auf fünfzig Meter Entfernung und ein weiterer Kopf wurde durchbohrt und der Goblin ging zu Boden. Dann setzten sich auch Peter und Dyne in Bewegung.

Die Goblins waren flink, doch die Oger machten größere Schritte, deshalb kamen beide Sturmtruppen etwa gleich schnell voran. Sie mussten allerdings hundert Meter über die Grasebene zurücklegen, also bildeten die Oger mit ihren kräftigeren Beinen die Spitze, während die kleinen Goblins ihnen hinterherliefen. Beide Gruppen waren über einen weiten Bereich verstreut, was es schwierig machte, sie alle mit einem AoE-Zauber zu erwischen.

Aber das machte nichts. Dynes erste Aufgabe bestand darin, einen Oger zu fangen.

»*Twine Plant!*« Als er den Zauber gesprochen hatte, verwandelte sich das Gras unter den Füßen eines Ogers in Ranken, die sich um ihn schlangen. Der Oger war so fest in die Pflanzen eingewickelt, als wäre er in Ketten gelegt, und stieß ein frustriertes Grollen aus.

Ainz spazierte gemütlich in diese ganze Szene hinein, Narberal direkt hinter ihm. Wenn man ihn so betrachtete, hätte man niemals vermutet, dass er gerade auf dem Weg in einen Kampf gegen angriffslustige Monster war. Es sah eher aus, als würde er einen kleinen Spaziergang über eine Wiese machen.

Als der Oger, der ihm am nächsten stand, auf ihn losging, kreuzte Ainz die Arme, um nach den Schwertern auf seinem Rücken zu greifen. Die beiden Klingen beschrieben einen großen Bogen durch die Luft.

Die Schwerter der Dunkelheit staunten über dieses atemberaubende Spektakel. Die fast eineinhalb Meter langen Schwerter, die Ainz führte, sahen so beeindruckend aus, dass sie eher wie Kunstgegenstände wirkten. Die scharfen Klingen, die sich an der Spitze auffächerten, funkelten bedrohlich und die Gravur in der Hohlkehle erinnerte an zwei sich umeinander windende Schlangen.

Es waren die Waffen eines Helden und Ainz hielt eine davon in jeder Hand. Bei seinem Anblick lief den Schwertern der Dunkelheit ein Schauer über den Rücken. Zuvor hatten sie nur gestaunt, doch nun waren sie völlig sprachlos.

Je länger Schwerter waren, desto schwerer waren sie auch – das war ganz natürlich. Welche Zauber man auch anwenden mochte, um sie leichter zu machen, es konnte keine leichte Aufgabe sein, sie zu schwingen. Nach der kurzen Zeit, die sie nun mit Ainz umhergereist waren, hatten sie zwar eine ungefähre Idee davon, wie außergewöhnlich stark er sein musste, doch dass er in jeder Hand ein Großschwert mit solcher Leichtigkeit tragen konnte, war noch nicht in ihren Köpfen angekommen. Aber er brachte sie so mühelos in Kampfposition, dass sie ebenso gut kleine Äste hätten sein können. Es war ein majestätischer Anblick.

»Momon ... du bist unglaublich ...«, stammelte Peter und brachte damit das Erstaunen aller ganz gut zum Ausdruck. Als Krieger war ihm gerade eindrucksvoll demonstriert worden, was für Stärke tatsächlich möglich war. Dann dämmerte ihm allerdings, wie lange das Training dauern musste, bis man so ein Level überhaupt erreichen konnte. Er hatte eine vage Ahnung gehabt, dass er Ainz nicht wirklich das Wasser reichen konnte, doch nun den Beweis so deutlich vor sich zu sehen erschütterte ihn bis ins Mark.

Sogar die Goblins, die weit weniger intelligent waren, schienen zu erkennen, in welche Gefahr sie sich begaben. Ihr leichtsinniger Ansturm wurde langsamer und sie änderten ihren Kurs, um einen kleinen Umweg zu Peter und den anderen zu machen. Nur die Oger stürmten weiter auf Ainz los, geistig zu beschränkt, um ihre eigene Kraft zu hinterfragen.

Als sie ihn fast erreicht hatten, erhoben sie die Waffen. Egal wie lang Ainz' Schwerter auch waren, die Oger waren immer noch riesig und hatten mit ihren langen Knüppeln eine größere Reichweite als er. Fast schien es, als würden die Oger den ersten Treffer landen können, doch dann stürmte Ainz auf sie zu.

Wie ein Wirbelsturm zog er über sie hinweg. In einem noch schnelleren Aufblitzen von Silber flog plötzlich die Klinge aus seiner rechten Hand durch die Luft, als würde sie die Realität selbst zerschneiden.

Ainz' Angriff war vollkommen. Auch wenn die Umstehenden gar nicht getroffen worden waren, fühlten sie die plötzliche Präsenz des Todes um sich, so stark, dass ihnen die Nackenhaare zu Berge standen.

Ein einzelner Schwerthieb beendete das Spektakel.

Ainz ließ den Oger stehen und wandte sich dem nächsten zu. Als hätte er nur darauf gewartet, dass er weg war, rutschte der Oberkörper des stockstill dastehenden Ogers zu Boden. Der Unterkörper blieb noch für einen Moment auf beiden Beinen. Eine Blutfontäne erhob sich aus den Überresten, Innereien quollen hervor und ein unerträglicher Gestank erfüllte das ganze Gebiet – der Beweis, dass es sich weder um einen Traum noch um eine Illusion handelte.

Er hatte das Monster mit einem einzigen, sauberen diagonalen Hieb zweigeteilt.

Auch wenn sie sich gerade mitten im Kampf befanden, erstarrten Freund und Feind gleichermaßen, um diese fesselnde Szene mit eigenen Augen zu verfolgen. Es war fast, als würde die Zeit für einen Augenblick stillstehen.

Ein tödlicher Schlag – und einer, der ein gewaltiges Monster wie einen Oger einfach zerteilen konnte.

»Woah«, entfuhr es jemandem und auf dem Schlachtfeld war es so totenstill, dass jeder es hören konnte.

»Ich kann es nicht glauben. Er muss ein Mithrilrang oder auch Oreichalkos- oder sogar Adamantrang sein?«

Einen Gegner zweizuteilen war an sich keine unmögliche Sache. Jemand, der ein sehr spezifisches Skillset bevorzugte und lange trainierte, oder jemand, der eine mächtige magische Waffe hatte, hätte das wahrscheinlich auch geschafft. Aber ein gigantisches Zweihandschwert in einer Hand zu schwingen und damit genug Dynamik zu erzeugen, um einen Gegner zu zerteilen war äußerst schwierig. Das wusste jeder. Ein Zweihandschwert wurde für gewöhnlich mit zwei Händen geführt, man musste seine Masse und die Zentrifugalkraft nutzen, um überhaupt einen Hieb ausführen zu können – sie waren nicht dazu gedacht, Gegner einfach durch physische Kraft aufzuschlitzen.

Die einzig mögliche Erklärung für das, was Ainz gerade vor aller Augen demonstriert hatte, war, dass sein Schwert mit einer unerklärlichen Magie versehen war oder dass er in einem seiner Arme mehr Kraft hatte als andere Krieger in beiden, vielleicht auch einfach beides.

Schockiert über den Anblick, der sich ihnen bot, waren die Oger stehen geblieben. Furcht stand ihnen ins Gesicht geschrieben. Sie wollten sich zurückziehen, doch Ainz ging einen Schritt auf sie zu.

»Was ist los? Wollt ihr nicht angreifen?« Seine gelassene, ruhige Stimme hallte über die Ebene.

Selbst diese Frage schien die Oger zu verschrecken – kein Wunder, nachdem sie gerade selbst Zeuge seiner überragenden Kraft geworden waren.

Ainz ging weiter auf einen der Oger zu. Er bewegte sich so schnell, dass kaum zu glauben war, dass er in einer schweren Ganzkörperrüstung steckte.

»Uoooogh!«, brüllte der Oger mit heiserer Stimme. Es war unklar, ob er aus Furcht oder Angriffslust heraus geschrien hatte, doch er hob seinen Knüppel, um sich Ainz zu stellen. Es war jedoch sofort ersichtlich, dass der Oger viel zu langsam war.

Als Ainz sich ihm näherte, schwang er das linke seiner Großschwerter, als wollte er den Oger damit nur leicht zur Seite stoßen. Dennoch flog sein Oberkörper in weitem Bogen durch die Luft, um weit weg vom Unterkörper wieder aufzuschlagen.

Er hatte das Monster erneut mit einem einzelnen horizontalen Hieb entzweit.

»Momon … Bist du selbst ein Monster?«

Nachdem alle erneut Zeuge dieser Macht geworden waren, hatte niemand Einwände gegen Dynes Worte.

»Okay, und der Rest …« Ainz trat ein paar Schritte vor und die restlichen Oger zogen sich weiter zurück, ihre Gesichter starr vor Angst.

Die Goblins, die sich in einem weiten Bogen angeschlichen hatten, nutzten die Gelegenheit, Peter und die Truppe anzugreifen. Die Schwerter der Dunkelheit waren völlig gebannt gewesen, doch nun mussten sie reagieren.

Peter hob sein Breitschwert und seinen großen Schild und stürmte auf die mindestens vierzehn Goblins vor ihnen zu. Ein gezielter Hieb trennte dem Anführer den Kopf von den Schultern und eine Blutfontäne schoss hervor. Peter wich ihr geschickt aus und stürmte weiter auf die restlichen Goblins los. »Nehmt das!«

Ein Goblin bleckte seine gelben Zähne und sein widerlich kehliger Schrei zerriss die Luft. Dank der Magie, die seine Rüstung verstärkte, blockte Peter den Knüppelangriff eines Goblins mühelos mit seinem Schild ab.

»*Magic Arrow!*« Zwei gleißende Magieschüsse warfen einen Goblin, der sich gerade von hinten auf Peter stürzen wollte, zu Boden und er brach zusammen, wie eine Marionette, deren Schnüre durchtrennt worden waren.

Die Hälfte der Goblins, die Peter eben noch umzingelt hatten, stürzten sich nun auf die restlichen drei Mitglieder der Schwerter der Dunkelheit. Keiner von ihnen ging auf Narberal los, die direkt neben Ainz, dem alles vernichtendem Wirbelsturm, stand.

Lukeluther hatte seinen Kompositbogen bereits weggeworfen und ein Kurzschwert gezogen. Er und Dyne, der mit einem Streitkolben kämpfte, warfen sich in die Angriffslinie der Goblins, um Ninya zu schützen.

Der Kampf zwischen Lukeluther, Dyne und fünf der Goblins war ziemlich ausgeglichen. Wenn sie sich einen nach dem anderen vornahmen, würden sie sie erledigen können, aber das würde eine Weile dauern. Lukeluther war von einem Knüppel am Arm erwischt worden und stieß seinen Dolch nun mit schmerzverzerrtem Gesicht in einen Spalt in der Lederrüstung eines Goblins. Auch Dyne hatte bereits einiges einstecken müssen und seine Reaktionen waren etwas verlangsamt, doch immerhin schien er nicht schwer verletzt zu sein.

Ninya, der die Situation genau beobachtete, begann, seine magischen Kräfte einzuteilen. Einen der Oger hatte er durch einen Lähmungszauber festgesetzt. Wenn die Situation es erforderte, würde er gegen ihn vorgehen müssen.

In der Zwischenzeit lieferte sich Peter einen ausgeglichenen Kampf gegen sechs der Goblins.

Die elf Goblins konnten die Abenteurer mit ihren Angriffen nicht überwältigen, weil sie zu zögerlich waren. Ainz' tödliche Ein-Hieb-Angriffe hatten ihrer Moral einen schweren Dämpfer versetzt und sie konnten sich nicht entscheiden, ob sie kämpfen oder doch lieber fliehen sollten.

Als wollte Ainz ihre Moral noch weiter schwächen, schwang er eins seiner Schwerter in einem weiten Bogen. Zu hören waren nur das Zischen, mit dem die Klinge die Luft zerschnitt, und dann ein dumpfer Aufprall – beziehungsweise zwei.

Wie vermutet war die Zahl der Ogerleichen erneut gestiegen. Die Einzigen, die nun noch übrig waren, waren der, der von den Grasranken festgehalten wurde, und der, der direkt vor Ainz als Häufchen Elend am Boden kauerte.

Ainz beugte sich vor, um den letzten Oger zu konfrontieren. Vielleicht hatte der Oger den durchdringenden Blick gespürt, den Ainz durch den dünnen Schlitz in seinem Helm auf ihn gerichtet hatte, denn er stieß ein merkwürdiges Grollen aus und versuchte zu flüchten. Er ließ seinen Knüppel fallen und rannte so schnell er konnte in den Wald zurück. Aber so leicht würden sie ihn nicht davonkommen lassen.

»Nabe, hol ihn dir.« Ainz' eisige Stimme erklang und Narberal, die hinter ihm bereit stand, nickte knapp.

»*Lightning!*« Ein gleißender Blitz ließ die Luft erzittern und jagte durch den Körper des fliehenden Ogers, der mit einem Donnerschlag niedergestreckt wurde. Der Blitz setzte seinen Weg fort und traf den Oger hinter ihm, der immer noch in den Ranken festhing.

Mehr brauchte es nicht, um das Herz der beiden Oger zum Stillstand zu bringen.

»Weg hier!«

»Lauft weg! Lauft!« Die Goblins, die Zeuge dieses Zaubers geworden waren, riefen wie in Trance zum Rückzug auf und wollten die Flucht antreten, aber Peter und die anderen reagierten sofort. Die demoralisierten Goblins waren jetzt keine große Herausforderung mehr.

Die Truppe nahm sich einen nach dem anderen vor. Ninya entschied, dass es nicht länger nötig war, seine Magie einzuteilen, und ließ einige seiner Angriffszauber auf die Menge los. Die Goblins waren innerhalb eines Augenblicks ausgelöscht.

Inmitten des Gestanks der Leichen versorgte Dyne Lukeluthers und Peters Wunden mit *Light Healing*, während Ninya, der nichts Besseres zu tun hatte, den Goblins mit seinem Messer die Ohren abschnitt.

Sie wurden pro Monster bezahlt, mussten dafür aber Beweise vorlegen. Das waren nicht immer Ohren. Für jedes Monster waren bestimmte Körperteile festgelegt. Für halbmenschliche Feinde wie Goblins oder Oger waren es aber in der Regel Ohren.

Während er die Ohren mit geübter Hand abtrennte, beobachtete er Ainz, der gemeinsam mit Narberal das Gebiet abzusuchen schien, in dem die Oger getötet worden waren.

»Sucht ihr irgendwas?«

Ainz sah zu Ninya auf. »Ja, wir wollten nur sehen, ob sie was gedroppt haben ... vor allem Kristalle.«

»Kristalle ...? Ich habe noch nie gehört, dass Oger wertvolle Kristalle bei sich tragen ...«

»Wohl eher nicht, hm? Ich wollte nur sichergehen ...«

»Oh Mann, es wär echt toll, wenn die solche Schätze mit sich rumtragen würden«, entgegnete Ninya, der weiter Goblinohren abschnitt. »Aber wow, Momon. Ich wusste ja, dass du an deine Fähigkeiten glaubst, aber ich hatte keine Ahnung, wie stark du wirklich bist.«

Die anderen drei, die nun mit dem Heilen ihrer Wunden fast fertig waren, stimmten in Ninyas Lobgesang ein.

»Du warst unglaublich! Als Krieger kann ich mir nur wünschen, dass ich eines Tages so mächtig sein werde! Wie bist du nur so stark geworden?«

»Mit Nabe an deiner Seite und all diesen kostbaren Gegenständen, dachte ich, du wärst einfach reich, aber woher hast du nur diese fantastischen Schwerter her? So wertvolle hab ich noch nicht gesehen.«

»Jetzt weiß ich endlich, dass das, was du in der Gilde gesagt hast, nicht übertrieben war. Du bist womöglich so stark wie der stärkste Krieger im Königreich, über den so viel gemunkelt wird. Ich bin beeindruckt.«

Nabe verfiel in süffisantes Kichern, doch Ainz gab sich bescheiden. »Ach was, da war auch eine Prise Glück dabei.«

»Glück …?« Peter lächelte schief. »Ich meine es ernst. Dich kämpfen zu sehen hat mich daran erinnert, dass es immer jemanden gibt, der stärker ist als man selbst.«

»Ich bin mir sicher, schon bald könnt ihr kleine Fische wie die hier auch spielend leicht erledigen.«

Über eine solche Aussage konnten Peter und seine Freunde nur gequält lächeln. Sie hatten hart daran gearbeitet, um stärker zu werden. Sie verschwendeten kein einziges Kupferstück ihrer Belohnungen, sondern investierten sie in alles, was ihnen helfen konnte, aufzusteigen. Deshalb hatten sie bisher auch so gut zusammengearbeitet – doch auch wenn sie sich vor Augen führten, wie weit sie es bereits gebracht hatten, konnten sie sich nicht einmal im Traum vorstellen, jemals auch nur annähernd Ainz' Level zu erreichen. Nur einer Handvoll Kämpfer würde das überhaupt gelingen.

Dieser Mann, mit dem sie unterwegs waren, würde wahrscheinlich bald ein gefeierter Held sein, dessen Name in aller Mund war. Er würde einer der größten Abenteurer werden. Alles andere war undenkbar.

2

Die Gruppe machte sich daran, ihr Lager aufzuschlagen, lange bevor die Sonne unterging. Mit Holzstangen steckte Ainz die Fläche ab. Sie musste groß genug sein, dass auch der Wagen Platz hatte – entsprechend hatte sie einen Durchmesser von fast zwanzig Metern.

Nachdem er die vier Pfosten in den Boden gerammt hatte, band er eine schwarze Seidenschnur darum und verknotete sie. Zuletzt wurde am Eingang des Zelts eine große Glocke angebracht. Somit war ihr Lagerplatz rundum durch ein Warnsystem geschützt.

Narberal stand direkt hinter Ainz, als er die Pfosten einschlug. *Narberal sollte doch irgendwas anderes zu tun haben ... Aber na ja, wahrscheinlich ist sie damit schon fertig. Wenn der Typ sie wieder belästigt hat, muss ich ein ernstes Wörtchen mit ihm reden ...*, entschied Ainz, während er sich zu ihr umdrehte, doch Narberal sprach mit gepresster Stimme, als müsste sie ihre Wut unterdrücken.

»Sir Momon, Ihr solltet solche niedrigen Arbeiten nicht machen müssen ...«

Als er den Zorn in ihren Augen sah, seufzte er erschöpft. Dann sah er sich um und erwiderte leise: »Alle packen mit an, um das Lager aufzubauen. Denkst du nicht, es würde sie stören, wenn ich einfach auf meinem Hintern sitzen bleibe?«

»Habt Ihr nicht gerade erst Eure unglaubliche Kampfkraft unter Beweis gestellt? Jeder hat seine eigenen Stärken – und diese Arbeit hier sollte den Schwächeren überlassen werden.«

»Jetzt hör auf damit. Wir müssen zwar mit unserer Stärke auffallen, aber wollen nicht, dass jemand denkt, wir wären arrogant. Du musst auch auf dein Benehmen achten.«

Narberal nickte, aber es war offensichtlich, dass sie nicht von Ainz' Worten überzeugt war, sondern nur seine Befehle befolgte. Auf der einen Seite war Ainz froh, dass ihre vollkommene Unterwürfigkeit ihm gegenüber ihre eigene Unzufriedenheit überwog, aber er fragte sich, wie lange das anhalten würde.

Ainz fand irgendwie Gefallen daran, die Nacht draußen zu verbringen. In der realen Welt wäre das natürlich undenkbar gewesen, doch auch in der Fantasiewelt von *Yggdrasil* hatte sich die Möglichkeit nie ergeben, deshalb war das alles eine spannende, neue Erfahrung für ihn. Es erinnerte ihn außerdem an das Questen in *Yggdrasil*, obwohl es in dieser Welt ein wenig länger dauerte, von Ort zu Ort zu gelangen.

Wenn nur ich allein und nicht die ganze Große Gruft von Nazarick hierher versetzt worden wäre, dann würde ich wahrscheinlich sorglos durch die Welt streifen. Er war untot, also brauchte er weder Nahrung noch Wasser – er atmete nicht einmal. Er könnte problemlos ohne Ausrüstung die höchsten Berge besteigen und die tiefsten Tiefen des Meeres durchtauchen. Er hätte sich einfach an der ungewöhnlichen Szenerie erfreut, die diese Welt zu bieten hatte.

Solange die kostbaren Schöpfungen seiner Gildenkameraden ihm allerdings treu ergeben waren, musste er ihrer Loyalität als Herrscher der Großen Gruft gerecht werden.

Ainz schüttelte seine Erinnerungen ab und konzentrierte sich wieder auf seine Aufgabe. Als endlich alle vier Pfosten tief genug in der Erde waren, spannte er die Schnur fest um sie und kehrte zurück zum großen Zelt.

»Vielen Dank.«

»Ach, kein Problem.«

Lukeluther, der sich bereits im Inneren des Zelts aufhielt, hatte ihn, ohne aufzusehen, angesprochen. Vielleicht war das etwas unhöflich, aber er hatte es nicht grundlos getan. Er grub schon seit einiger Zeit an einer Grube, die später als Feuerstelle dienen sollte.

Ninya ging um das Lager und sprach irgendeinen Zauber – möglicherweise *Alarm*, eine nützliche Vorsichtsmaßnahme. Er sagte, er könne zwar kein großes Areal damit abdecken, aber es war besser als nichts.

Ainz kniff die Augen zusammen – diese Magie hatte in *Yggdrasil* nicht existiert. Er hatte seinen Untergebenen aufgetragen, Zauber zu sammeln, die es in *Yggdrasil* nicht gab, doch als Magic Caster weckte unbekannte Magie seine Gier.

Wie Ainz nutzte Ninya arkane Magie. Die Zauber ähnelten denen aus *Yggdrasil* sehr. Ainz hatte *Dark Wisdom*, einen Skill, den nur seine Rasse nutzen konnte, angewandt, um die Anzahl der Zauber zu erhöhen, die er sich aneignen konnte. *Wenn ich ein Opferritual durchführe, kann ich dann auch Zauber erlangen, die es in* Yggdrasil *nicht gab? Oder gibt es vielleicht einen anderen Weg? Es gibt so vieles, was ich nicht weiß …*

Ninya bemerkte, dass Ainz ihn anstarrte, und obwohl er sich langsam an ihn gewöhnte, wirkte sein Lächeln immer noch etwas gezwungen, als er näher kam. »Warum beobachtest du mich so genau? Das ist doch kein so besonderer Zauber, oder etwa doch?«

»Ich interessiere mich sehr für Magie, daher bin ich fasziniert von deinem Können, Ninya.«

»Wirklich? Aber Nabe ist doch eine viel bessere Casterin als ich!«

»Aber du kannst Zauber benutzen, die sie nicht beherrscht.« Aus dem Augenwinkel sah Ainz, dass Narberal leicht den Kopf senkte. Offensichtlich war sie aber eher eifersüchtig als peinlich berührt. »Ich würde auch gern Magie beherrschen.«

»Du willst Magie erlernen, obwohl du so gut mit dem Schwert umgehen kannst? Du gibst dich nie zufrieden, was, Momon? Aber gerade diese Einstellung macht dich natürlich auch zu einem vorbildlichen Abenteurer.«

Lukeluther schaltete sich ein, während er weiter an seiner Feuerstelle baute. »Magie ist nichts, was man einfach über Nacht lernen kann. Man muss zuerst diese Verbindung zur Welt aufbauen, aber das ist harte Arbeit, wenn man keine natürliche Begabung dafür hat. Dann muss man üben, üben, üben, bis man ein Gefühl dafür bekommt.«

Ninyas Lächeln erstarb und wurde durch eine ernste Miene ersetzt. »Ich glaube schon, dass du die Begabung dazu hast. Ich habe das Gefühl, dass du anders bist als normale Menschen. Da ist irgendwas an dir … was Menschen nicht haben sollten.«

Ainz' nicht vorhandenes Herz setzte einen Schlag aus, als er das hörte – es klang fast, als ahnte Ninya, dass er ein Untoter war. Er nutzte zwar Illusionen und Verschleierungsmagie, aber es war dennoch möglich, dass unbekannte Zauber oder Spezialfähigkeiten seine Maske durchschauen konnten.

Ainz fragte vorsichtig: »Oh …? Ich weiß, dass ich stark bin, aber ich glaube nicht, dass es über das Menschenmögliche hinausgeht. Ich habe euch doch mein Gesicht gezeigt, oder nicht?«

»Hm, das ist keine Frage des Aussehens … Es geht einfach darum, dass deine Kraft die eines Menschen bei Weitem übersteigt. Du hast Oger mit einem einzigen Hieb getötet! Bei Männern ist Stärke wichtiger als Aussehen, oder etwa nicht? Immerhin hast du eine heiße Braut wie Nabe an deiner Seite.«

Nüchtern betrachtet klangen Lukeluthers Worte, als wollte er sein durch Illusionsmagie geschaffenes Gesicht als hässlich bezeichnen, und wenn er an die Menschen dachte, denen er bisher begegnet war, musste er ihm recht geben. *Es gibt so viel Schönheit in dieser Welt. Alle, denen man auf der Straße begegnet, haben schöne, ebenmäßige Gesichtszüge. Bisher dachte ich immer, ich sehe einigermaßen gut aus, aber das muss ich wohl noch mal überdenken …*

»Vom Aussehen mal abgesehen hat Lukeluther recht. Die sogenannten Helden stehen auf einer anderen Stufe als normale Menschen. Das musste ich heute auch einsehen.«

»Äh, ich glaube nicht, dass ich ein … Held bin. Ich bin auch nicht auf Komplimente aus«, antwortete Ainz. Er gab sich beschämt, seufzte innerlich aber erleichtert auf.

»Möchtest du meinen Meister treffen? Er hat das Talent, sagen zu können, wie viel natürliche Begabung jemand mitbringt. Wenn es um arkane Magie geht, kann er sogar voraussagen, bis zu welcher Stufe die Person Magie wirken kann.«

»Da gibt es etwas, das ich mich immer schon gefragt habe: Ist das nicht dasselbe Talent, das der oberste Magier des Kaiserreichs auch hat?«

»Ja, genau.«

Ainz konnte sich diese Chance nicht entgehen lassen. Er musste mehr in Erfahrung bringen.

»Was für eine Art von Fähigkeit ist das genau?«

»So wie mein Meister es beschreibt, hat jeder Caster eine magische Aura um sich. Je stärker er ist, desto größer ist die Aura. Mein Meister hat die Gabe, diese Auren sehen zu können.«

»Hmm ...« Ainz hatte nicht aufgepasst und fast hätte seine Stimme zu tief geklungen, aber er fing sich sofort wieder.

»Mein Meister schart Kinder mit solchen Auren um sich und bildet sie aus.« Ninya erzählte weiter, dass auch er so entdeckt worden war. Ainz gab angemessene Reaktionen von sich, während er innerlich verfluchte, dass so ein Talent überhaupt existierte – das könnte Ärger bedeuten.

»Wenn ich also gern Magie lernen würde, was sollte ich als Erstes tun?«

»Einen guten Meister zu finden ist auf jeden Fall ein guter Anfang.«

»Also ... könnte ich vielleicht ... dein Schüler werden?«

»Hm, ich denke, es wäre besser, jemand Stärkeren als mich zu finden. Aber es ist so: Im Königreich sind die meisten Schulen privat und wenn man nicht gerade einer der magischen Gilden angehört, hat man keine Chance, einen Platz zu bekommen. Normalerweise werden nur Kinder aufgenommen, da ihr Geist noch formbar ist. In deinem Alter müsste man schon jemand ziemlich Wichtigen kennen, der einen irgendwie einschleusen kann. Das Kaiserreich dagegen hat eine recht gute Magieakademie und auch der Gottesstaat bietet eine qualitativ hochwertige Ausbildung an – natürlich in Glaubensmagie.«

»Verstehe. Ist es einfach, in die Magieakademie des Kaiserreichs zu kommen?«

»Es ist wahrscheinlich eher schwierig. Die Akademie untersteht direkt dem Staat, für jemanden ohne Staatsbürgerschaft ist es also …«

»Verstehe …«

»Und was mich als Lehrmeister angeht: Es tut mir wirklich leid, aber ich habe andere Pläne und dafür leider keine Zeit.« Ninyas Miene verfinsterte sich und etwas Bedrohliches und Boshaftes schlich sich in seine Züge – eine kaum verhohlene Feindseligkeit.

Vielleicht sollte ich das Thema lieber nicht vertiefen. Er scheint sich nicht umstimmen zu lassen.

Gerade als Ainz diese Entscheidung gefällt hatte, schaltete sich Lukeluther ein. »Entschuldigt, dass ich euer Gespräch unterbreche, aber das Essen ist fast fertig. Könntet ihr die anderen holen?«

»Ich gehe, Momon.«

»Och! Du gehst, Nabe? Diese Mahlzeit könnte die Frucht unserer Liebe werden. Komm doch her und koch mit mir!«

»Stirb endlich, du Wurm! Oder soll ich dir heißes Öl in den Rachen gießen, damit ich mir diesen Schwachsinn nicht mehr anhören muss?«

»Würdest du bitte damit aufhören, Nabe? Ich gehe mit dir.«

»Verstanden, Sir!«

Ainz dankte Ninya, verließ das Zelt und ging zu Peter und Dyne hinüber, die ein Stück entfernt auf dem Boden saßen. Sie waren völlig vertieft in die Inspektion der Waffen, die sie im Kampf benutzt hatten. Sie rieben sie mit Öl ein, damit sie nicht rosteten, und stellten sicher, dass auch keine ihrer Waffen verbogen war oder Schaden genommen hatte.

Ihre Rüstungen waren zerbeult und auch die Schwerter hatten leichte Scharten von den Waffen der Goblins. Solche notdürftigen Reparaturen waren völlig normal, schließlich wusste man nie, wann man sich verteidigen musste. Sie waren so konzentriert, dass Ainz sie eigentlich gar nicht unterbrechen wollte.

Nachdem er ihnen allerdings mitgeteilt hatte, dass das Abendessen fertig war, standen die beiden auf und sagten auch Nphelia Bescheid, der sich in der Zwischenzeit um die Pferde gekümmert hatte.

*

Die Sonne war schon fast am Horizont verschwunden. Ihre letzten Strahlen tauchten den Himmel in ein wundervolles Abendrot, als es Zeit zum Essen war.

Jeder bekam eine Schale Eintopf mit geräuchertem und gesalztem Fleisch. Dazu gab es knuspriges Brot, getrocknete Feigen, Walnüsse und andere Nüsse.

Ainz sah hinunter auf die pikante Suppe in seiner Schale. Er konnte die Wärme des Essens durch seine Handschuhe nicht spüren, aber da auch die anderen bereits fleißig aßen, ohne darauf zu warten, dass sie abkühlte, musste es wohl genau die richtige Temperatur haben.

Und jetzt? Ainz war ein Untoter in einem Körper, der weder essen noch trinken konnte. Er konnte die Illusion eines Körpers aus Fleisch und Blut erzeugen, doch solange er nur aus Knochen bestand und einen bodenlosen Schlund hatte, würde die Suppe, die er hineinlöffelte, sofort wieder unten rauslaufen. Er durfte nicht zulassen, dass die anderen das sahen.

Unbekannte Speisen in einem unbekannten Land ... Egal wie simpel das Mahl war, Ainz fand es wirklich schade, dass er die Suppe nicht probieren konnte. Er hatte seinen Appetit fast gänzlich verloren, doch wenn er so leckere Speisen vor sich ausgebreitet sah, weckte das dennoch seine Neugier. Es frustrierte ihn, dass er nicht essen konnte. Es war das erste Mal, seit er in diese Welt gekommen war, dass ihn sein neuer Körper störte.

»Oh, schmeckt dir die Suppe nicht?«, fragte Lukeluther, als er bemerkte, dass Ainz sein Essen nicht angerührt hatte.

»Nein, das ist es nicht. Es gibt einen bestimmten Grund, warum ich nicht esse ...«

»Oh, ach so? Okay, ich verstehe. Du musst dich nicht dazu zwingen, zu essen. Aber willst du nicht wenigstens beim Essen den Helm abnehmen?«

»Das geht gegen meine Religion. Eine unserer Regeln ist, dass man an einem Tag, an dem man ein Leben genommen hat, nicht in einer Gruppe von vier oder mehr essen darf.«

»Huch? Du hast ja eigenartige Glaubensvorstellungen, Momon, aber es gibt wohl nichts, was es nicht gibt. Ich kann nicht glauben, dass es eine Lehre gibt, die einem vorschreibt, mit wie vielen Leuten man essen darf, wenn man vorher getötet hat!«

Als die anderen verstanden, dass es um eine Glaubensfrage ging, waren ihre Zweifel besänftigt. *Religion ist wohl überall ein schwieriges Thema.* Momon dankte seinem nicht existenten Gott für diese Eingebung und stellte dann Peter eine Frage, um das Thema zu wechseln. »Ihr nennt euch die Schwerter der Dunkelheit, aber keins eurer Schwerter wirkt sonderlich dunkel.«

Peters Hauptwaffe war ein (nicht besonders) magisches Langschwert, Lukeluther hatte einen Bogen, Dyne eine Keule und Ninya trug einen Stab. Niemand hatte ein schwarzes oder dunkles Schwert. Peters Schwert und Lukeluthers Zweitwaffe, das Kurzschwert, mochten bedrohlich wirken, aber dunkel waren die Klingen nicht.

Dabei konnte man die Farbe von Schwertern ändern, indem man beim Schmieden ein spezielles Pulver in das flüssige Metall gab. Es wäre also ein Leichtes gewesen, den Schwerter eine dunkle Farbe zu verleihen – es war irgendwie seltsam, dass keiner von ihnen so ein Schwert besaß.

»Ach das.« Ein eigentümliches Lächeln umspielte Lukeluthers Lippen, fast, als wäre er gerade an eine peinliche Situation aus der Vergangenheit erinnert worden. Ninyas Gesicht nahm einen Rotton an, der definitiv nicht vom Feuerschein herrührte. »Das war Ninyas Idee.«

»Bitte hör auf. Ich war jung und dumm.«

»Es gibt nichts, wofür du dich schämen müsstest. Es ist wichtig, große Träume zu haben!«

»Dyne, hör doch bitte auf …«

Die anderen Schwerter der Dunkelheit lachten und Ninya sah aus, als wollte er vor Scham im Boden versinken. Der Name schien eine besondere Bedeutung für die Truppe zu haben.

»Also, wir sind nach vier Schwertern benannt, die vor langer Zeit einem der Dreizehn Helden gehörten«, erklärte Peter, der bis über beide Ohren grinste. Damit schien seine Erklärung allerdings auch beendet zu sein.

Das ist ja schön und gut, aber ich hab weiterhin keine Ahnung, worüber ihr redet … Ich weiß, dass die Dreizehn Helden superstark waren und die bösen Götter vernichtet haben, die das ganze Land vor über zweihundert Jahren heimgesucht haben, aber ich hab keine Ahnung, wer sie genau waren und was die für Ausrüstung hatten. Ist das schlimm oder kann ich riskieren, zuzugeben, dass ich es nicht weiß?

Während Ainz noch hin- und herüberlegte, meldete sich Narberal neben ihm zu Wort. »Wer waren sie?«

Gut gemacht! Ainz jubelte innerlich, doch die Schwerter der Dunkelheit wirkten irgendwie irritiert. Dass jemand magische Waffen, die so berühmt waren, dass sie ihren Abenteurertrupp nach ihnen benannt hatten, nicht kannte, war anscheinend ein Schock für sie.

»Du hast noch nie von ihnen gehört, Nabe? Tja, wahrscheinlich nicht. Manche denken, die Dreizehn Helden waren böse oder dass sie Dämonenblut in sich trugen. Sie wurden absichtlich in vielen Sagen ausgelassen … Und manche meinen, dass die Kräfte, über die sie verfügten, unglaublich waren …«

»Die Schwerter der Dunkelheit waren vier Schwerter, die einem der Helden gehörten, der sich Black Knight nannte: das *Demonic Sword* Killineiram, das dunkle Energie abgibt; das *Corrupted Sword* Crocdabal, von dem gesagt wird, dass es Wunden verursacht, die niemals heilen; das *Death Sword* Sfeiz, das einem das Leben nimmt, sobald es einen auch nur leicht ritzt; und das *Evil Sword* Hyumilis, dessen besondere Kraft unbekannt ist.«

»Hmm«, brummte Narberal desinteressiert. Die Gruppe lächelte verlegen.

Ainz legte seinen Kopf schief. Er hatte von diesen besonderen Kräften schon einmal gehört. Nach kurzem Überlegen musste er an eine gewisse Vampirin denken. Shalltear Bloodfallen gehörte der Klasse *Cursed Knight* an, die ganz ähnliche Fähigkeiten hatte.

Cursed Knight war eine Klerikerklasse, die mit einem Fluch belegt war, und eine der stärkeren Klassen, die es in *Yggdrasil* gab. Sie hatte aber auch sehr viele Einschränkungen, deshalb war sie nicht sonderlich beliebt. Doch unter anderem konnte diese Klasse sich die Fähigkeit aneignen, eine dunkle Aura zu erschaffen, die Wunden verursachte, die man nur mit der stärksten Heilmagie heilen konnte, und einen Fluch auszusprechen, der zum sofortigen Tod führte.

Ainz' illusionäre Augen verengten sich. Das konnte kein Zufall sein. Es war zwar möglich, dass die Schwerter der Dunkelheit über Effekte verfügten, die denen der *Cursed Knight*-Skills entsprachen, wahrscheinlicher war allerdings, dass der Held, der sie getragen hatte, ein *Cursed Knight* war.

Um die Mindestanforderungen für einen *Cursed Knight* zu erfüllen, musste man ein Gesamtlevel von mindestens 60 erreicht haben, was bedeutete, dass diese Person namens Black Knight mindestens

Level 60 gewesen sein musste. Nein, wenn man die Fähigkeiten bedachte, über die er verfügte, musste er sogar mindestens auf Level 70 gewesen sein.

Das wiederum bedeutete, dass die bösen Götter, gegen die er gekämpft hatte, sich auch in etwa auf diesem Level bewegt haben mussten. Nigun hatte allerdings lautstark verkündet, dass sein beschworener Engel, der *Dominion Authority*, einen dieser bösen Götter besiegt hätte, als wäre das eine große Sache. Daher konnte Ainz das Kräfteverhältnis nicht wirklich einschätzen. Wenn er von den Informationen ausging, die er bisher gesammelt hatte, konnte man wohl davon ausgehen, dass diese bösen Götter verschiedene Level haben konnten. Die Wahrheit würde er allerdings nur erfahren, wenn er eins dieser Schwerter in die Hände bekam oder den Helden selbst traf.

Mit Schrecken stellte Ainz fest, dass die anderen ihre Unterhaltung fortgesetzt hatten, während er in seine Überlegungen vertieft war. Schnell konzentrierte er sich wieder auf das Gespräch. Er wollte sich die Chance nicht entgehen lassen, mehr zu erfahren.

»... unser ultimatives Ziel ist, sie zu finden. Es gibt eine Menge Waffen, die angeblich nichts weiter als Legenden sind, doch von diesen wissen wir, dass es sie wirklich gibt. Na ja, wir wissen nicht, ob es sie *noch* gibt, aber ...«

»Oh, ich kenne jemanden, der so ein Schwert der Dunkelheit besitzt.« Alle Augen richteten sich fassungslos auf Nphelia, nachdem er diese Bombe hatte platzen lassen.

»W... Wer?!«

»Wow! Ist das dein Ernst?! Also sind nur noch drei übrig?!«

»Hm. Dann bleibt nicht für jeden eins.«

Nphelia antwortete zaghaft: »Äh ... Sie ist die Anführerin dieser Truppe, die sich die Blauen Rosen nennt.«

»Ugh, die? Die haben doch alle Adamantrang! Vielleicht sollten wir lieber gleich aufgeben.«

»Stimmt wohl. Aber es gibt immer noch drei der Schwerter, also lasst uns stark genug werden, um wenigstens die zu kriegen!«

»Ja. Wenn eins echt ist, müssen es die anderen auch sein! Ich hoffe, dass sie an irgendeinem Ort versteckt sind, wo sie niemand vor uns findet …«

»Ninya, schreib das in dein Tagebuch, damit wir es nicht vergessen.«

»Mach ich. Aber mein Tagebuch ist eigentlich privat … Kannst du es nicht irgendwo notieren?«

»Eine gute Idee, so eine Aufzeichnung für die Nachwelt!«

»Ich glaub nicht, dass es darum geht, Dyne …«

»Na ja, dafür haben wir ja Ersatz.«

»Was für einen Ersatz?«

»Das hier, Momon«, antwortete Peter, der einen Dolch mit vier kleinen Juwelen, die in seinen Griff eingebettet waren, aus seiner Brusttasche zog und ihn Ainz hinhielt. Die Klinge war schwarz. »Wir haben ihn als unser Symbol auserkoren, bis wir die echten Schwerter unser Eigen nennen können …«

»Warum nennen wir uns nicht einfach die Klingen der Dunkelheit? Dann macht es keinen Unterschied, ob sie echt oder gefälscht sind, und dieser Dolch wäre ein richtiges Symbol.«

»Hmm … Gar nicht dumm. Seit wann hast du denn so schlaue Ideen, Lukeluther?«

Die Schwerter der Dunkelheit lachten mit ihm, nicht über ihn, wie es nur wahre Freunde konnten. Sogar Ainz musste schmunzeln. Sie mussten dem Dolch ähnliche Gefühle entgegenbringen wie er seinem Zepter, das den ganzen Stolz seiner Gilde repräsentierte.

Sie verfielen in sorglose Plaudereien. Da die Schwerter der Dunkelheit in der Überzahl waren, leiteten sie das Gespräch und spielten Ainz, Narberal und Nphelia die Bälle zu.

Ainz beteiligte sich zwar am Gespräch, spürte aber doch eine Distanz zwischen sich und den Schwertern. Außerdem musste er auch ständig aufpassen, dass er sich vage hielt, um zu verbergen, dass er so wenig über diese Welt wusste. Dadurch redete er immer weniger – es war ein Teufelskreis.

Manchmal stellte jemand eine Frage an Narberal, die es verstand, knappe Antworten zu geben, die jegliche Diskussion im Keim erstickten, deshalb redeten die anderen auch mit ihr immer weniger.

Nphelia war hingegen in seinem Element. Das lag zum einen daran, dass er aus dieser Welt stammte, aber auch daran, dass der Junge weitaus bessere soziale Kompetenzen besaß als er selbst. Immer wieder hielt er die Konversation durch raffinierte Einwürfe am Leben. Er hatte ein gutes Gespür.

Wen kümmert's? Ich hab meine alten Freunde … Ainz schmollte ein wenig, als er im Feuerschein dem harmonischen Geplänkel lauschte.

Vielleicht war das nur natürlich, wenn man sein Leben immer wieder gemeinsam aufs Spiel setzte, doch sie waren wirklich eine eingeschworene Gemeinschaft. Selbst Nphelia schien sich nach einer so innigen Freundschaft zu sehnen.

Ainz erinnerte sich an seine alten Kameraden und wurde langsam so neidisch, dass er unter seinem Helm mit den Zähnen knirschte. *Früher hatte ich auch mal solche Freunde …*

»Ist es normal für Abenteurergruppen, so gut miteinander auszukommen?«

»Ich denke schon. Wahrscheinlich, weil wir einander unser Leben anvertrauen. Es wäre gefährlich, mit anderen loszuziehen, ohne zu wissen, wie sie ticken oder reagieren. Ehe man sichs versieht, ist man also ziemlich dicke miteinander.«

»Oh, und wir haben keine Frauen in unserem Team. Ich habe gehört, dass es immer zu Streitereien kommt, wenn welche dabei sind.«

»Ja …«, pflichtete Ninya mit einem Lächeln bei, das schwer zu deuten war. »Wenn wir Frauen dabeihätten, wärst du sicher der Erste, der Probleme verursachen würde! Aber ich denke, es ist, weil wir alle ein gemeinsames Ziel verfolgen …«

Peter und die anderen nickten.

»Ja, das spielt auf jeden Fall auch mit rein. Es ist unglaublich, was es bewirkt, wenn alle gemeinsam auf etwas hinarbeiten.«

»Oh? Hattest du etwa auch ein Team, Momon?«

Nphelias Neugier machte Ainz im ersten Moment sprachlos, doch dann entschied er, dass es keinen Grund gab, einen Bogen um dieses Thema zu machen. »Nun, sie waren nicht wirklich Abenteurer, aber …« Beim Gedanken an seine alten Kameraden klang seine Stimme erwartungsgemäß ein wenig belegt. Ein Untoter zu werden hatte ihn nicht vollkommen abstumpfen lassen und seine stärksten Gefühle galten seinen Kameraden.

Da die anderen Ainz' Unbehagen spüren konnten, bohrten sie nicht weiter nach. Eine eigenartige Stille breitete sich aus. Es war so ruhig, als würde niemand sonst existieren. Ainz sah hinauf zu den funkelnden Sternen, die irgendwann am Himmel erschienen waren.

»Früher, als ich noch ein Schwächling war, wurde ich von einem *Holy Knight* in weißer Rüstung, mit Schwert und Schild, gerettet. Durch ihn habe ich vier andere Freunde kennengelernt. Danach haben wir noch drei Schwächlinge wie mich aufgenommen. Damit waren wir zu neunt. Das war mein erstes Team.«

»Wow …«, staunte jemand irgendwo jenseits der knisternden Flammen, doch Ainz war egal, wer es gewesen war. Er war ganz in seine Erinnerungen an den Vorläufer von Ainz Ooal Gown, die First Nine, vertieft.

»Sie waren wundervolle Kameraden: ein *Holy Knight*, ein Katana-Träger, ein Priester, ein Assass… äh, ein Dieb mit Zwillingsklingen, ein

Magier, ein Koch und ein Schmied. Sie waren die besten Freunde, die man sich wünschen konnte. Ich habe schon viele Abenteuer seither erlebt, aber diese Zeit werde ich niemals vergessen.«

Ihnen war es zu verdanken, dass er wusste, was ein echter Freund war. In dem Moment, als er schon aufgeben wollte, da er sogar in der Welt von *Yggdrasil* schlecht behandelt wurde, hatten diese wundervollen Menschen sich seiner angenommen. Und je mehr Mitglieder hinzukamen, desto mehr Spaß hatten sie.

Das war der Grund, warum Ainz bereit war, alles andere aufzugeben, um seine geliebte Gilde zu beschützen. Sie bedeutete ihm alles.

»Ich hoffe, dass du eines Tages wieder so tolle Freunde findest!«

»Dieser Tag wird niemals kommen«, schoss Ainz gereizt von Ninyas Aufmunterungsversuch zurück. Er klang überraschend feindselig. Er war sogar selbst von seiner Reaktion erschrocken und erhob sich. »Tut mir leid … Ich werde mich zurückziehen und da drüben essen.«

»Ich komme mit.«

»Wirklich? Na ja, es ist ja eure Religion und so …«, begann Peter, der enttäuscht schien, Ainz und Narberal jedoch nicht zum Bleiben zwingen wollte.

Ainz sah, dass Ninya betrübt wirkte, doch er brachte es nicht über sich, etwas zu sagen, auch wenn ein simples »Ist schon in Ordnung« gereicht hätte …

*

Die beiden hatten sich in eine Ecke des abgesteckten Gebiets zurückgezogen und schienen zu essen.

Wenn jemand eine Gruppe verlässt, dann wird dieser Jemand häufig zum Gesprächsthema. Und an diesem Abend hatte die Person, um die sich das Gespräch ohnehin schon gedreht hatte, gerade die Gruppe verlassen. Es war also nur natürlich, dass es auch weiterhin um sie ging.

Nach dieser harschen Unterbrechung hatte sich eine Stille ausgebreitet, in der man deutlich das Knistern des Feuers hören konnte. Ninya beobachtete die aufsteigenden Funken und murmelte: »Da hab ich wohl was Falsches gesagt ...«

»Ich glaube auch. Irgendwas muss vorgefallen sein«, nickte Dyne bestimmt, während Peter fortfuhr: »Ich frage mich, ob sie alle getötet wurden. Menschen, die all ihre Freunde auf einen Schlag verloren haben, neigen zu solchen Reaktionen.«

»Das ist ... eine schreckliche Vorstellung. Selbst in einer Welt, in der jeden Tag Menschen sterben, ist es etwas anderes, wenn die eigenen Freunde ...«

»Das stimmt, Lukeluther. Ich hätte bessere über meine Worte nachdenken sollen.«

»Du kannst es nicht mehr zurücknehmen. Du könntest allerdings versuchen, ihn auf andere Gedanken zu bringen.«

Ninya stimmte zu, doch seine Miene hellte sich nicht auf. Dann murmelte er: »Ich weiß, wie furchtbar es ist, jemanden zu verlieren ... Wieso habe es nicht erkannt ...?« Niemand hatte eine Antwort darauf.

Das Krachen eines Holzscheits zerriss die plötzlich entstandene Stille und weitere Funken stoben auf.

Um das Gespräch auf ein angenehmeres Thema zu lenken, meinte Nphelia vorsichtig: »Momon war wirklich der Wahnsinn heute im Kampf.«

Peter war sofort Feuer und Flamme. »Ja! Ich hatte keine Ahnung, dass er so stark ist. Einen Oger einfach mit einem einzigen Hieb zu spalten ...«

»Das war wirklich krass!«

»Mir ist schon bewusst, dass es beachtlich ist, einen Oger mit einem Hieb zu töten, aber wie schwierig, würdet ihr sagen, ist es, ihn dabei auch noch zweizuteilen?«, wollte Nphelia wissen. Die Schwerter der Dunkelheit sahen einander nur an.

Nphelia war ein bekannter Talentträger und begnadeter Magic Caster. Er hatte das Potenzial für eine erfolgreiche Zukunft, aber ihm fehlte der Vergleich zu anderen Kämpfern, um einschätzen zu können, wie stark Ainz wirklich war.

Als Peter das erkannte, bemühte er sich, ihm verständlich zu machen, was geschehen war. »Bei einem Langschwert muss man normalerweise das gesamte Gewicht der Klinge in den Hieb legen, aber er hat seine Gegner mit einem fast schon beiläufigen Schwung zerteilt. So was mit einem einhändig geführten Langschwert gegen einen Muskelprotz wie einen Oger zu schaffen ist fast unmöglich. Nun … es gibt ein paar Ausnahmen, aber …«

Nphelia gab einen beeindruckten Laut von sich, doch Peter hatte das Gefühl, dass er das volle Ausmaß dieser Leistung noch nicht ganz begriffen hatte, und gab ihm ein Beispiel. »Ich denke, er ist auf jeden Fall auf dem Level des Kommandanten der königlichen Garde.«

Als er das hörte, weiteten sich Nphelias Augen. Er verstand nun endlich, wie stark die Schwerter der Dunkelheit Momon einschätzten. »Also denkt ihr … dass er auf dem Level eines Adamantrangs ist? Einer der stärksten Abenteurer? Eine lebende Legende? Er steht auf einer Stufe mit den herausragendsten Menschen, die es gibt?«

»Ja«, antwortete Peter mit einem Nicken und als Nphelia den Blick hinüber zu den anderen schweifen ließ, nickten auch sie.

Er war vollkommen überwältigt.

Eine Adamantmarke, die aus einem seltenen Metall geschmiedet war, das als das härteste überhaupt galt, zeichnete Abenteurer an der Spitze aus. Natürlich gab es nicht viele Abenteurer, die diesen Rang erreichten. Das Königreich und das Kaiserreich hatten je zwei Teams – Punkt. Stärker konnte ein Mensch nicht werden – sie waren *wahre* Helden.

Und Momon schien ihnen ebenbürtig zu sein.

»Das ist unglaublich ...« In seinem Staunen schwang tiefe Bewunderung mit.

»Als ich bei unserer ersten Begegnung sah, dass Momon eine Kupfermarke trug, war ich neidisch, dass er trotzdem eine so beeindruckende Rüstung trug ... Aber jetzt, wo ich ihn in Aktion gesehen habe, verstehe ich, dass er auch die entsprechenden Fähigkeiten besitzt. Alles passt zusammen. Mann, ich wünschte, ich wär auch so stark ...« Peter trug einen Schuppenpanzer, der weniger Schutz bot als eine Plattenrüstung. Er hatte allerdings auch nicht die Wahl gehabt – sie war der beste Schutz, den er sich mit seinem begrenzten Budget leisten konnte.

»Was? Ach, Peter, du wirst dir sicher bald eine bessere Plattenrüstung kaufen können.«

»Das stimmt. Und wenn du Momons Stärke so bewunderst, dann mach es dir zum Ziel, sie selbst zu erreichen, und arbeite darauf hin. Du solltest dankbar sein, dass du Zeuge seiner Schwertkunst geworden bist, die dich motiviert.«

»Ja, Ninya hat recht! Du musst einfach versuchen, auf Momons Level hinzuarbeiten. Wir werden dich mit aller Kraft unterstützen – und suchen uns unsere eigenen Vorbilder!«

»Genau. Du musst nichts überstürzen. Seinem Aussehen nach trainiert er schon viel länger als du«, warf Dyne ein.

Daraufhin fragte Nphelia: »Habt ihr etwa Momons Gesicht gesehen?« Ainz hatte seinen Helm nicht ein einziges Mal abgesetzt, seit er Nphelia begegnet war. Selbst während der Mahlzeiten hatte er ihn aufbehalten. Konnte er so überhaupt etwas trinken?

»Ja. Er sah ganz normal aus, nur ... als wäre er nicht von hier. Er hat schwarzes Haar und schwarze Augen, genau wie Nabe.«

»Verstehe ... Hat er vielleicht erwähnt, aus welchem Land er stammt?«

Die Schwerter der Dunkelheit sahen einander an – Nphelia war auf einmal völlig gefesselt von dem Thema.

»Nein, das hat er nicht gesagt ...«

»Hmm ... Oh, ähm, ich habe mich nur gefragt, wenn er aus einem fernen Land ist, ob sie dort vielleicht andere Tränke und so was haben.«

»Ah, klar. Es scheint, als kämen beide aus demselben Land, aber sie sehen sich nicht wirklich ähnlich. Gut aussehend kann man ihn nicht gerade nennen ... Aber vielleicht ist das genau ihr Typ?«

»Aussehen ist nicht so wichtig, wenn man so stark ist. Die Frauen sind wahrscheinlich scharenweise hinter ihm her.«

Starke Männer waren attraktiv. In einer Welt voller Monster, in der Menschen am unteren Ende der Nahrungskette standen, fühlten sich viele Frauen instinktiv zu den stärksten Männern hingezogen.

»Hach, dann hab ich also gar keine Chance bei ihr?«

»Hmm, egal wie man es dreht und wendet, ich denke, dass du von vornherein nie eine hattest«, erwiderte Ninya, der sein Lachen nicht unterdrücken konnte, als er sich an Nabes Reaktionen auf Lukeluthers Avancen erinnerte.

»Sei nicht so! Ich darf einfach nicht aufgeben. Bei so einer Schönheit muss man dranbleiben! Wenn ich sie wenigstens dazu bringen könnte, einen Bruchteil meiner Liebe zu erwidern, wäre ich schon glücklich.«

»Sie ist wirklich wunderschön, aber ...« Dyne unterbrach sich mitten im Satz, als er Nphelias mürrischen Blick bemerkte. Er wurde ernst. »Was ist los, Nphelia?«

»Oh, ach nein. Ähm ... Es ist keine große Sache ...«

»Hmm?« Ninya und Lukeluther hatten nun beide ein obszönes Grinsen im Gesicht. »Hast du etwa auch eine Schwäche für Nabe?«

»Nein!«, rief Nphelia entsetzt.

Peter spürte, dass hinter diesem Ausbruch etwas steckte, über das sie besser nicht reden sollten. »Lukeluther, sei nicht unhöflich. Denk nach, bevor du deinen Mund aufmachst.«

Lukeluther entschuldigte sich aufrichtig bei Nphelia.

Nphelia schien nicht zu wissen, wie er darauf reagieren sollte. »Nein, also, das ist es nicht. Ich mache mir nur ein bisschen Sorgen ... Meint ihr wirklich, dass Momon so beliebt beim weiblichen Geschlecht ist?«

»Nun, vom Aussehen her vielleicht nicht, aber mit seiner Stärke hat er auf jeden Fall gute Karten. Und mit dieser Rüstung und diesen Schwertern strahlt er auf jeden Fall Reichtum aus ...«

»Haaah ...«, seufzte Nphelia, der nun immer bedrückter wirkte.

Brüderlich besorgt fragte Peter: »Was ist denn los?«

Nphelia öffnete immer wieder den Mund, doch die Worte wollten nicht über seine Lippen kommen. Niemand drängte ihn. Es gab keinen Grund, ihn unter Druck zu setzen, etwas zu sagen, das er nicht sagen wollte. Schließlich fasste sich Nphelia jedoch ein Herz und begann zu sprechen. »Also ... Es gibt da jemanden in Carne ... Und ich wäre wirklich traurig, wenn sie sich in Momon verlieben würde ...« Die Schwerter der Dunkelheit lächelten mitfühlend, denn sie verstanden genau, worauf Nphelia hinauswollte.

»Okay, Kleiner, ich wird dir jetzt mal zeigen, wie man das angeh...« Peter verpasste Lukeluther einen Fausthieb und er fiel mit einem dumpfen Aufschlag hintenüber. Die anderen ignorierten den niedergestreckten Ranger und überschütteten Nphelia der immer noch unter Schock stand, mit guten Ratschlägen.

Im Licht des Feuers breitete sich ein Lächeln auf Nphelias Gesicht aus.

*

In der Zwischenzeit war eine Stirn durch den Stahlhelm, der sie schützen sollte, hindurch sauber durchbohrt worden. Der Körper zuckte einmal und fiel dann leblos zu Boden. Das Scheppern seiner Metallrüstung hallte in der Dunkelheit wider.

Ein weiterer Mann hoffte inständig darauf, dass jemand den Lärm gehört hatte und zu Hilfe eilen würde – doch niemand war so von Sinnen, in ein Viertel von E-Rantel zu kommen, das selbst die Slumbewohner aufgegeben hatten. Genau aus diesem Grund hatte sie ihre Auftraggeberin überhaupt erst hier treffen wollen.

Er starrte die Frau vor ihm an, konnte jedoch nicht verbergen, dass der Zorn nur Fassade war. Nachdem sie drei seiner Kameraden in kürzester Zeit niedergestreckt hatte, war sein Kampfgeist gebrochen.

Die Frau schüttelte das Blut von dem Stilett, mit dem sie die anderen drei getötet hatte, bis die Klinge wieder kalt funkelte.

»Nye he he! Sieht aus, als wärst du der Letzte!« Ihr animalisches Grinsen entblößte ihre Zähne.

»W… Wieso machst du das?«, fragte er. Die Frage war dumm, aber er wusste einfach überhaupt nicht mehr, wie ihm geschah.

Diese Männer waren Aussteiger der Abenteurergilde, die man schlicht Arbeiter oder auch Nachtarbeiter nannte. Die Aufträge, die sie übernahmen, bewegten sich an der Grenze des Legalen, wenn es nicht tatsächlich Verbrechen waren. Es gab also sicher eine Menge Leute, die etwas gegen sie hatten, doch bisher hatten sie keine Aufträge in dieser Stadt ausgeführt und diese Frau war ihnen auch noch nie begegnet.

»Wieso ich *das hier* mache? Oh, ich dachte mir nur, dass ich euch gern benutzen würde.«

Er blinzelte einige Male verwirrt und fragte dann: »Was meinst du damit?«

»Der Enkel der bekannten Heilerin ist gerade nicht in der Stadt, also brauche ich einen Späher, der mich warnt, wenn er zurückkommt. Denkst du etwa, dass ich mich mit so was selbst rumschlage?«

»Wieso hast du uns dann nicht einfach damit beauftragt? Darum ging es doch!« Sie waren Arbeiter, die für illegale Jobs angeheuert wurden, deshalb verstand er nicht, warum diese Frau ihn nun töten wollte.

»Nein, nein, nein. Ihr könntet mich hintergehen!«

»Wir hintergehen niemanden, solange wir unsere Kohle kriegen!«

»Ach? Na, dann lass es mich so sagen: Ich liebe es, zu töten! Es ist meine große Leidenschaft!« Lachend fügte sie hinzu: »Oh, und Folter liebe ich ebenso!«

Der Mann starrte sie ungläubig an. Er konnte nicht fassen, dass dieses *Ding* vor ihm stand, bei dem jegliche Vernunft auf taube Ohren stieß. »Was … zur Hölle? Wieso tust du das? Bist du krank?!«

»Wieso?«, wiederholte die Frau, deren Miene und Ton sich mit einem Mal änderten. Die Unbeschwertheit war verschwunden. »Oh, ich weiß auch nicht … Vielleicht weil es früher mein Job war, Leute abzumurksen? Oder weil ich immer mit meinem ach so tollen großen Bruder verglichen wurde? Oder weil unsere Eltern ihm all ihre Liebe geschenkt haben? Oder weil ich missbraucht wurde, weil ich schwach war? Oder weil mein Freund direkt vor meinen Augen umgebracht wurde? Oder weil ich es versaut habe, gefangen genommen und tagelang gefoltert wurde? Glühend heiße Spreizbirnen tun echt weh!« Kurz hatte sie etwas Kindliches an sich, doch sofort war die Erwachsene wieder zurück und grinste. »Nur Spaß! Das waren alles nur Lügen, Lügen, Lügen! Nichts davon ist wirklich passiert! Aber wen kümmert das schon? Auch wenn du meine Vergangenheit kennen würdest, würde das nichts ändern. Es ist eine Menge Mist passiert und jetzt bin ich hier. Aber Mann, ich bin echt froh, dass Khaj so viel Recherche für mich betrieben hat, damit ich euch direkt kontaktieren konnte. Es hätte ewig gedauert, wenn ich mir erst jemanden für die Zusammenarbeit hätte suchen müssen!«

Die Frau ließ ihr Stilett los und es bohrte sich mit der Spitze der Klinge so weit in den Boden, dass es nicht umfiel. Es war also wohl so scharf, dass es nicht aus Stahl, sondern aus einem anderen Metall geschmiedet sein musste.

»Es ist aus Oreichalkos! Genauer gesagt aus mit Oreichalkos überzogenem Mithril. Das ist ziemlich selten, weißt du.«

Die Seltenheit ihrer Waffe sprach für ihre Stärke. Der Mann erkannte nun, dass er keine Chance gegen sie hatte.

»Okay, weiter im Text! Wenn ich dich zu schwer verletze, wirst du mir nichts mehr nützen ... Wenn Khaj nur seine Glaubensmagie benutzen würde, damit wir dich heilen können, egal wie sehr ich dir wehtue ... Dann könnte ich dich bis in alle Ewigkeit foltern! Das wäre doch lustig, oder?«

Während sie fröhlich diese Horrorszenarien spann, zog sie ein weiteres Stilett unter ihrem Umhang hervor. »Das sollte funktionieren ... Tut mir leid, falls ich verfehle ...«, entschuldigte sich die Frau und streckte ihre Zunge heraus. Oberflächlich betrachtet war sie niedlich, aber darunter kam ihre verdorbene Natur zum Vorschein.

Der Mann wirbelte herum und lief los. Hinter ihm gab die Frau einen Schrei von sich, der Überraschung vortäuschen sollte. Er blieb nicht stehen, um zu sehen, was sie vorhatte – er rannte einfach weiter verzweifelt durch die Dunkelheit und verließ sich auf seinen Orientierungssinn, auf den er so stolz war. Auf einmal hörte er jedoch ein regelmäßiges Klackern hinter sich und die eiseskalte Stimme der Frau, die nicht im Mindesten aus der Puste zu sein schien. »Zu langsam!« Ein weißglühender Schmerz schoss durch seine Schulter. Er erkannte noch, dass er von dem Stilett getroffen worden war, dann legte sich ein Schleier über seinen Geist.

Gedankenkontrolle ... Der Mann wehrte sich mit aller Kraft, doch der Schleier hatte sein Bewusstsein fest im Griff.

Nach kurzer Zeit vernahm er die Stimme seiner neuen Freundin hinter sich. »Hey. Alles in Ordnung? Die Wunde ist doch nicht zu tief, oder?«

»Nein, mir geht's gut«, erwiderte er, während er sich zu seiner neuen Kameradin umdrehte und sie anlächelte.

»Oh, gut!« Ein Furcht erregendes Grinsen verzerrte ihr Gesicht.

3

Als die Sonne aufging, brach die Gruppe auf und folgte dem Pfad, der im hohen Gras verborgen war.

»Wir haben Carne fast erreicht«, begann Nphelia, der der Einzige war, der zuvor im Dorf gewesen war (obwohl Ainz natürlich auch schon einmal dort gewesen war, doch das hatte er der Gruppe verschwiegen). Sie nickten, doch niemand sagte ein Wort, sie gingen einfach schweigend weiter. Nphelia wirkte, als könnte er die Stille nicht länger ertragen.

Die Stimmung in der Gruppe war extrem schlecht. *Ich hab's vermasselt*, dachte Ainz bei sich. Ninya sah ab und zu zu ihm herüber, was ihn zwar störte, aber er was selbst daran schuld, also konnte er nichts sagen.

Ainz' Worte letzte Nacht hingen immer noch über ihnen. Ninya hatte sich beim Frühstück erneut entschuldigt. Ihm einfach zu vergeben hätte die Stimmung wahrscheinlich gehoben und alles wäre geklärt gewesen – doch er hatte die Worte einfach nicht über die Lippen gebracht. Es war vielleicht etwas engstirnig von ihm, aber er konnte nicht einfach vergessen, was geschehen war.

Mit so was muss ich mich also sogar als Untoter rumschlagen ...

Seit er ein Untoter geworden war, wurden seine stärksten Emotionen unterdrückt, doch schwache Gefühlsregungen blieben weiterhin bestehen. Die Wut simmerte also unterschwellig in seinem Inneren. Das zeigte allerdings nur, wie wichtig ihm seine alten Freunde gewesen waren. Das war zwar einerseits ein gutes Gefühl, doch zur selben Zeit wusste er, dass es so nicht weitergehen konnte.

Ainz hatte kein Bedürfnis, die Initiative zu ergreifen, um die Stimmung zu kitten. Was er fühlte, war schwer in Worte zu fassen. Er wusste, dass er sich wie ein störrisches Kind benahm, was ihn wiederum wütend auf sich selbst machte.

Die einzige Person, die sich von der drückenden Atmosphäre nicht beeindrucken ließ, war Narberal. Sie ging neben Ainz her und war hocherfreut, dass Lukeluther sie zur Abwechslung nicht belästigte. Die anderen marschierten schweigend in einem ziemlich strammen Schritttempo, bis sie Carne fast erreicht hatten.

»Also, ich dachte ... Der Ausblick ist so schön ... Vielleicht müssen wir hier nicht in Formation laufen ...?«, meinte Lukeluther, vielleicht nur aus dem Drang heraus, irgendetwas zu sagen. Neben ihnen war dichter Wald, von welchem »schönen Ausblick« er sprach, war also nicht ersichtlich. Außerdem war ein schöner Ausblick kein Grund, die Vorsicht fahren zu lassen – das war eine der Grundregeln einer Eskorte.

Es war allerdings klar, dass ihre momentane Formation nichts mit Vorsicht zu tun hatte.

»Es ist wichtig, dass wir wachsam bleiben! Lasst uns nicht trödeln«, entschied Peter.

»Er hat recht! Wir müssen die Augen offen halten, damit wir nicht aus dem Hinterhalt überrascht werden«, sagte Dyne, doch seine Miene verriet, dass er selbst von seinen Worten nicht überzeugt war.

Ninya schaltete sich ein: »Außerdem könnte es sein, dass sich plötzlich ein Drache auf uns stürzt.«

Lukeluther schoss zurück: »Wo hast du denn den Quatsch her? Denk doch mal nach, Ninya – so was kann doch nicht wirklich passieren, oder?«

»Auf keinen Fall. Es ist schon ewig her, dass sich ein Drache auch nur in der Nähe von E-Rantel aufgehalten hat, und selbst das war nur ein Märchen. Es hieß, der Drache hätte Naturkatastrophen steuern können. Solche Geschichten von Drachensichtungen hört man heutzutage nicht mehr. Oh, doch … Es gibt eine über eine Handvoll Frostdrachen, die im Azerlisia-Gebirge gelebt haben. Das ist allerdings ziemlich weit im Norden, glaub ich.«

Also gab es hier vor langer Zeit Drachen? Ich habe von den Gefangenen der Heiligen Schrift des Sonnenlichts gehört, dass Drachen die stärksten Lebewesen auf dem ganzen Kontinent waren …

Drachen zählten auch in *Yggdrasil* zu den stärksten Rassen. Sie hatten eine hohe Angriffskraft und Abwehr und eine fast unerschöpfliche Lebensenergie, dazu noch unzählige Spezialfähigkeiten und Zauber. Sie waren fast übermächtig.

Unter all den Monstern, Gebietsbossen und allen anderen Gegnern gab es außerdem die *World Enemies* in *Yggdrasil*. Sie waren Monster, die jeden Rahmen sprengten und sogar für eine Legion (sechs Teams mit je sechs Spielern) schwer zu besiegen waren.

Einer war der Endboss in einer mittelmäßigen offiziellen Storyquest, der *Devourer of the Nine Worlds*. Dann gab es da noch die *Eight Dragons*, die *Lords of the Seven Deadly Sins*, die *Ten Archangels of the Sephira* und schließlich wurden noch der *Celestial Lord of the Sixth Heavens* und die *Five Rainbow Buddhas* mit dem großen Update *Valkyrie's Downfall* hinzugefügt, sodass es insgesamt zweiunddreißig dieser Gegner gab. Die Tatsache, dass Drachen auch dort eine Rolle spielten, war wohl ein Hinweis darauf, dass die Spieleentwickler sie wirklich gemocht hatten.

Wenn Drachen wirklich noch existieren, muss ich vorsichtig sein. In Ygg- drasil *konnten Drachen nicht sterben ... Sie lebten ewig. Schon ein einzelner könnte mächtiger sein, als wir es uns vorstellen können.*

»Hmm, weißt du vielleicht noch den Namen des Drachens, der angeblich Naturkatastrophen kontrollieren kann?«, fragte Ainz leise, der nicht mutig genug war, sich einfach in die Unterhaltung einzumischen, solange der Streit nicht geschlichtet war. Dennoch schienen ihn alle gehört zu haben und Ninya wirbelte zu ihm herum.

Es wirkte fast, als wären sie ein streitendes Pärchen und Ninya suche nur nach einer Möglichkeit, die Wogen zu glätten. (Zumindest war das der Eindruck, den Ainz hatte, wenn er die Situation mit Unterhaltungen von Pärchen verglich, denen er in Cafés gelauscht hatte.)

Nachdem Ainz ihn angesprochen hatte, hellte sich Ninyas Miene sichtlich auf und auch die übrigen Schwerter der Dunkelheit und Nphelia schienen wieder besserer Laune zu sein. Die Einzige, die unberührt von alldem blieb, war Narberal – vermutlich hatte sie die schlechte Stimmung zuvor allerdings nicht einmal wahrgenommen.

»Leider nein. Soll ich vielleicht nachschlagen, sobald wir wieder in der Stadt sind?«

Okay, kein Grund, gleich so aus dem Häuschen zu sein ... Wenn du ihn nicht kennst, kannst du es auch einfach sagen ... Ich wollte nur ein bisschen plaudern. Aber das konnte er natürlich nicht sagen. »Ja, gerne, Ninya. Aber nur, wenn du grade mal Zeit hast.«

»Okay, Momon!«

Ainz fühlte sich ein wenig beschämt, als alle zufrieden nickten. Wenn die Positionen vertauscht gewesen wären, wäre das ja in Ordnung gewesen, aber als der Älteste der Gruppe war er peinlich berührt.

»Okay, wir sind jetzt gle...«, begann Nphelia, doch er schloss seinen Mund abrupt wieder.

Alle Blicke waren auf das Dorf vor ihnen gerichtet. Es war ein einfaches Dorf, das sich an den Wald schmiegte. Es gab keinen ersichtlichen Grund, warum Nphelia plötzlich verstummt war. Nichts an dem Anblick schien irgendwie ungewöhnlich zu sein.

»Was ist los, Nphelia? Stimmt was nicht?«

»Ach nein. Es ist nur ... Diesen Zaun da habe ich noch nie gesehen ...«

»Ach ja? Na, es scheint kein sehr stabiler Zaun zu sein. Wenn man ihn mit denen der Dörfer in den Grenzgebieten vergleicht, ist er sogar etwas armselig, würde ich meinen. So nah am Wald sollte man doch meinen, sie hätten eine bessere Abwehr gegen Monster.«

»Hm, ja, vielleicht, aber ... sie haben den Weisen König des Waldes, also hatten sie vorher nicht mal diesen hier ...«

Sie sahen sich das Dorf in der Ferne genauer an. Der Zaun war aus dicken Baumstämmen errichtet worden, die nur schwer zu durchbrechen wären, und so wie es aussah, schloss er das gesamte Dorf ein.

»Eigenartig ... Ob irgendwas vorgefallen ist, seit ich zuletzt hier war ...?«

Obwohl er die Sorge in Nphelias Stimme wahrnahm, sagte Ainz natürlich nichts darauf. Der Magic Caster Ainz Ooal Gown war hier gewesen, nicht der Abenteurer Momon.

Mit ernster Miene sagte Ninya: »Vielleicht bin ich paranoid, aber ich bin in einem Dorf aufgewachsen, also erinnere ich mich sehr gut an den Lebensstil und zwei Sachen fallen mir hier auf. Erstens sollten um diese Zeit gerade Leute auf den Feldern arbeiten, doch ich sehe nirgends welche. Und zweitens sehe ich, dass schon ein Teil des Weizens geerntet wurde.« Als ihre Blicke Ninyas ausgestrecktem Finger folgten, sahen sie, dass ein Abschnitt eines Weizenfelds tatsächlich schon abgeerntet worden war.

»Oh, stimmt. Du hast recht … Ich frage mich, was passiert ist.«

Ainz warf diese Frage ganz scheinheilig in die Runde, während sie alle sorgenvolle Blicke austauschten. »Lasst uns Folgendes machen. Nabe, mach dich unsichtbar und flieg über das Dorf, um dir einen Überblick über die Lage zu verschaffen.«

Narberal willigte ein, sprach einen Unsichtbarkeitszauber und war verschwunden. Daraufhin hörten sie ihre Stimme aus dem Nichts den Zauber *Fly* sprechen und spürten, wie sie sich entfernte. Die Gruppe wartete mitten auf der Straße und schon bald war sie zurück.

»Die Dorfbewohner bewegen sich ganz normal innerhalb des Dorfes. Es hatte nicht den Anschein, als würden sie unter irgendwelchen Befehlen stehen. Und auf der anderen Seite des Dorfes arbeiten Leute auf den Feldern.«

»Oh! Dann habe ich mir wohl umsonst Sorgen gemacht.«

»Es scheint im Moment also keine Probleme zu geben. Können wir … ins Dorf weiterziehen?«, wandte sich Peter an Ainz und Nphelia. Beide stimmten zu.

Die Straße wurde schmaler, also marschierten sie im Gänsemarsch auf den Eingang des Dorfes zu. Zu beiden Seiten des Pfades nickte der üppige grüne Weizen sanft im Wind. Von Weitem hätte man meinen können, dass die Gruppe hüfttief durch ein grünes Meer watete.

»Hmm?« Lukeluther, der hinter dem Wagen ging, warf einen Blick ins Feld und stutzte. Es war noch keine Erntezeit, doch die Halme waren schon mehr als einen halben Meter hoch. Natürlich war es unmöglich, tiefer hineinzusehen.

»Was ist denn?«, fragte Ninya hinter ihm nervös.

»Hm? Oh, vielleicht hab ich es mir nur eingebildet …« Lukeluther legte den Kopf schräg und beschleunigte dann seinen Schritt, um zu Peter aufzuschließen.

Ninya sah in dieselbe Richtung wie Lukeluther, nur um festzustellen, dass sich dort nichts bewegt hatte, und beeilte sich dann, um die anderen beiden einzuholen.

Das grüne Getreide hing bis über die Straße, als wollte es sie langsam überwuchern. Am liebsten hätten sie die Halme mit ihren Waffen gestutzt, um besser voranzukommen, aber es war die Mühe nicht wert.

»Sie sollten sich besser um die Felder kümmern. Das ist wirklich eine Verschwendung.« Peter ging mit großen Schritten voran und wann immer die Ähren gegen seine Beinschienen schlugen, rieselten die kleinen Körner zu Boden. Noch während er sprach, hatte er jedoch das Gefühl, dass hier etwas nicht stimmte. Die Intuition, die er sich in zahlreichen Kämpfen um Leben und Tod angeeignet hatte, flüsterte ihm zu: *Würden grüne Körner wirklich so leicht abfallen?*

Dieser Eingebung folgend sah er noch einmal in das Feld neben ihm – aus dem ihm ein Paar Augen entgegenstarrte. Mitten im Feld kauerte eine kleine Kreatur, die sich in die grünen Halme gewickelt hatte, um sich zu tarnen. Ihr Gesicht war größtenteils davon bedeckt, deshalb konnte er nicht sagen, um was für ein Wesen es sich handelte. Er wusste nur, dass es nicht menschlich sein konnte.

»Uwah!« Peter war so überrascht, dass er seine Freunde nicht mehr warnen konnte, bevor die halbmenschliche Kreatur zu sprechen begann.

»Würd's dir was ausmachen, die Waffen niederzulegen?« Das kleine Wesen hatte bereits eine Waffe gezückt und hätte Peter wahrscheinlich erstochen, bevor er hätte reagieren können.

»Nicht so schnell! Lass deine Waffen fallen. Das gilt auch für deine Freunde. Ich will sie nicht mit meinem Bogen hier erschießen müssen.« Eine weitere Stimme erklang von irgendwoher. Als Peter sich nach ihr umsah, entdeckte er eine weitere halbmenschliche Kreatur hüfttief in einem Loch im Feld stehen, das sie dort gegraben hatte. Auch sie war in Weizen gehüllt.

Peter zögerte. So wie sie mit ihm sprachen, konnte man vielleicht mit ihnen verhandeln ... »Versprecht ihr, dass wir am Leben bleiben?«

»Natürlich. Aber nur, wenn ihr euch ergebt.«

Peter wusste nicht, wie er reagieren sollte. Er musste um jeden Preis in der Schusslinie zwischen den Kreaturen und Nphelia auf dem Wagen bleiben und herausfinden, wie viele Gegner es waren und wo sie sich genau befanden. Natürlich musste er auch in Erfahrung bringen, was sie eigentlich wollten. Unter diesen Umständen konnte er sich ihnen weder einfach ergeben noch ihre Forderungen ignorieren.

Die Kreaturen mussten seine Unsicherheit gespürt haben. Mit einem Rascheln erhoben sich auf einmal zwei der Halbmenschlichen aus dem Feld.

»Goblins ...«, murmelte Ninya.

Die Halbmenschlichen vor ihnen schienen der gleichen Rasse anzugehören wie die, gegen die sie am Tag zuvor gekämpft hatten. Sie hatten ihre Pfeile bereits angelegt und zielten mit scharfem Blick auf die Gruppe.

Sollen wir? Ninya, Lukeluther und Dyne versuchten, die Gedanken des jeweils anderen an seinen Augen abzulesen.

Goblins waren Menschen unterlegen, wenn es um physische Parameter wie Größe, Gewicht oder auch Muskelmasse ging. Sie hatten *Dark Vision*, nachts in einen Kampf mit ihnen verwickelt zu werden konnte also ein Problem werden – im Tageslicht waren sich die erprobten Schwerter der Dunkelheit allerdings einig, dass es kein allzu harter Kampf werden sollte.

Außerdem war Ainz bei ihnen. Er konnte sie wahrscheinlich einfach alle abschlachten, so wie er es auch mit den anderen am Tag zuvor getan hatte.

Sie hatten Peter als Geisel, doch alle waren sicher, dass sie ihn vor diesen Goblins retten konnten.

Nur aus einem Grund hatten sie sich noch nicht entschlossen, zu handeln – sie wussten irgendwie, dass diese Goblins hier anders waren als die, auf die sie am Vortag getroffen waren. Diese hier wirkten eher wie ausgebildete Kämpfer. Sie waren außerdem in guter körperlicher Verfassung. Die Goblins gestern hatten eher schlaff gewirkt, doch diese hier waren richtige Muskelprotze.

Und das war noch nicht alles. Auch die Art, wie sie mit dem Bogen umgingen, war fehlerfrei. Waren die Goblins zuvor wie Kinder, die mit Keulen um sich schlugen, waren diese hier erfahrene Kämpfer.

Auch ihre Rüstung schien qualitativ recht hochwertig zu sein. Genau genommen stand sie den Rüstungen der Schwerter der Dunkelheit in nichts nach und war auf Hochglanz poliert.

Genau wie Menschen konnten auch Monster trainieren, um stärker zu werden. Für Halbmenschliche wie Goblins war das nichts Ungewöhnliches. Es war also möglich, dass diese Goblins um einiges stärker waren als die, denen sie am Vortag begegnet waren.

Plötzlich kam ein Rascheln aus dem Feld, das anders klang als Wind, der darüberstrich. Lukeluther wirbelte herum, um einen Blick hinter sich zu werfen.

»He he, bin aufgeflogen, was?« Der Kopf eines Goblins tauchte aus dem Feld auf und streckte die Zunge heraus. Offenbar hatte er versucht, sich von hinten an sie anzuschleichen, doch seine Fähigkeiten waren nicht ausreichend, um den Ranger zu täuschen. Trotzdem bedeutete es noch nicht, dass die Abenteurer die Oberhand hatten, nur weil sie ihn entdeckt hatten.

Als Lukeluther seinen Blick über die Weizenfelder streifen ließ, konnte er überall die Bewegungen der Goblins ausmachen, die sich hier und da versteckt hielten. Sie wollten die Gruppe um den Wagen herum einkesseln.

Die Schwerter der Dunkelheit saßen in der Falle und konnten keinen Ausweg finden.

Ainz bedeutete Narberal, zu warten. Sie hatte gerade schon zum Angriff angesetzt, doch er wollte die Goblins erst beobachten. Seine Vermutung war richtig gewesen. »Das hier sind Goblins und Goblin-Bogenschützen, die durch die *Goblin General's Horns* gerufen wurden.« Wenn diese Goblins also für die beiden Mädchen kämpften, denen er die Items gegeben hatte, wollte Ainz vermeiden, sich feindselig zu verhalten. Wenn das nicht möglich war, müsste er sich etwas einfallen lassen, aber Ainz und Narberal würden sicherlich mühelos mit den Goblins fertigwerden.

Ein Goblin bemerkte, dass Ainz sich gelassen umschaute, und rief ihm zu: »Hey, du in der Megarüstung. Wenn du dich nicht bewegen würdest, wär das super. Wir wollen einen Kampf vermeiden.« Er musste gesehen haben, dass Ainz Narberal vom Angriff abgehalten hatte. Die Stimme des Goblins klang streng, er war auf alles vorbereitet.

»Keine Sorge. Solange ihr uns nicht angreift, werden wir uns nicht rühren.«

»Das ist eine große Hilfe. Diese Typen sehen stark aus, aber wir haben keine Angst vor ihnen. Du bist allerdings anders. Und die Frau da auch. Ich spür irgendwie negative Schwingungen, als könnte sonst was passieren, wenn man sich mit euch anlegt.«

Ainz zuckte mit den Schultern.

»Wenn ihr da bitte warten könntet, bis unsere Herrin wiederkommt.«

»Wer ist eure ›Herrin‹?! Haltet ihr Carne besetzt?!«

Nphelias einschüchterndes Geschrei machte die Goblins misstrauisch.

»Nphelia, beruhig dich. Ich muss dir wohl nicht erklären, wer hier die Oberhand hat. Denk an das, was Nabe erzählt hat, nachdem sie einen Blick auf das Dorf geworfen hat. Wir wissen immer noch nicht genug über die Situation. Wir sollten einen Kampf auf jeden Fall vermeiden, bis wir Genaueres in Erfahrung gebracht haben«, warf Ninya ein, doch Nphelia konnte seine Wut nicht verbergen. Zumindest lockerte sich seine Anspannung so weit, dass seine geballten Fäuste sich ein wenig entspannten, auch wenn er immer noch frustriert wirkte.

Einen so aggressiven Gefühlsausbruch bei Nphelia zu beobachten überraschte Ainz und machte ihn sogar etwas stutzig. *Natürlich sind wir erst seit Kurzem zusammen unterwegs und ich kenne ihn noch nicht so gut, aber ich hätte nicht gedacht, dass er so austicken könnte. Ist das Dorf für ihn mehr als nur ein Ort zum Übernachten, wenn er Kräutersammeln geht …?* Während Ainz noch über Nphelia nachdachte, tauschten die Goblins Blicke aus – der Zorn des Jungen schien sie aus dem Konzept gebracht zu haben.

»Hmm, irgendwas stimmt hier nicht …«

»Wir beschützen das Dorf unserer Herrin nur, weil es vor Kurzem von Typen angegriffen wurde, die wie Ritter aus dem Kaiserreich aussahen.«

»Das Dorf wurde angegriffen?! Geht es ihr gut?!«

Als Reaktion auf Nphelias Aufschrei erschien ein Mädchen in Begleitung eines Goblins am Eingang des Dorfes. Als er sie sah, weiteten sich seine Augen und er rief ihren Namen. »Enri!«

Das Mädchen erwiderte seinen Ausruf. »Nphelia!« Ihr Tonfall war warmherzig, als würde sie einen guten Freund wiedersehen.

Ainz erinnerte sich an etwas, das er vor einiger Zeit gehört hatte. »Oh, also ist der Heiler, der ab und an ins Dorf kommt, dieser Junge hier …?«

Zwischenspiel

Demiurge spazierte durch die neunte Ebene der Großen Gruft von Nazarick. Das Klackern seiner harten Ledersohlen wurde sofort wieder von der Stille verschlungen. Er hatte einige Lakaien als Sicherheitsmaßnahme hier stationiert, doch er hatte sich immer noch nicht an die mystische Atmosphäre gewöhnt.

Er sah sich um und lächelte. »Wundervoll …« Seine Bewunderung galt der gesamten neunten Ebene. Dies war die geeignete Umgebung für die Einundvierzig Höchsten Geschöpfe, denen er ewige Treue geschworen hatte, egal was es kostete. Er liebte diesen Anblick.

Jedes Mal, wenn er in die neunte Ebene kam, ging ihm das Herz auf und seine Hingabe an seine Schöpfer wurde erneuert. Es ging allerdings nicht nur Demiurge so. Sogar Clowns oder Musiker hätten sich an diesem Ort ganz still verhalten, um ihren Respekt zu zollen. Wenn es jemanden gab, dessen Herz bei diesem Anblick nicht höherschlug, konnte das nur daran liegen, dass dieser Jemand entweder den Einundvierzig Höchsten Geschöpfen gegenüber nicht loyal genug war oder dass er so erschaffen worden war.

Demiurge dachte darüber nach, während er um die Ecke bog. Er hatte sein Ziel schon fast erreicht: Die Privatgemächer des letzten der Höchsten Geschöpfe in der Großen Gruft von Nazarick, Ainz Ooal Gown.

Als die Tür in sein Blickfeld kam, öffnete sie sich und einige Gestalten kamen heraus. Sie schienen Demiurge ebenso bemerkt zu haben und warteten, bis er sie erreichte. Eine der Gestalten war wie ein Butler gekleidet, doch seine gesamte Kleidung – außer seinen weißen Handschuhen – war schwarz und offensichtlich eher zum Kämpfen als zum Servieren von Speisen gedacht.

Er war einer der zehn männlichen Diener von Nazarick. Demiurge konnte aber nicht sagen, welcher von ihnen vor ihm stand – er konnte sie aufgrund ihrer Skimasken nicht auseinanderhalten, die sie wie Bösewichte einer Superheldenserie aussehen ließen. Auch ihre eigentümlichen Schreie, mit denen sie sich untereinander verständigten, gaben keinen Aufschluss über ihre Identität.

Und dann war da dieser Typ ganz vorne. Absurde Gedanken wie *Nackter Typ mit Fliege* schossen Demiurge durch den Kopf.

Er war ein Pinguin. Daran gab es keinen Zweifel – er war ein waschechter Pinguin. Und er trug nichts als eine schwarze Fliege.

»Lange nicht gesehen.«

Der Pinguin grinste (soweit das möglich war) und antwortete mit einer Verbeugung: »Das ist wahr, Meister Demiurge.«

Natürlich war dieses Wesen kein gewöhnlicher Pinguin – Eclair Ecleir Eicler gehörte zu den Heteromorphen, die man auch Vogelmenschen nannte, und war der zweite Butler.

Für gewöhnlich hatten Vogelmenschen wie das Höchste Geschöpf Peroroncino den Kopf und die Schwingen eines Raubvogels und auch alles von den Ellbogen und Knien abwärts hatte ein vogelähnliches

Aussehen – dieser Mann allerdings war aus irgendeinem Grund komplett ein Pinguin, aber Demiurge hinterfragte das nicht weiter.

»Ist Albedo im Zimmer?«

»Ja.«

In Ainz' Abwesenheit leitete Albedo die Große Gruft von Nazarick. Es war allerdings überall bekannt, dass sie sich in Ainz' Gemächern einquartiert hatte. Da sie Ainz' Erlaubnis hatte, sich dort aufzuhalten, hatte niemand Einwände – bis auf Shalltear Bloodfallen, die jedoch im Begriff war, die Gruft zu verlassen.

Als Demiurge gestichelt hatte, dass es sich für eine gute Hausfrau gehörte, das Haus zu hüten und auf die Rückkehr ihres Gatten zu warten, hatte sie nur erwidert: »Was ist falsch daran, wenn eine Frau das Gemach ihres Ehemannes hütet?« Darauf konnte er nichts erwidern.

Demiurge nickte und führte sein Gespräch mit Eclair fort. »Man sieht dich hier draußen selten, Eclair. Arbeitest du nicht eigentlich bei den Gästezimmern?«

»Da Meister Sebas Tian im Moment nicht da ist, muss ich auch seine Aufgaben übernehmen. Ich habe mich mit Meisterin Albedo getroffen, um ein paar Details zu besprechen.«

»Ah, verstehe. Während Sebas nicht da ist, fällt die neunte Ebene also in dein Aufgabengebiet.«

»Genau. Und ich muss gute Arbeit leisten, um mich auf den Tag vorzubereiten, *an dem ich die Große Gruft von Nazarick regieren werde.*«

So wundersam die Worte aus dem Mund des Pinguins auch waren, Demiurge verzog keine Miene. Es war bekannt, dass Eclair es auf den Thron der Großen Gruft abgesehen hatte. Die Einundvierzig Höchsten Geschöpfe hatten ihn so kreiert, deshalb wurde es als nicht weiter problematisch angesehen.

»Ja, du musst dein Bestes geben. Was hast du als Erstes geplant?«

»Aufräumen und Putzen. Was gibt es sonst zu tun? Niemand putzt so gut wie ich. Sobald ich mit dem Toilettenschrubben fertig bin, könntet Ihr direkt aus der Schüssel speisen, wenn Ihr wolltet!«

Demiurge nickte Eclair zufrieden zu, der vor Selbstvertrauen sprühte. »Wunderbar. Deine Arbeit wird hochgeschätzt. Wenn diese Ebene hier in Unordnung geraten würde, könnte man das als Beleidigung gegenüber den Höchsten Geschöpfen sehen.« Er nickte nachdrücklich und stellte noch eine Frage. »Mir ist zwar bewusst, wie wichtig deine Arbeit hier ist, aber wer kümmert sich während Sebas' Abwesenheit um die administrativen Angelegenheiten dieser Ebene?«

»Das wäre die Haupt-Maid, Pestonia. Sie hat direkte Befehle von Sebas Tian erhalten. Die ›administrativen Angelegenheiten‹ sind aber auch nicht wirklich eine große Aufgabe verglichen mit dem Putzen ...«

»Verstehe ... Zwei NPCs, die vom selben Höchsten Geschöpf und mit einer klaren Rollenverteilung kreiert wurden ... Aber wo wir schon dabei sind: Ist es nicht schwer, mit Pinguinhänden zu putzen?«

»Ich kann das, weil ich ich bin.« Eclair streckte die Brust heraus, um seine überwältigende Selbstsicherheit zu demonstrieren, und fuhr dann in leicht säuerlichem Ton fort: »Aber Meister Demiurge, diese Frage klingt gar nicht nach Euch, der Ihr doch der Zweicleverste nach mir seid.« Mit einem Kamm, den er von dem Diener hinter sich entgegengenommen hatte, glättete er die goldenen Zierfedern, die rechts und links aus seinem Kopf sprossen. »Die Höchste Lady Ankoro Mocchi Mochi hat mich nicht nur als Pinguin geschaffen, sondern als stolzen Felsenpinguin. Täuscht Euch also nicht! Und das hier sind außerdem keine Hände – es sind Flügel!«

»Bitte entschuldige.«

Demiurge verneigte sich, doch Eclair versicherte ihm, dass es nichts zu verzeihen gäbe. Dann drehte er sich zu seinem Diener um und gab ihm einen Befehl. »Trag mich!«

»Iie!« Der Diener nahm ihn unter einen seiner Arme.

Eclair konnte sich nur hopsend vorwärtsbewegen, was ihn sehr langsam machte. Wann immer er also zu Fuß irgendwo hinmusste, ließ er sich von einem Diener tragen.

»Nun, Meister Demiurge, wenn Ihr mich entschuldigt.«

»Natürlich. Wir sehen uns, Eclair.« Demiurge schielte noch einmal zu dem Butler hinüber, der gerade wie ein übergroßes Plüschtier davongetragen wurde, und klopfte dann an die Tür.

»Ich bin es, Demiurge. Ich komme rein.« Natürlich war sein Meister nicht da. Aber machte das einen Unterschied? Demiurge wollte auch den Räumlichkeiten seinen Respekt zollen, da er fand, sie verdienten es.

Er bekam keine Antwort, trat aber dennoch ein. Als er sich umsah, bemerkte er, dass auch Albedo nicht hier war. Er seufzte leise und öffnete eine weitere Tür, um tiefer hineinzugehen.

Die Privatgemächer der Einundvierzig Höchsten Geschöpfe waren als Königssuiten angelegt. Es gab unzählige Räume: ein großes Badezimmer im hinteren Bereich, ein Wohnzimmer mit einer Bar und einem Piano, ein großes Schlafzimmer, Gästezimmer, eine Küche, in der ihre privaten Köche Speisen zubereiten konnten, einen Ankleideraum und noch vieles mehr. Aus all diesen Räumen entschied sich Demiurge ohne Zögern für das Schlafzimmer, in das er zielsicher weiterging.

Er klopfte und trat dann ein, ohne auf eine Antwort zu warten. Es stand nur ein Bett darin, doch es war ein herrliches, übergroßes Doppelbett mit einem Baldachin. Eine Wölbung, etwas größer als eine Person, bewegte sich unter den Laken.

»Albedo.«

In Reaktion auf Demiurges missbilligenden Ton streckte die unerreichbare Schönheit ihren Kopf unter der Decke hervor. Sie war nur bis zu den Schultern bedeckt und es schien, als würde sie keine Kleidung tragen. Ihre Wangen waren gerötet.

»Was … machst du da?«

»Wenn Lord Ainz wiederkehrt, möchte ich, dass er in meinem Duft eingehüllt wird.« Dieses Herumwälzen war wohl ihre Art, ihr Revier zu markieren.

Demiurge war sprachlos. Er sah sie einfach an – sie, einen der höchstrangigen NPCs, die von den Einundvierzig Höchsten Geschöpfen geschaffen waren, die Oberste der Ebenenwächter der Großen Gruft von Nazarick. Er schüttelte schwach seinen Kopf und verkniff sich Bemerkungen wie *Lord Ainz ist untot, also schläft er wahrscheinlich nicht einmal hier* oder *Auch wenn er schlafen könnte, würde er die Laken sicher wechseln lassen.* Wenn es sie glücklich machte, sollte sie ihren Spaß haben. »Nun … übertreib es nicht.«

»Ich weiß nicht, was du mit ›übertreiben‹ meinst, aber okay … Oder, Lord Ainz?« Plötzlich schmiegte sich ein anderes Gesicht an Albedos. Kurz blieb Demiurge die Spucke weg. Er dachte tatsächlich, dass es Ainz Ooal Gown war, der da mit Albedo im Bett lag. Dann sah er jedoch, dass das Ding weder die Gestalt noch die Präsenz ihres großen Herrschers aufwies.

»Ist das … ein *Body Pillow*? Wer … hat das Ding gemacht?«

»Das war ich!«

Demiurge riss überrascht die Augen weit auf. Solche Fähigkeiten hätte er ihr gar nicht zugetraut.

»Ich sehe vielleicht nicht so aus, aber ich bin ein Profi im Putzen, Waschen und Nähen!« Sie war ganz aus dem Häuschen, als sie Demiurges überraschte Reaktion sah, und prahlte weiter: »Ich nähe auch Kleider! Sogar Socken für unser Kind, das sicherlich irgendwann kommen wird! Ich habe bereits alles für die ersten fünf Jahre vorbereitet!«

»Ti hi hi«, kicherte sie und Demiurge fragte sich langsam, ob er sie hier wirklich alleine lassen sollte.

»Junge oder Mädchen, beides ist okay! Oh! Aber was ist, wenn es intersexuell oder geschlechtslos wird?«

Erneut war Demiurge einfach sprachlos und konnte nur zusehen, wie sie vor sich hin jammerte. Als Leiterin der administrativen Operationen der Großen Gruft von Nazarick war sie brillant – viel besser geeignet als er. Ihre Fähigkeiten in militärischen Angelegenheiten, wie etwa die Verteidigung des Schlosses zu organisieren, waren allerdings ein wenig zweifelhaft. Dann würde Demiurge einspringen müssen.

Momentan war alles ruhig, sie hatten keine Feinde in unmittelbarer Nähe entdeckt. Demiurge zwang sich, seine Ängste diesbezüglich zu verdrängen und fest daran zu glauben, dass in seiner Abwesenheit alles friedlich bleiben würde. Sein Meister hatte ihm aufgetragen, sich auf diese Mission zu begeben, und dem konnte er natürlich nicht widersprechen. »In Ordnung. Ich werde bald aufbrechen, wie Lord Ainz es von mir gewünscht hat. Das bedeutet, dass du und Cocytus die einzigen Ebenenwächter in Nazarick sind, die Erlaubnis haben, sich frei zu bewegen. Ich muss dich wohl nicht daran erinnern, aber bitte bleib wachsam.«

»Erst Aura, Mare, Sebas und Shalltear … und jetzt du auch noch, hm? Es wird keine Probleme geben. Wenn es notwendig werden sollte, werde ich meine Schwestern um Unterstützung bitten. Und den Plejaden werde ich befehlen, sich nicht zurückzuhalten. Auf die Weise können wir die Stellung halten, bis alle zurück sind.«

»Natürlich bräuchtest du erst Lord Ainz' Erlaubnis, um deine kleine Schwester einzusetzen, selbst in einem Notfall. Das Gleiche gilt für die Plejaden. Zwei davon sind außerdem unterwegs, also kannst du nicht einmal das ganze Team zusammentrommeln. In einer so angespannten Situation solltest du besser Victim auf einer höheren Ebene positionieren.«

»So schlimm ist es nun auch wieder nicht … Wir haben jedenfalls Gegenmaßnahmen getroffen, aber wenn doch was passieren sollte, komm bitte schnell wieder. Was aber viel wichtiger ist: Was hast du mit den Überlebenden der Heiligen Schrift des Sonnenlichts vor? Du hast doch Lord Ainz' Erlaubnis, über sie zu entscheiden, oder? Wenn du sie mitnimmst, ist das okay, aber es würde mich interessieren, was du geplant hast …«

»Oh, die? Lord Ainz hat mir die Erlaubnis zum Experimentieren mit ihnen gegeben.« Demiurge lächelte fröhlich, während Albedo die Augenbrauen zusammenzog. »Zuerst ein Experiment mit Heilmagie. Eine abgetrennte Gliedmaße verschwindet, wenn man einen Heilzauber auf den Stummel anwendet. Wenn man den Stummel also heilt, nachdem man einen Menschen mit einem Arm zwangsgefüttert hat, was passiert dann mit dem Nährstoffgehalt? Ich will herausfinden, ob das Subjekt verhungert, wenn man diesen Vorgang wiederholt.«

»Ah, verstehe.«

»Aber das ist noch nicht alles! Ich habe sie untereinander abstimmen lassen, wer gegessen wird und wer ihre Gliedmaßen mit einer stumpfen Säge abtrennen soll!«

»Wieso würdest du das tun?«

»Das ist doch offensichtlich. So wird eine natürliche Hierarchie unter den Gefangenen geschaffen: Wer zur Nahrung wird, wer sägt und wer isst. Das sät natürlich Hass unter den einstigen Kameraden. Und dann, wenn der Hass einen kritischen Wert erreicht, streue ich zufällig ein, wer als Nahrung gedacht war. Um sie zu entblößen. Hasszerfressene Wesen sind zu allem bereit.«

»Weißt du, das ist wirklich verstörend. Nazarick wurde von den Höchsten Geschöpfen erbaut und wir würden Lord Ainz niemals hintergehen. Menschen dagegen würden ihren Meister sofort verraten ... Sie haben absolut keinen Sinn für Loyalität.«

»Das macht sie doch so interessant. Ich denke, es wäre gut für dich, wenn du ein bisschen Spaß mit ihnen hättest. Sieh sie einfach als Spielzeug an.«

»Deine Art zu denken werde ich nie nachvollziehen können.«

»Das ist wirklich schade. Nun, wenn ich hier weiter mit dir plaudere, werde ich Lord Ainz' Befehle nicht rechtzeitig ausführen können, und das wäre unverzeihlich. Sollte irgendwas sein, melde dich und ich komme sofort zurück.«

»Klar. Ich glaube nicht, dass ich mit irgendwas nicht klarkomme, aber falls doch, rufe ich dich.« Ein schlanker Arm kam unter der Bettdecke hervor und winkte Demiurge zum Abschied.

»Wenn du mich also entschuldigen würdest ... Oh, aber wenn du Kleider für einen männlichen Nachkömmling machst, dann sollte ich dich warnen: Es scheint, als würden die Höchsten Geschöpfe Gefallen daran finden, Jungen in Frauenkleider zu stecken ...«

»Hm?«

Kapitel 3: Der Weise König des Waldes

Kapitel 3: Der Weise König des Waldes

1

Clementine war zu Khajiits Versteck, dem Schrein unter dem Friedhof von E-Rantel, zurückgekehrt und sie schäumte vor Wut. Ihr Gang war fahrig, ihre Brauen zusammengezogen. Ihr Mund war so verkniffen, dass ihr wunderschönes Gesicht in eine hässliche Fratze verwandelt wurde.

Natürlich war ihre Persönlichkeit noch sehr viel hässlicher.

Khajiit flüsterte etwas in sich hinein und schickte den letzten Zombie in den Käfig zu den anderen Untoten.

»Ohh? Ein neuer Zombie? Wir haben schon über einhundertfünfzig! Die Kraft dieses Juwels des Todes ist wirklich beeindruckend!«

Die Zahl der Untoten, die ein Magic Caster mit *Create Undead*, einem Zauber der Stufe drei, erschaffen und kontrollieren konnte, hing von den Fähigkeiten des jeweiligen Casters ab. Je stärker die Untoten waren, die man erschaffen wollte, desto weniger konnte man kontrollieren, doch wenn es um niederrangige Zombies ging, konnte ein Experte der Untotenmanipulation wie Khajiit viel mehr als gewöhnlich unter seiner Kontrolle halten – mehr als einhundert. Der Grund, warum er sogar *noch* mehr befehligen konnte, war einzig und allein die Kraft des Items in seinem Besitz: das Juwel des Todes.

»Du hast schon wieder herumgespielt.«

»Tut mir leid!« Sie verbeugte sich zwar, aber es machte nicht den Eindruck, als täte es ihr wirklich leid. »Aber wieso hast du sie so schwächlich gemacht? Die sterben ja alle sofort. Du hättest dir ein bisschen mehr Mühe geben können ...«

»Vielleicht sterben sie schnell, wenn *du* sie angreifst …«

»Abenteurer geben nun mal nicht kampflos auf.«

»Die Abenteurer bereiten mir keine Sorgen. Gewöhnliche Leute werden problemlos zu töten sein … Macht es dir Spaß, die ganze Zeit weiter über unwichtige Sachen zu reden, die du sowieso schon weißt?«

»Okay, okay, okay. Tut mir leid! Ich bin schon still, bitte vergib mir!«

Khajiit schnalzte mit der Zunge. »Ich kann dir nicht einfach vertrauen. Aber kidnappe in Zukunft keine Menschen mehr – das mein ich ernst.«

»Okay!«

Khajiit zog seine Brauen zusammen, als er ihre leichtfertige Zustimmung hörte. Er wusste, dass seine Predigten auf taube Ohren stießen, also schwieg er lieber, aber zumindest wollte er seinen Unmut mit seinem verärgerten Gesichtsausdruck zeigen. Natürlich wurde dieser ignoriert.

»Mir ist halt einfach *langweilig*. Ich mein, wo ist er überhaupt hin?«

»Er ist noch nicht zurück?«

»Nö! Mann! Vielleicht sollte ich doch diese Alte entführen?«

»Nein. Die alte Dame mag vielleicht nicht so aussehen, aber sie kann Magie der Stufe drei nutzen und ist darüber hinaus äußerst bekannt in der Stadt. Es könnte ernste Probleme bedeuten, wenn wir uns an ihr vergreifen.«

»Hm? Aber …«

Khajiit fuhr mit einer Hand unter seine Robe und umklammerte einen schwarzen Stein. »Clementine … Ich habe Jahre darauf hingearbeitet, diese Stadt in ein Totenmeer zu verwandeln. Ich werde nicht dulden, dass eins deiner Spielchen meinen Plan ruiniert! Wenn du mir noch mehr Probleme bereitest … töte ich dich!«

»Die Todesspirale, nicht wahr?«

»Ja. Unser Anführer hat sie in Gang gesetzt.«

Wo viele Untote versammelt waren, konnte man stärkere Untote erschaffen. Und wenn man diese wiederum versammelte, konnte man noch stärkere erschaffen. Die Todesspirale war ein Ritual, das dieses System nutzte, um immer stärkere Untote zu erschaffen, und es war stark genug, um eine ganze Stadt zu zerstören.

Die Spirale war ein böses Ritual, das einst eine ganze Stadt in ein Meer aus Untoten verwandelt hatte. Khajiits Ziel war es, E-Rantel in eine zweite Totenstadt zu verwandeln und sich selbst unsterblich zu machen, indem er die konzentrierte Macht des Todes auf sich übertrug. Er bereitete das Ritual schon seit Langem vor und würde nicht zulassen, dass ein Mädchen, das erst ein paar Tage zuvor aufgetaucht war, seinen Plan in irgendeiner Weise vereiteln würde.

»Hast du mich also verstanden?«

Khajiit bemerkte einen Anflug von Gewalttätigkeit in Clementines sonst so niedlichem, pausbäckigem Schmollgesicht. Im Bruchteil einer Sekunde stürmte sie schon als mörderischer Wirbelwind auf ihn zu.

Es hatte einige Distanz zwischen ihnen gelegen, aber innerhalb eines Wimpernschlags hatte sie sie überwunden. Ihr Arm schnellte hervor. Sie hielt eine scharfe Klinge in ihrer Hand, die auf Khajiits Kehle gerichtet war.

Sie bedrohte ihn mit einer Stichwaffe, die man Stilett nannte. Ihre Angriffsmuster waren begrenzt, was ihre Verwendung erschwerte. Clementine, die Stilette jedoch über alles liebte, hatte ihre Muskeln so trainiert, ihre Ausrüstung so angepasst und alle nötigen Fähigkeiten erlernt, um den Gegner durch einen einzigen Stich mit dem Stilett zu töten.

Bevor sie sichs versah, hatte Clementine durch ihre Kämpfe gegen Menschen wie Monster ein Geschick mit der Waffe entwickelt, dem normale Gegner nichts entgegenzusetzen hatten. Für jemanden, der die Veranlagung hatte, sich über die Normalsterblichen zu erheben, und dann noch sein ganzes Leben der Perfektionierung seines Geschicks widmete, war das jedoch nur natürlich.

Doch ihr Gegner war ebenfalls kein gewöhnlicher Mensch. Khajiit war einer der zwölf führenden Offiziere von Zurrernorn. Er würde sich keineswegs einfach so töten lassen.

Plötzlich brach etwas, das wie eine weiße Wand aussah, aus der Erde hervor, um die unaufhaltsame Klinge abzufangen. Es war eine gigantische Hand, bestehend aus unzähligen menschlichen Knochen, die an eine Reptilienklaue erinnerte. Die Klaue schüttelte sich und die Erde darunter spaltete sich. Das Monstrum unterstand ganz Khajiits Willen und war im Begriff, sich aus der Erde zu befreien.

Khajiit fühlte sich sicher, als er die monströse Gestalt unter seinen Füßen spürte, und warf Clementine einen hasserfüllten Blick zu. »Sei nicht dumm. Deinetwegen ist meine Kontrolle über die anderen Untoten in diesem Moment geschwächt.«

»Upsi! 'tschuldigung. Ich hab's nicht so gemeint, versprochen! Ich hätte gestoppt, kurz bevor ich dich abgestochen hätte!«

»Lüg mich nicht an, Clementine. Das passt nicht zu dir.«

»Oh, oh! Erwischt. Ja, wenn du die Klinge nicht geblockt hättest, hätt ich sie dir wahrscheinlich in die Schulter gebohrt! Aber umgebracht hätt ich dich nicht – versprochen!«

Khajiit verzog sein Gesicht zu einer zornigen Grimasse, als er das unangenehme Lächeln im Gesicht der Frau vor sich sah.

»Ich kann dieses Ding jedenfalls schlagen, weißt du. Ein Caster hätte vielleicht keine Chance, aber ich bin eine Kriegerin, also sollte das nicht allzu schwer sein. Ich bin nicht so gut darin, Schlagwaffen zu benutzen, aber …«

»Mit deinen tödlichen Angriffen hast du zwar die Oberhand gegen lebende Gegner, aber ich frage mich, wie es dir bei Untoten ergehen würde – ihre lebenswichtigen Organe arbeiten ohnehin nicht mehr. Und glaubst du wirklich, dass das hier mein letztes Ass im Ärmel wäre?«

»Hmm … Na ja …« Clementine sah zu einem der Gänge hinüber, wohl da sie spürte, dass dort noch mehr von Khajiits Untoten lauerten. »Ich denke, dass ich eine Chance hätte, zu gewinnen … Wobei, wenn der Kampf länger dauern würde, würde mir wohl die Puste ausgehen, ugh. Ha ha! Tut mir lied, Khaj!« Clementine ließ den Dolch wieder unter ihrem Umhang verschwinden. Im selben Moment hörte der Boden auf zu beben. »Hmm, du hast dich wohl nicht umsonst auf die Kontrolle von Untoten spezialisiert, was? Echt gut!« Mit diesen Worten drehte sie sich um und ging.

»Ach ja, ich werde der alten Dame kein Haar krümmen und ich werde auch sonst niemanden mehr entführen. Damit ist doch alles gut, oder?«

»Ja …«, antwortete Khajiit, dessen Hand weiterhin zur Faust geballt war, bis sich Clementine wieder in die Tiefen des Untergrundschreins zurückgezogen hatte.

»Psychopathin!«, donnerte er. *Ich hab zwar auch ein paar Probleme, aber nicht so schwerwiegende wie sie.* »Sie ist so begabt, da sollte man doch meinen … Nein, vielleicht hat sie, gerade *weil* sie so begabt ist, so einen Knacks.«

Clementine war stark, daran bestand kein Zweifel. Sogar unter den zwölf Anführern der Geheimgesellschaft gab es nur drei, die sie besiegen konnten. Leider war Khajiit keiner von ihnen. Auch mit der Kraft des Items, das er in seiner Hand hielt, stünden seine Chancen auf einen Sieg bei bestenfalls dreißig Prozent.

»Und so was war also mal der neunte Sitz der Schwarzen Schrift … Sozial gestörte Leute mit einer Kraft, die der von Helden gleichkommt, sind wirklich beunruhigend …«

*

»Wow, das klingt furchtbar ...« Nphelia seufzte schwer. Er hatte Enris Eltern gut gekannt. Für ihn waren sie zwei wunderbare Menschen, auf deren Töchter er sogar ein wenig eifersüchtig war, da sie so ein liebevolles Zuhause hatten. Nphelia selbst hatte nur vage Erinnerungen an seine Eltern, die er verloren hatte, als er noch klein war. Entsprechend waren Enri und ihre Eltern seine Vorstellung einer perfekten Familie. Sein Hass gegenüber diesen Typen, die wie kaiserliche Ritter ausgesehen und diese liebevollen Menschen getötet hatten, war so groß, dass er fand, sie hatten bekommen, was sie verdienten, als sie gnadenlos abgeschlachtet worden waren. Er war außerdem bestürzt darüber, dass die Befehlshaber aus E-Rantel keine Soldaten geschickt hatten.

Er wusste jedoch, dass es falsch wäre, Enri gegenüber diese Gefühle zu zeigen, die selbst allen Grund hatte, wütend und traurig zu sein.

Während er noch versuchte, sich zu entscheiden, ob er zu ihr hinübergehen sollte, um sie zu trösten, wischte sie sich die Tränen aus dem Gesicht und lächelte. »Aber ich habe meine Schwester! Ich kann nicht für immer traurig bleiben!«

Nphelia war gerade im Begriff gewesen aufzustehen, doch nun sank er zurück auf seinen Stuhl. Er hasste sich selbst dafür, dass er für einen kurzen Moment enttäuscht war, dass er seine Chance, sie zu trösten, verspielt hatte, doch das Gefühl, sie beschützen zu wollen, blieb. Er zögerte kurz, bevor er einen Entschluss fasste. *Niemand außer mir soll an Enris Seite sein, auch wenn er stark genug wäre, sie zu beschützen.*

Er hatte zwar Angst, doch das Gefühl, sie nicht verlieren zu wollen, war stärker. Er entschied sich, ihr von seinen Gefühlen zu erzählen, die er hatte, seit er als Kind das erste Mal ins Dorf gekommen war. »Also ...« Aber seine Stimme versagte. *Sag es! Nun sag es doch!*, dachte er verzweifelt, doch es schien, als wollten die Worte einfach nicht über seine Lippen kommen.

Enri und Nphelia waren beide in einem Alter, in dem es normal war, ans Heiraten zu denken. Mit dem Geld, das Nphelia als Heiler verdiente, könnte er sogar für Enris Schwester sorgen. *Selbst wenn wir ein Kind hätten …* Er dachte an das Heim, das sie sich gemeinsam aufbauen würden, schob den Gedanken aber schnell wieder beiseite, bevor seine Fantasie völlig mit ihm durchgehen konnte.

Enri saß da und sah ihn nur verwirrt an, was ihn noch nervöser machte. Er öffnete den Mund – nur um ihn wieder zu schließen.

Ich mag dich.

Ich liebe dich.

Aber er konnte beides nicht sagen – denn er wollte nicht hören, wie sie dann mit einem *Tut mir leid, aber …* reagierte.

Gab es etwas anderes, womit er die Distanz zwischen ihnen schließen könnte? *Möchtest du mit mir kommen und bei mir leben? In der Stadt bist du sicher. Ich werde mich auch um deine kleine Schwester kümmern. Du könntest in Großmutters Laden arbeiten, wenn du willst. Wenn die Stadt dich verunsichert, helfe ich dir, dich zurechtzufinden.*

Mehr musste er gar nicht sagen. So hatte sie weniger Grund, ihn abzuweisen, als wenn er ihr direkt seine Liebe gestand.

»Enri!«

»W… Was denn, Nphelia?« Sie erschrak, weil er seine Stimme erhoben hatte.

Nphelia fuhrt fort: »Wenn du je irgendwas brauchen solltest, lass es mich wissen. Ich werde dir helfen, wo ich nur kann!«

»Danke! So einen guten Freund verdiene ich gar nicht …«

»Ah, äh, okay – ich meine, das ist kein Problem. Wir waren doch immer schon Freunde …«

Als Enri übers ganze Gesicht strahlte, fehlten ihm die Worte und er verfluchte sich dafür, so armselig zu sein. Zur selben Zeit bewunderte er, wie süß Enri doch war, wenn sie von ihrer gemeinsamen Kindheit sprach.

Als sich das Thema erschöpft hatte, fragte Nphelia: »Woher kommen all diese Goblins?«

Die Goblins hatten Enri »ihre Herrin« genannt und wie erfahrene Kämpfer gewirkt. Was Nphelia jedoch noch mehr überrascht hatte, war, dass er im Dorf einem begegnet war, der sogar Magie anwenden konnte. Er konnte sich nicht im Geringsten vorstellen, was diese Monster mit einem einfachen Dorfmädchen zu tun hatten und wie all dies zustande kam.

Enri gab eine einfache Antwort: »Ainz Ooal Gown, der Mann, der das Dorf gerettet hat, hat mir ein Item gegeben und als ich es benutzt habe, kamen sie. Sie hören auf alles, was ich sage, und tun alles Mögliche für mich!«

»Hm ...« Er musste ihre Geschichte so hinnehmen, aber ihr verträumter Blick weckte seine Eifersucht.

Ainz Ooal Gown. Sie hatte den Namen einige Male erwähnt. Er war ein mysteriöser Magic Caster, der zufällig im Dorf vorbeigekommen war und mit seiner enormen Kraft Carne vor den vermeintlichen kaiserlichen Rittern gerettet hatte. Er war ein Held, dem Enri ihr Leben verdankte, und eigentlich hätte Nphelia ihm dankbar sein sollen – doch es fiel ihm schwer, wenn er das Leuchten in Enris Gesicht sah, wann immer sie über ihn sprach.

Er wusste, dass das eine normale Reaktion war, wenn einem jemand das Leben gerettet hatte, doch die Eifersucht hatte sein Herz fest im Griff. Als Mann wollte er nicht verlieren und es störte ihn, dass Enri ihn nicht so ansah. Diese hässlichen Emotionen wühlten sein Inneres auf.

Er fühlte sich armselig, doch er versuchte, sich mit dem Item abzulenken, von dem Enri erzählt hatte. Es war in der Lage dazu, Goblins zu beschwören, und nannte sich *Goblin-irgendwas-Horn.* Enris Retter hatte ihr zwar den ganzen Namen verraten, doch nach allem, was passiert war, konnte sie sich nicht mehr daran erinnern.

Nphelia hatte ein seltsames Gefühl. Er hatte noch nie von solch einem Item gehört und er konnte sich nicht vorstellen, dass man den Namen einfach so vergessen konnte. Es war einfach viel zu besonders – jeder würde sich an den Namen erinnern, wenn er ihn auch nur einmal gehört hatte.

Es gab verschiedene Items, mit denen man solche Beschwörungen ausführen konnte, und es gab auch einen Beschwörungsbaum, doch die Monster, die so beschworen wurden, verschwanden alle nach einer bestimmten Zeit. Sie blieben nicht einfach, um ihrer Beschwörerin zu dienen. Falls das wirklich möglich sein sollte, dann würde das die gesamte Geschichte der Magie auf den Kopf stellen.

Und wie viel wäre so ein Item dann überhaupt wert? Enri war sich seines Werts anscheinend nicht bewusst, aber hätte sie es verkauft, hätte sie wohl nie mehr arbeiten müssen. Sie hatte es nur verwendet, um weiteres Blutvergießen im Dorf zu verhindern.

Die Goblins, die Enri sich herbeigewünscht hatte, beschützten das Dorf – nichts anderes hätte Nphelia von ihr erwartet. Außerdem sahen sie Enri als ihre Herrin an und befolgten all ihre Befehle – sie hatten sogar angefangen, die Felder zu pflügen. Anscheinend lehrten sie die Dorfbewohner sogar, sich mit Pfeil und Bogen und anderen Waffen zu verteidigen. Sie wurden praktisch schon als seltsame neue Nachbarn betrachtet.

Dass die Goblins im Dorf so herzlich willkommen geheißen wurden, lag vielleicht daran, dass es zuvor von Menschen angegriffen worden war. Dieses Misstrauen in andere Menschen mochte es einfacher gemacht haben, die Goblins zu akzeptieren, die dem Dorf in einer Stunde der Not beigestanden hatten. Und dass diese Items vom Retter des Dorfes selbst stammten – dem mysteriösen Magic Caster –, hatte vermutlich ebenfalls dazu beigetragen.

»Also dieser Ainz Ooal Gown – das war doch sein Name, richtig? – was ist er für ein Mensch? Ich würde ihm gern persönlich danken, falls ich ihm begegnen sollte.«

Nphelia hatte noch nie zuvor von jemandem mit dem Namen Ainz Ooal Gown gehört. Allerdings hatte Enri auch nicht gesehen, was sich unter seiner Maske verbarg. Selbst wenn er ihn kannte, würde er ihn also nicht identifizieren können. Aber er hatte ein sehr wertvolles Item, ohne nachzudenken, einfach weggegeben – falls Nphelia ihm schon einmal begegnet war, würde er sich also wahrscheinlich an ihn erinnern.

Als er das Enri erklärte, war sie sichtlich enttäuscht. »Oh. Ich dachte, dass du ihn vielleicht kennen würdest ...«

Ihre Reaktion versetzte Nphelia einen Stich ins Herz und ihm brach der Schweiß aus. *Aussehen ist nicht so wichtig, wenn man so stark ist. Die Frauen sind wahrscheinlich scharenweise hinter ihm her.* Als er sich an diese Worte von letzter Nacht erinnerte, stockte ihm unbewusst der Atem.

Verzweifelt versuchte er, sich wieder zu fassen, und fragte ängstlich: »E... Enri, was würdest du tun, wenn du diesen Gown-Typen wiedertriffst?«

»Hm? Na ja, ich will ihm natürlich angemessen danken. Die Leute reden schon darüber, eine kleine Bronzestatue ihm zu Ehren zu errichten, damit wir unsere Schuld ihm gegenüber niemals vergessen ... Aber ich denke, ich sollte ihm auch persönlich danken ...«

Da er keine der Emotionen in Enris Stimme wahrnahm, vor denen er sich so gefürchtet hatte, seufzte er erleichtert und seine Schultern entspannten sich. »Oh. Oh! Okay ... Puh. Ja, natürlich möchtest du ihm danken. Wenn du dich an irgendetwas erinnern kannst, das ihn von anderen unterscheidet, fällt mir vielleicht doch jemanden ein ... oder zumindest würde das die Suche etwas eingrenzen. Oh, kannst du dich vielleicht an die Magie erinnern, die er benutzt hat?«

»Oh, die Magie ... S... Sie war ganz außergewöhnlich! Er hat den Ritter mit einem einzelnen Blitzschlag getötet.«

»Ein Blitz ... Warte, er hat nicht zufällig ›*Lightning*‹ gesagt, oder?«

Enri starrte einen Moment ins Leere und nickte dann aufgeregt. »Doch! Ich bin ziemlich sicher, dass er irgend so was gesagt hat ...« Sie wandte jedoch ein, dass es länger gewesen sei, also vermutete Nphelia, dass er vor dem Zauber noch etwas anderes gesagt haben musste.

»Verstehe ... Also hat er Magie der Stufe drei benutzt.«

»Ist Stufe drei ... so was Besonderes?«

»Es ist schon ziemlich besonders. Ich zum Beispiel kann nur Magie bis Stufe zwei nutzen. Stufe drei ist die höchste Stufe, die man als Mensch überhaupt erreichen kann. Für alles, was darüber hinauszugeht, muss man schon über angeborene Fähigkeiten oder so was verfügen.«

»Ich wusste es! Lord Gown ist unglaublich!« Enri nickte voller Bewunderung, doch Nphelia hatte das Gefühl, dass dieser Caster wahrscheinlich noch mehr zu bieten hatte als Magie der Stufe drei. Außerdem hatte er dieses Item einfach weggegeben, als wäre es bedeutungslos! Es wäre auch möglich, dass er Heldenmagie der Stufe fünf anwenden konnte.

Was hatte so ein Kerl in einem Dorf wie diesem nur verloren?

Während Nphelia noch darüber grübelte, sagte Enri etwas, das all seine Zweifel zerstreute. »Und das ist noch nicht alles! Er hat mir diesen roten Trank gegeben ...« Nphelia erschrak so sehr, dass er alles andere sofort vergaß. Er erinnerte sich an ein Gespräch ...

»Könnt Ihr mir eine Beschreibung des Mannes geben, von dem Ihr diesen Trank habt? Ich zahle auch dafür.«

Britta runzelte unsicher die Stirn. »Und was wollt ihr mit dieser Beschreibung anfangen?«

»Ich werde mich mit ihm in Verbindung setzen. Und wenn wir uns erst mal kennenlernt haben, verrät er mir vielleicht, woher er den Trank hat. Wer weiß? Möglicherweise erwähnt er es ja sogar im Gespräch. Falls er ein Abenteurer ist, würde ich ihn gern anheuern. Was meinst du dazu, Nphelia?«

Das war der Grund gewesen, warum Nphelia direkt nach Momon verlangt hatte. Nphelia sollte sich mit ihm anfreunden und ihn dann dazu bringen, Informationen über den Trank preiszugeben, während sie gemeinsam Kräuter sammelten.

Er bemühte sich, sich seine Aufregung nicht anmerken zu lassen, und fragte Enri: »Und ... was war das für ein Trank?«

»Hm?«

»Ach, du weißt schon, ich arbeite doch mit Tränken, deshalb ...«

Enri erzählte ihm daraufhin alles, was sie über den Trank wusste, und streute dabei immer wieder ein, wie unglaublich Ainz Ooal Gown doch war. Noch vor einer Minute hätte das diese hässlichen Gefühle in Nphelia geweckt, doch nun war er viel zu sehr mit anderen Dingen beschäftigt.

Auf einmal konnte er endlich all die einzelnen Puzzlestücke zu einem großen Ganzen zusammenfügen. Es war fast, als hätten sich die Schleier mit einem Mal gelüftet.

Es war gut möglich, dass der Trank aus E-Rantel und der, den Enri getrunken hatte, von derselben Art waren. In beide Fälle war außerdem ein Paar von Reisenden involviert – ein Magic Caster und eine Person in schwarzer Ganzkörperrüstung.

Das kann nur eines bedeuten, aber damit bleiben immer noch zwei Leute, die Ainz Ooal Gown sein könnten. Aus Enris Erzählungen schloss Nphelia, dass Ainz ein Mann war, doch er wollte sichergehen. »Bist du sicher, dass dieser Ainz Ooal Gown ... nicht doch eine Frau war?«

»Hm? Ja, bin ich! Ich hab sein Gesicht zwar nicht gesehen, aber die Stimme war die eines Mannes.«

Selbst das war noch immer kein Beweis. Es gab Zauber und magische Items, die die Stimme verändern konnten. Aber es schien sehr unwahrscheinlich, dass Narberal Ainz Ooal Gown sein sollte. Ihre Grausamkeit und leichte Begriffsstutzigkeit sprachen nicht gerade für den gefassten, intelligenten Helden, von dem Enri erzählt hatte. Das alles klang eher nach …

»Hat er den Namen der Person in der schwarzen Rüstung erwähnt hat? War er vielleicht Albedo?«

»J… Ja …«

Nphelia hatte den Namen schon einmal gehört. Mehr brauchte er nicht. Momon war Ainz Ooal Gown.

Falls das stimmte, war es eine schockierende Erkenntnis – das würde bedeuten, dass der Caster, der dieses Dorf gerettet hatte, außerdem ein überaus geschickter Kämpfer war. Es gab zwar Krieger, die sich auch in Magie übten, aber diese beiden Dinge ließen sich nicht gut vereinen. Wenn ein arkaner Magier eine schwere Rüstung trug, waren seine Zauber stark eingeschränkt.

Diese Person konnte Magie der Stufe drei wirken und wusste außerdem mit einem Schwert so gut umzugehen, dass er als Abenteurer des Adamantrangs durchgehen könnte. Es klang wie ein schlechter Scherz. Falls das wahr war, wäre er einer der mächtigsten Helden.

Aber warum hatte er dann unterwegs all diese Fragen gestellt? Die naheliegendste Erklärung war, dass er in einem fernen Land Magie erlernt hatte, sich aber nicht mit den hiesigen Gegebenheiten auskannte. Das würde auch erklären, warum er einen Trank besaß, der auf unerklärliche Weise hergestellt worden war.

Nphelia konnte angesichts dieser wertvollen Informationen kaum noch atmen, obwohl er wusste, dass Enris Blick weiter auf ihm ruhte.

Seine Gefühle überschlugen sich. Wenn er an den Mann dachte, der Enri gerettet hatte, indem er ihr einen Trank gegeben hatte, stieg Selbsthass in ihm auf. Immerhin hatte er sein ganzes Leben mit der Herstellung von Tränken verbracht. Er fühlte sich wertlos. Enri würde sicher den anderen bevorzugen und der Gedanke drehte ihm den Magen um.

»B… Bist du okay? Du bist auf einmal ganz blass.«

»J… Ja, mir geht es gut. Es ist nur …«

Wenn er unzählige Leben retten könnte, indem er herausfand, wie dieser Trank hergestellt wurde, würde das sein Schuldgefühl vielleicht lindern. Die Wahrscheinlichkeit, das zu erreichen, war allerdings verschwindend gering, und alles, was ihm dabei half, war sein unermüdlicher Forscherdrang als Heiler. Aber er stand einem begnadeten Krieger und überdurchschnittlichen Caster gegenüber, der mit einer wunderschönen Frau umherreiste und im Besitz von fremdartigen Tränken war – eine tapfere und edle Seele, die junge Mädchen in Not rettete. Nphelia wurde schwindlig, als er sich der Kluft zwischen sich und Momon – nein, Ainz Ooal Gown – bewusst wurde.

»Was ist los? Du bist irgendwie komisch.«

»Ach, nichts. Es ist nichts.« Er lächelte, musste aber gegen die aufsteigende Übelkeit ankämpfen. Und Enris Gesicht nach zu urteilen, waren seine Worte wohl nicht überzeugend. »Was soll ich nur tun? Du verachtest Menschen, die heimlich etwas Schlechtes tun, oder?«

»Ich denke, dass es Dinge gibt, die man lieber mit ins Grab nehmen sollte – besonders, wenn es etwas ist, das jemand anderen verletzen könnte. Aber es ist etwas anderes, wenn man etwas verheimlicht und jemand anderer deswegen zu Schaden kommt. Nphelia, ich würde dir das nicht vorhalten, also bitte stell dich, falls du ein Verbrechen begangen hast!«

»Nein, nichts dergleichen.«

»Oh! Ja … Natürlich nicht, das hätte ich auch nicht von dir gedacht! So was würdest du niemals tun!«

Als er sah, wie Enri sich um ein Lachen bemühte, wurde Nphelia leichter ums Herz. »Danke, Enri. Ich weiß, es klingt komisch, aber ich fühle mich schon besser. Ich werde mich einfach bemühen, ihm zumindest ebenbürtig zu werden …« *Damit ich dir in die Augen sehen und dir sagen kann, dass ich dich mag. Dass ich dich liebe.*

Enri hatte schon länger keine Ahnung mehr, wovon Nphelia eigentlich sprach, doch sie lächelte ermutigend.

2

»Mhm …« Ainz gab einen Laut von sich, den man als Anerkennung hätte deuten können, als er die Dorfbewohner jeden Alters und Geschlechts betrachtete, die in einer Reihe vor einem Goblin standen. Von einer kräftigen Mutter um die vierzig bis zu einem Jungen, der kaum das Teenageralter erreicht hatte, war alles vertreten. Was sie allerdings gemein hatten, war der ernste Ausdruck auf ihren Gesichtern – niemand war nur zum Spaß hier.

Der Goblin hielt einen Bogen in der Hand und sprach zu ihnen. Obwohl Ainz einen besonders ausgeprägten Gehörsinn hatte, konnte er auf diese Entfernung allerdings nicht hören, was gesagt wurde.

Kurz darauf legte jeder der Dorfbewohner langsam einen Pfeil an. Es waren alles einfache Kurzbogen. Sie wirkten etwas schäbig, als hätten die Dorfbewohner sie selbst gemacht.

Die Leute spannten ihre Bogensehnen so weit sie konnten. Ihre Ziele waren Strohpuppen, die in einigen Metern Entfernung aufgestellt worden waren. Der Goblin musste wohl einen Befehl gegeben haben – alle feuerten gleichzeitig.

Obwohl die Bögen allesamt traurig aussahen, schnellten die Pfeile eindrucksvoll hervor und gruben sich tief in die Strohbündel. Nicht ein einziger hatte sein Ziel verfehlt.

»Nicht schlecht!«, staunte Ainz.

»Meint Ihr das ernst?«, erklang Narberals Stimme hinter Ainz.

Sie versteht wahrscheinlich nicht, dass eine solche Leistung durchaus Anerkennung verdient. Verglichen mit den Bogenschützen der Großen Gruft von Nazarick sind diese Dorfbewohner nichts weiter als spielende Kinder. Ein bitteres Lächeln umspielte seine illusionären Lippen, als er Narberals Sichtweise erkannte. »Wie du schon sagtest, ist ihre Technik nicht besonders gut. Aber diese Leute haben bis vor zehn Tagen noch nie einen Bogen in den Händen gehalten. Sie sind nicht hier, weil sie einfach nur einen erneuten Angriff und damit den Tod ihrer Lebensgefährten, Kinder und Eltern verhindern wollen – sie wollen dem Feind einen richtigen Kampf liefern, wenn es so weit kommt! Das verdient doch Anerkennung, meinst du nicht?« Was wirklich bemerkenswert war, war allerdings der Hass, der diese Leute antrieb.

»T… Tut mir sehr leid. So weit habe ich nicht gedacht …«

»Ist schon gut. Das musst du auch nicht. Und tatsächlich gibt es an ihrer Technik wirklich nichts, was man loben könnte.«

Als Ainz die nächste Pfeilsalve beobachtete, die in die Strohbündel einschlug, kam ihm ein Gedanke. *Wie stark können diese Leute werden? Und wie stark kann* ich *noch werden?* Er hatte in *Yggdrasil* die Levelgrenze von 100 erreicht und seine Erfahrungspunkte hatten bei neunzig Prozent des nächsten Levels gelegen, bevor er in diese Welt gekommen war. Er war sich nicht sicher, doch da ihm all seine Fähigkeiten erhalten geblieben waren, nahm er an, dass das auch für seine Erfahrungspunkte galt. Die Frage war nur, ob es möglich war, die restlichen zehn Prozent zu bekommen und Level 101 zu erreichen.

Er hatte das Gefühl, dass er der Antwort immer näherkam. *Ich kann nicht stärker werden, als ich es schon bin. Das hier ist meine maximale Stärke.* Ainz' Stärke konnte nicht weiter zunehmen, doch die Schwäche der Dorfbewohner versprach unendliche Möglichkeiten. Sollte den Bewohnern dieser Welt keine Grenze gesetzt sein und sie könnten Werte erreichen, die die von Level 100 in *Yggdrasil* überstiegen, würde der Tag irgendwann kommen, an dem die Große Gruft von Nazarick nicht mehr so einfach triumphieren könnte. Und das ...

»Es ist nicht vollkommen ausgeschlossen ...«

Die Sechs Götter des Gottesstaats Slane, von denen Ainz vermutete, dass sie ebenfalls Spieler wie er waren, waren vor sechshundert Jahren erschienen. Die Zeitspanne zwischen ihrer Ankunft und seiner blieb ihm ein Rätsel, doch wenn man bedachte, dass Heteromorphe eine unbeschränkte Lebensspanne hatten und manche Klassen außergewöhnliche Lebenserwartungen aufwiesen, dann bestand eine realistische Chance, dass sie noch am Leben waren.

Falls die Sechs Götter nach wie vor hinter dem Gottesstaat standen, hatte die Nation sie vielleicht zum Powerleveln benutzt – sie hatten also schneller Erfahrungspunkte gesammelt, indem sie einen stärkeren Spieler unterstützt hatten – und das die letzten sechshundert Jahre lang. In dem Fall wäre es auch nicht undenkbar, dass es dort Leute mit einem Level über 100 gab.

Aber wieso hatte der Gottesstaat Slane dann die Welt noch nicht erobert? Vielleicht gab es irgendwo anders noch eine Kraft, die dieser ebenbürtig war. Oder vielleicht war Level 100 gar nicht so mächtig, wie Ainz angenommen hatte. Bei diesem Gedanken drehte sich ihm der nicht vorhandene Magen um.

Falls die Sechs Götter tatsächlich Spieler waren, musste er sich weiter bedeckt halten, solange er nicht mehr über diese Welt wusste. Den Informationen zufolge, die er von den Gefangenen der Heiligen Schrift des Sonnenlichts bekommen hatte, waren die Ritter, die das Dorf angegriffen hatten, allerdings eigentlich Leute aus dem Gottesstaat. Und das wiederum würde bedeuten, dass er mit der Rettung des Dorfes bereits einen feindlichen Akt ihnen gegenüber begangen hatte.

»Ich frage mich, ob ich das Dorf lieber nicht hätte retten sollen ...«

Die Informationsbeschaffung muss oberste Priorität haben. Ainz war in seine Gedanken vertieft, als ein Junge auf ihn zurannte. Seine Augen, die sonst hinter seinem Pony verborgen waren, wurden bei jedem Schritt sichtbar und Ainz bemerkte, dass er ihn eindringlich anstarrte.

Irgendetwas an Nphelia löste in Ainz ein mulmiges Gefühl aus – wie er auf ihn zukam, erinnerte ihn an den Bürgermeister, als er das letzte Mal hier gewesen war.

»Wieso die Eile? Gibt es schon wieder einen Notfall? Ich schwöre, dieses Dorf ...«, grummelte Ainz, als Nphelia endlich vor ihm stehen blieb.

Nphelia atmete schwer und strich sich das schweißnasse Haar aus dem Gesicht, bevor er Ainz mit ernsten Gesichtsausdruck musterte. Sein Mund öffnete und schloss sich, ohne dass er einen Ton hervorgebracht hätte, als wüsste er nicht, was er tun sollte oder mit wem er eigentlich reden wollte. Endlich fand er seine Fassung wieder und sprach Ainz direkt an. »Momon, bist du Ainz Ooal Gown?«

Ainz war von der Frage völlig überrumpelt. Natürlich musste er das verneinen. *Aber ist es nicht unverzeihlich, es zu leugnen? Es ist der Name, den meine Freunde und ich aufgebaut haben. Nachdem ich ihn für mich beansprucht habe, kann ich ihn da wirklich einfach leugnen?*

Sein Zögern reichte Nphelia allerdings bereits als Antwort. »Ich verstehe. Ich danke Euch, Lord Gown, dass Ihr dieses Dorf und Enri gerettet habt.«

Nphelia verbeugte sich schon ehrfürchtig vor ihm, als Ainz endlich stammelte: »Nein, ich bin nicht …«

Aber Nphelia nickte nur wissend. »Ich verstehe, dass Ihr einen Grund haben müsst, Euren Namen geheim zu halten. Aber trotzdem möchte ich Euch danken. Dafür, dass Ihr das Dorf gerettet habt – nein, dafür, dass Ihr Enri gerettet habt. Danke, dass Ihr die Frau gerettet habt, die ich liebe.«

Erneut verbeugte sich Nphelia, noch tiefer dieses Mal, doch Ainz schwieg. *Liebe, was? Genieß es, solange du jung bist!*, dachte er und wurde ganz nostalgisch. Er wurde wohl wirklich alt. Aber es gab Wichtigeres zu klären. »Komm schon, hör auf damit.« Mit dieser Reaktion gestand er indirekt ein, dass er tatsächlich Ainz Ooal Gown war, doch Nphelia hätte sich ohnehin von keiner Ausrede mehr umstimmen lassen. Ainz musste sich geschlagen geben.

»Lord Gown, wisst Ihr, ich habe auch etwas geheim gehalten.«

»Komm hier rüber … Nabe, du hältst so lange die Stellung.«

Ainz wollte sich und Nphelia ein bisschen Raum verschaffen. Er hatte Sorge, dass Narberal bei einem falschen Wort des Jungen ausrasten könnte. Sobald sie weit genug entfernt waren, wandte Ainz sich dem Jungen zu.

»Es ist …« Nphelia schluckte. Dann fuhr er jedoch mit neuer Entschlossenheit fort: »Diesen Trank, den Ihr der Dame im Gasthaus gegeben habt, kann man nicht mit herkömmlichen Methoden herstellen, Lord Gown – er ist sehr selten. Ich wollte wissen, was für ein Mensch einen solchen Trank bei sich tragen würde und wie man ihn herstellen kann. Das ist der eigentliche Grund, warum ich Euch angeheuert habe. Es tut mir leid.«

»Ah, ich verstehe.«

Was für ein Mist. Denselben Heiltrank, den er Enri gegeben, hatte er auch jemandem in E-Rantel gegeben. *So muss er es rausgefunden haben.*

Vielleicht sollte ich mir den Trank zurückholen. Ich wünschte, ich hätte diese Abenteurerin nach ihrem Namen gefragt. Na ja, jetzt lässt es sich auch nicht mehr ändern.

Ainz war überzeugt, dass er in E-Rantel die bestmögliche Entscheidung getroffen hatte. Wahrscheinlich hatte es keine tiefere Bedeutung gehabt, als die Abenteurerin gesagt hatte: *Du trägst diese schicke Rüstung, also musst du doch wenigstens einen kleinen Heiltrank dabeihaben, oder?* Aber danach war ihm im Grunde nicht viel anderes übrig geblieben.

Man konnte es mit einer Situation vergleichen, in der jemand aus einem Luxuswagen stieg. Wenn man der Kleidung schon ansehen konnte, dass auch sie einiges gekostet hatte, passte das Auto zu seinem Besitzer. Sollte die Person allerdings arm aussehen, würde man denken, dass sie ihr gesamtes Einkommen in den Wagen gesteckt hatte, womit sie zum Gespött werden könnte.

Das wollte Ainz unbedingt verhindern. Wenn er sich also geweigert hätte, den Trank zu überreichen, wäre er für seine ausladende Rüstung und seine schöne Begleiterin zwar beneidet worden, doch es bestand auch die Möglichkeit, dass sich unschöne Gerüchte über ihn verbreitet hätten. Und sobald das Gerede einmal angefangen hätte, würde es kein Ende finden.

Ainz war in diese Stadt gekommen, um als Abenteurer durchzustarten. Er musste deshalb vermeiden, irgendetwas zu tun, das ihm einen schlechten Ruf einbringen würde.

Er hatte den Trank erst überreicht, nachdem er alles sorgfältig überdacht hatte. Es war ein Risiko gewesen, das sich nicht ausgezahlt hatte. Reue empfand er jedoch auch keine. Es war ja kein fataler Fehler gewesen und sicherlich würde er sich davon wieder erholen können. Er war nicht gerade vom Glück verfolgt, also hatte es früher oder später so kommen müssen.

Trotzdem verstand er nicht, warum Nphelia sich entschuldigte. »Es ist ja nicht so, als hättest du etwas falsch gemacht.«

»Hm?«

»Es macht keinen guten Eindruck, wenn du mir mit einem Lächeln die Hand schüttelst und mir dann sagst, du hättest mir etwas verheimlicht – aber du hast mich doch angeheuert, um mich kennenzulernen, oder nicht? Wo liegt da das Problem?« Er war tatsächlich verwundert.

»Ihr seid wirklich verständnisvoll …« Nphelia schien beeindruckt zu sein.

Innerlich stutzte Ainz allerdings. Kontakte zu knüpfen gehörte zu den Grundlagen eines arbeitenden Erwachsenen – es war nichts falsch daran. Aber ein Teil von ihm verstand, warum Nphelia sich schlecht fühlte. *Er hat wahrscheinlich das Gefühl, dass er sich bei mir eingeschleimt hat, um Betriebsgeheimnisse zu stehlen.* »Wenn ich dir verrate, wie man den Trank herstellt, was würdest du mit diesem Wissen anfangen?«

Nphelia stieß einen überraschten Schrei aus und dachte dann einen Moment nach, bevor er antwortete: »So weit habe ich noch gar nicht gedacht. Ich habe nur diesen Wissensdurst, wisst Ihr? Ich glaube, das habe ich von meiner Großmutter …«

»Ich verstehe. Daran ist doch nichts Schlechtes. Wenn du einen fiesen Plan gehegt hättest, wäre das was anderes, aber so sehe ich wirklich kein Problem.«

»Wow. Jetzt verstehe ich, warum … die Leute … Euch so bewundern …« Der Schweiß war getrocknet und dem Jungen hing der Pony wieder ins Gesicht. Dahinter konnte man jedoch noch seine Augen ausmachen, die vor Bewunderung leuchteten – wie die eines Kindes, das Baseball über alles liebt und dann seinen Lieblingsspieler trifft.

Nphelias Reaktion erinnerte Ainz ein wenig an die Ehrfurcht, die er damals empfunden hatte, als er immer wieder von anderen Spielern getötet worden und dann seinen mächtigen Freunden begegnet war.

Plötzlich überkam ihn ein Anflug von Verlegenheit, auch wenn sie natürlich gedämpft war.

Ainz war überrascht, dass ihn diese Sache so bewegte, doch er fasste sich wieder und konzentrierte sich auf das Wesentliche. Zuerst musste er noch eine Frage stellen. »Bist du der Einzige, der weiß, dass ich Ainz bin?«

»Ja. Ich habe es niemandem sonst gesagt.«

»Okay, das weiß ich sehr zu schätzen.« So weit, so gut, aber Ainz wusste nicht, was er sagen sollte, um dafür zu sorgen, dass das auch so blieb. Also bat er Nphelia ganz offen und ehrlich: »Im Moment bin ich ein Abenteurer namens Momon. Ich wäre dir dankbar, wenn du dich daran halten könntest.«

»Natürlich. Das habe ich mir schon gedacht. Ich weiß, dass es vielleicht unangenehm war, dass ich Euch einfach angesprochen habe, aber ich wollte unbedingt meine Dankbarkeit ausdrücken. Noch mal vielen Dank, dass Ihr dieses Dorf und Enri gerettet habt.« Nphelias Worte kamen aus tiefstem Herzen.

»Okay, genug davon. Ich war wirklich nur zufällig hier.«

»Aber wenn das alles wäre, hättet Ihr keinen Grund gehabt, Enri diese Hörner zu überlassen.«

Ainz hatte sich zwar nichts weiter dabei gedacht, doch wenn Nphelia diese Geste positiv auslegen wollte, dann sollte es so sein. Ainz sagte nichts weiter und nickte nur.

Bevor Nphelia sich wieder umdrehte, um zurückzugehen, dankte er Ainz noch ein letztes Mal und verkündete, als sein Auftraggeber, dass sie in etwa einer Stunde in den Wald aufbrechen würden.

Ainz sah Nphelia noch nach, als Narberal auf einmal vor ihm auftauchte und sich hastig verbeugte. »Es tut mir leid, Lord Ainz!«

»Die Leute können uns sehen. Heb deinen Kopf.«

Als sie sich wieder aufrichtete, murmelte Ainz genervt: »Das ist alles deine Schuld, weil du Albedos Namen erwähnt hast.« *Eigentlich ist es das natürlich nicht, es ist einfach nur alles schiefgelaufen. Ich kann es ihr aber anhängen, damit sie so einen Fehler nie wieder begeht – lieber gleich im Keim ersticken. Und warum zur Hölle nennt sie mich schon wieder Ainz? Nicht dass hier jemand ist, der sie hören kann, aber trotzdem …*

»Erlaubt mir, mit meinem Leben dafür zu büßen!«

Sie schien es ernst zu meinen.

Alle in der Großen Gruft von Nazarick waren so. Sie nannten die einundvierzig Mitglieder der Gilde Ainz Ooal Gown »die Höchsten Geschöpfe« und verehrten sie als ihre Götter. Absolute Hingabe machte sie glücklich.

Ainz war all das ein bisschen zu viel, aber gleichzeitig fand er es schön, dass die Geschöpfe, die seine Gildenkameraden und er geschaffen hatten, so viel Freude daran fanden, ihm gegenüber loyal zu sein. Er hatte außerdem das Gefühl, dass ihm das auch gebührte – als einer ihrer Schöpfer wohlgemerkt.

Hier stand also der NPC Narberal. Wenn Ainz ihr befehlen würde, sich zu töten, selbst wenn es nur ein Scherz wäre – würde sie es, ohne zu zögern, tun. Dass sie überhaupt erst um Erlaubnis bat, ging auf ihre unendliche Loyalität zurück – auf ihre Überzeugung, dass ihr Leben ihrem Meister gehörte.

»Ist schon gut. Jeder macht mal Fehler. Aber sieh zu, dass es nicht noch mal vorkommt. Du darfst Fehler machen, nur nie denselben zweimal. Ich vergebe dir hiermit, Narberal Gamma.«

Sie wollte für ihr Vergehen mit ihrem Leben bezahlen, doch sie war Ainz auf der anderen Seite auch so treu, dass sie nie einen seiner Wünsche missachten würde. Narberal rang mit diesen widersprüchlichen Gefühlen, doch Ainz wusste, die Entscheidung war gefallen, als es aus ihr heraussprudelte: »Ich danke Euch! Ich werde so einen Fehler nie mehr wieder begehen!«

»Mach dir keinen zu großen Kopf darum. Mein Plan, hier als Abenteurer Momon unterzutauchen, ist noch nicht ganz verloren. Wir müssen künftig einfach vorsichtiger sein. Natürlich könnte es nötig werden, dass wir den Jungen beseitigen müssen ...«

»Ich könnte das sofort erledigen.«

»Nein, wir dürfen diesen Auftrag nicht vermasseln.« Nphelias Großmutter war schließlich eine bekannte Heilerin in E-Rantel. Ainz hatte nicht vor, ihren Zorn auf sich zu ziehen. »Wir machen erst mal weiter wie bisher« fügte er hinzu, da ihm nichts Besseres einfiel.

3

Etwa hundert Meter vom Waldrand entfernt lag eine Lichtung, die einen starken Kontrast zum undurchdringlichen Dickicht des Waldes bildete. Sie war entstanden, als die Dorfbewohner unter dem Schutz der Goblins die Bäume für ihren Zaun gefällt hatten. Nun wirkte dieser Bereich wie das klaffende Maul einer gigantischen magischen Bestie.

Hier prüften Ainz und seine Gruppe ein letztes Mal ihre Ausrüstung.

Sein Klient sagte: »Okay, wir werden uns nun in den Wald vorwagen und ich vertraue darauf, dass ihr mich beschützt. Wir werden allerdings schon bald das Territorium des Weisen Königs des Waldes erreichen, in dem es weniger andere Monster geben sollte. Sorge bereitet mir aber, dass auch die Oger von letztens in seinem Territorium aufgetaucht sind. Irgendetwas scheint im Wald vor sich zu gehen. Wahrscheinlich muss ich das Abenteurern nicht extra sagen, aber seid bitte vorsichtig!« Nphelias Blick wanderte kurz zu Ainz, bevor er wieder zu den Schwertern der Dunkelheit sah. »Ich denke, wir werden wohl keine Schwierigkeiten haben, solange Momon bei uns ist.«

»Falls der Weise König des Waldes auftaucht, werden wir euch Rückendeckung geben. Bringt ihr euch nur in Sicherheit«, verkündete Ainz.

Alle staunten über sein Selbstbewusstsein. Nach dem Kampf mit den Ogern und Goblins waren sie sich jedoch darüber im Klaren, wie viel stärker er als sie alle war.

Jedes Mal, wenn jemand Dinge sagte wie: *Ich hätte nichts anderes von dir erwartet!*, überkam Ainz ein Schaudern. Er war so viel Lob nicht gewöhnt – zumindest bisher nicht. Er war sogar ein bisschen neidisch auf Narberal, die ihren Stolz offen zur Schau stellte.

»Wenn ihr fliehen müsst, verschwindet bitte so schnell ihr könnt. Falls der Weise König des Waldes eine riesige magische Bestie ist, müssen wir alles einsetzen, was wir haben, und ich möchte nicht, dass jemand zwischen die Fronten gerät.«

»Verstanden. Wenn es so weit kommen sollte, werden wir uns um Nphelia kümmern und zum Rand des Waldes fliehen. Momon, versuch nichts Unmögliches.«

»Vielen Dank. Wenn es brenzlig werden sollte, werde ich ebenfalls fliehen.«

»Ähm, Momon ...« Nphelia unterbrach sich, sammelte sich aber schnell wieder, um fortzufahren: »Wäre es möglich, den Weisen König des Waldes nur zu verjagen, anstatt ihn zu töten?«

»Wieso sollte ich das tun?«

»Bisher wurde Carne nicht wirklich von Monstern angegriffen, weil der Weise König des Waldes dieses Gebiet für sich beansprucht. Wenn er aber weg ist, dann ...«

»Verstehe …«

»Das kann man nicht von Momon erwarten! Ich weiß, dass er stark ist, aber in einem Kampf gegen eine legendäre magische Bestie muss er alles geben! Wie soll er da …?«

»Ich werde ihn nicht töten.«

»Was?!«, entfuhr es Lukeluther. Auch die anderen Schwerter der Dunkelheit schienen überrascht zu sein, auch wenn sie es nicht aussprachen.

»Es könnte schwierig werden, aber ich werde mich bemühen, mich aufs Verjagen zu beschränken.«

Die anderen wirkten von Ainz' Selbstsicherheit eingeschüchtert, obwohl sie auf seiner Seite standen.

»Aber du musst dich einer magischen Bestie stellen, die schon Hunderte von Jahren lebt …«

»Nur jemand mit wahrer Stärke kann sich so eine Einstellung erlauben …«

»Wie ich dich kenne, Momon, spricht weder Stolz noch Arroganz aus dir, also …«

Verglichen mit den Schwertern der Dunkelheit schien Nphelia, der ein wenig mehr über Momon wusste als die anderen, um einiges entspannter zu sein. Ainz sah zu ihm hinüber und lächelte in sich hinein.

Der Junge wollte nur, dass keine Monster um das Dorf Carne herum auftauchten. Sollte er den Weisen König des Waldes also doch töten müssen, konnte er einfach ein paar Monster aus Nazarick herschicken, um das Gebiet zu schützen.

»Okay! Zu unserem eigentlichen Ziel: So sehen die Kräuter aus, nach denen ich suche. Wenn ihr also welche seht, gebt mir bitte Bescheid!« Nphelia hatte eine Art verwelkte Pflanze aus dem Beutel an seiner Hüfte gezogen.

»Oh, Engnack also?« Für Ainz war diese Pflanze nicht von irgendeinem Unkraut zu unterscheiden, aber Dyne wusste als Druide natürlich sofort, wovon Nphelia sprach.

Lukeluther und Ninya nickten, als würden auch sie den Namen der Pflanze kennen.

Während Ainz noch mit sich rang, ob er so tun sollte, als würde er sie ebenfalls kennen, richteten sich auf einmal alle Blicke auf ihn. »Verstanden, Momon?«

»Hmm? Oh ja, das Zeug. Verstanden.« Er nickte selbstsicher.

Wären seine Emotionen nicht gedämpft, hätte seine Stimme vor Nervosität vermutlich gezittert. Da sein Gesicht allerdings unter seinem Helm versteckt war, konnte ihm niemand ansehen, was in ihm vorging. Seine stahlharte Fassade wirkte ziemlich imposant, egal was dahinter vorging.

»Ja, dieses Kraut ist ein häufiger Bestandteil von Tränken, die aus Kräutern hergestellt werden.«

»Jeder Abenteurer kennt Engnack!«

»Ach, jetzt verstehe ich, wieso wir extra in diesen Wald kommen mussten, um sie zu sammeln. Wildkräuter haben stärkere medizinische Eigenschaften als kultivierte Kräuter, oder nicht?«

»Genau. Aber der Hauptgrund ist, dass wir stolz darauf sind, dass unsere Tränke vollkommen naturbelassen sind! Natürlich sind sie auch zehn Prozent effektiver als andere.«

»Diese zehn Prozent sind wirklich wichtig für alle, die da draußen ums Überleben kämpfen. Ihr bietet ein so viel besseres Produkt für den Standardpreis an … Bei solchen hochwertigen Tränken wundert es mich nicht, dass der Name Baleare so bekannt geworden ist.«

Ainz schenkte der Unterhaltung nicht viel Beachtung, während er über andere Dinge nachdachte. In *Yggdrasil* erforderte die Trankherstellung, dass man einen spezifischen Skill beherrschte, den nur bestimmte Klassen erlernen konnten, sowie den Zauber, mit dem man den Trank belegen wollte. Obwohl Ainz es nie selbst versucht hatte, wusste er, dass ein Trank durch die Synthetisierung spezieller Zutaten in einer alchemistischen Lösung entstand, doch er hatte nie davon gehört, dass man dafür Kräuter benutzte.

Das bedeutete also, dass sich die Herstellung von Tränken in dieser Welt grundlegend von der in *Yggdrasil* unterschied. Das hatte Nphelia also gemeint, als er gesagt hatte, man könnte sie nicht mit herkömmlichen Methoden herstellen.

Ainz war überzeugt, dass es Nazarick nur zu Gute kommen würde, sich die Techniken der Trankherstellung dieser Welt anzueignen. Die Frage war nur, wie er das anstellen sollte.

In Gedanken versunken bemerkte er plötzlich, dass sich das Gespräch wieder um die vor ihnen liegende Aufgabe drehte, also widmete er ihm wieder seine volle Aufmerksamkeit.

»Tiefer im Wald gibt es eine Lichtung und unser Plan ist, bis dorthin vorzudringen. Ich habe Lukeluther den Weg erklärt, also wird er uns führen.« Nachdem Lukeluther mit einem lässigen »Überlasst das mir!« reagiert hatte, wandte sich Nphelia erneut der Gruppe zu. »Dann lasst uns anfan…«

»Darf ich vielleicht einen Vorschlag machen?«

»Ja, bitte, Momon?«

»Nabe beherrscht einen Zauber, der dem *Alarm*-Zauber ähnlich ist, den Ninya über unser Lager gesprochen hat – wäre es möglich, dass wir zwei uns ein wenig umsehen, wenn wir unser Ziel erreicht haben?«

Bei der Vorstellung, dass ihr stärkster Kämpfer sich entfernen wollte, sobald sie am gefährlichsten Ort waren, runzelten alle besorgt die Stirn. Doch Nphelia fing sich schnell wieder und entschied: »Natürlich, das ist kein Problem. Aber bitte bleibt nicht zu lange weg.«

»Das werden wir nicht. Außerdem wäre es ein Problem, wenn wir uns im Wald verirren, also werden wir den Weg mit einem Seil markieren. Wenn irgendwas passieren sollte, könnt ihr einfach daran ziehen.«

»Ich sollte mitkommen und aufpassen, dass ihr da draußen nichts Schmutziges anstellt …«

»Stirb, Kakerlake. Ich sollte dich kastrieren, damit dein lüsternes Gehirn endlich wieder normal arbeitet!«

»Hör auf, Nabe. Lukeluther, das wird nicht nötig sein. Und Ninya, es wäre hilfreich, wenn wir einen Zauber hätten, der es uns ermöglicht, dass wir einander einfach wiederfinden – nur für den Fall, dass wir im Wald getrennt werden …«

»Von so einem Zauber habe ich noch nie gehört, aber es wäre auf jeden Fall sehr praktisch.«

Ainz nahm das mit einem Nicken zur Kenntnis. *Es gibt einen Zauber der Stufe sechs, der es dem Caster erlaubt, nach einem speziellen Objekt zu suchen. Kennt er ihn einfach nicht? Oder bedeutet das, dass es, genauso wie es in dieser Welt Zauber gibt, die es in* Yggdrasil *nicht gibt, auch welche gibt, die nur dort existieren?* Ainz schob seine Fragen für einen Moment beiseite und bedeutete Narberal mit einem Nicken, dass sie sich bereitmachen sollte.

Sie konzentrierte sich der Reihe nach auf jedes Mitglied der Schwerter der Dunkelheit.

»Momon und Nabe werden also für eine Weile weggehen, wenn wir angekommen sind. Sobald sie zurück sind, beginnen wir mit dem Sammeln.« Da Nphelia der Auftraggeber war, konnte ihm niemand widersprechen. Die Schwerter der Dunkelheit nickten zweimal, um dem Plan zuzustimmen.

Als alles besprochen war, gab Nphelia das Startzeichen. Die Gruppe schulterte ihre schweren Rucksäcke und marschierte los in Richtung des Waldes.

In dem Bereich, in dem die Dorfbewohner die Bäume abgeholzt hatten, war die Erde so trocken, dass man wie über einen angelegten Pfad spazieren konnte. Schon bald glich die Umgebung der Abenteurer allerdings mehr einem grünen Labyrinth.

Sobald sie in das Dickicht vorgedrungen waren, wo es keine Orientierungspunkte gab und unmöglich zu sagen war, aus welcher Richtung sie überhaupt gekommen waren, war es, als hätte der Wald sie verschluckt. Dieses Gefühl der Hilflosigkeit, gepaart mit den Bäumen, die bedrohlich um sie herum aufragten, hätte wohl ausgereicht, um einen normalen Menschen gehörig einzuschüchtern. Ainz jedoch, dem nur ein vager Rest Menschlichkeit geblieben war, hatte keine Angst. Gelassen bewunderte er die wunderschöne Umgebung, die Mutter Natur geschaffen hatte.

Dabei musste er erkennen, dass der Wald und andere Naturgebiete in *Yggdrasil* eben doch nur Spielegrafiken waren. Das löste gemischte Gefühle in ihm aus. Einerseits war er stolz darauf, wie prächtig die Große Gruft von Nazarick war, andererseits hatte er keine Ahnung gehabt, wie überwältigend so ein vollkommen unberührter Wald sein konnte. *Jetzt verstehe ich, warum Blue Planet die Natur so sehr liebte …*

Während er das satte Grün des Waldes bewunderte, blieb er natürlich wachsam – doch er konnte keine Bewegungen ausmachen. Es war sehr still. In der Ferne konnte er Vögel oder andere Tiere rascheln hören, doch außer diesen Geräuschen deutete nichts darauf hin, dass hier noch etwas anderes lebte.

Lukeluther bildete die Vorhut. Seine fünf Sinne waren bis aufs Äußerste geschärft, um sicherzustellen, dass sich nichts in ihrer unmittelbaren Nähe versteckte.

Doch da ist etwas. Ainz dachte stolz an die, die sie wahrscheinlich bereits lautlos verfolgte.

Der Wald war kühl, was vielleicht daran lag, dass die Sonne nicht durch das Blätterdach der Bäume drang. Die Gruppe bewegte sich schweigend und nervös voran. Nur zwei von ihnen stand angesichts der Anstrengung des unebenen Geländes und der Anspannung nicht der Schweiß auf der Stirn.

Schon bald erreichten sie eine Lichtung von etwa fünfzig Metern Durchmesser. »Hier werden wir unser Basislager aufschlagen, um die Kräuter zu sammeln.« Nphelia stellte sein Gepäck vor sich auf den Boden und die anderen taten es ihm nach. Die Anspannung blieb jedoch. Sie überprüften wachsam die Gegend um sie herum und machten sich kampfbereit – sie hatten das Reich der Menschen hinter sich gelassen.

»Okay, dann verabschieden sich Nabe und ich jetzt, wie wir es vorhin besprochen haben.«

Nachdem Nphelia zugestimmt hatte, band Ainz ein Seil um den dicken Stamm eines Baumes und ging mit dem anderen Ende in der Hand weiter in den Wald hinein. Es war ein dünnes und doch sehr robustes Seil, das sich auf dem Boden nicht durchscheuern würde.

Ainz und Nabe versuchten, in einer möglichst geraden Linie zu gehen. Normalerweise wäre das wegen der Bäume unmöglich gewesen, doch das Seil wies ihnen die Richtung, aus der sie gekommen waren, und so konnten sogar diese beiden – die keine Erfahrung in Wäldern hatten – einem halbwegs direkten Weg folgen.

Als sie ungefähr fünfzig Meter weit in den Wald hineingegangen waren, war das Ende des Seils erreicht und sie stoppten. Bäume verdeckten die Sicht, sie konnten von der Lichtung aus also nicht mehr gesehen werden. Sie konnten aber unbesorgt sein, da es jemanden in der Nähe gab, der es mit jedem Wesen aufnehmen konnte, das ihnen folgen mochte.

»Hier sieht es gut aus.«

»Mein Lord.«

»Wir können unser Meeting abhalten.«

»Eine Frage: Was genau habt Ihr vor? Eine geraume Menge dieser Kräuter zu sammeln, nach denen die anderen suchen?«

Ainz sah sie einen Moment nur an und schüttelte dann den Kopf. »Ich werde gegen den Weisen König des Waldes kämpfen.« Er konnte das große Fragezeichen über ihrem Kopf praktisch sehen und erklärte: »Ich will, dass sie verstehen, wie stark ich wirklich bin.«

»Der Kampf gegen die Oger sollte doch dafür gereicht haben, oder nicht?«

»Mag sein ... aber Oger allein reichen nicht. Es macht einen Unterschied, ob sie zurückkommen und erzählen, der Abenteurer Momon hat einen Oger mit einem einzigen Schwerthieb entzweit, oder ob sie berichten, der Abenteurer Momon hat den Weisen König des Waldes bezwungen. Es ist nicht schwer zu erraten, welches Gerücht sich schneller verbreiten und mir einen besseren Ruf einbringen wird. Deshalb werde ich ihnen eine gute Show liefern.«

»Oh! Brillant wie immer, Lord Ainz! Ein perfekter Plan, doch wie wollt Ihr den Weisen König des Waldes finden?«

»Das ist schon erledigt.«

»Was soll das heißen ...?«

Als Antwort auf Narberals Frage meldete sich eine dritte Stimme. »Hallo! Hier bin ich!«

Die Stimme erschreckte Narberal und sie blickte drohend in die Richtung, aus der sie gekommen war. Sie hatte schon die rechte Hand zu einem Zauber erhoben, entspannte sich aber, als sie sah, wem die Stimme gehörte. »Meisterin Aura! Erschreckt mich nicht so!«

»'tschuldigung!« Ein Dunkelelfenmädchen trat aus den Schatten der Bäume hervor und kicherte. Sie war eine der beiden Ebenenwächter der sechsten Ebene in der Großen Gruft von Nazarick, Aura Bella Fiora.

»Wie lange seid Ihr schon hier?!«

»Hmm? Seit du und Lord Ainz in den Wald gekommen seid.« Als geschickter Beast Tamer und Ranger war Anschleichen ein Kinderspiel für sie. Lukeluther war zwar ebenfalls ein Ranger, doch seine Fähigkeiten reichten bei Weitem nicht aus, um Aura aufzuspüren. »Ich soll also die magische Bestie, den Weisen König des Waldes, aufspüren und zu Euch schicken, richtig, Lord Ainz?«

»Genau. Soweit wir wissen, hat der Weise König des Waldes silbernes Fell, einen langen Schlangenschwanz und vier Beine. Hast du ihn vielleicht schon mal gesehen?«

»Okay, kein Problem! Ich denke, ich weiß, wer das ist«, antwortete Aura sofort und sah hinauf in die Baumwipfel. »Soll ich ihn kontrollieren?«

»Daran habe ich auch schon gedacht, aber nein, lassen wir das.«

Als Beast Tamer wäre es für Aura ein Leichtes gewesen, den König unter ihre Kontrolle zu bringen, doch es könnte unschön werden, wenn herauskommen sollte, dass der Kampf gestellt war. Es war klüger, solche möglichen Stolperfallen von Anfang an zu vermeiden.

»Übrigens, Aura, wie geht die Arbeit ansonsten voran?«

»Mein Lord!«, rief sie aus und fiel vor ihm auf ein Knie.

Ainz fand, dass das nicht zu ihr passte, doch er bewahrte seine Haltung als ihr Herr und Meister und hörte ihrem Bericht aufmerksam zu.

»Euer Auftrag, den Wald zu erkunden und mir ein Bild zu machen, potenzielle Verbündete für Nazarick zu finden und ein Lager zu errichten, geht gut voran.«

Ainz antwortete darauf nur mit: »Oh, gut.« Bevor er nach E-Rantel aufgebrochen war, hatte er jedem der Ebenenwächter eine Aufgabe übertragen. Er hatte Aura (und Mare) in den Wald ausgesandt, um Nazaricks Abwehr zu stärken und Informationen zu sammeln.

Das Lager, das er errichten lassen wollte, sollte man vielleicht besser als Unterschlupf für den Fall einer Evakuierung bezeichnen. Dort könnten sie sich verstecken, falls sie es nicht zurückschafften, und eine falsche Basis einzurichten, um Nazarick verborgen zu halten, schien generell eine gute Vorsichtsmaßnahme zu sein. Außerdem hatte Ainz natürlich vor, dort alle möglichen Ressourcen zu lagern.

Wenn sie irgendwelche Wesen aufspüren könnten, die sich ihnen unterwerfen würden, könnten sie testen, ob Powerleveln tatsächlich funktionierte, und sie könnten allgemein einen Überblick darüber bekommen, wie der Levelaufstieg in dieser Welt überhaupt funktionierte.

Um all diese Aufgaben auszuführen, hatte Ainz Aura und Mare gemeinsam mit den Lakaien, die die Basis bauen würden, in den Wald geschickt. Ihre Ankunft im Wald hatte jedoch das ganze Ökosystem des Waldes durcheinandergebracht. Das Kräfteverhältnis war aus dem Gleichgewicht geraten. Das erklärte auch, warum die Oger sich so weit aus ihrem gewohnten Territorium und bis in das des Weisen Königs des Waldes vorgewagt hatten.

»Das Lager zu errichten wird am längsten dauern.«

»Da kann man nichts machen. Es ist ja auch noch nicht lange her, seit ich dir den Auftrag gegeben habe.« Sie hatten Golems, Untote und andere Lakaien mitgebracht, die arbeiten konnten, ohne zu ermüden, und keinen Schlaf oder Pausen brauchten. Trotz allem gab es viel zu tun. So ein Unterfangen ließ sich nicht innerhalb einer Nacht umsetzen. »Nehmt euch so viel Zeit, wie ihr braucht, und strebt immer Perfektion an. Errichtet auch Abwehrsysteme, um sicherzustellen, dass die Basis einem Angriff standhält!«

»Ja, Sir! Verstanden!«

»Okay, Aura. Ich überlasse dir dann also die Suche nach dem Weisen König des Waldes, wie wir besprochen haben.«

»In Ordnung!«, rief sie und rauschte davon.

*

Nachdem sie sich von Ainz und Narberal entfernt hatte, tauchte ein großer Wolf mit glänzendem schwarzem Fell hinter einem Baum auf. Seine feurigen roten Augen strahlten Weisheit aus, was deutlich machte, dass dies kein gewöhnliches Tier war.

Das war jedoch nicht alles. Nicht weit entfernt hatte sich ein sechsbeiniges Monster um einen Baum gewickelt, das aussah wie eine Kreuzung aus einem Chamäleon und einem Leguan. Seine Schuppenhaut änderte so blitzschnell ihre Farbe, als würde eine Welle über seinen Körper rollen. Der Wolf und das Wesen hatten in etwa dieselbe Größe.

»Fen, Quadracile. Ihr macht euch wohl Sorgen um mich, was?« Fen, der Wolf, stürmte schnaubend auf Aura zu. Quadracile streckte seine Zunge heraus, um Aura die Wange zu lecken. »Hey, hey, ich muss Lord Ainz' Auftrag erledigen.«

Aura war einer der schwächsten Ebenenwächter von Nazarick. Es gab sogar Flächenwächter, die stärker waren als sie – doch das galt nur, wenn sie allein war. Ihre wahre Stärke lag in ihren Verbündeten. Sie kontrollierte etwa einhundert magische Kreaturen, die auf ihrem Levelmaximum von 80 waren, dank ihrer Fähigkeiten aber sicherlich Level 90er Monstern gleichkamen. Von ihrem Rudel umgeben konnte sie es mit jedem anderen der Ebenenwächter aufnehmen.

Die beiden, die gerade zu ihr gekommen waren, gehörten zu ihren Lieblingen. Sie waren göttliche Wesen – eine hochrangige Klasse der magischen Kreaturen –, Fen, der Fenrir, und Quadracile, der Itzamna. Sie verstanden und belästigten sie nicht weiter.

»Okay, sollen wir los?« Mit den beiden Kreaturen an ihrer Seite rannte Aura in den Wald hinein. Trotz der vielen Bäume in ihrem Weg bewegte sie sich schnell wie der Wind und wurde niemals langsamer.

Knapp dreißig Minuten später erreichte sie ihr Ziel. Ein zufriedenes Grinsen, das nicht recht zu ihren kindlichen Zügen passen wollte, breitete sich auf ihrem Gesicht aus. Es lag etwas Unschuldiges darin, doch auch ein wenig Grausamkeit.

»Ich wollte es eigentlich behalten, aber na ja … Lord Ainz hat es ja befohlen …«, murmelte sie in sich hinein und klang eher, als würde sie über irgendein Juwel sprechen, statt über ein Haustier.

Sie wusste, wo das Nest gelegen war, weil sie es schon für sich selbst hatte beanspruchen wollen. Verglichen mit den anderen Monstern, die unter ihrer Kontrolle standen, war der Weise König des Waldes eher schwach und nicht sehr wertvoll. Trotzdem ließ die Aussicht, ein unbekanntes Monster zu besitzen, ihr Sammlerherz höherschlagen. Sie fand es schade, dass sie diese Idee nun aufgeben musste, doch für ihren Meister, dem sie ewige Treue geschworen hatte, würde sie es tun – sie hatte gar keine Wahl.

»Mal sehen …« Aura veränderte die Zusammensetzung der Luft in ihren Lungen. Zwischen ihren leicht geöffneten rosigen Lippen drang eine unnatürliche, neu zusammengesetzte Mischung an Gasen aus. Ihr Atem konnte nun Gefühle manipulieren.

An sich war es eine passive Fähigkeit, deren Nutzen eher fragwürdig war, da sie nur in einem begrenzten Gebiet um Aura herum wirkte. Wenn sie aber wollte, konnte sie ihren Atem mit einer Fähigkeit verstärken, die seine Reichweite erhöhte, und ihn mit punktgenauer Präzision in einer Entfernung von bis zu zwei Kilometern anwenden – selbst im dichtesten Wald.

Dieses Mal musste sie das jedoch nicht einmal tun. Sie konnte sich einfach unbemerkt an ihr Ziel anschleichen. Selbst eine magische Bestie mit außergewöhnlichen Sinnen konnte Aura nun nicht mehr erfassen, von gewöhnlichen Tieren ganz zu schweigen. Sie ging langsam auf den Weisen König des Waldes zu und atmete ihn an.

Der Angst auslösende Effekt riss den König aus dem Schlaf. Sein Fell sträubte sich und er sprang blitzschnell aus seinem Versteck. Die vierbeinige Kreatur sprintete, von Panik getrieben, mit voller Geschwindigkeit los und war unglaublich schnell – Aura war jedoch schneller.

Der Bestie war, als wäre ihr der Tod auf den Fersen, während Aura sie mit einem Atemstoß hier und da zu Ainz lenkte.

»Wenn er stirbt, will ich seinen Pelz.«

*

Etwas im Wald rührte sich. Als er die Veränderung in der Atmosphäre wahrnahm, spitzte Lukeluther die Ohren und prüfte sorgfältig die unmittelbare Umgebung. Seine Miene verfinsterte sich. »Irgendwas nähert sich!«

Die Schwerter der Dunkelheit, die gerade am Kräutersammeln waren, nahmen Kampfhaltung an und zogen ihre Waffen. Auch Ainz griff nach seinen Großschwertern.

»Ist es der Weise König des Waldes?«

Niemand reagierte auf Ninyas ängstliche Frage, der gerade dabei war, die Kräuter in seine Taschen zu stopfen. Alle starrten stumm in die Tiefen des Waldes hinein.

»Ahh, nicht gut«, murmelte Lukeluther, der für seine Verhältnisse ungewöhnlich ernst war. »Etwas Großes nähert sich uns. Ich weiß nicht, warum es im Zickzack läuft, doch dem Geräusch des Unterholzes nach zu urteilen, das es zertrampelt, muss es bald hier sein. Ich kann nur ... nicht ausmachen, ob es der Weise König des Waldes ist oder nicht.«

»Wir ziehen uns zurück. Hier zu bleiben wäre gefährlich, egal ob es der König ist oder nicht. Was auch immer es ist, wir sind vermutlich in sein Territorium eingedrungen. Es wird uns wahrscheinlich angreifen«, erklärte Peter und wandte sich dann an Ainz: »Momon. Gebt ihr uns Rückendeckung wie besprochen?«

»Ja, überlasst das mir und Nabe. Wir werden uns darum kümmern.«

Die Schwerter der Dunkelheit sprachen Ainz Mut zu und zogen sich dann mit Nphelia an den Rand des Waldes zurück.

»Momon, bitte versuch nicht, das Unmögliche zu schaffen, in Ordnung?« Das Vertrauen, das Nphelia in Ainz hatte, war unüberhörbar und seine Augen blitzten unter seinem Pony hervor. Ainz fand die Situation sehr unangenehm und drängte ihn, so schnell es ging zu verschwinden.

Als er den anderen nachsah, überkam ihn ein Anflug von Unsicherheit, ob Narberal und er aus dem Wald heraus finden würden, doch dann fiel ihm ein, dass Aura ihnen nach dem Kampf den Weg weisen konnte. Das größere Problem war vielmehr ...

»Mist ... Das könnte ja auch etwas anderes sein als der König ... Wenn ich ihn nach Nazarick bringe, brauche ich irgendeinen Beweis, dass ich ihn weggejagt habe ... Sollte ich ihm ein Bein abschlagen?«

»Lord Ainz!« In der Richtung, in die Narberal blickte, ragte ein Schatten hinter einigen Bäumen in der Ferne auf. Da es in der Dunkelheit verborgen war, konnten sie nicht erkennen, was es war, und da auch die Sonne nicht bis dorthin vordrang, war es unmöglich festzustellen, ob das Fell silbern war oder nicht.

»Wir kriegen Gesellschaft.« Ainz stellte sich vor Narberal. Da sie die Kampffähigkeiten des Weisen Königs des Waldes (oder sein Level) nicht kannten, war es eine gute Idee, Narberal erst einmal abzuschirmen. Im Nahkampf waren Caster im Nachteil.

In dem Moment, in dem Ainz sich vor sie stellte, hatte er das Gefühl, dass die Luft sich um ihn herum verzerrte. Er reagierte darauf, indem er sich mit einem seiner Großschwerter schützte. Auf einmal ertönte ein metallisches Kreischen und sein Arm wurde heruntergedrückt. Irgendetwas hatte sein Schwert mit unglaublicher Geschwindigkeit getroffen.

Ainz sah einen ungewöhnlich langen, geschuppten Schwanz, der einer Schlange glich, zwischen den Baumstämmen verschwinden. *Er kann seinen Schwanz also wie eine Peitsche einsetzen? Aber dem Geräusch und dem Gefühl nach zu urteilen, als er mich getroffen hat, ist es eher eine Peitsche aus Stahl ... Außerdem ist der Schwanz ungefähr zwanzig Meter lang. Wie kommt er damit in diesem dichten Wald überhaupt zurecht?!*

Ainz fehlten die Fähigkeiten für einen solchen Kampf. Das Einzige, was er machen konnte, war, zu versuchen, nah genug an den Gegner heranzukommen, um ihn direkt anzugreifen.

Er atmete aus. Natürlich hatte er keine Lungen, also tat er nur so. Doch die Anspannung fiel von seinen Schultern ab und er war bereit, die Verfolgung aufzunehmen, falls nötig.

Auf einmal ertönte eine tiefe, leise Stimme aus den Schatten. »Du hast meine erste Attacke hervorragend abgewehrt ... Das könnte das erste Mal sein ... dass ich so einen formidablen Gegner vor mir habe ...«

Formidabel...? Ainz verzog sein illusionäres Gesicht, bevor er sich daran erinnerte, dass die Worte, die er hörte, direkt in seinem Kopf übersetzt wurden. Eine bessere Entsprechung hatte sein Hirn wohl in diesem Fall nicht zustande gebracht.

»Nun, Eindringling, wenn du nun fliehst, werde ich dich aufgrund deiner fantastischen Abwehr verschonen und nicht verfolgen ... aber es ist deine Entscheidung.«

»Du machst wohl Scherze. Ein Sieg über dich wird meine Pläne voranbringen. Also, warum kommst du nicht raus? Oder schämst du dich für dein Aussehen? Vielleicht bist du ja schüchtern?«

»Du spuckst große Töne, Eindringling! In Ordnung – bewundere mein majestätisches Antlitz und fürchte dich!« Der Weise König des Waldes kam langsam zwischen Büschen hervor.

Ainz fielen fast die nicht vorhanden Augen aus dem Schädel.

»Ho ho ho. Ich kann deine Furcht und deine Überraschung sogar trotz deines Helmes spüren.«

Das Gesicht der Kreatur verzog sich zu einem Lächeln und ihr Schwanz zuckte. Eigenartige Symbole zierten ihr silbernes Fell – und sie war kräftig gebaut wie ein Pferd, aber nicht sehr groß. Eher breit und gedrungen.

Langsam näherte sich der Weise König des Waldes Ainz und Nabe.

»Was zur Hölle …?« Ainz wurde von einem Gefühl überwältigt, das er nur schwer beschreiben konnte. Da Emotionen von seinem untoten Gemüt unterdrückt wurden, wenn sie zu intensiv wurden, konnte er daraus schließen, dass es keine besonders starke Gefühlsregung sein konnte. Und doch war es lange her (sogar wenn man seine Zeit in *Yggdrasil* miteinrechnete), seit er im Angesicht eines Monsters so empfunden hatte.

»Ich möchte dich etwas fragen. Welcher Rasse gehörst du an?«

»Man nennt mich den Weisen König des Waldes. Ich habe keinen anderen Namen.«

Ainz schluckte, obwohl er das gar nicht konnte, und fragte weiter: »Bist du vielleicht … ein Dsungarischer Zwerghamster?«

*

Der Weise König des Waldes. Sie war das genaue Abbild eines Dsungarischen Hamsterweibchens, soweit Ainz das beurteilen konnte. Ihr Fell war eher schneeweiß als silbern und ihre Knopfaugen waren schwarz. Alles in allem sah sie aus wie ein großes Mochi.

Natürlich hatten Hamster eigentlich keine langen Schwänze wie sie und sie wurden für gewöhnlich auch nicht größer als Menschen, Ainz fiel aber auch kein anderer Vergleich ein. *Auch wenn man einhundert*

Leute fragen würde, würde jeder sagen, sie ist ein Hamster. Ein gigantischer Hamster oder vielleicht eine Mutantenform.

Der Weise König des Waldes legte den Kopf schief (es war jedoch schwer zu sagen, wo ihr Kopf endete und ihr Körper begann), ihr Näschen zuckte. Sie antwortete: »Hmm ... Ich habe alleine gelebt, seit ich geboren wurde. Da ich keine anderen meiner Art kenne, kann ich deine Frage nicht beantworten ... Kennst du meine Rasse vielleicht?«

»Hmm, ich habe so eine Vermutung ... Einer meiner Freunde hatte einmal ein Haustier, das dir sehr ähnlich sah.« Ainz erinnerte sich an einen seiner alten Gildenkameraden, der sich einmal eine Woche lang nicht eingeloggt hatte, weil sein Hamster an Altersschwäche gestorben war. Das bewundernde »Ooh« von Narberal im Hintergrund rührte wahrscheinlich daher, dass sie gerade neue Informationen über eins der Höchsten Geschöpfe erfahren hatte.

»Was?! Wie kann es jemand wagen, ein Monster wie mich zum Haustier zu machen?!« Der Weise König des Waldes blies die Wangen auf.

Hab ich sie wütend gemacht? Oder soll das vielleicht einschüchternd wirken? Oder ...? Sicher war nur, dass sie kein Essen in ihren Bäckchen hatte.

»Hmm ... Ich würde trotzdem gerne mehr wissen. Als ein Lebewesen muss ich das Überleben meiner Art sichern. Wenn es noch andere wie mich gibt und ich keine Nachkommen zeuge, wäre ich ein furchtbares Wesen.«

Dieser Logik zufolge war Ainz ebenso ein furchtbares Wesen, da er keine Kinder gezeugt hatte. Er rechtfertigte sich innerlich damit, dass er nun ohnehin ein Untoter war, und antwortete tonlos: »Nun, er war viel kleiner als du.«

»Ach, so ist das, hmm ...? Vielleicht war er ja ein Baby?«

»Nein. Es war ein ausgewachsenes Tier, das in meine Hand gepasst hat.«

Das Fell des Weisen Königs des Waldes legte sich, was wohl ein Anzeichen ihrer Entmutigung war. »Dann ist es wohl unmöglich ... Also bin ich wirklich die Einzige ...«

»Wenn du wenigstens einer coolen Rasse angehören würdest, dann wäre das toll, aber ... Hmm, na ja, du bist ein Hamster. Nicht dass ich nicht mit dir mitfühlen würde, aber wenn du Artverwandte hättest, würden sie sich wahrscheinlich vermehren wie die Karnickel – die Welt würde untergehen!«

Nun stellte sich das Fell der Kreatur vollends auf. Der Ausdruck in ihren niedlichen Knopfaugen veränderte sich nicht, doch als sie sprach, konnte man ihren Zorn spüren. »Eine Unverschämtheit! Das Überleben der eigenen Art zu sichern ist eine ernste Angelegenheit! Und ich habe mein ganzes Leben allein verbracht! Selbst du würdest doch ein paar Freunde wollen, oder nicht?!«

»Hmm... Dem kann ich nicht widersprechen ... Verzeih mir.« Ainz erinnerte sich an seine Gildenkameraden und entschuldigte sich, auch wenn er sich nicht sicher war, wie er sich dabei fühlen sollte, dass er von dieser Kreatur – einem Hamster – an sie erinnert worden war und sich bei ihr entschuldigte.

»Nun ... Ich vergebe dir. Lass uns dieses sinnlose Gespräch beenden. Wir werden bis zum Tode kämpfen. Nun, denn, Eindringling, ich werde dich zum Abendessen verspeisen!«

»Ähm ... Okay ...« Ainz verlor zunehmend das Interesse. Auch wenn die Niedlichkeit des Weisen Königs des Waldes ein evolutionärer Vorteil war, der genau diesem Zweck dienen sollte, hatte Ainz die Lust verloren, gegen sie zu kämpfen. Wenn er sich vorstellte, dass er, der große Herrscher der Großen Gruft von Nazarick, sich diesem gigantischen Zwerghamster stellte – das war doch einfach nur peinlich.

Auch wenn er sie tötete und die Leiche des gigantischen Hamsters dann mit den Worten präsentierte: »Dies ist der Weise König des Waldes.

Es war ein harter Kampf, sie wollte sich einfach nicht verjagen lassen« – was würden die Schwerter der Dunkelheit denken? Selbst im besten Fall konnte er sich nicht vorstellen, dass er mehr als mitleidige Blicke ernten würde. Da sollte er sie lieber gefangen nehmen, um von ihrem Wissen zu profitieren.

»Nabe, zieh dich zurück.« Endlich hatte Ainz den nötigen Kampfgeist aufgebracht. Narberal verbeugte sich auf seinen Befehl hin tief und zog sich zum Rand der Lichtung zurück. Sie war sich sicher, dass ihr Meister siegen würde.

»Hmm? Es macht mir nichts, wenn ihr beide auf einmal gegen mich kämpft.«

»Gegen einen Hamster auch noch mit Unterstützung zu kämpfen ist mir zu peinlich!«, spottete Ainz, als er seine Waffen bereit machte.

Da sie spürte, dass Ainz sich in Kampfstellung begeben hatte, duckte sich der Weise König des Waldes. »Selbst wenn du diese Worte bereust, ist es jetzt zu spät, sie zurückzunehmen! Auf in den Kampf!« Die Erde erbebte, als sie sich abstieß und sich zu einem Ball zusammenrollte, der auf Ainz zuschoss. Jeder in der Größe eines Menschen wäre von diesem Angriff des Weisen Königs weggefegt worden, doch Ainz blockte ihren Angriff mit einem seiner Großschwerter. Die Zerstörungskraft traf ihn mit unglaublicher Wucht, doch er konnte es mit ihrer Stärke aufnehmen.

»Argh, sage ich!« Überrascht, dass Ainz nicht einmal einen Schritt zurückgewichen war, hob sie ihre beiden Vorderpfoten, die mit unerwartet scharfen Klauen bewehrt waren, und schlug nach ihm. Ainz wehrte den Angriff mit dem Großschwert in seiner linken Hand ab und stach mit dem rechten zu. Er legte zwar nicht seine volle Kraft hinein, aber es war dennoch ein mächtiger Hieb gewesen.

Doch er wurde mit einem Kreischen abgefangen. Der Schock des Aufpralls übertrug sich durch seinen Arm. Die Bestie hatte eine ihrer

Hinterpfoten nach vorne geschwungen, um Ainz' Angriff abzuwehren. Ihre Hiebe trafen in der Luft aufeinander und wurden zurückgeworfen.

»Wie wunderbar! Und was ist hiermit, hmm? *Charm Species*!«

Untote waren generell gegen telepathische Angriffe immun. Ainz ignorierte ihren Zauber völlig und schlug nun mit beiden Großschwertern auf einmal zu.

Ein metallisches Kreischen ertönte und Ainz' Schwerter wurden aufs Neue zurückgeworfen. Er kniff unter seinem Helm die Augen zusammen. Er bemühte sich zwar nicht wirklich, aber seine Angriffe prallten einfach an der Haut des Weisen Königs des Waldes ab – sie musste also härter sein als niederrangige Metalle. *Also ist sie mehr als nur ein flauschiger Fellball?* Ainz fühlte sich für einen Moment betrogen, doch er erkannte, dass dieser Gedanke nichts auf einem Schlachtfeld zu suchen hatte, und sammelte sich wieder.

Nach *Yggdrasil*-Standards schätzte er, dass die Stärke seiner Angriffe etwa der eines Kriegers auf Level 30 entsprach, vielleicht sogar etwas mehr. Natürlich spielten auch seine magischen Fähigkeiten und seine Ausrüstung mit hinein, daher konnte er es nicht mit Sicherheit sagen, aber wenn er von diesem Basiswert ausging und die Kampfkraft des Weisen Königs des Waldes damit verglich, waren sie einander wahrscheinlich ebenbürtig. Das illusionäre Gesicht unter seinem Helm verzog sich zu einem bösen Lächeln. »Das macht nichts … So kann ich wenigstens meine Kampfstärke im Nahkampf endlich austesten.«

Ainz ging davon aus, dass er ohne Probleme gewinnen könnte, wenn er sich richtig anstrengte. Er musste wachsam bleiben, doch dieser Gegner war eine gute Gelegenheit, seine Schwertkünste zu trainieren.

Ainz schwang abwechselnd seine Großschwerter. Der Weise König des Waldes blockte seine Hiebe geschickt mit ihren Vorderklauen. Dann leuchtete auf einmal eins der Symbole auf ihrem Körper auf, als sie einen Zauber sprach: »*Blindness*!«

Anders als telepathische Zauber wie *Charm Species* würde *Blindness* auch auf Ainz einen Effekt haben. Seine Rasse verfügte jedoch über einen Skill, der es ihm möglich machte, alle Magie niedriger Stufen zu neutralisieren – ihr Zauber prallte also einfach ab, ohne irgendeine Wirkung zu erzielen.

Das Symbol, das gerade geleuchtet hat, war ein anderes als bei ihrem letzten Zauber ... Scheint, als könne sie nur so viele Zauber anwenden, wie sie Symbole trägt. In *Yggdrasil* war die Anzahl der Zauber, die ein Monster wirken konnte, stark vom Level und der jeweiligen Rasse abhängig, in der Regel lag sie jedoch bei etwa acht. Die Symbole, die Ainz auf dem Körper der Kreatur vor ihm ausmachen konnte, deckten sich in etwa mit dieser Zahl, also hatte er tatsächlich den Eindruck, gegen ein Monster in *Yggdrasil* anzutreten.

Der Weise König des Waldes zeigte sich unbeeindruckt von Ainz' Resistenz gegenüber ihrem Zauber und stürzte sich mit den Vorderbeinen voran auf ihn. Ainz blockte ihren Angriff erneut mit einem seiner Schwerter ab, während er mit dem anderen auf sie einschlug.

Er erinnerte sich daran, wie seine Gildenkameraden manchmal gekämpft hatten. Touch Me war einer der stärksten Krieger in *Yggdrasil* gewesen. Er kämpfte mit Schwert und Schild. NishikiEnrai hatte die höchste Angriffskraft von allen in der Gilde und kämpfte mit zwei Katanas, die er Amaterasu und Tsukuyomi nannte. Krieger Takemikazuchi, der immer sagte, dass »kein zweiter Angriff nötig sei«, auch wenn das nicht stimmte, benutzte zwei verschiedene Odachi, das God Slaying Emperor Blade und das Takemikazuchi MK 8, die in unterschiedlichen Situationen zum Einsatz kamen.

Dann fiel Ainz jemand ein, den er erst kürzlich getroffen hatte – den tapferen Kommandanten der königlichen Garde, Gazef Stronoff. Dass sich Ainz in der Verkleidung eines Kriegers auf den Weg nach E-Rantel gemacht hatte, hatte wohl auch mit ihm zu tun gehabt.

Ein bisschen musste er über sich selbst schmunzeln, dass ihn solche Gedanken mitten in einem Kampf beschäftigten. *Ich bin gerade am Kämpfen! Auch wenn ich es mir leisten kann, ist es wirklich unhöflich, seine Gedanken so schweifen zulassen … Selbst wenn sie ein* Hamster *ist …*

Ainz schlug wieder und wieder auf sie ein und versuchte, die Techniken seiner Freunde anzuwenden. Gleichzeitig wehrte er die Klauen des Weisen Königs des Waldes geschickt mit dem Großschwert in seiner Linken ab. Es schien, dass keiner von beiden einen wirklich Treffer landen könnte, als Ainz es auf einmal schaffte, die Abwehr der Kreatur zu durchbrechen.

»Was?!«

Er fühlte, wie seine Klinge in das Fleisch eindrang, und der Geruch von frischem Blut erfüllte die Lichtung. Das Großschwert in Ainz' rechter Hand hatte einen kleinen Schnitt in der Haut des Weisen Königs des Waldes hinterlassen. Ein Fellbüschel schwebte in der Luft.

Ainz versuchte, mit einem Hieb des Schwerts in seiner linken Hand nachzulegen, doch der Weise König des Waldes sprang geschickt zurück, als hätte sie den drohenden Angriff vorausgeahnt. Auf einmal zog sie sich mit schnellen Schritten etwa zehn Meter von Ainz zurück.

Er hat erzählt, dass sein Hamster manchmal aus seinem Käfig gehüpft wäre … Aber wow, ich hatte keine Ahnung, dass die so schnell rückwärts laufen können! Ainz ließ seine Gedanken schweifen und fühlte sich weiterhin, als würde er gerade gegen einen riesigen Hamster antreten. Auf einmal ging der Weise König des Waldes in eine tiefe Hocke.

Ainz wusste nicht, was er davon halten sollte. *Was hat sie auf so eine Entfernung vor? Wenn sie wieder auf mich losstürmen will, sollte ich meine Schwerter nach vorne richten, damit sie sich daran aufspießt … aber es ist wohl wahrscheinlicher, dass sie einen weiteren Zauber sprechen will.* Er dachte nicht, dass ihn der zuckende Schwanz des Weisen Königs des Waldes von dort aus erreichen könnte, doch dann …

»Ich hab mich getäuscht!« Er musste erkennen, dass er sich verrechnet hatte. Der erste Schwanzhieb war aus noch größerer Entfernung gekommen, nun war er also zweifellos in Reichweite. Der ungewöhnlich lange Schwanz beschrieb einen weiten Bogen durch die Luft – und traf sein Ziel. Ainz blockte den Schlag mit dem Großschwert in seiner rechten Hand ab, doch dann weiteten sich seine Augen: Der Schwanz wand sich an seinem Schwert vorbei.

»Ngh!« Er riss sein Schwert zur Seite, um ihn abzuschütteln, doch seine Reaktion kam zu spät und er spürte, wie der Schwanz gegen seinen Rückenpanzer schlug. Dank eines seiner Skills hätte er nicht allzu viel Schaden durch einen Angriff dieser Intensität erlitten, selbst wenn seine Rüstung durchbohrt worden wäre. Trotzdem fühlte er sich, als hätte er sich eine Kugel eingefangen.

»Also hat jeder einmal getroffen ...«

Dieser verfluchte Hamster ..., dachte Ainz gereizt. *Ich kann auch aus der Entfernung angreifen, weißt du.* Er sammelte Energie in der rechten Hand.

Als er sich zum Angriff bereit machte, drückte der Weise König des Waldes ihre tiefe Bewunderung aus: »Deine Rüstung ... sie ist unglaublich. Aber deine Stärke, dein Schwert – alles an dir ist beeindruckend. Wirklich wunderbar, so ein begnadeter Krieger. Du musst in der Menschenwelt weithin bekannt sein.«

Alle Energie verpuffte aus Ainz' Hand. »Du denkst, ich bin ein einfacher Krieger?«, fragte er enttäuscht.

»Was meinst du damit, hmm? Was solltest du sonst sein? Ein Ritter, hmm?«

»Der Weise König des Waldes ist ... gar nicht so weise. Ich hätte es wissen sollen, als ich gesehen habe, dass er ein Hamster ist ...«

Es war wahrscheinlich schwer zu erkennen, dass Ainz auch ein Magic Caster war, da er in seiner Ganzkörperrüstung steckte. Aber er hätte sich trotzdem gewünscht, dass ein Wesen wie der Weise König des Waldes wenigstens eine Ahnung gehabt hätte, dass hier irgendetwas faul war, auch wenn sie seine Verkleidung nicht völlig durchschauen konnte.

Dachte sie etwa, dass ihre Zauber nur durch meine Willenskraft alleine geblockt wurden? Es stimmt zwar, dass Immunität und Resistenz in Yggdrasil die gleiche Wirkung haben, aber könnte dieses Ding seinem Namen nicht wenigstens ein bisschen gerecht werden?!

Der Name Weiser König des Waldes ist wirklich nicht zutreffend. Wenn sie wenigstens gigantischer Hamster geheißen hätte, dann hätte ich nicht so große Hoffnungen gehegt. Die Schuld liegt alleine an den Eltern, die sie so genannt haben. Das ist Vortäuschung falscher Tatsachen!

Ainz' Kampfeswille war nun endgültig verflogen und er senkte sein Schwert.

»Was denkst du, was du da machst, hmm? Du kannst doch nicht … Du würdest doch nicht aufgeben, bevor jemand siegreich aus dem Kampf hervorgegangen ist? Du musst mich ernst nehmen! Wir werden bis zum Tode kämpfen!«

Jedes Mal, wenn der Weise König des Waldes so eingeschnappt war und diesen Unsinn von sich gab, starb etwas in Ainz. Da seine intensiveren Emotionen unterdrückt wurden, hätte er den Kampf wahrscheinlich zu Ende bringen können, aber …

»Ugh … Mir reicht's«, sagte Ainz. Sein Tonfall war so eisig, dass die Temperatur um ihn herum schlagartig zu fallen schien. Er streckte das Schwert in seiner rechten Hand aus und ließ eine Attacke los: *Aura of Despair V.*

Ein sofortiger Tod wäre ein bisschen übertrieben gewesen, also entschied er sich statt eines Stufe vier für einen angsteinflößenden Zauber der Stufe eins. Ein Wind peitschte plötzlich um Ainz herum und ein kalter Schauer, der nur den Geist beeinflusste, legte sich über das Gebiet.

In dem Moment, als der Schauer den Weisen König des Waldes erreichte, sträubte sich ihr Fell und sie kippte mit einer atemberaubenden Wucht um, sodass ihr weicher Bauch völlig ungeschützt war.

»Ich gebe auf! Ich bin unterlegen!«

»Ahh, also bist du tatsächlich nur ein Tier …«, erwiderte Ainz in einem heiseren, lustlosen Ton und ging hinüber zum Weisen König des Waldes. Er sah auf ihren Bauch hinab und überlegte, was er als Nächstes tun sollte.

Sie ist ein Monster dieser Welt. Es wäre Verschwendung, wenn ich sie einfach verjagen würde. Außerdem ist sie ein Hamster, vielleicht würde sie ein gutes Haustier abgeben … Die andere Option wäre, irgendetwas Sinnvolles mit ihrer Leiche anzustellen.

Eine der Klassen, die Ainz sich angeeignet hatte, war die des Nekromanten. Er konnte tote Körper in untote Diener verwandeln, doch die Stärke dieser Untoten wurde durch die Rasse des toten Wesens bestimmt. Die besten Leichen waren demnach mächtige Geschöpfe wie zum Beispiel Drachen. Menschen und dergleichen wurden einfach zu Zombies oder Skeletten. In was für einen Untoten würde sich wohl ein Monster verwandeln, das nicht in *Yggdrasil* existierte? In den großen Zombiekönig des Waldes vielleicht?

»Werdet Ihr sie töten?«, drang eine fröhliche Stimme aus den Wäldern. Aura war seit einiger Zeit wieder da und stand neben Narberal. »Falls ja, dann würde ich sie gern häuten! Ihr Fell scheint wirklich besonders zu sein!«

Ainz blickte in die glänzenden schwarzen Augen des Weisen Königs des Waldes. Das Monster erwartete stillschweigend sein Schicksal und fürchtete sich so, dass seine Barthaare zitterten. Ainz erinnerte sich auf einmal an ihre Unterhaltung über Freunde, die etwas in ihm berührt hatte. Er zögerte einen Moment, dann hatte er seine Entscheidung gefällt und seufzte. »Mein echter Name ist Ainz Ooal Gown. Wenn du mir dienst, werde ich dich leben lassen.«

»I… Ich danke Euch! Im Gegenzug für Eure Gnade werde ich Euch in ewiger Treue dienen – ich, der Weise König des Waldes, schwört es Euch, dem großen Krieger Ainz Ooal Gown!«

Aura betrachtete das Schauspiel und war sichtlich enttäuscht, als der Weise König des Waldes auf einmal aufsprang und nun ebenfalls Ainz diente.

*

Die anderen hatten auf ihre sichere Rückkehr gewartet und überschütteten sie mit Glückwünschen, dass sie es in einem Stück aus dem Wald heraus geschafft hatten. Lukeluther war der Einzige, der beunruhigt wirkte.

Nphelia überschlug sich vor Ver- und Bewunderung: »Ihr habt nicht einen Kratzer abbekommen! Habt ihr es etwa geschafft, den Kampf zu vermeiden?«

Als Ainz ihm antworten wollte, schaltete sich Lukeluther ein: »Hey, Momon. Jemand ist euch gefolgt. Er scheint nicht unter einem Zauber zu stehen …«

»Ich habe den Weisen König des Waldes bezwungen und sie zur Kapitulation gezwungen. Hey, komm hier rüber!«

Der Weise König des Waldes trottete langsam aus dem Dickicht des Waldes. Die Schwerter der Dunkelheit waren überwältigt, zogen ihre Klingen und traten einen Schritt zurück, um Nphelia abzuschirmen.

Selbst wenn sie ein Hamster ist, sieht man selten einen so großen … Ihre Knopfaugen mögen niedlich sein, aber in dieser Größe sind sie auch irgendwie einschüchternd. Es ist nur verständlich, dass die Abenteurer vorsichtig sind und ihren Klienten schützen wollen. Ainz schlug einen sanften Tonfall an:

»Macht euch keine Sorgen. Sie steht komplett unter meiner Kontrolle und sie wird auch nicht plötzlich angreifen.« Dann ging er weiter auf die Kreatur zu und strich ihr mit einer Hand über den Rücken, was allerdings irgendwie gezwungen wirkte.

»Ganz recht, Meister! Ich, der Weise König des Waldes, werde meinem Meister folgen und allen seinen Wünschen gehorchen! Ich habe ihm geschworen, dass ich niemandem Probleme bereiten werde!« Erneut schwor der Weise König des Waldes ihre Treue.

Sie sind wahrscheinlich wegen ihrer Größe eingeschüchtert, aber sie ist immer noch ein niedlicher Hamster. Sobald sie sich an sie gewöhnt haben, werden sie sich entspannen. Das Problem ist eher, wie ich ihnen verständlich machen kann, dass sie wirklich der Weise König des Waldes ist ... Darauf hatte Ainz keine Antwort.

Doch wie sich herausstellte, war seine Sorge unbegründet.

»Das ist also der Weise König des Waldes? Wow! Was für eine beeindruckende magische Bestie!«

Hm? Ainz sah erst zu Ninya, dann zurück zum Weisen König des Waldes. Er fragte sich, ob das Sarkasmus gewesen war, doch in Ninyas Gesicht zeichnete sich nichts als Staunen ab – es wirkte nicht gerade, als ob er Witze machte.

»Puh ... der Weise König des Waldes ... der Name ist wirklich passend! Sogar, wenn sie nur dasteht, kann ich fühlen, wie mächtig sie ist.« Dyne klang, als wäre er tief berührt.

Was?! Mächtig?!

»Mann, dieses Mal hast du es uns aber gezeigt. Wenn du sogar das draufhast, bist du definitiv stark genug, um mit Nabe herumzuziehen.«

»Falls wir es gegen eine magische Kreatur dieses Kalibers aufnehmen hätten müssen, wären wir sicher alle draufgegangen! Aber von dir hatte ich nichts anderes erwartet, Momon. Wirklich tolle Arbeit!«

Von Lukeluthers und Peters Lobesbekundungen überwältigt sah Ainz noch einmal zum Weisen König des Waldes hinüber.

Sie ist ein riesiger Hamster, konnte er nur denken. Was genau fanden sie an ihr so bedrohlich?

»Aber findet ihr ihre Augen nicht irgendwie niedlich?«

Als Ainz diese Frage laut gestellt hatte, sahen ihn alle an, als würden sie ihren Ohren nicht trauen. Offenbar hatte er etwas wirklich Seltsames gesagt.

»M… Momon, du denkst, die Augen dieser Bestie sind in irgendeiner Weise niedlich?«

Was soll ich sonst denken?, grummelte Ainz innerlich, nickte aber nachdrücklich und fragte sich, ob der Weise König des Waldes vielleicht eine Fähigkeit hatte, mit der sie die Geister der anderen irgendwie manipulieren konnte.

»Das kann ich nicht glauben! Aber so ist Momon eben. Ninya, wie geht es dir, wenn du in ihre Augen schaust?«

»Ich spüre tiefe Weisheit und große Stärke. Ich glaube nicht, dass ich sie jemals als niedlich empfinden könnte.«

»Wa…?!« Ainz blieb die Spucke weg. Er sah die Mitglieder seiner Gruppe einen nach dem anderen an und es schien, dass sie alle der gleichen Meinung waren. Ainz' Weltbild brach in sich zusammen.

»Nabe, was denkst du?«

»Stärke kann ich nicht beurteilen, aber ich spüre auf jeden Fall Macht.«

»Was … zur …?«

Alle Blicke richteten sich auf Ainz, während weiter Lobesreden auf ihn einprasselten – sie fanden es erstaunlich, dass er den Mut aufbrachte, die Augen einer so fürchterlichen Bestie als niedlich zu bezeichnen.

Ainz sah sich ihre Augen noch ein paarmal genauer an und fragte sich, wo genau sich diese »Weisheit« darin versteckte. *Könnte es sein, dass das Untotsein mein ästhetisches Empfinden beeinträchtig hat?* Wenn sie alle so anders fühlten als er, war das auf jeden Fall nicht ausgeschlossen. Um ganz sicher zu gehen, stellte er eine weitere Frage. »Sagt mal, findet ihr vielleicht auch Ratten beeindruckend?«

»Ratten ... Du meinst Riesenratten? Nicht besonders, sie sind nur gewöhnliche Monster, die wir immer wieder erledigen ...«

»Sie leben in den Abwasserkanälen von E-Rantel.«

»Riesenratten übertragen oft furchtbare Krankheiten. Und dann gibt es da noch die Werratten ... Man kann ihnen nicht schaden, außer man trägt eine Silberwaffe bei sich. Die sind schon ziemlich beeindruckend.«

Hamster und Ratten sehen doch im Grunde gleich aus! Außerdem sieht der Weise König des Waldes mit dem langen Schwanz ohnehin mehr aus wie eine Ratte ...

Nachdem Ainz sich darüber den Kopf zerbrochen hatte, kam er endlich zu dem Schluss: »Diese Welt ist einfach ein bisschen komisch.«

Die Unterschiede zwischen dieser und der Welt, aus der er gekommen war, beschäftigten ihn noch eine Weile. Dann gab Nphelia zu bedenken: »Aber wenn du sie mitnimmst, ist dieses Territorium wieder frei. Werden dann nicht Monster kommen, und Enr... ich meine, Carne angreifen?«

Ainz nickte dem Weisen König des Waldes zu und die Bestie verstand sofort, worauf er hinauswollte. »Carne ist doch das Dorf, nicht? Hmm ... Das Machtgleichgewicht des Waldes ist im Moment durcheinander. Auch wenn ich bleiben sollte, könnte ich die Sicherheit des Dorfes nicht garantieren.«

»Aber ...«

Ainz ließ Nphelias schockierten Ausruf unbeantwortet – er grinste nur unter seinem Helm. *Der König des Waldes mag ein Reinfall gewesen sein, aber noch kann ich die Situation retten.* Er konnte Nphelias Blick auf sich spüren, während er plante, in welche Richtung er das Gespräch am besten lenken sollte. Der Junge öffnete und schloss den Mund mehrmals, als wollte er etwas sagen, doch es kamen keine Worte heraus. Ainz war klar, dass Nphelia wollte, dass er das Dorf weiterhin beschützte, gleichzeitig wollte er ihm aber nicht zur Last fallen oder sich für immer auf ihn verlassen.

Hinter Ainz schmiedeten die Schwerter der Dunkelheit bereits Pläne, wie sie das Dorf am besten beschützen könnten. Und endlich schien auch Nphelia zu einem Entschluss gekommen zu sein. »Momon«, sagte er mit einem ehrfürchtigen Gesichtsausdruck.

»Ja?« Ainz leckte sich schon förmlich die Lippen. Carne war auch für ihn als Basis wichtig. Er hatte schon die ganze Zeit vorgehabt, das Dorf zu beschützen, doch es war wichtig, dass alle den Eindruck hatten, dass sie auf ihn angewiesen waren. Er konnte zwei Fliegen mit einer Klappe schlagen, wenn er es schaffte, in Nphelia das Gefühl zu wecken, dass er ihm etwas schuldete und ihm eine Belohnung zustand. So konnte Ainz sich für die Schmach bezüglich des Weisen Königs des Waldes entschädigen.

Doch mit dem, was Nphelia nun sagte, hatte Ainz beim besten Willen nicht gerechnet. »Momon! Bitte lass mich eurem Team beitreten!«

»Hm?!«

»Ich will Enr… ich meine, das Dorf beschützen, doch im Moment habe ich nicht die Kraft dazu. Ich will stärker werden! Lehre mich, auch nur einen Bruchteil deiner Stärke zu erlangen. Ich habe nicht die Mittel, einen brillanten Abenteurer wie dich zu engagieren, also bitte lass mich eurem Team beitreten! Ich kann euch mit meinem Medizinwissen dienen und auch eure Taschen oder was auch immer tragen, also bitte, ich bitte dich!« Ainz hätte schockiert geblinzelt, wenn er denn Augen gehabt hätte, doch Nphelia redete unbeirrt weiter. »Ich habe mein ganzes Leben gelernt, um Heiler zu werden, genau wie meine Großmutter und auch mein verstorbener Vater. Ich habe nie wirklich darüber nachgedacht, bevor ich diesen Weg eingeschlagen habe … Aber nun weiß ich endlich, was ich wirklich mit meinem Leben anfangen will! Und das ist nicht, ein Heiler zu sein!«

»Du willst also als Caster stärker werden und Carne beschützen?«

»Ja!« Mit einem Mal waren es nicht länger die Augen eines Jungen, sondern die eines Mannes, die ihn ansahen.

In Ainz' *Yggdrasil*-Tagen hatte es eine unendliche Zahl an Leuten gegeben, die seiner Gilde hatten beitreten wollen. Den meisten davon ging es dabei um ihren persönlichen Vorteil, wenn sie einer der hochrangigen Gilden beitraten – die Frage war nicht, was sie für die Gilde tun könnten, sondern nur, was die Gilde für sie tun konnte. Es gab sogar Mistkerle, die versucht hatten, sich einzuschleichen, um Informationen und seltene Items zu stehlen. Nachdem sich die Ursprungsgruppe also zusammengetan hatte, waren kaum noch neue Mitglieder aufgenommen worden. Sie wollten nicht, dass Außenseiter zerstörten, was sie sich gemeinsam so hart erarbeitet hatten.

Die tugendhaften Absichten dieses Jungen, der noch nie von der Gilde Ainz Ooal Gown gehört hatte und der, auch wenn es oberflächlich den Anschein haben mochte, nichts mit den Bewerbern von damals gemeinsam hatte, rührten ihn.

»Ah ha! Ha ha ha ha!«, platzte es aus Ainz heraus. Es war ein sehr warmherziges, erfrischendes Lachen. Als er ausgelacht hatte, nahm er seinen Helm ab und setzte zu einer tiefen, aufrichtigen, respektvollen Verbeugung an.

Narberal schnappte hörbar nach Luft.

Vielleicht geziemte sich das nicht für ihren Meister, den absoluten Herrscher der Großen Gruft von Nazarick, doch Ainz hatte das

Gefühl, sich verbeugen zu müssen, und tat es ohne großes Zögern. Er schämte sich keineswegs dafür, vor einem Jungen, der nur halb so alt war wie er, den Kopf zu senken.

Es war kein boshaftes Lachen gewesen, dennoch war es unangebracht. Sogar Ainz wusste das. Als er sich wieder aufgerichtet hatte, erklärte er dem perplexen Nphelia: »Tut mir leid, dass ich gelacht habe. Ich wollte deine Absichten nicht ins Lächerliche ziehen. Es gibt allerdings zwei Bedingungen, die du erfüllen musst, um meinem Team beitreten zu können. Leider erfüllst du nur eine, deshalb kann ich dich nicht aufnehmen, tut mir leid.«

Es gab auch noch die unausgesprochene Bedingung, dass die Mehrheit der Gildenmitglieder dafür stimmen musste. Das hieß, dass er keine neuen Mitglieder aufnehmen konnte, selbst wenn er gewollt hätte. Ähnlich wie damals, als die Ebenwächter von Nazarick ihm ihre Treue geschworen hatten, fuhr er ungerührt fort: »Ich verstehe dich sehr gut. Ich werde dich immer als den Jungen in Erinnerung behalten, der meinem Team beitreten wollte. Was den Schutz von Carne angeht, denke ich, dass ich dir dabei auf jeden Fall helfen kann, aber ich werde deine Hilfe brau…«

»Ja, gerne!«

»Okay, dann wäre das ja geklärt.« Als Ainz nickte, begegnete er Nphelias Blick. Es bereitete ihm Unbehagen, so bewundernd angestarrt zu werden. »Wir reden später darüber. Erst will ich dir einen Vorschlag unterbreiten – nun, da ich den Weisen König des Waldes unter meine Kontrolle gebracht habe!«

Kapitel 4: Die Zwillingsschwerter des sicheren Todes

Kapitel 4: Die Zwillingsschwerter des sicheren Todes

1

Auf dem Weg zurück nach Carne verbrachten sie noch eine Nacht unter freiem Himmel. Nach einer weiteren Nacht im Dorf brachen sie dann früh morgens nach E-Rantel auf, um ihren Plan, zwei bis drei Tage unterwegs zu sein, einhalten zu können. Als sie endlich ankamen, brach bereits der Abend an. Auf der Hauptstraße verströmten die Lampen durch *Continual Light* ihr weißes Licht und die Menschenmenge veränderte sich, je später es wurde. Wo vorher noch junge Frauen und Kinder spaziert waren, gingen nun Männer von der Arbeit nach Hause. Lebhafte Stimmen und warme Lichter drangen aus den Lokalen auf beiden Straßenseiten.

Ainz nahm sich einen Moment, um die Szenerie in sich aufzunehmen. Die Stadt schien sich in den zwei Tagen seiner Abwesenheit nicht verändert zu haben. Andererseits war er einen Tag nach seiner Ankunft in E-Rantel nach Carne aufgebrochen, also hatte er noch kein richtiges Bild von der Stadt. Trotzdem konnte er keine Veränderung in der friedlichen Stadt wahrnehmen.

Eine Straße weiter blieb die Gruppe kurz stehen. So mitten auf der Straße hätten sie eigentlich im Weg stehen müssen, doch es war niemand in der Nähe, der sich hätte beschweren können. Genau genommen machten die Menschen einen großen Bogen um sie.

Mit eingezogenem Kopf warf Ainz den Passanten verstohlene Blicke zu. Fast jeder, der vorbeiging, starrte die Gruppe an – nein, sie starrten *Ainz* an und flüsterten miteinander. Er konnte sie jedoch hören und hatte das Gefühl, dass sich alle über ihn lustig machten – was aber nur seine Paranoia war. Tatsächlich sprachen sie in den höchsten Tönen von ihm. In ihren Worten schwang Verwunderung mit, aber auch Angst.

Das beschwichtigte seine Paranoia allerdings nicht im Geringsten.

Ainz sah auf das perlweiße Fell hinunter. Er saß auf dem Rücken des Weisen Königs des Waldes und benutzte sie als Reittier.

Der majestätische Anblick begeisterte die Passanten (auch wenn Ainz es immer noch nicht nachvollziehen konnte). »Wow, auf was für einer noblen magischen Bestie dieser Krieger doch reitet!«

Ainz fragte sich, ob er stolz sein sollte. Er wusste, dass er es sein konnte – immerhin waren sich alle einig, dass der Weise König des Waldes eine außergewöhnliche magische Bestie war. Ainz fühlte sich jedoch eher, als wäre er im falschen Film, wie diese älteren Männer, die ohne Partnerin oder Familie Karussell fuhren und den Blick streng und todernst nach vorne gerichtet hatten.

Dass er wusste, wie man Pferde ritt, war in diesem Fall keine besondere Hilfe. Der Körperbau des Hamsters war gänzlich anders als der eines Pferdes, also musste Ainz seinen Hintern nach hinten strecken und die Beine weit spreizen. Sollte er diese verkrampfte Pose nicht mehr halten können, würde er sofort das Gleichgewicht verlieren und herunterfallen.

Natürlich war es nicht seine Idee gewesen, die Bestie als Reittier zu benutzen. Die Schwerter der Dunkelheit und der König selbst hatten es vorgeschlagen, worauf Narberal noch ergänzt hatte, dass Herrscher nicht zu Fuß gehen müssen sollten. Also hatte Ainz gedacht, dass er es vielleicht mal versuchen sollte. Oh, wie falsch er doch gelegen hatte.

Ich hätte mich nie darauf einlassen sollen ... Ich komme mir vor, als wäre ich in eine furchtbare Falle getappt ... Einen Hamster zu reiten klang fast wie ein Märchen, was kein Problem gewesen wäre, wäre er ein Kind gewesen – oder *vielleicht* eine Frau, aber auch das wäre schon mehr als grenzwertig gewesen. Auf jeden Fall passte es nicht zu einem Krieger in Ganzkörperrüstung, auch wenn alle beharrten, dass das nur seine verschrobene Meinung sei.

Ist mein Sinn für Ästhetik nun beeinträchtigt oder ihrer? Oder vielleicht ist die ganze Welt hier so drauf? Die Antwort war natürlich klar. Wenn die Mehrheit etwas schön fand und Ainz der Einzige war, dem es nicht so ging, dann musste es Ainz' Sinn für Ästhetik sein, mit dem etwas nicht stimmte. Deswegen hatte er der Idee, den Weisen König des Waldes zu reiten, auch nicht wirklich etwas entgegenzusetzen. Besonders nicht, wenn es ihm dabei helfen würde, dem Abenteurer Momon eine bessere Stellung im sozialen Gefüge dieser Welt zu verschaffen. Und trotzdem ...

Wieso muss ich mich so demütigen? Sein Geist würde jede größere emotionale Regung unterdrücken, doch nichts dergleichen geschah. Was bedeutete, dass er sich gar nicht *so* erniedrigt fühlte – eine unangenehme Erkenntnis über sich selbst. *Wenn ich eine niedrige Schamgrenze habe, heißt das ... dass ich ein Masochist bin ...?! Ich dachte immer, ich würde mich eher zum Sadisten eignen ...*

»Da wir es zurück in die Stadt geschafft haben, ist unser Auftrag beendet.«

Peter und Nphelia waren in ein Gespräch vertieft, vollkommen ahnungslos, dass Ainz gerade über seine Neigungen nachdachte und seine inneren Regungen mit dem verglich, was er aus seiner SM-Pornokollektion kannte.

»Ja, du hast recht. Damit ist der Auftrag erledigt. Die Bezahlung, die wir im Vorhinein besprochen haben, ist bereits veranlasst, aber ich möchte euch noch die spezielle Belohnung geben, von der ich euch im Wald erzählt habe. Könntet ihr vielleicht mit zu meinem Laden kommen?« Hinter Nphelia stand der Wagen, der randvoll mit medizinischen Kräutern beladen war. Dazu kamen noch Baumrinden, seltsame

Früchte, die an den Ästen dieser Bäume gehangen hatten, Pilze, die so groß waren, dass Nphelia sie nicht einmal mit beiden Armen hätte umfassen können, und lange Gräser – es war eine reiche Ausbeute. Für jemanden, der sich mit alldem nicht auskannte, mochte es wie ein Haufen willkürlicher Pflanzen aussehen, doch für jemanden mit dem nötigen Wissen war es ein Berg kostbarer Schätze.

Sie hatten so reiche Beute gemacht, weil der Weise König des Waldes sie auf Ainz' Befehl hin sicher durch ihr gesamtes Territorium begleitet hatte, sodass sie alles in Ruhe einsammeln konnten. Als Gegenleistung für das Sammeln der seltenen Kräuter und der anderen wertvollen Zutaten für die Trankherstellung hatte Nphelia ihnen eine weitere Belohnung versprochen, die sie zusätzlich zu ihrer normalen Bezahlung erhalten sollten.

»Okay, Momon, ihr geht wahrscheinlich erst mal weiter zur Abenteurergilde, nehme ich an?«

»Ja. Jede magische Kreatur muss bei der Gilde registriert werden, nicht wahr?«

»Wie ist der Plan? Wir haben diese Oger gemeinsam besiegt, also sollten wir alle unsere Bezahlung abholen, oder?«

»Hmm ... Nein, Momon hat fast die ganze Arbeit allein gemacht. Lasst uns mit zu Nphelia gehen und ihm helfen, die Kräuter und alles andere abzuladen. Ich würde mich schlecht fühlen, die Hälfte der Summe zu verlangen, wenn wir nicht wenigstens *etwas* beigetragen hätten.«

Die Schwerter der Dunkelheit nickten zustimmend, doch Nphelia wollte ihre Hilfe höflich ablehnen. »Oh, aber ihr müsst doch nicht ...«

»Du hast uns auch noch eine zusätzliche Belohnung versprochen, also sieh es einfach als Gefallen.«

Peter antwortete ihm so geradeheraus, dass Nphelia einfach zustimmen musste.

»Okay, dann werde ich euch einen Rabatt für die Tränke in meinem Laden geben.«

»Wow, das klingt toll! Okay, Momon kommt zu Nphelia, wenn er bei der Gilde war. Der Rest von uns begleitet Nphelia zu seinem Laden, um ihm zu helfen, dann kehren wir ebenfalls zur Gilde zurück. Wir melden uns für die Belohnung für die Ogerjagd an und morgen können wir sie dann abholen. Tut mir leid für die Umstände, aber könnt ihr uns vielleicht morgen noch mal in der Gilde treffen? Um dieselbe Zeit wie beim letzten Mal?«

»Natürlich, kein Problem.« Genau das hatte Ainz hören wollen. Es war ihm gelungen, beiläufig zu fragen, wie die Registrierung der magischen Kreaturen funktionierte. Trotzdem war er froh, dass er der unangenehmen Situation entgehen konnte, sie bitten zu müssen, für ihn zu lesen oder zu schreiben. Das hätte all seine bisherigen Bemühungen zunichtemachen können.

»Okay, dann sehen wir uns später!«

Ainz deutete eine Verbeugung an und verließ dann, immer noch auf dem Rücken des Weisen Königs des Waldes reitend, gemeinsam mit Narberal die Schwerter der Dunkelheit, um zur Gilde zu gehen. Sobald sie weit genug weg waren, kam Narberal etwas näher und fragte ihn mit zweifelndem Unterton: »Seid Ihr sicher, dass das die richtige Entscheidung ist? Können wir ihnen einfach so trauen?«

»Das ist schon in Ordnung so. Auch wenn sie uns betrügen würden, verlieren wir nur die Belohnung, die wir für die Erledigung der Oger bekommen hätten. Wir würden noch viel mehr verlieren, wenn wir von so einer kleinen Summe so besessen wären und den Eindruck erwecken würden, gierig zu sein.«

Ainz war in diese Stadt gekommen, um an Bekanntheit zu gewinnen. Ein Ruf als Geizhals würde ihm diese Pläne sicherlich erschweren.

Auch wenn die Taschen leer sind, muss man wenigstens den Schein wahren. Ainz griff in seine Tasche und berührte den kleinen Beutel, der sein letztes Geld enthielt. Er war platt wie ein Pfannkuchen und er konnte kaum noch Münzen darin ertasten, es war also nicht schwer zu erraten, dass er fast leer war. Zumindest reichte es aber noch, um ein Zimmer für zwei für die Nacht zu bezahlen.

Falls sie auch noch für Essen hätten aufkommen müssen, wäre es etwas eng geworden, doch da Ainz untot war und Narberal einen Ring trug, der Essen und Trinken unnötig machte, konnten sie einiges an Geld sparen. Eigentlich trug sie einen Ring mit so einer langweiligen Wirkung, um sie davor zu schützen, vergiftet zu werden, aber wie sich herausstellte, war er auch in dieser Hinsicht überaus praktisch.

Aber dieses Ding hier muss essen, dachte Ainz, als er auf den Weisen König des Waldes hinabstarrte.

Narberal sprach indes weiter. »Es wäre natürlich ... eigenartig für ein Höchstes Geschöpf wie Euch, sich wegen so einer kleinen Summe den Kopf zu zerbrechen. Verzeiht mir meine Gedankenlosigkeit, Lord Ainz.«

Ainz brummte nur zur Antwort und fühlte dann noch einmal nach seinem Geldbeutel. Es lief ihm zwar nicht wirklich kalt den Rücken hinunter, doch es fühlte sich auf jeden Fall so an. *Wieso mache ich es mir unnötig schwer? Und wieso kommt sie schon wieder mit diesem »Lord Ainz« an ...? Was auch immer, Narberal, vergiss es. Solange niemand zuhört, soll es mir gleich sein.*

Während Ainz innerlich resignierte, fuhr Narberal fröhlich fort: »Oh ja, diese Fliegen haben sich vor Eurer Herrlichkeit und Macht in den Staub geworfen, mein Lord.«

»Jetzt übertreibst du aber.«

»Ihr seid so bescheiden, Lord Ainz! Ich bin sicher, dass Oger und dergleichen nichts als dreckige Würmer in Euren Augen sind, und doch habt Ihr uns eine Kostprobe Eurer exorbitanten Schwertkünste gegeben. Ich war so beeindruckt.«

Ainz konnte spüren, wie der Weise König des Waldes unter ihm seltsam erzitterte. Er ignorierte es und antwortete stattdessen: »Ach das? Ich habe doch nur ein bisschen das Schwert geschwungen …«

Dass er die Oger mit einem Hieb getötet hatte, rückte seine Fähigkeiten in ein falsches Licht. So gut war er gar nicht. Als er Gazef auf dem Schlachtfeld beobachtet hatte, das war wahre Kunst gewesen. Daneben bewegte sich Ains wie ein Kind, das wild sein Schwert herumschwang. So sehr ihn alle auch lobten, das alles war nur seiner überragende Körperkraft zu verdanken, mit der er nahezu alles zerstören konnte. Seine Technik war nichts im Vergleich zu der, die ein echter Krieger wie Gazef Stronoff an den Tag legte.

»Nicht dass ich gedacht hätte, dass ich mich wie ein echter Krieger bewegen könnte.«

»Wieso habt Ihr dann nicht einfach Magie benutzt, um ein Krieger zu werden?«

Wenn er die Rüstung trug, war Ainz in der Lage, fünf verschiedene Zauber zu wirken. Einer von ihnen übertrug sein Level als Magic Caster auf sein Kriegerlevel. Somit konnte Ainz vorübergehend ein Krieger auf Level 100 werden.

Es brachte Vorteile mit sich, wie zum Beispiel die Möglichkeit, Ausrüstung zu tragen, die nur bestimmte Klassen nutzen konnten, aber selbstverständlich gab es auch viele Nachteile. Unter anderem konnte er in dieser Zeit keine Zauber wirken. Außerdem erhielt er als Krieger nicht alle Skills und die Neuberechnung seiner Fähigkeitspunkte stufte ihn niedriger ein als jemanden, der von Anfang an ein Krieger gewesen war. Er war also kein vollwertiger Krieger. Vielleicht wäre es ihm möglich, einen Kleriker oder andere Quasi-Kriegerklassen im

Schwertkampf zu bezwingen, doch gegen jemanden, der die Klasse eines wahren Kriegers hatte, war das zweifelhaft.

Dennoch wäre er auf jeden Fall stärker, als er es gerade war. Das Problem war eher …

»Es gibt zu viele Nachteile. Wenn ich plötzlich von einem anderen Krieger angegriffen würde und für einen Moment keine Magie benutzen könnte, würde ich ohne Zweifel verlieren. Auch wenn ich einen Zauber durch eine Schriftrolle wirken könnte, würde das zu lange dauern. Die Nachteile überwiegen einfach die Vorteile.«

Zum jetzigen Zeitpunkt wussten sie immer noch nicht, ob es andere Spieler da draußen gab, also musste Ainz wachsam bleiben. Es gab keinen Grund, diese Magie anzuwenden, nur um sich damit im Endeffekt angreifbarer zu machen.

»Diese Kriegerfassade ist nur dazu gedacht, meine wahre Identität zu verbergen, also sollte ich mich wahrscheinlich gar nicht so darüber aufregen.«

Der Weise König des Waldes zuckte plötzlich zusammen und sah zu Ainz auf. »Ich habe Euer Gespräch belauscht … Ihr seid also gar kein wirklicher Krieger?!«

Ainz sah hinab in ihre schwarzen Augen und schüttelte nachdrücklich den Kopf.

Narberal erklärte in überheblichem Tonfall: »Lord Ainz gibt nur vor, ein Krieger zu sein. Es ist wie ein Spiel. Wenn er seine wahren Kräfte einsetzen würde, könnte er den Himmel entzweireißen und die Erde spalten!«

Ainz konnte sich angesichts Narberals unbeirrbarem Glauben in ihn und daran, dass solche Kräfte in ihm wohnten, nicht dazu durchringen, ihr zu sagen, dass das nie passieren würde. »Hmm, ja, so ungefähr. Du kannst froh sein, dass du nicht wirklich gegen mich kämpfen musstest, Weiser König des Waldes … Wenn es so gekommen wäre, hättest du sicher keine Sekunde überlebt.«

»I… Ist das so, Meister? Dann werde ich, Hamsterbacke … Euch noch treuer ergeben sein!«

Hamsterbacke. Das war das Erste, das ihm eingefallen war, als der Weise König des Waldes ihn um einen Namen gebeten hatte. Ainz hatte sie so genannt und der Weise König war damit einverstanden und glücklich, doch Ainz musste zugeben, dass er total dämlich war. *Ja, Hamsterbacke war eine übereilte Entscheidung … Windbeutel – das wäre etwas kreativer gewesen. Sogar alle meine alten Gildenkameraden haben mir immer gesagt, ich hätte kein Gespür für Namen …*

Und so ritt Ainz voller Reue auf dem dahintrottenden Weisen König des Waldes mit dem Namen Hamsterbacke zur Abenteurergilde.

*

Nphelia stellte den Wagen an der Hinterseite des Hauses ab, gleich in der Nähe des Hintereingangs. Er sprang vom Kutschbock, eine magisch leuchtende Laterne in der Hand, und schloss die Hintertür des Ladens auf. Die Laterne hängte er an einen Haken an der Wand, um den Raum zu erhellen. Fässer waren zu erkennen und der Geruch getrockneter Kräuter ließ vermuten, dass hier die medizinischen Heilkräuter gelagert wurden.

»In Ordnung, dann wollen wir mal. Tut mir leid, euch darum zu bitten, aber könntet ihr vielleicht die Kräuter reintragen?«

Bereitwillig nahmen die Schwerter der Dunkelheit die Kräuterbündel vom Wagen, um sie in den Lagerraum zu schaffen. Nphelia gab ihnen Anweisungen über den Lagerort, doch dabei beschäftigte ihn ein mulmiges Gefühl.

»Großmutter ist wohl nicht hier …?«

Nphelias Großmutter war zwar alt, doch ihre Augen und Ohren funktionierten noch einwandfrei – sie hätte also gehört, dass sie hereingekommen waren und herumpolterten, und wäre gekommen, um sie zu begrüßen. Sie war wahrscheinlich in die Trankherstellung vertieft und dann ließ sie sich durch nichts ablenken. Alles schien normal zu sein, also entschied Nphelia, sie nicht extra zu rufen.

Bald schon waren alle Kräuterbündel verstaut und die Schwerter der Dunkelheit waren ein wenig aus der Puste geraten. »Ihr müsst müde sein! Wir haben etwas kalten Fruchtsaft im Hauptgebäude. Möchtet ihr vielleicht was, bevor ihr aufbrecht?«

»Klingt super!«, entgegnete Lukeluther dankbar. Ein paar Schweißperlen standen auf seiner Stirn. Die anderen Schwerter der Dunkelheit nickten ebenso.

»Dann folgt mir.« Nphelia drehte sich um, um sie ins Hauptgebäude zu führen. Auf einmal öffnete sich die Tür am anderen Ende des Zimmers.

»Da bist du ja! Willkommen zu Hause!« Eine niedliche Frau stand in der Tür, doch sie hatte etwas Beunruhigendes an sich. Ihr kurzes goldenes Haar wippte bei jedem Schritt. »Ich hab mir *solche* Sorgen um dich gemacht! Du warst einfach plötzlich weg! Was für ein furchtbares Timing du doch hast. Ich hab die ganze Zeit auf dich gewartet und mich gefragt, wann du endlich wiederkommst!«

»Äh … ähm … Und wer seid Ihr?«

»Hm? Du kennst sie nicht?!«, rief Peter, verwundert, warum sie ihn in so einem vertrauten Ton angesprochen hatte, wenn sie sich doch gar nicht kannten.

»Hmm? Ehe he he he! Ich bin hier, um dich zu entführen! Ich will, dass du den Zauber *Undead Army* sprichst, damit wir eine Armee von Zombies heraufbeschwören können, also komm doch bitte brav mit! Tu's für mich!«

Die Schwerter der Dunkelheit erkannten den Ernst der Lage sofort und zückten ihre Waffen.

Die Frau redete allerdings unbeirrt weiter. »Ein Zauber der Stufe sieben. Schwierig für einen gewöhnliche Menschen zu benutzen, doch mit einer Krone des Weisen ist es möglich. Es ist zwar unmöglich, die beschworenen Untoten zu *kontrollieren*, aber man kann sie zumindest in die richtige Richtung schubsen! Ist das nicht ein perfekter Plan? Wirklich Wahnsinn, oder?«

»Nphelia, zurück! Verschwinde von hier!«, befahl Peter in einem harten Ton, während er sich ganz auf die Frau konzentrierte und sein Schwert auf sie richtete. »Sie redet so viel, weil sie weiß, dass sie uns mit absoluter Sicherheit töten kann. Solange du ihr Ziel bist, ist die einzige Möglichkeit, irgendetwas an der Situation zu ändern, dass du fliehst.«

Panisch zog sich Nphelia zurück und die Schwerter der Dunkelheit stellten sich schützend vor ihn.

»Ninya, du bleibst auch im Hintergrund!«, rief Dyne.

Dann meldete sich Lukeluther zu Wort: »Nimm den Jungen und renn so schnell du kannst! Du hast noch eine Mission offen. Es scheint nicht, als könnten wir dir dabei helfen ... aber wir können dir zumindest etwas Zeit verschaffen!«

»Aber ...!«

»Och, mir kommen gleich die Tränen! Aber ich kann nicht zulassen, dass ihr einfach so weglauft. Ich will wenigstens mit einem von euch meinen Spaß haben!« Die Frau lachte Ninya fröhlich an, der für einen kurzen Moment zögerte und sich auf die Lippe biss. Langsam zog sie ihr Stilett unter ihrem Umhang hervor. Als wäre es so geplant gewesen, ging die Tür auf der anderen Seite des Zimmers auf und eine kränklich blasse, knochige Untotengestalt trat ein.

Die Gesichter der Schwerter der Dunkelheit wurden todernst, als sie begriffen, dass sie in der Falle saßen.

»Du hast genug gespielt.«

»Och, wieso denn, Khaj? Du hast doch dafür gesorgt, dass draußen niemand ihre Schreie hören kann, oder? Kann ich nicht wenigstens mit einem spielen?«

Sie grinste bis über beide Ohren und Nphelia lief es kalt den Rücken hinab.

»Nun, es gibt keine Fluchtmöglichkeit mehr, also legen wir los, ja?«

2

Die eigentliche Registrierung von Hamsterbacke ging relativ problemlos vonstatten, doch alles in allem dauerte es in etwa eineinhalb Stunden, bis die ganze Prozedur abgeschlossen war. Was am längsten dauerte, war, eine Zeichnung von Hamsterbacke anzufertigen. Mit Magie wäre es sicherlich schneller gegangen, doch Ainz konnte nicht so viel bezahlen und entschied sich stattdessen für die herkömmliche Methode. Er hatte allerdings auch nicht knauserig wirken wollen, also hatte er sich eine Ausrede überlegt.

»Jetzt ist es zu spät, aber ›Ich liebe Zeichnen‹ war wohl etwas übertrieben, was? Na ja, was soll's. Wir sollten uns auf den Weg zu Nphelia machen«, sagte Ainz zu Narberal, als sie endlich die Registrierung abgeschlossen hatten und vor der Gilde standen. Dann ging er zu Hamsterbacke hinüber.

Mittlerweile hatte er sich an das Reiten auf ihr gewöhnt. Das Karussell war schließlich auch nicht nur denen vorbehalten, die mit Familien oder Partnerinnen gesegnet waren. Warum sollten sich nicht auch Männer mittleren Alters eine Fahrt gönnen dürfen? Es scherte Ainz nicht mehr, was die Leute über ihn dachten.

Dank seiner beeindruckenden Körperkraft sprang er mit der Eleganz eines Turners auf den Rücken des Weisen Königs des Waldes. Es gab weder Sattel oder Geschirr, doch schon nach diesen wenigen Stunden hatte sich Ainz in einen geschickten Reiter verwandelt.

Die Passanten, die Zeuge dieses Schauspiels wurden, staunten nicht schlecht. Manche der Frauen quietschten sogar vor Aufregung, doch besonders die Abenteurer beobachteten ihn aufmerksam – und trauten ihren Augen nicht, sobald sie Ainz' Marke erkannten.

Ich bin der, der das unglaublich findet! Was ist nur mit eurem Sinn für Ästhetik passiert?, grummelte er in sich hinein und wollte schon den Befehl zum Aufbruch geben, als er plötzlich von jemandem angesprochen wurde.

»Sagt, seid Ihr nicht der, der gemeinsam mit meinem Enkel Kräutersammeln gegangen ist?«

Ainz wandte seinen Blick in die Richtung, aus der die gebrechliche Stimme gekommen war, und entdeckte eine alte Dame. »Wer seid Ihr?« Er hatte allerdings schon eine Vermutung. Ihre Worte ließen wenig Zweifel daran, wer sie war.

»Mein Name ist Lizzie Baleare. Ich bin Nphelias Großmutter.«

»Ach, also seid Ihr es tatsächlich. Wie Ihr sagtet, ich habe Nphelia nach Carne begleitet – mein Name ist Momon. Und das hier ist Nabe.«

Nabe verbeugte sich, woraufhin Lizzie sie anlächelte. »Eine echte Schönheit! Ich traue meinen Augen kaum. Und was ist diese magische Bestie, auf der Ihr da reitet?«

»Das ist der Weise König des Waldes, Hamsterbacke.«

»Ich bin Hamsterbacke und ich freue mich, Euch kennenzulernen!«

»Wie bitte?! Diese mächtige Kreatur ist der Weise König des Waldes?« Lizzies Ausruf ließ alle Abenteurer im Umkreis, die gelauscht hatten, in noch größeres Erstaunen verfallen. Sie tuschelten sich zu: *Ist das wirklich die legendäre magische Bestie?*

»Das ist sie. Wir sind ihr beim Kräutersammeln begegnet. Ich habe sie zur Aufgabe gezwungen.«

»Wow … Das ist also der Weise König des Waldes …«, staunte sie überwältigt. »Und … wo ist mein Enkel?«

»Ach, er ist mit den Kräutern direkt zu Eurem Laden gefahren. Wir waren auch gerade auf dem Weg dorthin, um unsere Belohnung abzuholen.«

Die alte Dame schien erleichtert, das zu hören. Ein seltsamer Ausdruck huschte über ihr Gesicht, als sie erwiderte: »Oh, ich verstehe … Wieso gehen wir dann nicht gemeinsam? Ich möchte wirklich gerne mehr über Eure Abenteuer hören.«

Ihr Angebot war wie Musik in Ainz' Ohren. »Sehr gern!«

Daraufhin führte Lizzie die Gruppe durch die engen Straßen von E-Rantel.

»Okay, lasst uns hineingehen.« Sie waren beim Laden angekommen und Lizzie hatte schon den Haustürschlüssel herausgezogen, da legte sie den Kopf schräg. Sie stieß die Tür auf, die leise und ohne Widerstand aufschwang. »Dieser Junge …! Er ist manchmal so gedankenlos …«, grummelte sie, als sie ins Haus trat. Ainz und Narberal folgten ihr.

»Nphelia! Hey! Momon ist hier!«, rief sie in den dunklen Raum hinein, doch nur eine tiefe Stille antwortete ihr. Es gab kein Anzeichen dafür, dass jemand anwesend war. »Wo könnte er bloß sein?«

Ainz antwortete kurz und knapp: »Das kann nur Ärger bedeuten.« Ohne der verdutzten Lizzie eine Erklärung zu geben, legte er seine Hände auf die Griffe seiner Großschwerter.

»W… Was geht hier vor?«

»Folgt mir einfach«, erwiderte Ainz in leicht schroffem Ton und hielt seine gezogenen Schwerter fest umklammert vor sich, während er ins Innere des Hauses vordrang. Er schob eine weitere Tür auf und bog nach rechts in den Flur ab. Obwohl er sich in einem fremden Heim befand, zögerte er nicht.

Er hatte bereits die Tür am Ende des Flurs erreicht, doch Lizzie brauchte einen Moment, um ihn einzuholen. Ainz fragte sie: »Was ist hinter dieser Tür?«

»H... Hier lagern wir unsere Kräuter. Der Raum hat noch eine Hintertür ...« Sie wusste nicht, was vor sich ging, doch sie spürte, dass etwas nicht stimmte.

Ainz wandte sich wieder von ihr ab und öffnete die Tür. Ein widerlicher Geruch schlug ihnen entgegen, der jedoch nicht von den medizinischen Kräutern kommen konnte – es war der Geruch von Blut.

Peter und Lukeluther lagen in der Nähe der Tür, Dyne etwas weiter weg und am anderen Ende des Raumes konnten sie Ninya ausmachen. Alle lehnten mit ausgestreckten Beinen an der Wand, die Arme hingen schlaff herunter. Der gesamte Boden war von einer dunklen Blutlache bedeckt – es war so viel, dass man meinen konnte, sie wären bis auf den letzten Tropfen ausgeblutet.

»W... Was in aller ...?!« Lizzie stolperte geschockt auf die Türschwelle zu, doch Ainz fasste sie an den Schultern und zog sie zurück, während er zügig an ihr vorbei in den Raum ging.

Plötzlich zuckte Peter und versuchte unsicher, auf die Beine zu kommen. Im Bruchteil einer Sekunde schnitt ein Großschwert durch die Luft. Peters Kopf landete mit einem dumpfen Aufprall auf dem Boden und rollte davon. Als Lukeluther ebenfalls versuchte aufzustehen, wurde auch sein Kopf durch einen schnellen Schwerthieb abgetrennt.

Lizzie konnte nicht fassen, welche Schrecken sich vor ihren Augen abspielten. Nun hatte es auch Dyne geschafft, sich aufzurichten. Sein

Gesicht hatte nichts mehr von einem lebendigen Wesen. Aus seinem blutleeren Gesicht starrten trübe Augen sie an. In seiner Stirn war ein Loch, das offensichtlich tödlich gewesen sein musste.

Es gab nur eine Erklärung dafür, dass die Toten sich bewegen konnten: Sie waren in Untote verwandelt worden.

»Zombies!«, rief Lizzie entsetzt, als Dyne mit einem aggressiven Brüllen auf sie zuschlurfte. Schnell stieß Ainz sein Schwert durch Dynes Hals. Er sank zu Boden, während sein Kopf nur noch am seidenen Faden hing.

Keine Bewegungen waren mehr zu erkennen. In der Stille sah Ainz zu Ninya hinüber, der weiter hinten lag. Er zuckte nicht einmal.

»Nphelia!« Lizzie, die endlich begriffen hatte, was geschehen war, lief los, um nach ihrem Enkel zu suchen.

Ainz sah kurz zu ihr, dann befahl er Narberal: »Beschütze sie. Mein passiver Skill *Undead Blessing* kann keine anderen Untoten in der Nähe orten, aber es könnten noch irgendwo ein paar lebendige Gegner lauern.«

»Verstanden.« Narberal nickte knapp und lief hinter Lizzie her.

Nachdem beide in sicherer Entfernung waren, wandte Ainz seine Aufmerksamkeit wieder Ninya zu. Er kniete sich langsam vor ihn und tastete ihn vorsichtig ab. Glücklicherweise fand er keine Sprengfallen in seinem toten Körper, wie er sie in *Yggdrasil* beim PKen verwendet hatte. Dann hob er Ninyas Kopf an. Es war sofort zu erkennen, dass dieser nicht bewusstlos, sondern tatsächlich tot war. Er war wohl mit einem stumpfen Gegenstand erschlagen worden.

Sein Gesicht war so geschwollen und übel zugerichtet, dass es eher an einen Granatapfel erinnerte. Hätte Ainz nicht gewusst, dass das Ninya war, hätte er sein Gesicht niemals erkannt. Sein linkes Auge war eingeschlagen und die Flüssigkeit des Glaskörpers lief ihm wie Tränen die Wange hinunter. Alle seine Fingerknochen waren zertrümmert.

Unter der aufgeplatzten Haut kam das rohe Fleisch zum Vorschein. An manchen Stellen war sogar sein Fleisch zerfetzt.

Als Ainz die Kleidung des Jungen lockerte und sah, was sich darunter verbarg, weiteten sich seine Augen. Schnell raffte er sie wieder zusammen und räusperte sich. »Verstehe ... Sie wirkte also nicht nur feminin ...« Der gesamte Körper des Mädchens war in einem ähnlichen Zustand wie sein zerschmettertes Gesicht. Innere Blutungen hatten seine Haut verfärbt und es war fast unmöglich, eine unversehrte Stelle zu finden.

Schweigend schloss Ainz Ninyas Augen. Niemand hörte ihn jedoch in die Stille hineinflüstern: »Das ... lässt nicht mal mich kalt.«

»Mein Enkel! Nphelia ist weg!« Lizza war zurückgekehrt und ihre Schreie erfüllten den Raum.

Ainz, der gerade dabei war, die toten Körper in eine Ecke des Raumes zu schaffen, antwortete ihr ruhig: »Ich habe ihre Sachen durchsucht und konnte keine Anzeichen entdecken, dass die Täter nach etwas Bestimmtem gesucht haben. Das bedeutet, dass das Ziel von Anfang an war, Nphelia zu entführen.«

»Agh!«

»Seht Euch das hier an.« Ainz deutete auf die Buchstaben, die in Blut an die Wand hinter Ninya geschrieben waren. Hätte er den Körper nicht wegbewegt, hätten sie sie wohl nicht einmal gesehen.

»Die Kanalisation ...? Heißt das, dass sie ihn in die Kanalisation verschleppt haben?«

»Hmm. Die, die hinter dieser Untat stecken, könnten uns hinters Licht führen wollen. Wir sollten sicherstellen, dass es keine Falle ist. Und ich weiß nicht, wie groß das Kanalisationsnetz der Stadt ist, aber ... es würde sicher eine Weile dauern, bis wir alles abgesucht haben. Wie sollen wir am besten vorgehen?«

»Seht! Da sind Zahlen vor den Worten! Zwei – acht! Das muss etwas zu bedeuten haben!«

»Das ist noch viel verdächtiger. Es ist unklar, wofür diese Zahlen stehen, doch ... eine Erklärung könnte sein, dass man die ganze Stadt in ein Raster von acht mal acht Feldern unterteilt hat. Diese Zahlen könnten eine Kreuzung bezeichnen. Oder sie deuten auf eine Adresse hin ... Aber hätte Ninya wirklich die Kraft gehabt, so weit zu denken? Und selbst wenn Ninya es geschrieben hätte, denkt Ihr, dass die Täter solche Informationen überhaupt preisgegeben hätten? Es sieht alles ein bisschen zu konstruiert aus.«

Lizzie runzelte die ohnehin schon runzelige Stirn. Sie war schon drauf und dran, ihrer Wut über Ainz' Gelassenheit freien Lauf zu lassen, doch dann sah sie hinüber zu der Ecke des Raumes, in der die Leichen aufgebahrt waren.

»Wer sind diese Leute?«

»Das waren Abenteurer, die gemeinsam mit mir für Euren Enkel gearbeitet haben. Wir haben uns getrennt, als wir in die Stadt kamen – sie sollten Nphelia dabei helfen, die Kräuter auszuladen ...«

»Was? Dann sind das Eure Freunde gewesen?«

Wo andere Abenteurer vielleicht genickt hätten, schüttelte Ainz seinen Kopf. »Nein, wir waren nur Reisegefährten.« Lizzie wich alle Farbe aus dem Gesicht, als sie seine gefühlskalte Antwort hörte. »Aber wir sollten uns auf das Wesentliche konzentrieren. Wenn ich mir ihre Leichen so ansehe, stellen sich mir einige Fragen. Was schließt Ihr daraus, dass man sie in Zombies verwandelt hat?«

»*Create Undead*. Das heißt, dass jemand unter den Tätern sein muss, der mindestens Magie der Stufe drei nutzen kann. Was könnte es sonst noch bedeuten?«

»Ich denke, Ihr solltet Euch so schnell wie möglich darum kümmern.«

»Das ist offensichtlich. Aber was meint Ihr damit?«

»Diese Leute hätten sie mit Gedankenkontrolle manipulieren oder ihre Leichen verstecken können – es gab noch viele andere Möglichkeiten, aber sie haben sich dafür entschieden, dieses kleine Schauspiel hier zu inszenieren. War es ihnen gleich, ob sie entlarvt werden? Oder waren sie sich einfach sicher, dass sie damit davonkommen würden? Hmm ... Eins von beidem. Wenn sie sich schon die Mühe machen, Zombies zu kreieren, hätten sie sie auch mitnehmen können.«

Falls ihr alleiniges Ziel Nphelias Entführung war, hätten sie durch das Verstecken der Leichen einiges an Zeit gewinnen können. Dass sie das nicht getan hatten, konnte nur bedeuten, dass sie noch ein anderes Ziel verfolgten oder dass sie Lizzie zu irgendeiner Handlung erpressen wollten. Letzteres würde sich leicht herausfinden lassen, doch Ersteres würde bedeuten, dass Nphelias Leben und seine Fähigkeiten von besonderem Wert für die Täter waren. Und wahrscheinlich bedeutete es auch, dass, was immer sie erreichen wollten, in kurzer Zeit durchführbar war. Würden ihn diese brutalen Mörder einfach wohlbehalten nach Hause schicken, sobald sie mit ihm fertig waren?

Als Lizzie verstand, worauf Ainz hinauswollte, wurde ihr Gesicht kreidebleich. Erst herauszufinden, wohin in dieser riesigen Stadt sie geflohen waren, und dann von dort die Suche zu beginnen, würde viel zu viel Zeit kosten. Der einzige Hinweis, den sie hatten, war die Kanalisation, doch Momon hatte Zweifel geäußert. Mit jeder Sekunde, die verstrich, mochte Nphelias Tod näher rücken.

»Wie wäre es, wenn Ihr eine Quest ausschreibt?«, schlug Ainz vor, bevor er mit eisiger Stimme fortfuhr: »Das ist definitiv eine Aufgabe für einen Abenteurer.« Lizzie verstand, worauf Ainz hinauswollte, und ein Hoffnungsfunke glomm in ihren Augen auf. »Ihr habt Glück, Lizzie Baleare. Vor Euch steht der beste Abenteurer der ganzen Stadt. Ich bin der Einzige, der Euren Enkel zurückbringen kann. Wenn Ihr eine Quest ausschreibt, würde ich in Betracht ziehen, sie anzunehmen.

Aber ... es würde Euch natürlich etwas kosten. Ich muss Euch wohl nicht erklären, wie schwierig diese Aufgabe ist.«

»Aber ja ... das könntet Ihr wohl ... Ihr hattet auch diesen Trank ... und Ihr müsst wirklich stark sein, wenn sich der Weise König des Waldes Euch unterworfen hat. Ich mache es. Ich heuere Euch an!«

»Verstanden. Und Ihr seid auch bereit, mich dafür zu entlohnen?«

»Wie viel wird es kosten?«

»Alles.«

»Was?«

»Ich nehme alles, was Ihr besitzt.«

Lizzies Augen weiteten sich und sie erstarrte.

»Alles, was Ihr besitzt. Falls Nphelia wohlbehalten zurückkehrt, gebt Ihr mir alles.«

»Ihr ...«, murmelte Lizzie, die zurückwich, als hätte sie plötzlich Angst vor Ainz. »Ihr meint doch nicht Geld und Tränke, wenn ihr alles sagt, oder? Man sagt, Dämonen würden Wünsche gewähren, im Tausch gegen die eigene Seele ... Ihr seid doch kein Dämon, oder?«

»Auch wenn es so wäre, würde das einen Unterschied machen? Ihr wollt doch Euren Enkel retten, oder nicht?«

Lizzie sagte nichts und nickte nur knapp, während sie sich auf die Lippe biss.

»Dann gibt es nur eine Antwort, nicht wahr?«

»Ja ... Ich werde Euch anheuern. Ich werde Euch alles geben, was ich besitze. Nur bitte rettet meinen Enkel!«

»In Ordnung, dann ist es beschlossen. Lasst uns gleich anfangen. Ihr habt nicht zufällig eine Karte der Stadt? Falls ja, würde ich sie gern ausleihen.«

Lizzie schien Zweifel zu hegen, doch sie ging los, um Ainz eine Karte zu bringen.

»Okay, nun werden wir herausfinden, wo Nphelia sich befindet.«

»So etwas könnt Ihr?!«

»Ja, in diesem Fall schon. Unsere Gegner sind entweder unfähig oder ...« Er unterbrach sich und blickte zu den vier Leichen. »Nun, wir werden hier alles vorbereiten, geht Ihr in die anderen Zimmer und seht nach, ob es nicht etwas gibt, das uns zu den Entführern führt. Falls das hier nur eine Ablenkung war, haben wir ein Problem. Aber dies ist Euer Haus, also kennt Ihr es am besten.«

Ainz hatte nach einem Vorwand gesucht, um Lizzie aus dem Raum zu schicken. Er wartete, bis sie gegangen war, dann wandte er sich Narberal zu.

»Was werdet Ihr tun?«

»Ganz einfach. Siehst du? Ihre Marken sind alle weg. Wahrscheinlich haben die Entführer sie mitgehen lassen. Die Frage ist nur, wieso würden sie sonst nichts mitnehmen, wo hier doch viel wertvollere Gegenstände zu finden sind? Was denkst du?«

»Verzeiht mir. Ich weiß es nicht.«

»Sie sind ...«

»Lord Ainz!« Eine schrille Stimme, gemischt mit einem geräuschvollen Fiepen wie von einer Tonüberlagerung, erklang plötzlich in Ainz' Kopf.

»Entoma?«

»Ja, Sir.« Entoma Vasilissa Zeta war, wie auch Narberal, eine der Plejaden. *»Es gibt etwas, das ich mit Euch besprechen muss ...«*

»Ich bin gerade beschäftigt. Ich melde mich, wenn ich etwas mehr Zeit habe.«

»Verstanden. Bitte kontaktiert Meisterin Albedo, wenn es Eure Zeit erlaubt.«

Der Zauber verschwand so schnell, wie er gekommen war, und Ainz führte seine Unterhaltung mit Narberal fort, die ihn neugierig beobachtete. »Trophäen. Sie sind Trophäenjäger. Die Täter müssen sie als

Erinnerungsstücke mitgenommen haben. Aber das war ein fataler Fehler … Narberal, benutz das hier.« Er griff in einen seiner unendlichen Beutel und zog eine Schriftrolle heraus. »Damit kannst du *Locate Object* anwenden. Ich bin sicher, dass ich dir nicht erzählen muss, wonach wir suchen.«

»Verstanden.«

Als Narberal die Schriftrolle ausrollte und den Zauber sprechen wollte, packte Ainz ihr Handgelenk, um sie zu stoppen. Sie sah ihn überrascht an. »Nicht so!«, knurrte er.

Bei diesem Tonfall zog sie automatisch den Kopf ein. »V… Verzeiht mir!«

»Wenn du Spionagemagie benutzt, musst du dich entsprechend gegen potenzielle Kontermagie deines Feindes schützen, bevor du deinen Zauber sprichst – das ist eine eiserne Regel. Wenn man bedenkt, dass dein Gegner auch *Detect Locate* benutzen könnte, gehört es zum Einmaleins, sich mit *Fake Cover* und *Counter Detect* abzuschirmen. Dann sind da noch …« Ainz hatte zehn Schriftrollen vorbereitet und belehrte sie über jede Einzelne, als wäre er ein Universitätsprofessor.

Wollte man Informationen mithilfe von Magie sammeln, war es unbedingt notwendig, dass man entsprechende Verteidigungsmaßnahmen ergriff. Wann immer Ainz Ooal Gown jemanden PKen wollte, sammelten sie zuerst so viele Informationen wie möglich über den Spieler, auf den sie es abgesehen hatten – und griffen dann aus dem Hinterhalt an, um ihn mit einem einzigen Schlag zu vernichten. Das Gildenmitglied Squishy Moe hatte diese Basis-Strategie für sie entwickelt. Er hatte sie »PK für Dummies« genannt und erklärt: »Der Kampf ist vorbei, bevor er angefangen hat!«

Dieses Wissen gab Ainz nun an Narberal weiter, damit sie in Zukunft, wenn sie anderen Spielern begegnen sollten, im Kampf einen Vorteil hätte.

»... das ist auch schon alles. Normalerweise gehört auch noch dazu, dass man seine Fähigkeiten für Boosts und Konter einsetzt, aber so weit müssen wir gegen diese Feinde hier wahrscheinlich gar nicht gehen. Wenn sie so mächtige Caster hätten, hätten sie nicht so schwache Magie auf die Leichen angewendet. Okay, Narberal, du kannst loslegen.«

Mit der Erlaubnis, endlich weiterzumachen, rollte sie die Schriftrollen der Reihe nach aus und nannte dabei jeden einzelnen Zauber beim Namen. Die Schriftrollen gingen in wärmelose Flammen auf und verbrannten innerhalb weniger Sekunden, bevor sie die darin versiegelte Magie freigaben.

Nachdem sie alle aufgebraucht hatte und von zahlreichen Defensivzaubern geschützt war, sprach sie den Zauber *Locate Object*. Dann zeigte sie mit dem Finger auf eine Stelle auf der Karte.

»Sie sind hier.«

Ainz konnte nicht lesen, was auf der Karte geschrieben stand, also versuchte er, sich zu erinnern, was sich dort befand. »Der Friedhof ...? Dann sind sie wohl doch nicht in der Kanalisation.«

Der Friedhof von E-Rantel hatte gewaltige Ausmaße. Der Grund dafür war, dass E-Rantel auch als Militärbasis diente. Der Zauber zeigte ihnen an, dass sie im Zentrum des Friedhofs suchen mussten.

»Okay, nun benutz *Clairvoyance*. Und sprich auch gleich *Crystal Monitor*, damit du mir zeigen kannst, was dort drüben vor sich geht.«

Narberal benutzte zwei weitere Schriftrollen und sie sahen zahllose menschliche Gestalten auf dem Bildschirm, der einfach in der Luft erschienen war. Irgendetwas an ihren Bewegungen war jedoch komisch – einige von ihnen zuckten unkontrolliert. Auch sahen sie eine Vielzahl von Gestalten, die ganz gewiss nicht menschlich sein konnten.

Im Zentrum all dieser Silhouetten war ein Junge zu sehen. Er hatte andere Kleidung an, doch es gab keinen Zweifel an seiner Identität.

»Da ist er. Und die Marken scheinen auch in diesem Bereich dort zu sein … Ein Horde Untote, was?«

Es wimmelte nur so von Untoten. Sie schienen alle niedrigen Ranges zu sein, doch ihre Anzahl war enorm.

»Was werdet Ihr tun …? Wollen wir uns hineinteleportieren, um alle auf einmal anzugreifen? Oder sollen wir sie mit einem Angriff aus der Luft mithilfe von *Fly* aufmischen?«

»Sei nicht albern – natürlich erledigen wir das am Boden.« Narberal sah verwirrt aus, also erklärte Ainz: »Sie haben diese riesige Horde Untote, also planen sie bestimmt etwas Großes. Wenn wir ihr Vorhaben stoppen und gleichzeitig Nphelia aus ihren Fängen retten können, wäre das ideal, um unseren guten Ruf weiter auszubauen. Falls wir das alles allerdings im Geheimen machen, bekommen wir nichts außer unserer Belohnung von Lizzie.«

Wenn sie zu lange warteten, könnte das allerdings Nphelias Leben kosten. Nicht einmal Ainz konnte so viele Untote auf einmal beschwören und kontrollieren, also musste dort etwas Besonderes vor sich gehen und ihre Feinde einen Trick kennen. *Vielleicht hat es ja auch mit Nphelia zu tun?* Falls das der Fall wäre, würde er wissen wollen, wie dieser Trick funktionierte, auch wenn das bedeutete, Nphelia zu opfern. Ainz' oberstes Ziel war, die Große Gruft von Nazarick zu stärken. Wenn Nphelia dafür sterben musste, würde er nicht zögern.

»Von hier aus können wir nicht mehr in Erfahrung bringen und es würde ohnehin zu lange dauern …«, murmelte Ainz, der sich bereits in Richtung Tür bewegte. Er drückte sie auf und rief nach der alten Dame. »Lizzie! Wir sind hier fertig! Wir machen uns auf den Weg zum Friedhof!«

»Was ist mit der Kanalisation?«, schallte ihre Antwort durchs Haus, gefolgt von eiligen Schritten, die auf sie zukamen.

»Sie wollten uns in die Irre führen. Ihr wirkliches Ziel war der Friedhof. Und obendrauf erwartet uns eine Untotenarmee, deren Zahl in die Tausende gehen muss.«

»Wie bitte?!«

Ainz hatte nur geschätzt. Er hatte nicht vor, sich die Mühe zu machen, sie zu zählen.

»Kein Grund, so schockiert zu sein. Wir werden uns schon durchkämpfen. Das eigentliche Problem entsteht erst, wenn die Untoten aus dem Friedhof entkommen. Bitte gebt so vielen Leuten wie möglich Bescheid. Die Untoten müssen aufgehalten werden, sollten sie versuchen, aus dem Friedhofsgelände auszubrechen. Es ist keine sehr glaubwürdige Geschichte, aber Ihr seid doch bekannt in der Stadt, also werden die Leute sicher auf Euch hören, nicht wahr? Falls die Untoten entkommen und niemand auf sie gefasst ist … wird's unschön.«

Ainz verzog das Gesicht unter seinem Helm. Er musste irgendwie Aufsehen erregen. Je größer der Aufruhr, desto mehr würde sein Ruf am Ende gestärkt. Lizzie zu bitten, diese Geschichte unter den Leuten zu verbreiten, war also ein strategischer Zug von ihm.

»Genug geplaudert. Die Zeit läuft uns davon, also machen wir uns auf den Weg.«

»Könnt Ihr Euch durch die Untotenarmee wirklich durchkämpfen?!«

Ainz sah mit einem ruhigen Blick zu Lizzie und deutete auf die Großschwerter auf seinem Rücken. »Mit denen hier – kein Problem.«

3

Der Zentralfriedhof im Westen von E-Rantel nahm etwa ein Viertel des äußeren Rings ein. Natürlich hatten auch andere Städte Friedhöfe, aber sie waren nicht so riesig wie dieser hier. Er diente dazu, zu verhindern, dass die Untoten überhandnahmen.

Wie Untote überhaupt entstanden, war immer noch ein Rätsel, aber sie erschienen sehr oft an Orten, an denen ein Lebewesen sein Ende gefunden hatte. Falls ein Mensch einen tragischen Tod fand oder nicht betrauert wurde, waren die Chancen noch höher, dass Untote auftauchten. Aus diesem Grund kam es häufig vor, dass sie in Ruinen oder an Orten, an denen Schlachten stattgefunden hatten, erschienen.

Da E-Rantel in der Nähe der Schlachtfelder der Kriege gegen das Kaiserreich lag, musste ein entsprechend großer Friedhof angelegt werden, um die Gefallenen zu betrauern – und zu verhindern, dass Untote aus ihnen wurden.

Dies galt auch für das Kaiserreich, also waren die beiden Nationen zu einer Übereinkunft gekommen, dass alle Gefallenen auch angemessen betrauert werden konnten, selbst wenn man sich gerade im Krieg befand. Auch wenn sie sich gegenseitig bekriegten, wussten alle, dass die wahren Feinde aller Lebenden die hasserfüllten Untoten waren.

Es gab allerdings noch ein anderes Problem. Wenn man die Untoten einfach in Ruhe ließ, bestand die Möglichkeit, dass noch viel stärkere auftauchten. Darum zogen Abenteurer auch jede Nacht über das Friedhofsgelände und töteten alle Untoten, solange sie noch leicht zu besiegen waren.

Der Friedhof war von einer Mauer umgeben. Sie bildete die Grenze zwischen der Welt der Lebenden und der Welt der Toten. Sie war in etwa vier Meter hoch, was nicht so hoch war wie die anderen Mauern der Stadt, doch sie war breit genug, um darauf laufen zu können. Auch das Tor war massiv. Alles Vorsichtsmaßnahmen gegen die Untoten, die im Inneren erwachten.

Rechts und links des Tors führten Treppen zu Wachposten. Fünf Männer standen auf jeder Seite und hielten müde Ausschau.

Obwohl es Nacht war, wurde der Ort durch mit *Continual Light* versehene Fackeln erhellt. Trotzdem lauerte an vielen Stellen die Dunkelheit und die Grabsteine versperrten die Sicht.

Eine Wache mit Speer sah müde über den Friedhof hinweg und gähnte ihrem Kameraden zu: »Ruhige Nacht.«

»Ja. Nur die fünf Skelette bisher, oder? Scheint, als würden in letzter Zeit immer weniger auftauchen.«

»Ja, stimmt. Vielleicht sind ja alle Seelen zurück zu den Vier Göttern gerufen worden. Falls ja, hätten wir echt Glück!«

Die anderen Wachen mischten sich ein.

»Solange es nur Skelette und Zombies sind, kommen wir mit ihnen klar ... Allerdings sind Erstere echt schwer mit dem Speer zu treffen ...«

»Das Heftigste, was mir je begegnet ist, war ein Grabwicht.«

»Bei mir war's ein Skelett-Tausendfüßler. Wenn nicht zufällig ein Abenteurer in der Nähe gewesen und mir zu Hilfe gekommen wäre, wär ich jetzt nicht hier.«

»Ein Skelett-Tausendfüßler ...? Die Großen kommen nur raus, wenn man die Kleinen übersieht. Man muss sie fertig machen, wenn sie noch schwächlich sind, dann kommen die Starken gar nicht erst.«

»Genau! Der Alk, den die Truppe, die bei den Gräbern patrouilliert, unserem Chef gegeben hat, nachdem wir ihnen den Hintern gerettet hatten, war köstlich, aber trotzdem will ich so was nie wieder erleben.«

»Aber wenn du mal genauer drüber nachdenkst … Ist es nicht irgendwie gruslig, dass gar keine mehr erscheinen?«

»Wieso?«

»Hm, na ja, vielleicht haben wir ja was übersehen oder so …«

»Du machst dir zu viele Gedanken. Es gibt ja ohnehin gar nicht so viele, also ist das nicht so ungewöhnlich. Dass vorher so viele erschienen sind, war anscheinend deswegen, weil so viele Leute begraben wurden, die in der Schlacht gegen das Kaiserreich gefallen waren. Vielleicht ist das also nur eine Folge des Waffenstillstands.«

Die Wachen nickten sich gegenseitig zu. Andere Städte begruben ihre Toten natürlich auch, genau wie sie, doch sie hatten noch nie von einem Ort gehört, an dem es so viele Untote gab.

»Es heißt, die Katze-Ebene ist ganz schlimm.«

»Ja. Die Untoten, die da auftauchen, sind ein ganz anderes Kaliber.«

Die Ebene, in der das Königreich und das Kaiserreich häufig in der Schlacht aufeinandertrafen, war eine Region, die bekannt für das hohe Aufkommen von Untoten war. Genau deshalb wurden auch Abenteurer aus dem Königreich und Krieger aus dem Kaiserreich ausgesandt, die zusammenarbeiteten, um diese Untotenplagen zu bekämpfen. Dieses Unterfangen war so wichtig für beide Reiche, dass sie Güter in ein kleines Dorf im Grenzgebiet liefern ließen, das dort für diejenigen errichtet worden war, die die Untoten im Zaum hielten.

»Ich hab ein Gerücht gehört, dass …«, fing eine der Wachen an, sprach jedoch nicht weiter.

Einem der anderen Wachen wurde es etwas mulmig zumute. »Hey, wenn du uns Angst machen willst, dann …«

»Ruhe!« Der, der seinen Satz nicht beendet hatte, starrte so angestrengt auf das Friedhofsgelände, als wollte er die Dunkelheit durch pure Willenskraft durchdringen. Die anderen folgten seinem Blick.

»Hast du was gehört?«

»Wahrscheinlich nur Einbildung.«

»Nein, ich höre nichts, aber es riecht irgendwie nach Erde. Wie damals, als wir dieses Loch ausheben mussten, erinnert ihr euch? So riecht es.«

»Okay, das ist jetzt nicht mehr lustig. Hör auf damit.«

»Hm? Oh, hey! Seht mal, da drüben!«

Eine der Wachen deutete in die Finsternis des Friedhofs. Alle wandten sich um, um zu sehen, was er gemeint hatte.

Zwei Wachen liefen in Panik in Richtung des Tors. Sie atmeten schwer, ihre Augen waren weit aufgerissen und blutunterlaufen und die schweißnassen Haare klebten ihnen an der Stirn.

Die anderen im Wachposten hatten eine böse Vorahnung. Patrouillen zogen immer mit mindestens zehn Mann aus. Wieso liefen dort zwei Wachen allein herum? Dass sie so in Panik waren, ließ außerdem nur den Schluss zu, dass sie gerade vor etwas *wegliefen*.

»A… Aufmachen! Öffnet das Tor!«

Eine Wache lief sogleich die Treppen hinunter und öffnete das Tor. Die beiden verzweifelten Männer stolperten durch das Tor, kaum dass es sich öffnete. »Was zur Hölle …?«, begann die Wache, doch die beiden kreidebleichen Männer unterbrachen ihn.

Atemlos riefen sie: »Sch… Schließt das Tor sofort wieder! Schnell!«

Aufgeschreckt schlossen die anderen das Tor so schnell sie konnten und verbarrikadierten es.

»Was zur Hölle ist passiert?! Wo sind die anderen?«

Der Wache, die zu ihnen aufsah, stand der Schrecken ins Gesicht geschrieben. »S… Sie wurden gefressen …! Von Untoten!«

Nachdem sie erfahren hatten, dass acht ihrer Kameraden getötet worden waren, wandte der Trupp sich seinem Truppenführer zu, der ihm sogleich Befehle erteilte. »Jemand soll von oben das gesamte Gebiet überprüfen!«

Eine der Wachen rannte die Treppen hinauf, erstarrte jedoch im Schritt.

»W… Was ist los?«

Der Mann zitterte unkontrolliert und schrie nur: »Es sind die Untoten! Da ist eine riesige Horde!«

Als sie die Ohren spitzten, konnten sie die Schlurfgeräusche jenseits der Mauern hören. Sie folgten der ersten Wache, doch auch ihnen verschlug der Anblick die Sprache.

Eine unbeschreiblich große Anzahl an Untoten zog über den Friedhof und kam direkt auf sie zu.

»Was zur …?! Wieso sind das so viele?«

»Das sind nicht hundert oder zweihundert … das müssen Tausende sein!«

Im Licht der Fackeln waren so viele Untote zu sehen, dass man sie unmöglich zählen konnte. Wenn man dann noch die Schemen hinzunahm, die in der Finsternis auszumachen waren, musste die Zahl unvorstellbar sein.

Die Untoten drängten sich in einem Schwarm in Richtung des Tors und brachten den Geruch von Verwesung mit sich. Unter ihnen waren auch Skelette, Zombies und stärkere Formen von Untoten zu sehen – auch wenn es nicht so viele waren – wie zum Beispiel Ghule, Geistwesen, Grabwichte, Schwellfratzen und Totenkrieger.

Die Wachen zitterten mittlerweile alle vor Angst.

Der Stadtkern lag hinter einer weiteren Mauer, also würden keine Bewohner angegriffen werden, solange diese standhielt. Die Wachen waren sich allerdings nicht sicher, ob sie es mit dieser Masse aufnehmen konnten – selbst wenn sie alle Kameraden mobilisieren würden. Außerdem wurden sie zwar »Wachen« genannt, sie waren im Grunde aber einfach nur normale Stadtbewohner, die vielleicht ein bisschen mehr Kraft mitbrachten. Sie bezweifelten, dass sie gegen so viele Untote eine Chance hätten.

Einige der Untoten hatten unter anderem die Fähigkeit, aus anderen Wesen, die sie getötet hatten, Untote zu erschaffen. Eine falsche Bewegung und die Wachen würden von ihren eigenen getöteten Kameraden angegriffen werden. Bisher waren noch keine fliegenden Gegner auszumachen, doch sie wussten genau, dass einige dieser geflügelten Ungetüme erscheinen würden, wenn sie den gewöhnlichen Untoten nicht so schnell wie möglich den Garaus machten – und das machte ihnen noch viel mehr Sorge.

Die Flut der Untoten erreichte die Mauer und dumpfe Schläge auf das Eisentor erklangen.

Einige der weniger intelligenten Untoten nutzten ihre Unfähigkeit, Schmerz zu empfinden, und schlugen gedankenlos auf das Tor ein. Sie wussten wohl, dass dahinter lebende Wesen warteten, und versuchten, es einzuschlagen.

Das Hämmern der Schläge und das Ächzen der Scharniere mischte sich unter das Stöhnen der Monster.

Einen Rammbock brauchten sie nicht. Der Welle der Untoten, die ohne Zögern gegen das Tor brandete, war genauso effektiv wie ein professionelles Belagerungsgerät.

Eiskalter Schweiß lief den panischen Wachen den Rücken hinunter.

»Läutet die Glocke! Holt Hilfe von der Garnison! Ihr beiden, alarmiert die Wachen an den anderen Toren und warnt sie!« Der Truppenführer hatte sich wieder im Griff und gab Befehle. »Ihr Übrigen versucht, die Untoten mit euren Speeren von oben vom Tor fernzuhalten!«

Seine Stimme erinnerte die anderen Wachen daran, warum sie hier waren, und sie begannen, ihre Speere in das Gewühl unter ihnen zu stechen. Es waren so viele Untote dort, dass man den Boden nicht mehr ausmachen konnte, also konnten sie einfach drauflos stechen und sicher sein, dass sie jedes Mal zumindest einen Untoten erwischten. Stoßen, zurückziehen, stoßen, immer wieder.

Bei einem jeden Stoß spritzte widerliches Blut auf und der Gestank der faulenden Körper war überwältigend. Durch das monotone Zustechen fühlten sich die Wachen bald selbst wie Zombies. Einige der Untoten verloren ihr Nichtleben und taumelten zu Boden, wo sie dann von ihren Gefährten niedergetrampelt wurden.

Da sie so geringe Intelligenz aufwiesen, versuchten sie nicht einmal, zurückzuschlagen. Nach und nach lullte die Eintönigkeit ihrer Aufgabe die Wachen jedoch ein.

Es war fast, als hätten die Monster nur darauf gewartet. »Wah!«, schrie jemand und als die anderen Wachen sich umsahen, erkannten sie, dass sich etwas Langes, Zuckendes um den Hals eines Kameraden geschlungen hatte.

Es war schleimig, fleischfarben und sah verdächtig aus wie Gedärm. Am anderen Ende dieses sich windenden Ungetüms stand eine irgendwie eiförmige und doch menschliche Leiche, in deren Bauch eine vertikale Wunde klaffte. Dahinter konnte man mehr Eingeweide erkennen, als ein einzelner Mensch haben sollte. Sie wanden sich wie parasitische Würmer. Es war ein Untoter, den man auch *Organ Egg* nannte.

Die sich schlängelnden Gedärme zogen an der Wache. »Aaagh!« Bevor sie zu seiner Rettung eilen konnten, war er schon mit einem Schrei über die Brüstung nach unten gestürzt. »H… Hilfe! Bitte helft mir doch, irgendwer! Aaaaarrghaaah!«, rief er, so laut er nur konnte.

Die anderen Wachen konnten nur zusehen, wie ihr Kamerad seinen Tod fand. Die Untoten stürzten sich auf seinen Körper und begannen, ihn bei lebendigem Leibe zu zerfleischen und zu fressen. Die Rüstung und der Helm, die ihn eigentlich schützen sollten, verlängerten sein Leiden dabei nur. Zuerst aßen sie seine Finger, dann seine Waden und dann fiel ihnen auch sein Gesicht zum Opfer …

»Rückzug! Zieht euch hinter die Mauer zurück!«, befahl der Truppenführer, der bemerkt hatte, dass sich die Eingeweide im Inneren des *Organ Egg* wieder rührten.

Alle Wachen liefen die Treppen hinunter. Sie konnten hören, wie die Schläge gegen das Tor hinter ihnen lauter wurden, und das Knarzen machte deutlich, dass es gleich nachgeben würde.

Ihre Verzweiflung wurde immer größer. Das Tor würde nicht standhalten, bis Verstärkung eintraf, und die nächste Welle der Untoten würde nur stärker werden. Falls das Tor nachgab, würde eine Todesflut über die Stadt hereinbrechen und niemand konnte einschätzen, wie verheerend sie sein würde.

Den Wachen stand die pure Verzweiflung ins Gesicht geschrieben, als sie plötzlich ein metallisches Scheppern hörten. Instinktiv drehten sich alle in die Richtung, aus der es gekommen war.

Ein Krieger in Ganzkörperrüstung, der auf einer magischen Bestie mit weisen tiefschwarzen Augen daherritt, war erschienen. Neben ihm stand eine Frau, die fast schon zu schön für diese Welt war.

»H… Hey! Es ist gefährlich hier! Schnell, Ihr müsst …« Bevor sie den Satz beenden konnte, bemerkte die Wache die Marke, die um den Hals des Kriegers hing.

Ein Abenteurer!

Als er jedoch erkannte, dass sie nur aus Kupfer war, wurden seine Hoffnungen im Keim erstickt. *Unmöglich, dass ein Abenteurer auf dem niedrigsten Rang die Situation irgendwie rumreißen könnte!* Enttäuschung zeichnete sich auf den Gesichtern der Wachen ab.

Der Krieger sprang geschmeidig vom Rücken des Tiers.

»Habt Ihr nicht gehört? Ihr müsst hier weg!«

»Nabe.« Im Gegensatz zu der Wache sprach der Krieger in ruhigem Tonfall, dennoch war seine Stimme klar und deutlich über den Krach der Untoten zu hören. Die wunderschöne Frau lief zu ihm hinüber und der Krieger zog ein Großschwert.

»Hey, seht mal nach hinten. Passt lieber auf!«

Wie gebannt von seinen Worten wirbelten die Wachen herum und blickten ihrem unausweichlichen Ende entgegen.

Ein Schatten ragte über die vier Meter hohe Mauer auf. Zahllose Untote hatten sich zu einem Riesen zusammengetan, einem *Necroswarm Giant*.

»Waaahhh!« Während die Wachen schreiend die Flucht ergriffen und nur noch an sich selbst dachten, wurden sie Zeuge eines unerwarteten Schauspiels.

Der Krieger hielt sein Schwert, als wollte er einen Speer werfen.

Was will er damit erreichen?

Die Antwort folgte auf dem Fuße. Er warf das Schwert mit unglaublicher Geschwindigkeit und als die Wachen ihm mit ihren Blicken folgten, sahen sie etwas noch viel Unglaublicheres.

Der *Necroswarm Giant* – ein kolossales Monster, von dem sie dachten, dass es unbezwingbar sei – wurde zurückgeschleudert, als hätte ein anderer Gigant ihn geschlagen. Er war besiegt. Mit einem dumpfen Schlag, der die kreischenden Untoten übertönte, ging er zu Boden.

»Der war mir im Weg«, erklärte der Krieger nur, bevor er sein anderes Schwert zog. »Öffnet das Tor.«

Einen Moment lang begriffen die Wachen nicht, was er da zu ihnen gesagt hatte. Sie blinzelten nur ungläubig, bis sie endlich verarbeitet hatten, was von ihnen verlangt worden war.

»S... Seid nicht dumm! Da ist eine riesige Horde Untote auf der anderen Seite des Tors!«

»Ach? Mein Name ist Momon. Sollte mich das irgendwie stören?«

Die Wachen waren angesichts der Selbstsicherheit des schwarzen Kriegers vollkommen sprachlos.

»Nun, wenn ihr das Tor nicht öffnen wollt, kann ich euch keinen Vorwurf machen. Ich komme auch so rein.« Der Krieger nahm etwas Anlauf, stieß sich vom Pflaster ab und verschwand über die Mauer. Er war mit einem Satz über eine vier Meter hohe Mauer gesprungen – und das in einer Ganzkörperrüstung.

Hatten sie Halluzinationen?

Die Wachen hatten Schwierigkeiten, zu begreifen, was da gerade geschehen war, und starrten auf den leeren Fleck, an dem der Krieger eben noch gestanden hatte.

Die Schönheit, die zurückgeblieben war, stieg langsam in die Lüfte und wollte die Mauer ebenso überqueren, als ihr auf einmal eine Stimme zurief: »Bitte, wartet! Ich flehe Euch an! Bitte nehmt mich auch mit, ich bitte Euch!« Die Stimme kam von der mächtigen magischen Bestie, auf der der Krieger geritten war. Sie klang genauso Ehrfurcht gebietend, wie ihr Aussehen vermuten ließ.

Die wunderschöne Frau verzog leicht das Gesicht – was ihrer Schönheit allerdings keinen Abbruch tat – und erwiderte: »Nimm die Treppe da. Und sag mir nicht, dass du dir die Beine brichst, wenn du aus der Höhe fällst.«

»Natürlich nicht! Dann werde ich sofort an die Seite meines Meisters eilen! Meister, wartet auf mich, ich bitte Euch!« Die riesige magische Bestie huschte an den Wachen vorbei und tapste eilig die Stufen hinauf, um auf der anderen Seite der Mauer hinunterzuspringen.

Dann war alles still.

Es war fast, als wäre ein Taifun vorübergezogen. Wie lange standen sie schon so entgeistert da? Eine der Wachen bemerkte etwas Eigenartiges und fragte seine Kameraden mit zitternder Stimme: »Hey ... Hört ihr das?«

»Was denn?«

»Die Geräusche, die von den Untoten kamen.«

Auch wenn sie noch so genau hinhörten, konnten sie kein einziges Geräusch mehr wahrnehmen. Es war, als hätte die Stille sie verschluckt. Auch das dumpfe Hämmern auf das Tor war verstummt.

Die immer noch schlotternde Wache staunte: »Wow, könnt ihr das glauben? Dieser Krieger ... ist einfach da rein, um gegen diese ganzen Untoten vorzugehen ... Er hat sich einen Weg durch die Horde gebahnt ... und ist noch nicht mal fertig.«

Die Wachen waren tief beeindruckt. Der Lärm war verstummt, weil die Untoten von einem neuen Ziel weggelockt worden waren. Und dass er nicht zurückkam, lag daran, dass der Kampf andauerte und die Untoten beschäftigt waren.

Die Truppe lief auf die Mauer hinauf. Sie konnte nicht glauben, was gerade geschah. Konnte das alles wahr sein? Ihnen stockte der Atem.

»Was ...?! Dieser Krieger, was zur ...?«

Leichen lagen überall auf dem Friedhof verstreut. Ein ganzer Berg an Leichen. Es waren so viele, dass kein Boden mehr zu sehen war. Manche zuckten noch und hatten ihr untotes Leben wohl noch immer nicht ganz ausgehaucht, doch keiner von ihnen war noch in der Lage zu kämpfen.

Wie sie sich gedacht hatten, war der Kampf in einen entfernteren Teil des Friedhofs verlagert worden und die fäulnisschwangere Brise trug die Schlachtgeräusche zu ihnen herüber.

»Das muss ein Scherz sein ... Er kämpft immer noch?! Er hat sich der ganzen Horde gestellt ... und ist einfach durchgebrochen?! Unmöglich ...«

»Wer zur Hölle ist dieser Typ?!«

»Er sagte, sein Name wäre Momon, oder? Die Kupfermarke muss Tarnung sein. Er muss einer dieser Abenteurer des Adamantrangs sein, von denen man sich erzählt, oder was meint ihr?«

Alle Wachen nickten und hatten nur einen Gedanken: Es war unmöglich, dass dieser Krieger nur Kupferstatus hatte. Er war ein Held, dem der höchste Rang eines Abenteurers gerade gerecht wurde.

»Möglich, dass wir gerade Zeuge einer Legende geworden sind … Der Dunkle Krieger … Nein, der Dunkle Held …«

Alle nickten.

*

Wann immer er seinen rechten Arm schwang, flog ein weiterer Untoter durch die Luft. Mit jedem Schwung seines linken Arms wurde ein Untoter entzweit.

Ainz war wie ein tödlicher Sturm durch die Menge der Untoten getobt und hatte einen nach dem anderen mit einem einzelnen Schwerthieb erledigt, doch nun war er stehen geblieben. »Ihr nervt echt gewaltig.« Er hielt beide Schwerter, die er mit Magie verstärkt hatte, fest im Griff und musterte die Untoten um ihn herum mit genervtem Blick. Er richtete sein Schwert, von dem allerlei Körperflüssigkeiten tropften, auf den Feind.

Die Untoten zuckten, während sie versuchten, sich von ihm zu entfernen. Eigentlich sollten diese Monster gar nicht in der Lage sein, Furcht zu empfinden, aber sie hatten offensichtlich Angst vor Ainz.

»Ich entschuldige mich für die Umstände.« Die Stimme kam aus der Luft, hoch oben über Ainz. Der Weise König des Waldes flog durch die Lüfte und hatte ihre vier Beinchen von sich gestreckt. Ihr Fell hing traurig herunter und sie klang wenig begeistert.

Ihre Entschuldigung galt allerdings nicht ihrem Meister. »Könntest du … dich bitte nicht so viel bewegen? Du bist so weich und pelzig, dass es schwierig ist, dich festzuhalten.« Narberals Stimme ertönte irgendwo aus der Bauchregion des Weisen König des Waldes. Es war nicht der König, der flog – es war Narberal, die halb unter ihrem weichen Körper begraben war und sie durch *Fly* in der Luft hielt.

»Es tut mir leid ...«

Die niederen Untoten mit ihrer geringen Intelligenz hatten Ainz im ersten Moment nicht als Feind angesehen. Ihre Sinne waren darauf ausgerichtet, alles zu jagen, was *lebte*, Ainz dagegen wirkte wie einer der ihren.

Der sehr lebendige Weise König des Waldes war ihnen allerdings nicht entgangen. Ainz war deshalb in einen Kampf mit den Untoten verwickelt worden und Narberal hatte das Tier außer Reichweite der Untoten bringen müssen, um zu verhindern, dass es verletzt wurde.

Ainz machte einen Schritt nach vorn, worauf die Horde der Untoten einen Schritt zurück machte. Die Distanz zwischen ihnen veränderte sich nicht und Ainz war weiterhin eingekreist.

Der Ring der Untoten folgte jedem seiner Schritte. Sie schienen auf eine Möglichkeit zum Angriff zu warten, doch sie würden mit einem einzigen Schlag erledigt werden, sollten sie sich ihm nähern. Deshalb umzingelten sie Ainz nur und griffen nicht an. Es hatte lächerlich viele Anläufe gekostet, bis diese alles andere als intelligenten Kreaturen endlich begriffen hatten, dass sie vernichtet würden, wenn sie sich ihm unbedarft näherten.

»So komme ich nie weiter ...«, grummelte Ainz in Anbetracht der schier endlosen Zahl der verbliebenen Untoten. Wenn er ernst gemacht hätte, hätte er sich einfach durch die Menge pflügen können. Damit hätte er aber riskiert, dass sich die Monster verteilten, und somit die Wachen erneut in Gefahr gebracht. Das musste er verhindern, wenn er nicht wollte, dass die Zeugen seiner Heldentaten starben. Um ihre Sicherheit zumindest ansatzweise garantieren zu können, musste er einen Großteil der Untoten weglocken. Das verlangsamte sein Vorankommen allerdings deutlich.

Narberal reagierte auf sein Gegrummel. »Lasst uns doch die Armee von Nazarick hierherholen, mein Lord«, schlug sie vor. »Mit einhundert Lakaien könnten wir Eure Gegner im Handumdrehen auslöschen.«

»Sei nicht dumm. Wie oft muss ich dir noch sagen, warum wir in diese Stadt gekommen sind?«

»Aber Lord Ainz, Euer Ziel ist es, Euch einen Ruf aufzubauen. Wäre es nicht besser, abzuwarten, bis die Untoten tatsächlich durchgebrochen sind und eine größere Anzahl Menschen auf dem Gewissen haben, damit Eure Heldenhaftigkeit noch größer erscheint?«

»Das habe ich auch überlegt. Und wenn ich das Ziel meiner Gegner kennen würde oder mehr über das Kampfpotenzial der Stadt wüsste, hätte ich mich vielleicht für deinen Vorschlag entschieden, doch im Moment wissen wir fast gar nichts, und ich würde mir nur ungern unseren kleinen Vorteil verspielen. Ich will nicht, dass sie mit ihrem Plan durchkommen. Außerdem könnte es sein, dass jemand anderes auftaucht und uns die Show stiehlt, während wir tatenlos zusehen.«

»Ich verstehe ... Brillant, Lord Ainz, wie immer. Ich hätte natürlich wissen sollen, dass ein Höchstes Geschöpf wie Ihr an alles gedacht hat. Ich bin beeindruckt. Und bitte verzeiht mir meine fehlende Weitsicht, doch ich frage mich, warum Ihr nicht denkt, dass es eine gute Idee gewesen wäre, Lakaien, die sich tarnen können, wie *Eight-edge Assassins* oder *Shadow Demons*, herbeizurufen? Dann hättet Ihr einfach zusehen können, während sie die Arbeit erledigt hätten. Soweit nichts Unerwartetes vorgefallen wäre, hättet Ihr so den besten Zeitpunkt zum Zuschlagen wählen können ...«

Ainz sagte nichts und sah einfach nur zu ihr auf. Die Untoten interpretierten die Stille als eine Einladung zum Angriff, da sie dachten, Ainz sei abgelenkt, und betraten den Kreis. Sie wurden sofort erschlagen. »I... Ich kann dir nicht alles erklären. Du musst auch mal lernen, für dich selbst zu denken.«

»J… Ja, Sir! Natürlich! Ich entschuldige mich zutiefst.«

Durch Narberals Frage leicht aus der Fassung gebracht, wirbelte Ainz herum, um zu sehen, wie weit sie vom Tor entfernt waren und ob die Wachen weiterhin eine gute Sicht auf sie hatten. »Jedenfalls ist die Zeit knapp! Ich habe keine Wahl – ich muss Verstärkung rufen, die sich für uns durch die Menge metzelt.«

Ainz begann, einen Zauber zu wirken. »*Create Middle-Tier Undead: Jack the Ripper, Create Middle-Tier Undead: Corpse Collector.*« Aus dem Nichts erschienen zwei Untote.

Einer von ihnen trug einen Trenchcoat und sein Gesicht war unter einer lachenden Maske verborgen. Seine Finger endeten in überlangen, messerscharfen Skalpellen.

Der andere Untote hatte einen stämmigen Körperbau, Eiter drang aus all seinen Poren und er war in gelbe Bandagen gehüllt. An den Enden der schweren Eisenketten, die mit zahlreichen Haken in seinem Fleisch verankert waren, hingen Schädel, die leidvoll stöhnten.

»Macht sie fertig.«

Die beiden Untoten folgten Ainz' Befehl und stürzten sich auf die umstehenden Monster. Während Jack the Ripper ihre Gliedmaßen mit seinen Skalpellen einfach abtrennte, riss der *Corpse Collector* rechts und links Köpfe mithilfe seiner Ketten ab.

Aber das reichte Ainz noch nicht. »Die hier sollten dafür wie geschaffen sein. *Create Lower-Tier Undead: Wraith, Create Lower-Tier Undead: Bone Vulture.*« Er rief einige von diesen Monstern und gab ihnen Befehle. »Falls irgendjemand versucht, dieses Friedhofsgelände zu betreten, jagt ihn davon. Es ist mir egal, ob ihr Abenteurer dabei töten müsst, aber lasst die Wachen am Leben.«

Die Wraiths schwebten in die Lüfte und die Bone Vultures flatterten mit ihren Knochenschwingen. Ainz lächelte zufrieden. Damit waren seine Vorbereitungen abgeschlossen. Die niederrangigen Untoten hatte er losgelassen, um sicherzustellen, dass kein Abenteurer plötzlich durch Flugmagie auftauchen konnte, um ihm seine schwer verdienten Lorbeeren zu stehlen.

»Sollen wir dann?« Dank den beiden Untoten, die Ainz als Erstes beschworen hatte, war die Anzahl an Gegnern bereits deutlich reduziert. Ainz griff nach seinen Schwertern und stürzte sich in die Schlacht.

Zusammen mit Narberal erreichte Ainz das Mausoleum im hinteren Teil des Friedhofs. Dort sahen sie eine Gruppe von verdächtig aussehenden Personen, die in einem Kreis standen. Ihre schwarzen Roben waren nicht richtig gefärbt, hier und da waren hellere und dunklere Stellen zu sehen. Schwarze Dreieckskapuzen verhüllten ihre Gesichter, nur die Augen waren ausgespart. Die hölzernen Stäbe, die sie in den Händen hielten, zierten eigenartige Muster. Die Gestalten waren unterschiedlich groß, doch ihren Silhouetten nach zu urteilen, schienen sie alle männlich zu sein.

Nur ein Mann hatte sein Gesicht nicht verborgen. Er stand inmitten des Kreises und sah selbst ein wenig wie ein Untoter aus. Insgesamt wirkte er weniger schäbig. In seiner Hand hielt er einen schwarzen Stein, auf den er voll konzentriert zu sein schien.

Der Wind trug Gemurmel zu Ainz' und Narberal herüber. Die Tonlage schwankte zwischen hohen Tönen und sehr tiefen. Die melodischen Untertöne klangen wie Gebete, aber dies war gewiss keine Gedenkfeier zu Ehren der Toten. Es wirkte eher wie ein blasphemisches, abgrundtief böses Ritual.

»Sollen wir einen Angriff aus dem Hinterhalt einleiten?«, fragte Narberal so leise, dass nur Ainz sie hören konnte.

Er schüttelte jedoch den Kopf. »Das wird nicht funktionieren. Scheint, als hätten sie uns schon bemerkt.«

Da keiner von den beiden über irgendwelche Tarn-Skills verfügte, gingen sie einfach zu den Gestalten hinüber. Sie vermieden es, im Licht zu gehen, doch falls ihre Gegner *Night Vision* besaßen, würden sie sie dennoch problemlos ausmachen können. Außerdem hatte Ainz die Erfahrung gemacht, dass es immer eine mentale Verbindung zwischen den beschworenen Monstern und dem Beschwörer gab. Es gab keinen Zweifel daran, dass die Gegner sie bereits bemerkt hatten, nachdem sie so viele Untote erschlagen hatten.

Tatsächlich drehten sich schon die ersten Köpfe in ihre Richtung. Ainz vermutete, dass sie nicht angriffen, weil auch sie das Gespräch suchten, so wie er – also kam er einfach direkt auf sie zu.

Als Ainz und Narberal die Lichter erreichten, nahmen einige in der Gruppe Abwehrhaltung ein. Einer von ihnen sprach den Mann in ihrer Mitte an. »Lord Khajiit, sie sind hier.«

Tja, zumindest wissen wir jetzt, dass sie Idioten sind … Es sei denn, das ist ein Deckname. Ich sollte ihn besser nicht für bare Münze nehmen. »Hey, meint ihr nicht, dass ihr diese wunderbare Nacht mit eurem Ritual verschwendet?«

»Hmpf, ich entscheide, ob diese Nacht für ein Ritual geeignet ist oder nicht. Aber viel wichtiger – wer bist du? Wie konntest du durch die Horde der Untoten gelangen?« Der Mann in der Mitte – Khajiit, falls das sein richtiger Name war – schien der Anführer zu sein und sprach stellvertretend für die Gruppe.

»Ich bin ein Abenteurer auf einer Quest. Ich suche einen Jungen … Ich bin sicher, dass ich euch nicht mal seinen Namen sagen muss, damit ihr wisst, wen ich meine.« Die Haltung der Umstehenden wurde bedrohlicher und Ainz flüsterte: »Na also.« Damit hatte sich auch der letzte Zweifel, dass die Gruppe vielleicht nur zufällig zur falschen Zeit am falschen Ort war, in Luft aufgelöst.

Während Khajiit die Umgebung absuchte, lächelte Ainz unter seinem Helm verschlagen.

»Seid ihr allein oder gibt es noch mehr?«

Ha ha, was? Wer fragt denn so was? Ich verstehe ja, dass du Bammel hast, dass wir dich aus dem Hinterhalt angreifen, aber vielleicht solltest du ein bisschen mehr nachdenken, bevor du hier anfängst zu plaudern. Dieser Typ ist doch auch nur ein kleiner Fisch. Ainz verlor das Interesse an ihm und er ließ die Schultern hängen. »Wir sind allein. Wir sind direkt hierhergeflogen«, antwortete er.

»Das ist eine Lüge. Das kann gar nicht sein.«

Ainz konnte spüren, dass etwas in der Luft lag, und erwiderte: »Ob du es glaubst oder nicht, liegt ganz an dir. Aber kommen wir zur Sache: Gib den Jungen unverletzt frei und du kommst hier lebend raus, Khajiit.«

Dieser warf einen flüchtigen Blick auf den Mann, der vorhin seinen Namen verraten hatte. »Wie heißt du?«

»Sag mir zuerst, wer sich da noch in der Nähe verbirgt.«

Khajiits eisiger Blick durchbohrte Ainz förmlich. »Wir sind allein.«

»Da ist doch noch jemand! Jemand mit einer Stichwaffe … Versteckst du ihn vor mir? Oder versteckt *er* sich, weil er Angst vor uns hat?«

Eine Frauenstimme erklang plötzlich aus dem Mausoleum. »Ach, du hast sicher die Leichen untersucht, verstehe! Gut gemacht.« Langsam trat sie aus der Dunkelheit hervor und bei jeder Bewegung erklang das Scheppern von Metall.

»Du …«

Sie konnte die Schärfe in Ainz' Ton hören und grinste schuldbewusst. »Da ihr es ja eh schon rausgefunden habt, gibt es keinen Grund mehr, mich länger zu verbergen. Außerdem kann ich *Conceal Life* nicht benutzen, also hab ich eigentlich wirklich nur ein bisschen verstecken gespielt.«

Obwohl Ainz ihnen den Grund für sein Erscheinen genannt hatte, hatten sie Nphelia anscheinend nicht behalten, um Lösegeld zu fordern. Er musste also damit rechnen, dass er bereits tot war.

»Okay, also, verrätst du mir deinen Namen?«, fragte die Frau. »Ich bin Clementine. Nett, dich kennenzulernen!«

»Ich denke nicht, dass es einen Unterschied macht, wenn du meinen Namen kennst, aber ich bin Momon.«

»Nie von ihm gehört. Du?«

»Ich kenn ihn auch nicht. Ich hab alle Informationen über die höchstrangigen Abenteurer der Stadt gesammelt, aber ein Momon war nicht drunter. Wie habt ihr diesen Ort hier überhaupt gefunden? Ich hab euch doch diese letzten Worte über die Kanalisation hinterlassen.«

»Die Antwort verbirgt sich unter deinem Umhang. Zeig sie ruhig.«

»Woah, du Perversling! Du gehst ja ganz schön ran.« Auf einmal verzerrten sich ihre Lippen zu einem breiten Grinsen. »Ach, nur Spaß. Du meinst die hier?«

Clementine schlug ihren Umhang zurück. Darunter kam eine glänzende Schuppenrüstung zum Vorschein. Ainz konnte dank seiner überdurchschnittlichen Sehkraft sofort ausmachen, woraus diese wirklich bestand. Die Rüstung war nicht aus einfachen Eisen- oder Stahlplatten gefertigt.

Sie trug die Abzeichen von zahllosen Abenteurern um ihren schlanken Körper: Marken aus Platin, Gold, Silber, Eisen und Kupfer. Hier und da blitzten auch Mithril und Oreichalkos hervor. Es waren die Marken ihrer Opfer, ihre Jagdtrophäen.

Das Aneinanderschaben des Metalls klang fast wie die unzähligen Schreie der Verdammten.

»Die haben uns verraten, wo ihr seid.«

Der Ausdruck auf Clementines Gesicht verriet, dass sie keine Ahnung hatte, wovon Ainz da sprach. Er hatte jedoch keine Lust, sich zu erklären.

»Nabe, du nimmst dir Khajiit und den Rest vor. Ich werde mich um die Dame hier kümmern.« Leise fügte er hinzu, dass sie auch ein Auge auf den Nachthimmel über ihnen haben sollte.

»Verstanden.«

Khajiits Miene rangierte irgendwo zwischen einem bitteren Lächeln und einem höhnischen Grinsen.

Narberal warf ihm einen eisigen Blick zu, der andeutete, dass sie jetzt schon gelangweilt war.

»Clementine, warum kämpfen wir nicht da drüben?« Ainz ging vor, ohne auf ihre Antwort zu warten. Er war sich sicher, dass sie keine Einwände hatte, und die Schritte, die er hinter sich hörte, bestätigten es.

Kaum hatten sie sich entfernt, hüllte ein gleißender Lichtblitz die Stelle ein, an der Khajiit und Narberal standen. Für Ainz und Clementine war das das Startsignal und sie taxierten einander.

»Waren die Abenteurer, die ich in dem Laden abgemurkst hab, deine Kameraden? Bist du sauer, weil ich deine Freunde erledigt hab?!« In spöttischem Ton fuhr sie fort: »Ha ha ha ha! Der Magic Caster war wirklich der Beste von ihnen – er glaubte bis zuletzt daran, dass ihnen noch jemand zu Hilfe eilen würde! Aber mit *so* einer zierlichen Statur hatte er keine Chance, meine Angriffe zu überstehen, bis sich jemand herabgelassen hätte, zu helfen. Aber vielleicht solltest du sie ja retten? Sorry – hab sie alle umgebracht!«

Ainz schüttelte nur den Kopf. »Da gibt es nichts zu entschuldigen.«

»Oh? Wie langweilig. Es macht Riesenspaß, Leute in die Knie zu zwingen, die sich für ihre Freunde rächen wollen und so was brüllen wie: *Wie konntest du nur?!* Wieso bist du nicht wütend? Das macht keinen Spaß! Waren sie nicht deine Freunde?«

»Ich hätte an deiner Stelle wahrscheinlich dasselbe getan, also wäre es Heuchelei, wenn ich dir Vorwürfe machen würde.« Ainz nahm langsam seine Kampfhaltung ein. »Trotz allem waren sie Werkzeuge, die mir beim Aufbau meines Rufs dienen sollten. Sie sollten Geschichten über mich und meine Taten unter den anderen Abenteurern verbreiten, sobald sie wieder im Gasthaus gewesen wären. Darüber, was für ein Held ich bin und wie wir zu zweit den Weisen König des Waldes bezwungen haben. Dass du diese Pläne zunichte gemacht hast, stört mich am meisten.«

Clementine grinste, als sie das hörte. »Ich verstehe. *Oh nein, du hasst mich!* Übrigens, herzukommen war ein Fehler. Die Schöne da drüben ist eine Casterin, oder? Dann kann sie gegen Khaj einpacken. Wenn ihr tauschen würdet, hätte sie vielleicht 'ne Chance, aber so ... Na ja, nein, eigentlich könnte sie mich auch nicht schlagen!«

»Oh, ich bin mir ziemlich sicher, dass Nabe dich fertigmachen würde.«

»Lächerlich! Ein Caster hätte keine Chance gegen mich! Ich würde einfach auf sie losstürmen und ... *Zack!* So endet es immer!«

»Ah, du bist eine ziemlich selbstsichere Kriegerin, was?«

»Ja, na klar. Es gibt keine anderen Krieger in diesem Land, die es mit mir aufnehmen könnten! Na, zumindest fast keine!«

»Okay, ich habe eine Idee. Ich werde mich zurückhalten. Ich werde meine Rache an dir auskosten.«

Clementine senkte ihren Blick. Es war das erste Mal, dass sie aussah, als würde ihr leicht mulmig zumute werden. »Den Infos der Heiligen Schrift der Windblume nach gibt es nur fünf Personen, die mir in irgendeiner Weise ebenbürtig wären: Gazef Stronoff, Gagaran von den Blauen Rosen, Luisenberg Alberion von den Roten Tränen, Brain Unglaus und Vesture Kloff Di Laufen, der sich allerdings zur Ruhe gesetzt hat. Aber weißt du, nicht mal die haben wirklich eine Chance gegen mich – selbst wenn ich das magische Item wegwerfen würde, das ich aus meiner Heimat habe …« Ihr Grinsen war inzwischen so unnatürlich breit, dass Ainz mulmig wurde. »Ich weiß ja nicht, was für eine hässliche Visage du unter deinem Helm da verbirgst, aber Clementine verliert nie! Ich hab den Heldenrang schon lange erreicht!«

Neben Clementines Wut war Ainz unendlich entspannt. »Deshalb halte ich mich ja zurück. Ich weigere mich, dich ernst zu nehmen.«

4

»*Twin Max Electrosphere!*« Plötzlich erschienen zwei Elektrokugeln, doppelt so groß wie normalerweise, in Narberals ausgestreckten Handflächen. Sie feuerte beide gleichzeitig ab.

Einschlag.

Die beiden verstärkten Elektrokugeln schwollen beide auf eine immense Größe an und verteilten ihre Elektroschocks über eine große Fläche. Der Friedhof war erfüllt von gleißend hellem Licht. Als das Licht kurz darauf wieder verschwunden war, zeigte sich jedoch die verheerende Zerstörungskraft. Khajiits Gehilfen waren allesamt niedergestreckt, doch die Schattengestalt in ihrer Mitte stand weiterhin aufrecht.

»Argh. Wieso lässt du dich nicht einfach zerquetschen, wie es sich für einen Käfer gehört? Hast du *Electric Energy Immunity* gesprochen oder was passiert hier?« In dem Moment, als sie die Frage gestellt hatte, bemerkte sie ein Brandmal auf seiner Wange. Es musste also ein Zauber gewesen sein, der schwächer als *Immunity* war – vielleicht *Electric Energy Protection.*

Narberal war etwas enttäuscht, dass sie nicht alle ihre Gegner mit einem Schlag bezwungen hatte, doch sie tröstete sich damit, dass das durchaus zu verzeihen war. Außerdem hätte es auch keinen Spaß gemacht, wenn der Kampf so schnell beendet gewesen wäre.

»Also bist du nicht nur dumm, du kannst auch Magie der Stufe drei anwenden!«

»Dumm ...? Eine menschliche Made wie du wagt es, mich dumm zu nennen?!« Narberals Augenbrauen zuckten.

»Was ist falsch daran, jemanden dumm zu nennen, der meinen Plänen in die Quere kommt?! Du wirst sterben, bevor du auch nur eine Ahnung von meiner wahren Stärke hast! Die Vorbereitungen sind bereits abgeschlossen. Ich habe genug negative Energie gesammelt – bestaune dieses majestätische Juwel!« Er hielt den schwarzen Stein in seiner Hand in die Höhe.

Es war ein einfaches Juwel, das wie schwarzes Metall glänzte – nicht geschliffen oder in Form gebracht. Ein Roherz wäre wohl die beste Beschreibung dafür. Narberal meinte allerdings, gesehen zu haben, wie es pulsierte.

Plötzlich erhoben sich sechs der Lakaien ganz langsam. Eigentlich hätten alle bis auf die Knochen verbrannt sein müssen, doch ihre Bewegungen waren nicht von Leben beseelt – sie wurden vom Tod gesteuert. Auf wackeligen Beinen bewegten sie sich zwischen Narberal und Khajiit.

Narberal war nicht sicher, was sie davon halten sollte. »Du willst, dass ich gegen *Zombies* kämpfe?«

»Wa ha ha ha ha ha! Genau das hatte ich vor! Los, greift sie an!«

Zombies waren die Untoten mit dem niedrigsten Rang und hatten keine magischen Fähigkeiten. Die früheren Schüler Khajiits stürzten sich auf Narberal, doch sie hatte schon einen Zauber gesprochen. »*Electrosphere!*«

Eine weitere weiße Lichtkugel sandte Blitze aus, die alle Lakaien einhüllten. Als der Elektroschock langsam abflaute, taumelten sie erneut zu Boden. Doch obwohl sie sie alle mit Leichtigkeit bezwungen hatte, blickte Narberal finster drein.

Die Fähigkeit *Create Undead* konnte nicht mehrere Leichen auf einmal in Untote verwandelt. *Hat er vielleicht irgendeinen Unterstützungszauber benutzt?* Narberals Blick wanderte wieder zu dem schwarzen Klumpen in seiner Hand. Wahrscheinlich war es das Item, das es ihm ermöglichte, mehrere Zombies zur gleichen Zeit auferstehen zu lassen und sie kontrollieren zu können.

Aber war seine Wortwahl nicht ein bisschen übertrieben für so einen minimalen Effekt? Die Einundvierzig Höchsten Geschöpfe, die die Große Gruft von Nazarick beherrschten und Narberal und die anderen NPCs geschaffen hatten, verdienten das Wort *majestätisch.*

Darüber grübelte Narberal, als Khajiit auf einmal freudig aufschrie: »Das ist genug! Ich habe genug negative Energie aufgenommen!«

Der schwarze Klumpen in Khajiits Hand sah aus, als würde er die Dunkelheit des Friedhofs in sich aufnehmen, und gab einen leichten Schimmer ab. Er pulsierte nun etwas stärker als zuvor, als hätte er einen eigenen Herzschlag.

Ich darf nicht zulassen, dass er noch mehr Tricks anwendet, entschied Narberal. Sie wollt gerade ihren nächsten Angriff einleiten, da hörte sie etwas – ein Geräusch von etwas, das durch die Luft schnitt. Sie erinnerte sich an die Worte ihres Meisters und sprang zur Seite.

Etwas Riesiges fegte über den Punkt, an dem sie eben noch gestanden hatte, und schwebte auf Khajiit zu, vor dem es langsam auf dem Boden landete.

Es war eine Ansammlung menschlicher Knochen, die etwa drei Meter hoch war. Die vielen Einzelteile bildeten einen langen Hals, vier Gliedmaßen und Schwingen – ein Drache. Das Wesen schlug mit seinem Schwanz, der ebenso aus zahlreichen Knochen bestand, auf den Boden. Es war ein Skelettdrache.

Sein Level war im Vergleich zu Narberal nicht so hoch, aber er hatte eine Fähigkeit, die tatsächlich gefährlich für sie werden konnte. Es war das erste Mal, seit der Kampf begonnen hatte, dass sich auf ihrem Gesicht leichte Überraschung und Verärgerung abzeichneten.

»Wa ha ha ha ha!» Khajiits fanatisches Lachen hallte über das Gelände. »Skelettdrachen sind resistent gegenüber Magie! Magic Caster haben keine Chance gegen sie!«

Narberals Magie würde nichts gegen das Monster ausrichten können. *Was bedeutet …*

Sie zog das Schwert samt Hülle, das ihr Meister ihr anvertraut hatte. Sie wickelte eine Kordel um die Scheide, damit es nicht herausglitt.

»Ich prügle ihn einfach zu Tode!« Sie stürmte auf das Monster zu.

Der Drache stampfte mit seinen Vorderbeinen auf, doch sie schlüpfte geschickt an ihnen vorbei. Ihr Haar wehte hinter ihr her. Sie zielte auf seine Brust und legte ihre gesamte Körperkraft in einen einzelnen Hieb.

Der Skelettdrache mochte vielleicht drei Meter groß sein, doch er wurde von ihrem Treffer durch die Luft geworfen. Einen Moment spürte sie die Vibrationen seines Aufpralls unter ihren Füßen.

»Was?!« Khajiit klang verwundert.

Skelettdrachen waren zwar leichter, als sie aussahen, da sie nur aus Knochen bestanden. *Aber doch nicht* so *leicht*. Ihn so mühelos zurückzuschlagen war auf jeden Fall nichts, was ein Magic Caster, der seine Tage damit verbrachte, arkane Magie zu studieren, bewerkstelligen können sollte.

Khajiit suchte hastig hinter dem Drachen Schutz und rief: »W… Wer bist du?! Ein Abenteurer des Mithril… nein, Oreichalkosrangs?! Ich dachte, in dieser Stadt gäbe es so was gar nicht. Bist du hinter Clementine her?!« Er knirschte so laut mit den Zähnen, dass man denken musste, sie würden gleich zerbersten.

Narberal seufzte. »Bist du ein Grashüpfer oder warum gehst du immer gleich so in die Luft?«

»W...W... Was sagst du da?!« Er hatte eine enorme Menge an negativer Energie verwendet und zwei Monate lang ein aufwändiges Ritual abgehalten, um diesen Skelettdrachen beschwören zu können. Wie konnte er so einfach bezwungen worden sein? Und das kurz vor der Vollendung seines jahrelangen Plans?

Khajiits Gesicht verzog sich zu einer wütenden Grimasse. Mit langsamen, zuckenden Bewegungen kam das Monster wieder auf die Beine. Man konnte große Risse in den Knochen seiner Brust erkennen und Knochenfragmente bröselten heraus. Khajiit durfte nicht zulassen, dass er einen weiteren Treffer einsteckte.

»Nein! Das lasse ich nicht zu! *Ray of Negative Energy*!« Ein schwarzer Lichtstrahl schoss aus Khajiits Hand und traf den Skelettdrachen, dessen Wunden augenblicklich durch die negative Energie geheilt wurden.

»Du hast groß über seine Magieresistenz schwadroniert, aber nun kannst du Magie nutzen, um ihn zu heilen, was?«

Khajiit ignorierte Narberals schnippischen Kommentar und sprach eine Reihe von Zaubern. »*Reinforce Armor*! *Lesser Strength*! *Undead Flames*! *Shield Wall*!« Sie waren als Buffs für den Skelettdrachen gedacht. Seine Knochen wurden auf einmal robuster, seine Angriffskraft war auf magische Weise verstärkt worden und sein gesamter Körper in schwarze Flammen gehüllt, die bei Berührung Lebensenergie entziehen konnten. Außerdem bildete sich eine unsichtbare Mauer um eine halbe Seite seines Körpers, die als Schild fungierte.

»Zu diesem Spiel gehören zwei! *Reinforce Armor*! *Shield Wall*! *Negative Energy Protection*!« Narberal sprach einige Defensivzauber.

Als beide ausreichend geschützt waren, führten sie ihren Kampf fort – Runde zwei war eingeläutet.

Narberal schwang ihr Schwert. Sie schlug auf die Vorderbeine des Skelettdrachen ein, doch nun wurde sie etwas unsicher und zog die Augenbrauen zusammen. Bisher war alles zu ihren Gunsten verlaufen, doch nun war die Lage nicht mehr ganz so rosig. Sie war nicht für den physischen Kampf gemacht und ihre Waffe hatte nicht die nötige Durchschlagskraft.

Da der Drache ganz aus Knochen bestand, konnten ihm Stichwaffen keinen wirklichen Schaden zufügen. Eine Schlagwaffe wäre geeigneter gewesen, aber Narberal hatte keine und so blieb ihr nur das Schwert in der Scheide. Obwohl sie in die Offensive ging, waren ihre Hiebe unausgewogen und so konnten ihre Angriffe ebenfalls nicht die gewünschte Schlagkraft entfalten. Für einen echten Krieger wäre es ein Leichtes gewesen, doch Narberal war ein Caster – auf diesem Kampfgebiet schlug sie sich nicht besonders gut.

Der Skelettdrache schwang eins seiner Vorderbeine nach vorn und verfehlte Narberal nur knapp, die sich geschickt duckte. Sie wurde von seinen schwarzen Flammen gestreift, doch *Negative Energy Protection* negierte den Effekt und sie sprangen nicht auf sie über. Wenn sie sich zuvor nicht mit Schutzzaubern ausgerüstet hätte, hätte sie wahrscheinlich trotz ihres Ausweichens Schaden genommen.

»*Ray of Negative Energy*!«, rief Khajiit, der einen weiteren Energiestrahl auf seinen Drachen richtete, um dessen Wunden zu heilen.

Das war ein weiteres Problem. Auch wenn sie es schaffte, dem Monster Schaden zuzufügen, würde Khajiit ihn einfach wieder heilen. Wieso griff sie Khajiit also nicht zuerst an? Sie konnte nicht, weil der Drache genau zwischen ihnen stand.

Auch wenn sie einen Durchschlagszauber wie *Lightning* gesprochen hätte, wäre er einfach von der Magieresistenz des Drachen abgeblockt worden. Ein AoE-Zauber wie *Electrosphere* hätte wahrscheinlich wegen Khajiits Schutzzauber einen außerordentlich geringen Effekt. *Wie wäre es mit Gedankenkontrolle?* Ungeschützt könnte sie ihn so mit einem Streich besiegen.

»*Charm Person!*«

»*Undead Mind!*«

Narberal und Khajiit sprachen ihre Zauber im gleichen Moment – Narberal einen Zauber, der Khajiits Geist kontrollieren sollte, Khajiit einen Schutzzauber, der telepathische Magie auf ihn blockieren würde. Ein triumphierendes Lächeln erschien auf Khajiits Lippen, während Narberal ihr Gesicht verzog und angewidert mit der Zunge schnalzte.

War Khajiits Lächeln wirklich so eine Ablenkung für sie? Ein Schatten fiel über ihr Gesicht.

Ihr gesamtes Gesichtsfeld wurde von einem weißen Licht erfüllt.

Ausweichen wird schwierig.

Ihr Geist lief mit einem Mal auf Hochtouren – sie hob die Spitze ihres Schwerts an ihre gegenüberliegende Schulter und benutzte es als Körperschild. Die Vibration des Einschlags übertrug sich durch ihr Schwert auf ihre Hände, ihre Schultern und dann ihren gesamten Körper. Sie wurde in die Luft geschleudert. Der Angriff des Drachenschwanzes hatte direkt auf ihr Gesicht abgezielt und sie in hohem Bogen zurückgeworfen.

»Und hepp …« Narberal landete geschickt auf ihren Füßen und zog sich ein wenig weiter zurück.

Es wäre der perfekte Zeitpunkt für den Skelettdrachen gewesen, um einen Folgeangriff zu starten, doch dieser kam nicht. Der Drache musste Khajiit beschützen, also konnte er sich nicht zu weit von ihm entfernen. Narberal behielt den Drachen im Auge, während sie versuchte, das Taubheitsgefühl aus ihren zitternden Händen zu schütteln.

Plötzlich tauchte Khajiit hinter dem Drachen auf und rief: »*Acid Javelin*!«

»*Lightning*!«

Sein grüner Speer flog direkt auf Narberal zu. Normalerweise hätte ihr der Säurestrahl Schaden zugefügt, doch er prallte einige Zentimeter von ihrem Körper entfernt einfach ab und löste sich auf. Gleichzeitig wurde jedoch auch der Lichtblitz, der aus Narberals Finger schoss, von dem Skelettdrachen abgefangen, der sich ihm in den Weg stellte.

Khajiit und Narberal starrten sich zornig an.

»Du hast also einen Schutzzauber gesprochen? Das nervt gewaltig.«

»Das nervt? Das sollte ich lieber sagen, du faulige Made. Wieso hörst du nicht mit dem Versteckspiel auf und kommst endlich raus?«

»Wieso sollte ich?«

»Wird dein Plan nicht zunichte gemacht, wenn du hier zu lange in einen Kampf verwickelt wirst?«

Narberal hatte recht. Khajiits Augen verengten sich, als er sah, wie sie ihn anlächelte.

»Verstehe. Dann habe ich wohl keine Wahl.« Khajiit drückte den eigenartigen Stein in seiner Hand, bevor er ihn emporstreckte. »Sieh die Macht des Juwels des Todes!«

Narberal verlor das Gleichgewicht – der Beweis dafür, dass der Boden zu beben begonnen hatte. Irgendetwas Großes näherte sich. Eine Sekunde später bildete sich ein Riss im Boden vor ihnen und etwas Weißes stieg langsam heraus.

»Noch einer …?«

»Hmm! Ich habe meine negative Energie bereits aufgebraucht. Aber wenn ich dich und deinen Freund töte und dann Tod und Verderben über die Stadt bringe, sollte ich ein wenig davon zurückgewinnen können!«

Narberal blieb unbeeindruckt, doch Khajiit hörte nicht auf, wie wild herumzuschreien. Sie atmete tief durch und lief los. Sie lief schneller, als ein Mensch je hätte laufen können. Khajiit passte für einen kurzen Moment nicht auf und hatte deshalb keine Möglichkeit zu reagieren.

Als Narberal in die Reichweite des Skelettdrachens geriet, versuchte dieser wieder, sie mit seinen Vorderbeinen zu attackieren. Geschickt wich sie seinen Beinen nach links aus, doch da kam schon der Schwanz des soeben neu erschienenen Drachens auf sie zugeschnellt, um sie von den Füßen zu holen.

Sie sprang hoch, um auszuweichen – gerade rechtzeitig. Direkt unter ihr wirbelte der Schwanz die Erde auf. Kaum war sie gelandet, wechselte er jedoch die Richtung und schnellte von oben auf sie zu.

Der Schwanzschlag ließ den Boden erbeben, doch Narberal konnte sich nach links retten. Da kam der andere Drache von rechts auf sie zu und attackierte sie mit einem seiner Vorderbeine.

»Gah!« Sie blockte den mächtigen Angriff mit ihrem Schwert. Das Bein war zwar nicht gerade leicht, doch sie hielt es auf und drückte es von sich weg. Der angreifende Drache zog sich wieder zurück, was zu einer kurzen Pause in diesem Schlagabtausch führte.

»Was bist du?! Wie kannst du solche Angriffe ohne Kampfkünste einfach blocken? Wie konntest du so stark werden?«

»Ich wurde von den Höchsten Geschöpfen geschaffen, deren Kräfte sogar die der Götter übersteigen!«

»Das kauf ich dir nicht ab, du Dummkopf!«

»Du kannst die Wahrheit nicht erkennen und nennst mich einen Dummkopf? Genau deshalb sind Menschen nicht mehr wert als dreckige Würmer!« Narberal warf Khajiit einen bösen Blick zu.

Er enthielt so viel Bösartigkeit, dass es Khajiit kalt den Rücken hinunterlief und er einen Schritt zurück machte. Um sich von der Furcht zu befreien, gab er einen Befehl. »Hol sie dir, Skelettdrache!«

Die Drachen, die beide nah bei Khajiit blieben, griffen Narberal erneut an. Sie wich einem Angriff geschickt aus und versuchte, sich ihnen zu nähern. Ihr Ausweichmanöver dauerte jedoch eine Sekunde zu lang und so verpasste sie ihr Zeitfenster. Inmitten dieses Hin- und Hers startete Khajiit einen entscheidenden Angriff.

»*Acid Javelin!*«

Der magische Strahl schoss geradewegs auf Narberals Gesicht zu, doch sie wich ihm instinktiv aus. Das war allerdings ein Fehler gewesen. Es wäre ihr nichts geschehen, hätte sie den Strahl einfach ignoriert. Da er jedoch direkt auf ihr Gesicht gezielt hatte, waren ihre Instinkte schneller als ihr Geist. Ein solcher Fehler unterlief nur Magic Castern, die nicht für den Nahkampf ausgebildet waren – und dafür würde sie nun bezahlen.

Mit einem kreischenden Geräusch veränderte sich die Sicht vor Narberals Augen – die Welt kippte. Nach einem kurzen Moment der Schwerelosigkeit stürzte sie zu Boden. Einer der Skelettdrachen hatte sie am linken Oberarm mit seinem Schwanz getroffen, sie rollte immer noch über den Boden und war komplett desorientiert.

Die Defensivzauber, die sie zuvor gesprochen hatte, bewirkten zumindest, dass sie keinen Schmerz spürte. Sie lag flach auf dem Boden und über ihr ragten die beiden Drachen auf. Ihre Vorderbeine waren zum Angriff erhoben.

Es schien, als wäre ihr Ende gekommen, und normalerweise wäre es das auch gewesen.

»Wenn du dich ergibst, verschone ich dich!«, rief Khajiit, der sich seines Sieges sicher war und ein sadistisches Grinsen aufgesetzt hatte. Natürlich hatte er keineswegs vor, sie zu verschonen. Sein Grinsen sprach Bände – er genoss es, den Schrecken in ihrem Gesicht zu sehen, und er würde den Anblick noch mehr genießen, wenn sie vor ihm um ihr Leben bettelte.

Narberal hatte sich aufgesetzt. Zorn loderte in ihren Augen. »…schen…schaum…«

»Was …?«

Sie starrte ihn an. »Menschenabschaum, wage es ja nicht, so mit mir zu sprechen, du Mistkerl!«

Khajiits Augen traten hervor und er rief panisch: »Zerschmettert sie, Skelettdrachen!«

Als ihre Beine sich in Bewegung setzten, lächelte Narberal. Sie konnte die Stimme ihres Herren nicht ausblenden, egal von wie weit her sie zu ihr getragen wurde: »Narberal Gamma! Zeig ihnen die wahre Macht von Nazarick!«

»Wie Ihr wünscht, mein Lord. Ich werde ihnen nicht als Nabe gegenübertreten, sondern als die stolze Narberal Gamma!«

Sie lag immer noch am Boden und die Drachenbeine waren schon fast über ihr, um sie zu zerstampfen. Sie wäre fast dem Erdboden gleichgemacht geworden, doch dann sprach sie einen Zauber: »*Teleportation*!«

Ihre Sicht änderte sich – plötzlich fand sie sich einen halben Kilometer über der Erde schwebend wieder.

Da sie keine Flügel besaß, stürzte sie jedoch sofort zurück zur Erde.

Der Wind pfiff ihr um die Ohren, der Boden unter ihr kam immer näher. Sie kicherte. »*Fly*!« Ihr Fall verlangsamte sich allmählich, bis sie in der Luft schwebend stehen blieb. Unter sich sah sie Khajiit und die beiden Skelettdrachen auf dem Schlachtfeld. Sie sahen sich panisch um und schienen von Narberals plötzlichem Verschwinden äußerst überrascht zu sein.

*

»Ahh! Ich bin müde!«, bemerkte Clementine laut genug, dass Ainz es hören konnte. Nach einigen Minuten des Kampfes hatte Ainz ihr nicht einmal einen Kratzer zugefügt. »Aber weißt du, du wirkst echt stark. Darauf bist du wahrscheinlich ziemlich stolz, aber«, sie lächelte boshaft, »du bist schon ein bisschen dumm, oder? Du schwingst dieses Ding einfach nur wild um dich. Du hast keine Technik – wie ein Kind, das mit einem Stock spielt. So ein Schwert in jeder Hand nützt dir wenig, wenn du nicht damit umgehen kannst. Es wäre vielleicht besser, wenn du nur eins nehmen würdest. Begreifst du die Feinheiten des Kampfes überhaupt?«

»Vielleicht solltest du mich dann mal angreifen. Bisher bist du nur ausgewichen. Du stehst doch hier unter Zeitdruck, oder nicht?«, spottete Ainz.

Clementines Gesichtsausdruck verfinsterte sich. Es stimmte, dass sie ihn bisher nicht ein einziges Mal angegriffen hatte. Sie wich ihm die ganze Zeit nur aus. Angesichts seiner überlegenen kämpferischen Fähigkeiten gelang es ihr einfach nicht, eine Lücke in seiner Deckung zu finden. Sie hatte also auch kein leichtes Spiel. Dass sie nun so wütend war, rührte daher, dass sie vorher so groß angegeben hatte.

»Ich dachte, dass es keine Krieger gibt, die dir gewachsen sind? Wo ist deine ganze Selbstsicherheit hin?«

Dieses Mal reagierte sie auf Ainz' Provokation und zog ihre Waffe. Aus den vier Stiletten und dem Morgenstern, die an ihrer Hüfte hingen, wählte sie eine ihrer Stichwaffen aus.

Mit seiner außergewöhnlichen Sehkraft konnte Ainz selbst aus der Entfernung die blutigen Fleischfetzen ausmachen, die noch an dem Morgenstern klebten, und er umklammerte seine beiden Schwertgriffe fester.

Als beide einen Schritt aufeinander zu machen wollten, bebte plötzlich die Erde.

Mitten im Kampf durfte Clementine ihren Blick nicht zu lange von ihrem Gegner abwenden, doch sie erlaubte sich, sich zumindest ein schnelles Bild der Situation zu machen. Wo Narberal gegen Khajiit kämpfte, waren zwei Drachen aufgetaucht, die nur aus Knochen bestanden.

»Skelett…drachen …?«

»Bingo! Richtig! Du kennst dich echt aus, was? Sie sind der Albtraum eines jeden Casters!«

»Verstehe. Deshalb hast du also gesagt, dass Nabe keine Chance hätte.«

»Genau.« Der Anblick der Drachen verlieh ihr neue Zuversicht und auch ihr Spotten war zurückgekehrt.

Das illusionäre Gesicht unter Ainz' Helm wurde nun von einer Grimasse geziert. Skelettdrachen waren ein ernst zu nehmender Gegner für Magic Caster. Gegen zwei von ihnen hatte Narberal in ihrem derzeitigen Zustand so gut wie keine Chance auf einen Sieg.

Wohl weil sie Ainz' Frust gespürt hatte, bewegte sich Clementine kaum merklich. Es hätte ein Täuschungsmanöver sein können, aber es steckte mehr dahinter. Wenn ein Krieger einem anderen talentierten Gegner eine Schwachstelle offenbarte, musste er damit rechnen, dass diese auch ausgenutzt wurde.

Ainz blendete Narberal aus, so gut er konnte, und richtete das Großschwert in seiner linken Hand wie einen Speer auf Clementine, während er das andere Schwert mit seiner Rechten über seinen Kopf hob.

Clementine hatte eine Stichwaffe, was ihre Angriffsmöglichkeiten deutlich einschränkte. Stechen – das war alles, was sie tun konnte. Zudem waren ihre Stilette filigran und würden einem Schlagabtausch mit einem Großschwert nicht standhalten.

Das linke Schwert ausgestreckt, sodass sie kaum eine Möglichkeit hatte, sich ihm zu nähern, wartete er. Sie durchschaute ihn allerdings.

»Wie willst du die Distanz zwischen uns überwinden?«

»Och, ich weiß auch nicht …« Ihre gelassene Art und ihr schelmisches Lächeln verrieten Ainz, dass sie durchaus noch ein paar Tricks auf Lager hatte.

Ihre Haltung änderte sich ganz langsam. Sie beugte sich tief nach vorne, bis ihr Kinn fast den Boden berührte, den Hintern hatte sie in die Luft gestreckt – eine sehr eigenartige Haltung. Es sah irgendwie komisch aus, aber davon durfte man sich nicht täuschen lassen.

Eine blitzschnelle Bewegung folgte. Für den aufmerksamen Ainz sah es aus, als wäre sie wie eine Springfeder auf einmal losgelassen worden. Sie raste in unglaublicher Geschwindigkeit auf ihn zu – schneller, als menschenmöglich sein sollte.

Wie ein heranfegender Wirbelsturm umging sie ungehindert das ausgestreckte Großschwert und stand plötzlich vor Ainz.

Ihre Bewegungen glichen denen einer Schlange, die sich auf ihre Beute stürzte. Überrascht ließ Ainz den rechten Arm mit immenser Kraft heruntersausen. Sein mächtiger Angriff schien die Luft zu zerteilen und ließ eine unfassbare Zerstörungskraft auf Clementine los.

Innerhalb dieses Bruchteils einer Sekunde sah er, wie das Lächeln auf Clementines Gesicht breiter wurde.

»*Undurchdringbare Trutzburg*!«

Ainz schauderte angesichts des Unvorstellbaren. Das schmale Stilett hatte die volle Angriffskraft seines Großschwerts zurückgeschlagen, das mindestens zehnmal so schwer war.

Unter Ainz' Attacke hätte ihre Waffe eigentlich entzweibrechen müssen. Und selbst wenn das wie durch ein Wunder nicht passiert wäre, hätte sie Clementine zumindest zurückschleudern müssen. Stattdessen wurde sein eigenes Schwert heftig zurückgeworfen, als wäre es von einer massiven Burgwand abgeprallt.

Clementine stürzte sich auf seine ungeschützte Brust, als wollte sie ihren Liebsten umarmen. Ihre fein geschnittenen Züge und ihr breites Lächeln nahmen Ainz' gesamtes Sichtfeld ein.

Ihr Angriff erfolgte schneller, als er reagieren konnte. Sie vereinte die Schnelligkeit ihres Sprints mit der Kraft all ihrer Muskeln und nutzte den Vortrieb ihres Körpers, um einen Angriff auf Ainz loszulassen, der der Durchschlagskraft eines Meteors glich.

Ihre Waffe blitzte auf und dann hallte das schrille Kreischen von Metall auf Metall über den Friedhof. Ainz schwang sein linkes Großschwert so schnell er konnte herum, doch Clementine wich ihm aus.

Er erkannte den Trick. »Eine Kampfkunst?« Das waren Techniken, vor denen er sich in Acht nehmen musste – Kriegermagie hatte es in *Yggdrasil* nicht gegeben. *Die Technik schützt wohl ihr Schwert und verleiht ihr körperliche Unbezwingbarkeit.* So musste sie Ainz abgewehrt haben.

»Harte Nuss! Woraus ist deine Rüstung, Adamant?«

Er fühlte keinen Schmerz, doch als er das metallische Kreischen vernommen hatte, hatte er einen scharfen Stich an der linken Schulter gespürt. Schockiert sah er darauf hinab und entdeckte eine leichte Delle in seiner Rüstung. Ihr mochten zwar keine speziellen magischen Kräfte innewohnen, doch es war immerhin eine Rüstung, die von einem Magic Caster mit Level 100 geschaffen worden war – und sie war entsprechend robust. Dass es Clementine auch nur möglich gewesen war, eine Delle hineinzumachen, zeugte von ihrer Zerstörungskraft.

»Na, was auch immer. Nächstes Mal muss ich dich einfach an einer Stelle treffen, die nicht so gut geschützt ist. Dabei wollte ich auf dich einstechen, bis du dich nicht mehr bewegen kannst, und dich dann foltern! Echt schade, dass daraus nichts wird!«

Als Ainz hörte, dass sie seine Schulter nicht nur zufällig angegriffen hatte, sondern dass sie damit seinen linken Arm hatte außer Gefecht setzen wollen, empfand er zum ersten Mal zumindest einen Hauch von Respekt gegenüber Clementine.

Ainz griff immer mit dem Ziel an, Schaden zu verursachen. Das reichte aus, wenn er gegen einen Gegner antrat, den ein einzelner richtiger Treffer ausschalten würde. Wenn es aber um standhaftere Gegner ging, musste er strategischer denken. *Eine wichtige Lektion, die ich hier lerne ...*

»Okay, weiter geht's!«

Während Ainz Clementine noch für ihre Voraussicht bewunderte, hatte sie sich bereits wieder in ihre eigenartig gebeugte Haltung begeben. Ainz hob das Großschwert in seiner rechten Hand.

Als sie das sah, schoss Clementine auf ihn zu. Sie war so schnell, dass nicht einmal Ainz' außergewöhnliche Sehkraft sie wahrnehmen konnte. Wenn sie nicht geradewegs auf ihn zugerast wäre, hätte er sie aus den Augen verloren.

Wie ein unheilvoller Pfeil flog sie auf ihn zu. Ainz führte seine geplante Attacke aus und schwang sein rechtes Schwert.

»*Undurchdringbare Trutzburg!*«

Er spürte, wie er an derselben Kampfkunst wie zuvor abprallte. Das hatte er jedoch erwartet. Beim letzten Mal hatte er seine gesamte Kraft in seinen Schwerthieb gelegt und das hatte ihn beim Abprallen zurückgeworfen. Dieses Mal wendete er weniger Kraft auf.

Der Aufprall fühlte sich an, als hätte er eine harte Mauer getroffen, doch sein Arm war kräftig genug, um den Rückstoß abzufangen. Er schwang sein linkes Großschwert und war sich sicher, dass Clementine niemals zwei von seinen stärksten Angriffen widerstehen könnte.

Bevor er allerdings einen Treffer landen konnte, hatte sie bereits eine neue Kampfkunst ausgeführt. »*Volle Beschleunigung!*« Auf einmal geschah etwas, auf das sich Ainz nicht einmal mehr einen Reim machen konnte.

Es war fast, als hätte Clementine die Zeit manipuliert. In diesem eigenartigen Raum-Zeit-Gefüge, in dem sich alles wie durch eine äußerst zähe Flüssigkeit bewegte, erreichte Ainz' Schwert nur noch Schneckentempo.

Einzig Clementine war es möglich, ihre Geschwindigkeit in diesem Raum zu bewahren. Sie wich Ainz' Gegenangriff mit Leichtigkeit aus und schlüpfte an seinem Schwert vorbei, sodass sie direkt vor ihm stand.

Vielleicht bildete Ainz sich das alles auch nur ein. Er trug Ringe, die ihn eigentlich gegen verlangsamende Zauber von außen schützen sollten – vorausgesetzt, dass das hier nicht etwas völlig Neues war ...

Vermutlich war es nur ihre überraschende Beschleunigung, die seinen kampfgeschärften Sinnen vorgaukelte, dass er sich langsamer bewegte. Zumindest hatte er diese Kampfkunst schon einmal gesehen und da hatte sie nicht diesen Effekt auf ihn gehabt.

»Gaze...« Es war eine Kampfkunst, die Gazef Stronoff eingesetzt hatte.

Bevor er den Namen aussprechen konnte, wurde er von einem Stilett durchbohrt. Clementine hatte direkt auf den schmalen Schlitz in seinem Helm gezielt – dort, wo seine Augen hätten sein sollen.

Ainz drehte seinen Kopf und schaffte es, dass sich das Stilett nicht in dem Schlitz verfing – doch auch so war das Geräusch von kreischendem Metall in seinem Helm unerträglich. Bevor er allerdings aufatmen konnte, sah er aus dem Augenwinkel, wie Clementine ihr Stilett zurückzog und bereit war, erneut zuzustechen.

»Tsk!«

Trotz seiner überlegenen Stärke war Clementines direkter Angriff einfach schneller als Ainz' ausladende Schwerthiebe. Dieses Mal verfehlte sie nicht und ihr Stilett bohrte sich in seinen Helmschlitz.

»Hm?«

»Agh!«

Sein überraschter und ihr erschrockener Ausruf ertönten gleichzeitig.

Ainz hielt sich den Helm und taumelte einige Schritte zurück, ohne einen Konter auszuführen.

Sie beobachtete ihn aus dem Augenwinkel, während sie die Spitze ihres Stiletts genauer betrachtete. »Du willst dich also zurückhalten? Wenn du nicht alles gibst, wirst du sterben!«, witzelte sie. Ainz antwortete nicht, also stellte sie eine Frage, um ihre Zweifel auszuräumen. »Wie kommt es überhaupt, dass mein Angriff eben dir keinen Schaden zugefügt hat? Ich war sicher, dass ich dir damit richtige Schmerzen zufügen wurde!«

»Mann. Ich hab ... eine Menge in diesem Kampf gelernt. Erst eine neue Kampfkunst und dann auch noch, wie wichtig es ist, den gesamten Körper einzusetzen, um das Gleichgewicht zu halten, und nicht nur stumpf sein Schwert zu schwingen.«

»Hm? Hast du 'ne Macke? Das lernst du erst jetzt? Und so was will Krieger sein! Na ja, du wirst jetzt sterben, also macht es keinen Unterschied mehr. Aber ich hätte doch gern eine Antwort auf meine Frage ... Hast du da eine defensive Kampfkunst benutzt?«

Ainz konnte sich ein selbstironisches Grinsen unter seinem Helm nicht verkneifen, als er ihren gereizten Tonfall hörte. Sie hatte recht, seine Fähigkeiten als Krieger zu belächeln. »Ich bin wirklich unvorbereitet hergekommen. Tut mir leid. Aber uns läuft die Zeit davon. Schluss mit den Spielchen.« Er ignorierte die Verwirrung in Clementines Gesichtsausdruck und rief: »Narberal Gamma! Zeig ihnen die Macht von Nazarick!«

Ainz wirbelte beide Schwerter herum und stieß die Klingen in die Erde vor sich. Er streckte seine beiden Hände aus und winkte Clementine heran. »Dann komm und zeig mir, wie bereit du bist zu sterben.«

*

»Also war das kein Bluff, was? Du kannst tatsächlich *Fly* benutzen? Aber wie bist du dem Angriff ausgewichen? Ich konnte nichts sehen, weil ich hinter dem Drachen stand …«

Khajiits Stimme zeugte von Vorsicht, während Narberal langsam wieder auf den Boden zuschwebte. Er konnte sich nicht erklären, warum sie *Fly* nicht benutzt hatte, um zu fliehen. Wer würde sich nicht zurückziehen, wenn er gegen zwei Skelettdrachen antreten müsste?

»Hmpf. Du denkst wohl, dass du eine Chance auf den Sieg hast. Gegen Skelettdrachen mit absoluter Magieresistenz?«

»Ich könnte dich auf so viele Arten besiegen – doch zuerst …« Narberal fasste ihren Umhang an der Schulter und riss ihn sich vom Körper. »Freue dich, menschlicher Abschaum, dir wird die Ehre zuteil, gegen Narberal Gamma anzutreten, stolzes Mitglied der Plejaden, die als Kampf-Maids der Großen Gruft von Nazarick dienen und ihrem alleinigen Herrscher, dem Höchsten Geschöpf, Ainz Ooal Gown!«

Ihre gesamte Aufmachung hatte sich verwandelt. Sie trug Arm- und Beinschienen, die aus silbernem, goldenem und schwarzem Metall angefertigt waren, eine Rüstung wie das Kleid einer Maid aus einem Manga und statt eines Helms trug sie eine Haube aus weißer Spitze. In ihren Händen hielt sie einen goldenen Stab mit silbernen Verzierungen.

In *Yggdrasil* war es möglich, benutzerdefinierte Gegenstände mithilfe der Datenkristalle zu verändern. Narberals Umhang war mit einem Schnelltausch-Kristall versehen, wodurch es ihr möglich war, ihr gesamtes Ausrüstungsset in einem zu wechseln, ohne sich umziehen zu müssen.

Der Umhang wurde indes im unsichtbaren Raum »abgelegt«.

Khajiit blinzelte ungläubig, als er plötzlich die Maid vor sich sah. Dann dämmerte es ihm endlich und ihm entfuhr ein verdattertes »Was?!«.

Für diese Casterin schien es völlig normal zu sein, sich in eine Maid zu verwandeln, doch er wusste nicht, wie er auf ihren lächerlichen Aufzug reagieren sollte, und der völlig gelassene Ausdruck auf Narberals Gesicht ließ die Panik in ihm aufsteigen. Er befahl den Skelettdrachen, sofort anzugreifen, worauf die beiden mit unerwarteter Schnelligkeit auf Narberal zustürmten. Eins der riesigen Knochenmonster versuchte, sie mit einem seiner Vorderbeine zu zerstampfen, doch sie schaffte es, gerade rechtzeitig einen Zauber zu sprechen.

»*Dimensional Move!*«

»Nicht schon wieder!«

Und schon war Narberal wieder verschwunden.

Khajiit versuchte herauszufinden, wohin sie diesmal geflohen war, und sah erneut in den Himmel. Allerdings war es der Schmerz, der ihm schließlich verriet, wo sie war.

»Gaaahh!«, hallte sein Schrei über den Friedhof. Ein Brennen schoss durch seine linke Schulter und mit jedem Herzschlag breitete sich ein dumpfer Schmerz in seinem Körper aus. Benommen sah er hinab und bemerkte, dass ein spitzer Gegenstand tief in seinem Fleisch steckte.

Im nächsten Moment wurde die Klinge höchst unvorsichtig wieder herausgerissen, was eine erneute Schmerzwelle verursachte. »Gah! Gyaahh!« Die Vibrationen, als die Klinge über seine Knochen schabte, gingen auf seinen gesamten Körper über und vermischten sich mit dem überwältigenden Schmerz. Blut sprudelte aus seiner Stichwunde und tränkte seine schwarze Robe. Die Qualen raubten ihm den Atem und er wirbelte herum, um zu sehen, was überhaupt geschehen war.

Überrascht sah Narberal ihn an. »Tut es wirklich *so* weh?«

»Ngh!«

Mit der freien Hand spielte sie mit einem blutigen Dolch.

Khajiit litt solche Schmerzensqualen, dass er kein Wort herausbrachte. Als Caster hatte er nie an vorderster Front gekämpft, außerdem hatte er so viele Schergen, dass er zwar reichlich Gelegenheit gehabt hatte, Schaden auszuteilen, selbst hatte er ihn aber nur selten erfahren. Er war nicht daran gewöhnt und hatte eine entsprechend niedrige Schmerzgrenze.

Kalter Schweiß stand auf seiner Stirn. Wortlos gab er den Skelettdrachen Befehle, doch Narberal flog ein weiteres Mal davon – durch *Fly* war sie um einiges schneller, als wenn sie losgelaufen wäre.

Die Drachen stellten sich zwischen Khajiit und Narberal. Khajiit, der hinter ihnen Schutz suchte, erholte sich ein Stück weit und begriff endlich die Tragweite von Narberals Zauber. »Teleportationsmagie?!«

Dimensional Move war ein Zauber der Stufe drei, doch er war generell als Fluchtzauber gedacht, der dazu diente, innerhalb von Sekunden Distanz zwischen den Anwender und seinen Gegner zu bringen.

Zumindest galt das für körperlich schwache Magic Caster. Falls dieser jedoch eine Stärke aufwies, neben der ein Krieger lächerlich ausgesehen hätte, war der Zauber genauso mächtig wie ein Angriffszauber. Nein, da er nicht abgewehrt werden konnte, war er sogar *besser* als schwächere Angriffsmagie.

Khajiit hielt seine Schulter und warf Narberal einen bösen Blick zu. »Verstehe. Deine Geheimwaffe ist also, dass du dich teleportierst, um blitzschnell anzugreifen! So bist du auch dem Angriff vorhin einfach ausgewichen!«

Ihre Magie war wirklich ein Ärgernis. Da sie keine Wirkung auf die Skelettdrachen hatte, war die logische Strategie, den Beschwörer auszuschalten. Und wenn sie die Teleportationsmagie geschickt einsetzte, hatte er ihr nichts entgegenzusetzen.

Narberal gab leichthin zurück: »Nicht wirklich.«

Khajiit blinzelte, verwirrt über ihre Antwort.

Sie setzte sich wieder in Bewegung und erklärte: »Das war nur *eine* Möglichkeit, wie ich dich ganz einfach hätte töten *können*!«

Narberal war ihm weit unterlegen gewesen, doch in dem Moment, in dem sie den Spieß endlich hätte umdrehen können, hatte sie sich zurückgehalten. Khajiit verstand die Welt nicht mehr. »Bist du verrückt …?«

»Ich weiß, dass du nur ein dreckiger Floh bist, aber was soll das für eine Frage sein? Streng doch mal dein Insektenhirn ein bisschen an!«

Ihr kalter Blick ließ seinen gesamten Körper erzittern – Angst erfüllte seinen Verstand.

»Lass uns das hier endlich beenden. Es ist wirklich unhöflich von mir, Lord Ainz noch länger warten zu lassen … Du scheinst zu denken, dass Magie keine Wirkung auf die Skelettdrachen hat, also lass mich dir etwas auf die Sprünge helfen. Vielleicht lernst du ja noch was dabei. Die Lektion kostet dich allerdings dein Leben.«

Sie ließ ihren Stab fallen und schlug die Handflächen zusammen. Als sie die Hände wieder auseinanderzog, sprangen zwischen ihnen weiße Lichtbögen hin und her. Die Luft um die Blitze herum wand sich wie Schlangenkörper und Funken flogen, wo sich die Energie entlud. Es war, als wäre ihr ganzer Körper in weißes Licht gehüllt.

»Gah …« Khajiit sprangen fast die Augen aus dem Kopf. Er fand keine Worte, um das Schauspiel vor sich zu beschreiben. Er wusste, dass sie gerade dabei war, einen Zauber zu sprechen, der jenseits seiner Vorstellungen war. Durch das gleißende weiße Licht hindurch konnte er ihr Lächeln ausmachen. Als ihm bewusst wurde, dass sich die beiden Skelettdrachen ja noch zwischen ihnen befanden, rief er: »D… Du kannst Skelettdrachen nicht mit Magie besiegen! Sie sind vollkommen resistent! Los jetzt! Tötet sie endlich!« Das Zittern in der Stimme verriet jedoch seine Angst.

Als die Drachen sich näherten, lächelte Narberal wie ein grausamer Lehrer, der seinem begriffsstutzigen Schüler eine Lektion erteilte. »Vollkommen resistent? Sie mögen resistent sein, doch ihre Macht reicht nur, um Magie der Stufe sechs und darunter aufzuheben.«

Es dauerte einen Moment, bis die Drachen bei Narberal angekommen waren, und in dieser Zeit erkannte Khajiit mit völliger Klarheit, was sie damit gemeint hatte.

»Ich, Narberal Gamma, verfüge über mächtigere Magie, also werden sie meine Angriffe nicht abwehren können!«

Khajiit konnte spüren, dass sie die Wahrheit sagte. Was bedeutete, dass die Magie der Frau vor ihm dazu in der Lage war, seine Drachen zu töten, und danach auch ihn.

»Warum?! Wie kannst du die Frucht meiner Arbeit von fünf Jahren einfach so in weniger als einer Stunde auslöschen?!«, krächzte Khajiit. Bilder aus seiner Vergangenheit zogen vor seinem geistigen Auge vorbei.

Khajiit Dale Badantel. Als einziges Kind eines hart arbeitenden Vaters und einer sanftmütigen Mutter hatte er eine ganz gewöhnliche Kindheit in einem kleinen Dorf im Gottesstaat Slane gehabt. Erst der Tod seiner Mutter hatte ihn auf diesen dunklen Pfad geführt.

Die Sonne hatte schon tief am Horizont gestanden, als Khajiit auf sein Elternhaus zulief. Seine Mutter hatte ihn gebeten, zu Hause zu sein, bevor es dunkel wurde, doch aus irgendeinem Grund, an den er sich nicht mehr erinnern konnte, war er zu spät gewesen. Vielleicht hatte er am Rand des Dorfes Steine gesammelt oder aber mit einem Stock bewaffnet Held gespielt – irgend so was Dummes musste es gewesen sein.

Er hatte gewusst, dass seine Mutter schimpfen würde, und so war er nach Hause gerannt – wo er sie jedoch auf dem Boden liegend vorgefunden hatte. Der Schock hatte die Erinnerung in sein Gedächtnis gebrannt und er konnte immer noch die Wärme spüren, als er sie damals berührt hatte.

Das kann doch gar nicht sein. Seine Hoffnungen waren mit einem Mal zunichte gemacht. Seine Mutter war tot.

Der Kleriker hatte später gesagt, es müsse ein »Blutgerinnsel in ihrem Hirn« gewesen sein. Was bedeutete, dass er nicht einmal jemandem die Schuld geben konnte. Niemand hatte etwas falsch gemacht. Nein, wenn Khajiit jemandem die Schuld geben wollte, dann nur sich selbst. Wäre er an jenem Tag früher nach Hause gekommen, hätte er sie dann retten können? Im Gottesstaat Slane gab es eine Menge Caster, die Glaubensmagie studiert hatten, auch in seinem Dorf lebten einige. Hätte er sie zu Hilfe geholt, wäre seine Mutter dann jetzt noch am Leben und würde ihn anlächeln, wie sie es immer getan hatte?

Das schmerzverzerrte Gesicht seiner geliebten Mutter … das war sein Verbrechen.

Damals hatte Khajiit beschlossen, seinen Fehler wieder gutzumachen. Er würde seine Mutter zurückbringen.

Je mehr Magie und Wissen er sich aneignete, desto größer wurden jedoch die Hindernisse. In der Glaubensmagie der Stufe fünf gab es einen Wiederaufstehungszauber, doch damit konnte er seine Mutter nicht zurückbringen. Während der Wiederauferstehung brauchten die Toten eine Unmenge an Lebensenergie und wenn der Körper nicht genug davon hatte, war es unmöglich, die Wiederauferstehung durchzuführen, und er würde zu Asche zerfallen. Seine Mutter hatte nicht genügend Lebenskraft dafür übrig gehabt.

Er hatte aber auch nicht genug Zeit, um einen neuen Wiederauferstehungszauber zu entwickeln. Deshalb gab er sein Menschenleben auf und wurde zu einem Untoten, um sich mehr Zeit zu verschaffen. Das war die einzige Lösung, die ihm eingefallen war.

Die Lehre der Glaubensmagie ließ er hinter sich und er begab sich auf den Pfad der arkanen Magie, die ihn zu einem Untoten machte. Doch schon bald sah er sich einem neuen Hindernis gegenüber. Die arkane Magie zu meistern, das Menschsein aufzugeben und ein mächtiger Untoter zu werden hätte extrem viel Zeit in Anspruch genommen. Außerdem war das alles auch eine Frage der Fähigkeiten – es bestand die Möglichkeit, dass es ihm gar nicht gelingen würde, zum Untoten zu werden.

Der große Plan, den er dann ersonnen hatte, beinhaltete, eine große Menge negativer Energie zu sammeln. Und diese Energie konnte er dadurch gewinnen, dass er jeden Bewohner einer Stadt tötete und in einen Untoten verwandelte. Warum stellte sich ihm nun, da sein Plan so kurz vor der Vollendung stand, jemand in den Weg?

»Woher nimmst du das Recht, meinen Plan für diese Stadt, an dem ich seit fünf Jahren arbeite – und all meine Gefühle, die ich nicht vergessen kann, auch wenn es schon mehr als dreißig Jahre her ist – einfach zunichte zu machen?! Wo kommst du überhaupt plötzlich her?«

Sie reagierte auf Khajiits Lamentieren mit einem hämischen Grinsen. »Deine Gefühle sind mir völlig egal. Aber ich habe etwas zu deiner lächerlich harten Arbeit zu sagen. Danke, dass du Lord Ainz den Weg geebnet hast. *Twin Maximize Magic Chain Dragon Lightning*!« Blitzschläge, die sich wie Drachen wanden, schossen aus Narberals Händen.

Die Körper der Skelettdrachen erzitterten unter den Einschlägen der Elektroschocks, die beide dicker waren als ein menschlicher Arm. Die Blitze wickelten sich wie die Körper chinesischer Drachen um die Knochengegner und löschten alles Leben aus, das die toten Knochen zusammengehalten hatte.

Die Wirkung setzte sofort ein. Die Skelettdrachen, die eigentlich vollkommene Resistenz gegen Magie besitzen sollten, wurden mithilfe der Blitzmagie in ein Häufchen Asche verwandelt.

Selbst als nur noch rauchende Knochen übrig waren, hielten die Elektroblitze an. Die beiden Elektrodrachen hoben ihre Köpfe, als wären sie auf der Suche nach ihrem nächsten Opfer. Blitzschnell schossen sie durch die Lüfte und flogen geradewegs auf ihr letztes Ziel zu.

Khajiits gesamtes Sichtfeld wurde von weißem Licht erfüllt. Es blieb keine Zeit, um Gnade zu flehen oder um Hilfe zu schreien. Die Tränen, die sich in seinen Augenwinkeln gesammelt hatten, verdampften so schnell, wie sie gekommen waren. Nichts als ein Flüstern in der Stille blieb zurück. »Mutter …« Khajiit wurde vom Blitz verschlungen.

Seine Muskeln begannen unkontrolliert zu zucken und sein Körper wand sich unter den Energieladungen – es wirkte fast, als würde er einen eigentümlichen Tanz aufführen. Nachdem er sich durch sein Inneres gefressen hatte, verschwand der Energieblitz. Khajiit fiel kraftlos zu Boden und Rauch stieg von seinem verkohlten Körper auf. Der Geruch von verbranntem Fleisch hing schwer in der Luft.

Narberal zuckte einmal mit den Schultern und rief Khajiits Namen. Seine Muskeln hatten sich unter der Hitze zusammengezogen, sodass sich sein Körper zu einer Kugel zusammengerollt hatte. »Sogar Würmer riechen gut, wenn man sie grillt … Das könnte ein nettes Geschenk für Entoma werden.« Als sie an die andere Plejade dachte, die Jagd auf Menschen machte, musste Narberal grinsen.

*

Der Krieger vor ihr hatte seine Arme weit ausgebreitet, als wollte er, dass sie näher kam, um ihn zu umarmen.

»Was machst du da? Gibst du schon auf?«

»Nein, was meinst du? Ich dachte mir nur, ich sollte das hier schnell beenden, nun, da ich Narberal ihre Befehle erteilt habe.«

»Hä? Meinst du das ernst? Und wie willst du gegen mich gewinnen, wenn du nicht mal irgendwelche Kampfkünste oder angemessene Fähigkeiten hast? Wie nervig kann man eigentlich sein?«

»Für so einen Schwächling kommt aus deinem Mund echt eine Menge gequirlte Scheiße.«

Du bist der Schwächling!, wollte sie schon schreien, doch sie konnte gerade noch die Fassung wahren. Der Mann, der vor ihr stand, war ein trauriges Beispiel eines Kriegers, doch seine Körperkraft überstieg die von gewöhnlichen Menschen bei Weitem. Das hatte sie bisher noch nie erlebt, außer bei zwei Halbgöttern: dem Captain der Schwarzen Schrift, der den ersten Sitz eingenommen hatte, und der, die den Extrasitz innehatte. Da sich Momon seiner Kraft allerdings so sicher war, schwang er sein Schwert einfach nur blindlings drauf los, was seine Offensive und Defensive schwach machte und das Risiko erhöhte, von einem tödlichen Schlag getroffen zu werden.

Clementines Lächeln war erneut voller Hohn und sie stichelte: »Also ... Ich stimme dir zu. Wir sollten das hier schnell beenden.«

Der Krieger Momon zuckte als Antwort mit den Schultern.

Sie prüfte seine Haltung. Seine Deckung war offen wie ein Scheunentor, aber das konnte nur eine Täuschung sein. Es musste eine Falle sein.

Clementine hatte keine Wahl. Was sie einen Moment zuvor noch gesagt hatte, klang vielleicht, als hätte sie es nicht ganz ernst gemeint, doch das hatte sie sehr wohl. Sie hatte überlegt, auf einem der Skelettdrachen zu fliehen, doch sie konnte nicht noch mehr Zeit vergeuden. Auch wenn das alles hier dazu dienen sollte, die Mitglieder der Heiligen Schrift der Windblume abzulenken, die auf der Suche nach ihr in die Stadt gekommen waren, dauerte dieses Spiel schon viel zu lange.

Langsam begab sie sich wieder in ihre gebeugte Angriffshaltung und hielt ihr Stilett fest umklammert. Sie wollte diesen finalen Schlagabtausch kurz halten – wenn möglich, wollte sie Momon mit einem einzigen Stich töten. Sie hatte keine Zeit zu verlieren, außerdem wurde dieser Krieger zusehends sicherer in seinem Kampfstil. Es war einfacher, ihn zu töten, bevor er zu einem Monster wurde, das sie nicht mehr bezwingen konnte.

Clementine atmete einmal scharf aus und stürmte los. *»Sturmsprint! Wirbelwind! Heldenhaftes Können! Göttliches Können!«* Sie nutzte die vier Kampfkünste, die sie schon zuvor eingesetzt hatte, um so ihre Körperkraft zumindest annähernd an Momons Level heranzubringen. Auch wenn er bisher keine Kampfkünste verwendet hatte, konnte sie nicht mit Sicherheit sagen, dass er keine beherrschte.

In ihrem beschleunigten Raum konnte sie jede Bewegung ihres Gegners genau wahrnehmen. Er würde seine Schwerter aus dem Boden ziehen und sie angreifen. Oder aber er würde eine Kampfkunst benutzen und sich in den Nahkampf stürzen oder eine geheime Waffe ziehen – nein, eine Wurfwaffe. Es gab unzählige Möglichkeiten, wie er sie angreifen könnte, doch sie war sicher, dass sie jeder gewachsen war. Doch dann wurden ihre Erwartungen enttäuscht.

Er macht gar nichts?!

Der schwarze Krieger stand nur da, seine Arme weit offen, als wollte er sich ihrem Angriff schutzlos stellen.

Clementine lief es kalt den Rücken hinunter. Die Angst, die durch diese Ungewissheit entstand, überwältigte sie. Keines der Szenarios, die sie sich zuvor ausgemalt hatte, hatte ein solches Verhalten vorhergesehen. *Soll ich weiter auf ihn zustürmen oder mich zurückziehen?* Sie musste sich entscheiden.

Sie mochte kaltblütig und grausam sein, aber sie war nicht dumm. In dem Bruchteil einer Sekunde, der ihr blieb, analysierte sie zahllose Angriffsmöglichkeiten und potenzielle Konterattacken. Schließlich waren es ihre Selbstsicherheit und der Stolz in ihre Fähigkeiten, die sie weiterstürmen ließen.

Auch wenn sie sie betrogen hatte, war sie doch ein Mitglied der stärksten Geheimorganisation des Gottesstaats Slane – der Schwarzen Schrift – und sie konnte die Krieger, die es mit ihr aufnehmen konnten, an einer Hand abzählen. Sie konnte nicht einfach vor diesem Momon weglaufen, einem Niemand ohne nennenswerte Fähigkeiten.

Sobald sie ihre Entscheidung getroffen hatte, ging alles blitzschnell. Nachdem sie die kurze Unsicherheit abgeschüttelt hatte, stürzte sie mit der eiskalten Entschlossenheit einer erstklassigen Kriegerin auf Momons Brust zu. »Stirb!«

Mit all ihrer Kraft rammte sie das Stilett in den Schlitz seines Vollhelms. Dann drehte sie es blitzschnell herum. Sie lehnte sich mit ihrem ganzen Körper in den Hieb, um die Klinge ganz durch seinen Schädel zu treiben, und drehte sie dann herum, um die umliegenden Blutgefäße zu durchtrennen und sicherzustellen, dass der Angriff auch wirklich tödlich war.

Einer von Momons Armen legte sich fest um ihren Körper, doch sie beachtete es nicht weiter und stach erneut zu. Die magische Kraft ihres Stiletts wurde durch ihr unbändiges Verlangen, ihn zu töten, freigesetzt. *Lightning* sandte Elektrizität durch Ainz' gesamten Körper.

Clementines Waffe wohnte die Kraft *Magic Accumulation* inne. Die Magie war innerhalb eines Angriffs aufgebraucht, doch es war möglich, verschiedenste Zauber wieder und wieder aufzuladen. Der Träger konnte diese seinen speziellen Wünschen anpassen, also war es eine wirklich praktische Kraft, die einfach einzusetzen war.

Sie rammte das Stilett erneut tief in seinen Schädel und hinterließ den Zauber *Lightning. Das kann er nicht überleben.*

Doch damit war es nicht getan.

»Ich bin noch nicht fertig! *Volle Beschleunigung*!«, rief sie, um ihre Bewegungen zu beschleunigen. Sie zog ein weiteres Stilett heraus, das sie ebenfalls in den Schlitz seines Helms rammte. Gleichzeitig setzte sie den *Fireball*-Zauber frei, der darin eingeschlossen war. Sie stellte sich vor, wie Momons Fleisch von innen heraus verbrennen würde, und konnte das verkohlte Fleisch schon förmlich riechen.

Als sie jedoch sah, dass nichts dergleichen passierte, weiteten sich ihre Augen.

»Hmm. In *Yggdrasil* gab es keine magischen Waffen wie diese hier. Gut zu wissen!«

Trotz der beiden Stilette, die aus seinen Augen ragten, sprach er so gelassen, dass Clementine endlich erkannte, es war kein Zufall gewesen, dass bei ihrem Angriff zuvor kein Blut an der Klinge zurückgeblieben war.

»Das kann nicht sein! Was geht hier vor?! Wieso stirbst du nicht?!« Sie hatte noch nie von einer Kampfkunst gehört, die ihren Nutzer unbesiegbar machte. Gab es irgendetwas, das ihn davor schützte, erstochen zu werden? Und selbst wenn, wie war es ihm möglich gewesen, der darauffolgenden Magie zu widerstehen? Nicht einmal die kampferprobte Clementine kannte die Antwort darauf.

»Wa…?!« Ainz zog sie näher an sich heran. Ihre Körper berührten sich und die Marken der Abenteurer, die sie gesammelt hatte, klimperten.

»Du willst wissen, ob deine Vermutung richtig ist?«

Die pechschwarze Rüstung löste sich plötzlich in Luft auf und Momons furchterregendes Gesicht kam zum Vorschein. Es war ein blanker Schädel. Stilette steckten in seinen Augenhöhlen, die durch eine verspiegelte Brille verdeckt waren. Nichts deutete darauf hin, dass er Schmerzen hatte.

Sein Aussehen ließ Clementine aufhorchen. »Ein Untoter … Du bist ein *Elder Lich*?!«

»Hm? Tja, ich hätte da noch einige Fragen an dich, aber na ja. Lass uns einfach sagen, dass du nah dran bist. Und dann …«

Sein blanker Schädel hätte eigentlich keine Emotionen vermitteln können sollen, doch irgendwie spürte sie, dass er gerade mit einem breiten Grinsen auf sie herabblickte.

»Na, wie fühlt es sich an, einen Magic Caster mit einer Stichwaffe zu attackieren? Wie fühlt es sich an, wenn du den Kampf nicht mit einem gezielten Stich beenden kannst?«

»M... Mach dich nicht über mich lustig!« Clementine versuchte verzweifelt, sich aus seinem Griff zu lösen. Es war jedoch, als würde sie von Ketten festgehalten, was es ihr unmöglich machte, zu fliehen.

Ein *Elder Lich* war gewiss ein mächtiger Untoter und war für gewöhnlich gut darin, Magie anzuwenden, und so weiter – doch körperlich sollte er eigentlich unterlegen sein. Besonders im Vergleich zu Clementine sollte er klar im Nachteil sein. Aber die Realität sah anders aus.

»W... Warum?!«

Ich kann nicht weg.

Ihr gesamter Körper wurde kalt, als ihr plötzlich bewusst wurde, dass seine überragende Kraft und körperlichen Fähigkeiten nichts mit irgendwelchen magischen Zaubern auf seiner Rüstung zu tun hatten. Sie fühlte sich wie ein Schmetterling, der im Netz einer bösartigen Spinne gefangen war – hilflos und schwach.

»Siehst du, das meinte ich damit, dass ich mich zurückhalte. Du warst niemals eine so ernst zu nehmende Gegnerin, dass ich Magie gegen sie hätte anwenden müssen.«

»Du dreckiges Stück Scheiße!«

»Jetzt, wo die Katze aus dem Sack ist, lass uns endlich anfangen. Die Dinger müssen aber vorher noch raus.« Ein knarzendes Geräusch ertönte, als der *Elder Lich* ein Stilett aus dem Inneren seines Schädels zog und schließlich von sich warf. Clementine wand sich immer noch in seinem festen Griff, als er das andere auch herauszog. Es schien, als hätte er in einer seiner Hände schon mehr Kraft, als Clementine überhaupt in ihrem gesamten Körper aufbringen konnte, also konnte sie ihm nicht entrinnen.

Sobald die Stilette entfernt waren, richtete Ainz die roten Flammen in seinen Augenhöhlen wieder auf Clementine, die um Atem rang, während sie versuchte, sich zu befreien.

»Okay. Lass uns beginnen.«

Was will er denn beginnen?, dachte Clementine, als der *Elder Lich* ihr noch näher kam, als er ihr ohnehin schon war. Ein unangenehmes Knirschen drang an ihre Ohren.

Als sie endlich verstand, was er vorhatte, fühlte sie sich, als hätte sich ein Eiszapfen direkt durch ihr Rückgrat gebohrt.

»Du bist gar kein …? Du kannst doch nicht …! Duuuuuu …!«

Das Knirschen stammte von ihrer Rüstung, die sich langsam verbog.

Er will mich an seiner Brust zerquetschen.

Der *Elder Lich* hätte eigentlich genauso in seiner Rüstung zerquetscht werden müssen, doch er musste seinen Körper irgendwie verstärkt haben. Unbeeindruckt wie eine massive Wand stand er da.

»Wenn du schwächer wärst …«

Der *Elder Lich* zog von irgendwoher einen Dolch hervor. Die Klinge war schwarz und vier Juwelen waren in den Griff eingelassen. »Ich hatte mir überlegt, dein Leben mit dieser Waffe hier zu beenden, aber wenn ich so darüber nachdenke, macht es keinen Unterschied, ob man mit einer Klinge erstochen, zweigeteilt oder zerquetscht wird. Sterben wirst du so oder so.«

Clementine schauderte. Während er zu ihr sprach, konnte sie spüren, wie er immer fester zudrückte. Der eigenartige Druck auf ihrer Brust wurde langsam beklemmend. *Pling! Pling!* Die Marken der getöteten Abenteurer, die sie als Trophäen gesammelt hatte, lösten sich unter dem Druck, der auf ihnen lastete, von ihrer Rüstung und fielen eine nach der anderen auf die Erde des Friedhofs – fast als würden sie endlich beigesetzt. Die Ersten, die sich lösten, waren die, die sie erst kürzlich hinzugefügt hatte.

Es wurde mit jeder vergehenden Sekunde schwieriger zu atmen. *Es ist unerträglich.*

Sie hasste den Arm, der um ihren Rücken geschlungen war. Sie machte sich selbst Vorwürfe, eine so leichte Rüstung zu tragen, die sie agiler hatte machen sollen und die es ihr ermöglicht hatte, die Abenteurermarken daran zu befestigen.

Clementine wusste, dass Klingen keinen Effekt auf den *Elder Lich* hatten, und prügelte wie wahnsinnig mit ihren Fäusten auf sein Gesicht ein. Sie schlug so fest zu, dass sie sich dabei selbst verletzte, doch sie konnte sich jetzt nicht um den Schmerz kümmern. Mit letzter Kraft zog sie ihren Morgenstern hervor und begann, auch mit diesem wild auf ihn einzuschlagen. Sie konnte jedoch nicht richtig ausholen und verletzte sich letztlich nur selbst.

Sie wusste nur zu genau, welches Schicksal sie erwartete. Die röchelnden Atemzüge, der Druck auf ihrer Brust und ihre Rüstung, die langsam aufbrach, ließen keinen Zweifel daran, was als Nächstes geschehen würde.

»Halt still. Wenn meine Arme abrutschen, ist es viel zu schnell vorbei. Du hast dir Zeit dabei genommen, *sie* zu töten, also werde ich mir auch Zeit lassen.«

Clementine setzte ihren verzweifelten Angriff auf Ainz fort. Sie versuchte, seinen Kopf mit einer Hand wegzudrücken, kratzte ihn, bis ihre Nägel abbrachen, und biss nach ihm … Doch nichts davon bewirkte etwas und sie fühlte nur, wie der Druck auf ihren Körper immer größer wurde.

Egal wie sehr sie sich auch bemühte, sie konnte diesen Armen nicht entrinnen. Selbst als sie schon kaum noch atmen konnte und ihr Sichtfeld langsam kleiner wurde, kämpfte sie erbittert ums Überleben.

»Wie wär's mit einem Totentanz?«

Doch sie hatte nicht mehr die Kraft, seine Bemerkung wahrzunehmen.

Ein Gurgeln erklang und Ainz wurde in Erbrochenem und Körperflüssigkeiten gebadet. Etwas Dunkles huschte durch die roten Flammen in seinen Augenhöhlen.

Clementine, die so verzweifelt versucht hatte, seinen Armen zu entfliehen, war nur noch ein Klumpen Fleisch, der noch leicht zuckte.

Doch Ainz ließ immer noch nicht von ihr ab. Er drückte sogar noch fester zu. Irgendwann fühlte er das Knacken eines dicken Knochens. Schließlich ließ er den nun reglosen Körper los.

Clementines Leiche fiel mit einem dumpfen Geräusch auf den Boden, als wäre sie ein Müllsack. Ihr Gesicht war von Schmerz und Angst zu einer grausigen Grimasse verzerrt. Sie wirkte wie ein Tiefseefisch, der zu schnell an die Oberfläche gezogen worden war, sodass ihr die Eingeweide aus dem Mund quollen.

Als Ainz seinen bodenlosen Wasserkrug herausgezogen hatte, um das Erbrochene und all den Schmutz mit dem endlosen Strahl frischen Wassers von seinem Körper zu waschen, sagte er leise zu Clementine, die nicht mehr antworten konnte: »Oh, ich habe ganz vergessen, dir zu sagen – ich bin ziemlich egoistisch.«

5

Ainz, der nach der Reinigung klatschnass war, hörte schnelle und schwere Schritte, die sich auf ihn zubewegten. Als er aufsah, kam wie erwartet Hamsterbacke auf ihn zugestürmt.

Hamsterbackes Kampffähigkeiten waren denen von Ainz und Narberal weit unterlegen. Wenn er sie zum Kämpfen gezwungen und sie sich verletzt hätte, hätte das nur unnötige Umstände mit sich gebracht. Deshalb hatte er sie gebeten, in sicherer Entfernung zum Kampfgeschehen zu bleiben. Nun war sie jedoch zu ihm geeilt, da sie wohl keine Kampfgeräusche mehr wahrgenommen hatte.

Ainz beunruhigte der Umstand, dass er die leichte Veränderung im niedlichen Gesicht dieses übergroßen Hamsters vor ihm deuten konnte (sie war um die Sicherheit ihres Meisters besorgt gewesen).

Da sie keine Ahnung hatte, was in Ainz' Kopf vor sich ging, eilte sie schleunigst zu ihm hinüber und suchte das Gebiet ab. Als sich ihre und Ainz' Blicke dann trafen, ertönte ein »Wah!«.

Sie kippte hintenüber um und schrie weiter: »Da ist irgendein komisches Monster! Meisteeeer! Meisteeeer!«

Erschöpft hielt Ainz sich den Kopf. Ihm fiel ein, dass er Hamsterbacke bisher sein wahres Gesicht noch nicht gezeigt hatte. Aber er musste dem ein Ende setzen. Als er zur Mauer in der Ferne sah, konnte er einige Abenteurer erkennen, die gegen seine *Wraiths* kämpften. Er vermutete, dass sie auf diese Entfernung nicht hören konnten, worüber sie hier sprachen, doch er konnte es nicht mit Sicherheit sagen.

»Lass diese Schmierenkomödie«, tadelte Ainz sie.

»Oh? Diese majestätische, tapfere Stimme … Könnte es sein …? Ihr seid mein Meister, nicht wahr?!«

»Richtig. Könntest du jetzt endlich mal ruhig sein?«

»Was?! Aber so habe ich mir Euer Aussehen nicht einmal im kühnsten Traum ausgemalt! Ich wusste ja, dass Ihr große Macht besitzt … aber nun werde ich Euch noch treuer ergeben sein!«

»Jaja. Aber ich sag's noch mal: Sei jetzt endlich ruhig.«

»M… Meister! Ihr seid so gemein! Ihr könnt meinen Treueschwur doch nicht einfach so abtun!«

»Hast du nicht gehört, was Lord Ainz gerade gesagt hat?!«

Plötzlich wölbte sich Hamsterbackes Fell nach innen und sie flog weit durch die Luft.

Wo sie gerade noch gestanden hatte, richtete sich Narberal auf. »Lord Ainz, ich glaube nicht, dass es irgendeinen Vorteil bringt, eine so begriffsstutzige Kreatur noch länger zu behalten. Dürfte ich sie mit einem meiner *Lightning*-Blitze grillen?«

»Nein. Der Name des Weisen Königs des Waldes kann uns noch sehr nützlich sein, um unseren Ruf zu stärken. Allein mit ihr gesehen zu werden hat schon eine Wirkung. Aber für diese Diskussion haben wir jetzt keine Zeit. Nimm diesen Leuten alles ab, was von Wert sein könnte. Wir müssen davon ausgehen, dass die Wachen der Stadt verlangen werden, dass ihnen alles übergeben wird, also sollten wir uns alle Wertgegenstände sichern, bevor sie eintreffen.«

»Verstanden.«

»Ich werde ins Mausoleum gehen. Du räumst so lange hier auf.«

»Mein Lord! Wie soll ich mit den Leichen verfahren? Sollen wir sie mit nach Nazarick nehmen?«

»Nein. Wir brauchen sie, sonst lastet man uns noch diesen ganzen Schlamassel hier an. Nimm ihnen nur die Ausrüstung ab.«

»Verstanden.«

»Es tut weh ...«

Narberal seufzte lautstark und warf Hamsterbacke einen eisigen Blick zu. »Lord Ainz' Befehle sind wichtiger als dein Leben. Das ist deine Pflicht als Lakai. Auch Kreaturen wie du zählen dazu – na ja, irgendwie –, also merk dir das! Wenn du das nicht tust, werde ich dich auf der Stelle töten.«

Hamsterbacke zitterte am ganzen Körper, als sie das hörte.

»Das nächste Mal werde ich dich mit Magie bestrafen. Um Lord Ainz' Befehle nicht zu missachten, werde ich dir so viel Schmerz zufügen, wie mir erlaubt ist, ohne dich zu töten.«

»Ich habe verstanden ... Bitte seht mich nicht mit diesem furchterregenden Blick an! Ich bin wirklich begeistert von der neuen, mächtigen Erscheinung unseres Meisters. Wie würdevoll!«

Narberals Gesichtsausdruck wurde etwas sanfter. »Ja. Lord Ainz ist eine beeindruckende Erscheinung. Wenn du das verstehst, hast du guten Geschmack.«

»Ich danke Euch. Aber wenn unser Meister eine wahre Gestalt hat, habt Ihr wohl ebenso eine andere Erscheinung, ja?«

»Ich bin ein Doppelgänger. Ich habe nur mein Gesicht verändert. Siehst du?« Sie zog ihren Handschuh aus und darunter kam eine Hand mit nur drei Fingern zum Vorschein. Sie waren länger als die Finger von Menschen und sahen ein wenig wie Raupen aus.

»Oh ... Das habe ich nicht gewusst.«

»Wieso überrascht dich das? Du bist nun einer der Lakaien niedersten Ranges der Großen Gruft von Nazarick, so etwas darf dich nicht verwundern. Aber abgesehen davon – hilf mir, diese Leichen zu untersuchen.«

»Ja! Das werde ich!«

Nphelia befand sich im Inneren des Mausoleums. Als Ainz ihn sah, erloschen die roten Flammen in seinen Augenhöhlen. Er trug ein eigenartiges transparentes Gewand, doch am auffälligsten war sein Gesicht. Ein Schnitt verlief quer darüber und das getrocknete dunkelrote Blut, das wie Tränen über seine Wangen gelaufen war, ließ nur den Schluss zu, dass ihm die Augen ausgestochen worden waren. Er war eindeutig geblendet worden.

»Hm … Blindheit kann ich heilen. Magie kann wirklich hilfreich sein.«

Das größere Problem war allerdings sein geistiger Zustand. Steif wie ein Brett stand er da und hatte auf Ainz' Ankunft nicht einmal reagiert. Auch wenn er nicht sehen konnte, hätte er doch bemerken müssen, wenn jemand direkt vor ihm stand. Da er jedoch keine Regung zeigte, musste Ainz davon ausgehen, dass er unter einer Gedankenkontrolle stand. Die Frage war nun – wodurch?

»Das hier muss es sein.« Ainz sah die spinnenwebartige Krone, die auf Nphelias Kopf platziert war. Ansonsten konnte er nichts Verdächtiges erkennen.

Ohne nachzudenken, griff er danach, doch dann hielt er in der Bewegung inne. Er konnte nicht riskieren, sie einfach zu entfernen, ohne zuerst zu verstehen, was hier überhaupt vor sich ging. Er betrachtete die Krone etwas genauer und nutzte dann einen Zauber. »*All Appraise Magic Item*.«

In *Yggdrasil* würde es dieser Zauber dem Nutzer möglich machen, herauszufinden, wer ein Item hergestellt hatte und was es für Funktionen hatte, und auch in dieser Welt schien der Zauber zu wirken. Tatsächlich funktionierte es hier sogar noch besser. Informationen, die er in *Yggdrasil* niemals erhalten hätte, erschienen auf einmal vor seinem geistigen Auge.

»Eine Krone des Weisen also … Verstehe. Aber hmm, wenn man bedenkt, wozu sie gut ist, dann könnte so etwas in *Yggdrasil* nicht einmal existieren. Man könnte sie dort wohl auch nicht reproduzieren?« Er war beeindruckt von dem, was er über das Item erfahren hatte. Dann überlegte er sich, wie er weiterverfahren sollte.

Er dachte ernsthaft darüber nach, Nphelia in seinem jetzigen Zustand in die Große Gruft von Nazarick zu bringen. Die Kontrolle über ein so mächtiges Item und ein so seltenes Talent wie das von Nphelia zu erlangen wäre eine große Errungenschaft.

Doch er verwarf den Gedanken schnell wieder. »Wenn ich eine Quest absichtlich verbocke, würde das Schande über den Namen Ainz Ooal Gown bringen. Am besten, ich zerstöre es. *Greater Break Item!*«

Ainz' Zauber schoss auf die Krone, die sich daraufhin in zahllose kleine, schimmernde Partikel auflöste. Er fing Nphelias regungslosen Körper auf, als dieser nach vorne sackte, und legte ihn vorsichtig auf den Boden, um sein Gesicht näher zu betrachten. »Alles, was ich jetzt noch tun muss, ist … seine Augen zu heilen. Das sollte ich vielleicht lieber an einem anderen Ort tun …«

Ainz strich sich über sein knochiges Kinn, während er überlegte. Er richtete sich auf. Die Untoten, die er beschworen hatte, waren zwar nicht alle vernichtet worden, aber ein paar waren dennoch zerstört. Zweifellos würde demnächst Verstärkung – oder eher Störenfriede – eintreffen. Vorher musste er seine illusionäre Gestalt und seine Rüstung inklusive seiner Schwerter wiederherstellen.

Auch mussten sie bis dahin alle Leichen ihrer Wertgegenstände entledigt haben. Eine dunkle Freude überkam Ainz, wenn er daran dachte, eine Leiche auszurauben und ihr alles zu nehmen, was sie hatte – etwas, das beim Player Kill in *Yggdrasil* nicht möglich gewesen war.

Als er überlegte, Narberal zu helfen, stand sie auf einmal in der offenen Tür des Mausoleums. »Lord Ainz.«

»Was ist? Hast du schon alles eingesammelt? Auch das ganze Geld?«

»Ja, deswegen bin ich hier. Ich habe das hier gefunden.« Narberal betrat das Mausoleum. Sie hielt eine schwarze Kugel in der Hand. Es war kein sehr schöner Stein – so etwas konnte man an jedem Flussufer finden. Er sah nicht gerade wertvoll aus.

»Was ist das?«

»Er schien dem sturen Wurm, gegen den ich gekämpft habe, sehr wichtig zu sein. Ich weiß nicht, wozu er gut ist …«

»Verstehe.«

Narberal war ein NPC und kannte nicht so viele Zauber wie Ainz. Die meisten davon waren für den Kampf gedacht, weshalb sie auch keine Fähigkeit hatte, die Eigenschaften eines Items zu ergründen.

Ainz nahm den Stein in die Hand und nutzte denselben Zauber wie zuvor. *»All Appraise Magic Item.«*

Die roten Flammen in seinen Augenhöhlen flackerten auf.

»Was … ist das? Ein Juwel des Todes? Und es besitzt auch noch Intelligenz?«

Für so einen grandiosen Namen, der sogar »des Todes« enthielt, war es allerdings kein sehr mächtiges Item. Es konnte die Fähigkeiten seines Nutzers verstärken, Untote zu kontrollieren, und erlaubte es ihm, eine bestimmte Menge Nekromantie-Zauber am Tag zu sprechen. Beide Fähigkeiten waren nicht von besonderem Interesse für Ainz. Das Problem war, dass der Stein den Geist seines Trägers übernehmen konnte – Ainz und Narberal waren jedoch gegen Gedankenkontrolle geschützt und das Juwel hatte ohnehin keine Wirkung auf Halbmenschliche und Heteromorphe.

»Das ist kein besonders tolles Item, aber …« Das Einzige, was Ainz daran interessierte, war, dass dem Stein offenbar Intelligenz innewohnte.

Als er ihn anstieß, erklang eine Stimme in seinem Kopf. »Wir treffen uns zum ersten Mal, oh großer König des Todes.«

Ainz starrte den Stein an. Magie und Monster waren in dieser Welt nichts Besonderes, deshalb verwunderte es ihn nicht sonderlich, dass so ein Item existierte. »Hmm. Du bist tatsächlich intelligent, was?« Er rollte den Stein geschickt in seiner Hand und starrte ihn wieder an, doch es schien nicht, als wollte er noch irgendetwas sagen. Er fragte sich, warum er nun schwieg, doch dann kam ihm eine Idee. »Ich erlaube dir zu sprechen.«

»Ich danke Euch, oh großer König des Todes.«

Die Antwort erinnerte Ainz an die Ergebenheit der NPCs in Nazarick und er musste unwillkürlich lächeln.

»Ich verehre Euch und huldige Eurer majestätischen Präsenz des absoluten Todes.«

Ainz war sich ziemlich sicher, dass er keine seiner Auren aktiviert hatte – warum also sprach ihn dieser Stein als »König des Todes« an? Aber wenn er bedachte, dass er untot war, konnte er es wohl als Kompliment auffassen. »Sprich weiter.«

»Ich danke Euch, Wesen des alles erschütternden Todes. Ich danke dem Tod, der in dieser Welt existiert, dass er mich hierhergebracht hat, um Euch zu treffen – den, den ich verehre.«

Selbst für Arschkriecherei waren das ziemlich große Worte und obwohl Ainz etwas verlegen war, streckte er doch stolz die Brust raus.

»Und? Hast du sonst noch irgendetwas zu sagen, außer solchen Komplimenten?«

»Ja. Mir ist bewusst, wie unverschämt diese Bitte sein muss, doch ich bitte Euch, erfüllt mir meinen Wunsch.«

»Was ist dein Wunsch?«

»Ich dachte immer, ich sei in diese Welt hineingeboren worden, um Tod über eine große Anzahl von Lebewesen zu bringen. Doch nun, da ich Euch getroffen habe, oh großer König des Todes, wurde mir endlich der wahre Grund bewusst: Ich wurde geboren, um Euch zu dienen, Eure Majestät.«

»Hmm …«

»Oh großer König des Todes, bitte akzeptiert meine Loyalität. Ich wünsche mir, dass Ihr mich als einen Eurer niedrigsten Diener aufnehmt.« Die Stimme meinte es ernst. Hätte das Juwel einen Körper gehabt, hätte es sich mit Sicherheit tief verbeugt.

Ainz legte sich die Hand ans Kinn, während er überlegte, ob er den Stein zu einem seiner Diener machen sollte, oder ob er ihm überhaupt vertrauen konnte.

Kurz darauf richtete er seinen Blick langsam wieder auf das Item. Um sicherzugehen, hätte er es zerstören sollen, doch es wäre Verschwendung, noch mehr Dinge auszulöschen, die es in *Yggdrasil* nicht gegeben hatte.

Nachdem er einige Schutzzauber über den Stein gesprochen hatte, ging er zum Eingang des Mausoleums und rief den Riesenhamster zu sich. »Hamsterbacke!«

»Was ist, Meister?«

»Ich schenke dir etwas.« Ainz warf ihr den Stein zu.

Hamsterbacke fing ihn geschickt auf. »Meister, was in aller Welt ist das?«

»Ein magisches Item. Du kannst es doch sicher benutzen?«

»Hmm? Ich denke, das kann ich! Aber es redet wirklich viel! Es jammert unaufhörlich, dass es zu Euch zurückwill, Meister.«

Als Narberal Hamsterbacke so sah, weiteten sich ihre Augen. »Ihr würdet ein Item wie dieses einfach einem neuen Untertanen übergeben?!« Ihre etwas schrille Stimme verriet, wie schockiert sie war.

»Ich habe einige Vorkehrungen gegen Aufspürungsmagie getroffen, doch ich kann nicht garantieren, dass es wirklich hundert Prozent sicher ist – deshalb will ich, dass Hamsterbacke es trägt.«

»Aha! Brillant wie immer, Lord Ainz. Natürlich überlasst Ihr nichts dem Zufall und berücksichtigt jede noch so kleine Gefahr in Eurer erneuten beeindruckenden Schlussfolgerung«, lenkte Narberal ein und Hamsterbacke neigte ihren Kopf in Ehrfurcht. Eine kleine Beule (nicht größer als eine menschliche Faust) hatte sich in ihrer Backentasche gebildet.

Als Ainz den beiden den Befehl zum Rückzug gab, fiel ihm das Rot seines Umhangs ins Auge. Er fühlte sich etwas heldenhaft, also fasste er den Umhang am Saum. »Wenn du fertig mit dem Ausrauben der Leichen bist, nehmen wir Nphelia mit«, er wirbelte seinen Umhang herum, »und kehren triumphierend in die Stadt zurück.«

Epilog

Ainz drückte die Tür des Gasthauses auf, in dem sie einige Tage zuvor übernachtet hatten. Augenblicklich senkte sich Schweigen über den Raum. Zahllose Blicke waren auf ihn und Narberal gerichtet, doch niemand stellte sich ihnen in den Weg. Die beiden gingen zum Gasthausbesitzer.

»I… Ihr …«

Die Augen des Gasthausbesitzers sowie der anderen Gäste waren auf die Marken gerichtet, die um ihre Hälse hingen.

Ohne große Umschweife sagte Ainz: »Ein Zimmer für zwei bitte.« Er konnte ein Grinsen nicht unterdrücken, als er die Münzen auf die Theke legte und still den Schlüssel für ihr Zimmer entgegennahm.

Im Zimmer löste Ainz all seine Illusionsmagie auf und kehrte zu seiner ursprünglichen Gestalt zurück. Seine Mithrilmarke klirrte hell, als sie gegen seinen *Nemean Lion* stieß. Bis eben waren sie in der Gilde noch über die Ereignisse des Vortags befragt worden, bevor man ihnen eiligst die Mithrilmarken verliehen hatte.

Die ehrfürchtige Stille vorhin im Gasthaus war natürlich ebenfalls durch die Marken ausgelöst worden. Wenn jemand, der noch ein paar Tage zuvor eine Kupfermarke getragen hatte, auf einmal mit einer aus Mithril aufkreuzte, stellte das wohl ihr gesamtes Weltbild auf den Kopf. Ihre Reaktionen gaben ihm ein Gefühl der Überlegenheit, doch irgendwie war er auch enttäuscht. Er hatte erwartet, dass die Gilde ihnen direkt den Oreichalkosrang verleihen würde, doch sie waren einen Rang darunter eingestuft worden. Wie hätten die Leute wohl auf eine Oreichalkosmarke reagiert?

Aber was noch nicht war, konnte ja noch werden.

Bisher wusste nur eine Handvoll Leute, was sich zugetragen hatte. Und nach dem zu urteilen, was er bei den Nachbesprechungen vorhin in der Gilde gehört hatte, waren ihre Errungenschaften tatsächlich unglaublich und hätten ihnen eigentlich Adamantmarken einbringen müssen. Der einzige Grund, warum sie diese nicht erhalten hatten, war wohl, dass sie zuvor noch keine großen Leistungen vollbracht hatten und die Gilde lieber vorsichtig sein wollte, solange die Untersuchung des Friedhofs noch nicht abgeschlossen war.

Das bedeutete, dass sie inoffiziell in der Gilde bereits als Abenteurer des Adamantranges angesehen wurden, von denen es nur zwei anderen Gruppen im gesamten Königreich gab.

Ainz erwartete, dass sich die Geschichte über den Kampf auf dem Friedhof und der Name Momon mit der Zeit in der ganzen Stadt herumsprechen würden. Die Wachen, die überlebt hatten, würden mit Sicherheit von ihm erzählen. Er lachte sich ins Fäustchen. Alles verlief nach Plan. Besser hätte es gar nicht laufen können. Ainz schnippte mit dem Finger gegen die Mithrilmarke.

Aus dem Blauen heraus fragte Narberal neugierig: »Was habt Ihr mit diesen beiden vor? Ihr habt nur gesagt, Ihr würdet sie später wegen der Belohnung kontaktieren, nicht wahr?«

Sie sprach natürlich von Nphelia und Lizzie, den beiden Heilern der Stadt. Ainz hatte sich bereits entschieden, wie er weiter mit ihnen verfahren würde. »Lizzie hat versprochen, dass sie mir ihren gesamten Besitz überlassen würde, also will ich, dass sie ihren Enkel nimmt und mit ihm nach Carne geht. Ich werde sie dazu bringen, Tränke für mich herzustellen – oder eher, für die Große Gruft von Nazarick.«

»Nazarick kann doch eigene Tränke herstellen. Wieso sollten wir das diese ekelhaften Blutegel machen lassen?«

»Ich will, dass wir neue Herstellungsmethoden für Tränke lernen.«

Narberal sah Ainz nur ausdruckslos an, also fuhr er mit seiner Erklärung fort: »Es ist wichtig, dass wir neue Methoden erlernen, um Tränke herzustellen, die es in *Yggdrasil* nicht gegeben hat. Unsere Ressourcen werden nicht ewig reichen. Und wahrscheinlich sollten wir uns darum kümmern, die Methoden aus *Yggdrasil* mit denen dieser

Welt zu kombinieren, um neue Kräfte zu entfesseln. Es könnte sein, dass andere uns etwa sechshundert Jahre voraus sind. Natürlich müssen wir darauf achten, dass sie nicht mit den Tränken abhauen … aber wenn ich daran denke, wie sie zuletzt ausgesehen haben, sollte das kein Problem darstellen.«

Ainz hatte Nphelias Augenlicht zwar wiederhergestellt, doch der Junge war immer noch nicht bei Bewusstsein – das psychische Trauma war wohl zu groß. Trotz allem war Lizzie tiefst dankbar gewesen, dass ihr Enkelsohn gerettet worden war, und hatte sich die Augen ausgeweint, als sie ihn gesehen hatte. Außerdem hatte sie versprochen, den vollen Preis zu zahlen.

»Ich werde mich später um sie kümmern. Erst muss ich andere Dinge erledigen.«

Ainz schickte eine Nachricht an Albedo. Dass er sie nicht sofort kontaktiert hatte, nachdem Entoma ihm ausgerichtet hatte, dass sie ihn sprechen hatte wollen, war ein ziemlich dicker Schnitzer – er war einfach nicht dazu gekommen. Er würde sie eben dazu bringen müssen, ihm zu vergeben.

Als die Verbindung mithilfe von *Message* hergestellt war, waren ihre ersten Worte allerdings das Letzte, womit er gerechnet hätte: »Lord Ainz, Shalltear hat eine Rebellion angezettelt!«

Er verstand nicht gleich, was sie da gesagt hatte, doch als ihre Worte endlich bei ihm angekommen waren, erwiderte er vollkommen fassungslos: »Wie bitte …?!«

OVERLORD

Charakterprofile

Charakter 5

Cocytus

Heteromorph

Herrscher des eisigen Flusses

Rang: — Ebenenwächter der fünften Ebene in der Großen Gruft von Nazarick

Residenz: — Schneewelt auf der fünften Ebene

Einordnung: — *Neutral* (Karmapunkte 50)

Rassenklassen: — *Insect Fighter* — **Level 10**

Vermin Lord — **Level 10**

Etc.

Charakterklassen: — *Sword Saint* — **Level 10**

Asura — **Level 5**

Knight of Niflheim — **Level 5**

Etc.

(Rassenlevel) + (Charakterlevel) — 100 Level

● Rassenlevel — Charakterlevel ●

insgesamt 30 erreicht — insgesamt 70 erreicht

Statuswerte

Status
Ungefähre Werte auf einer Skala bis 100

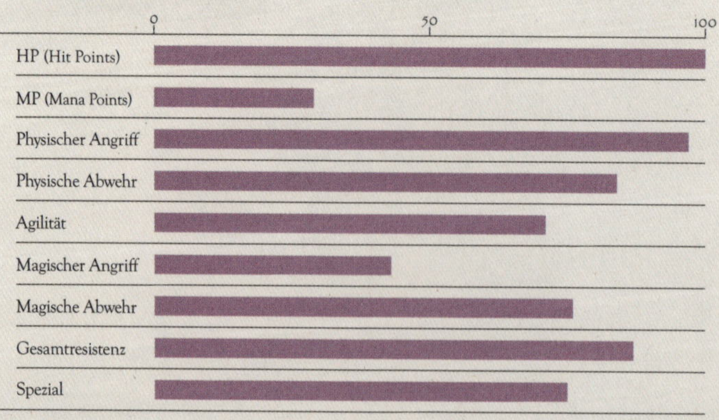

Demiurge

Heteromorph

Schöpfer des Infernos

Rang: —— Ebenenwächter der siebten Ebene der Großen Gruft von Nazarick

Residenz: —— Lodernder Tempel auf der siebten Ebene

Einordnung: —— *Extreme-Evil* (Karmapunkte -500)

Rassenklassen: —— *Imp* —— **Level 10**

Archdevil —— **Level 5**

Etc.

Charakterklassen: — *Chaos* —— **Level 10**

Prince of Darkness —— **Level 10**

Shapeshifter —— **Level 10**

Etc.

(Rassenlevel) + (Charakterlevel) —— 100 Level

● Rassenlevel — Charakterlevel ●

insgesamt 35 erreicht — insgesamt 65 erreicht

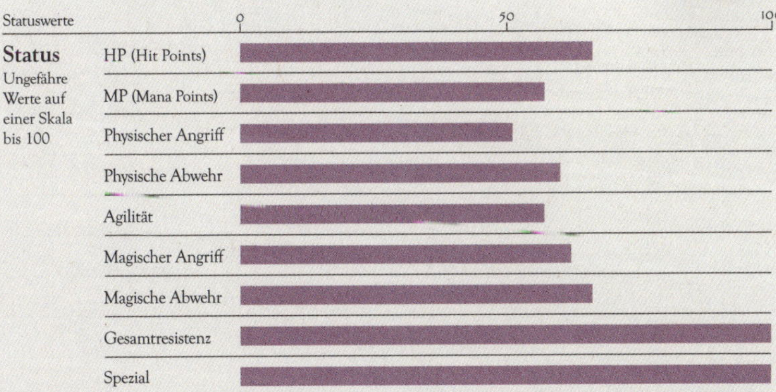

Charakter 7

Narberal Gamma

Kampf-Maid mit einem perfekten runden Gesicht

Rang: —— Eine der Kampf-Maids der Großen Gruft von Nazarick

Residenz: —— Ein Zimmer in den Dienstbotenquartieren der neunten Ebene

Einordnung: —— *Evil* (Karmapunkte -400)

Rassenklassen: —— *Doppelgänger* —— **Level 1**

Charakterklassen: — *Fighter* —— **Level 1**

War Wizard —— **Level 10**

Elementalist: Air —— **Level 10**

Armored Mage —— **Level 10**

Etc.

(Rassenlevel) + (Charakterlevel) —— 100 Level

Rassenlevel — insgesamt 1 erreicht

Charakterlevel — insgesamt 62 erreicht

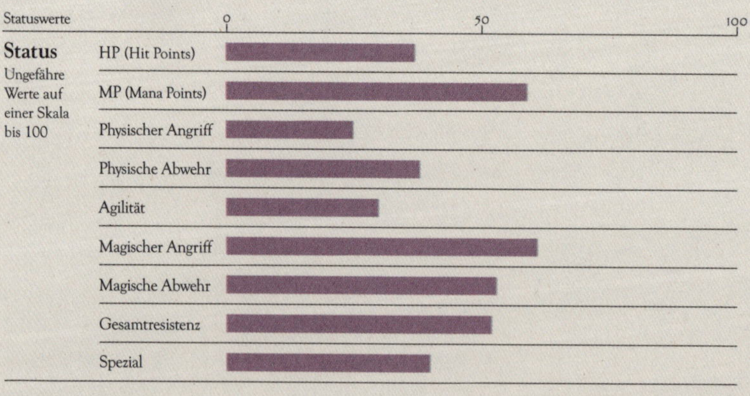

Hamsterbacke

Heteromorph

Der Weise König des Waldes

Rang: —— Ainz' Haustier?
(»Das passt mir gar nicht.« – Weibliche NPCs)

Residenz: —— Ainz' Privatquartier?

Einordnung: —— *Neutral* (Karmapunkte 0)

Rassenklassen: —— Unklar, da in *Yggdrasil* keine existieren

Charakterklassen: — Unklar, da in *Yggdrasil* keine existieren

*Geschätztes Level: mindestens 30

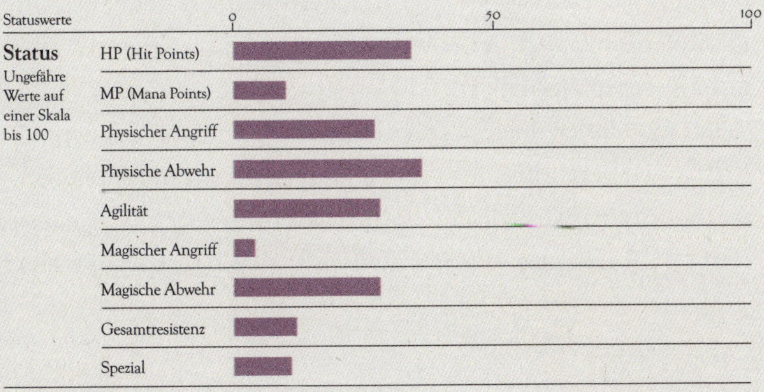

Nachwort

Hallo auch! Lange nicht gesehen. Hier ist Kugane Maruyama.

Ich will euch hier eine Geschichte erzählen, die passiert ist, während ich eine Kampfszene geschrieben habe. Ich wollte eine Bewegung aus dem Roman nachstellen und habe dabei mit der linken Hand eine Tasse Café au Lait umgeworfen. Die braune Flüssigkeit hat sich über den gesamten Tisch ausgebreitet und mir stiegen die Tränen in die Augen. Glück im Unglück war, dass ich das Bett nicht erwischt habe und das Manuskript ebenfalls nichts abbekommen hat … Es wäre sicher lustig, wenn ihr überlegen würdet, bei welcher Szene mir das passiert ist, und euch dann denkt: »Hier muss sich auf einmal der Milchgeruch ausgebreitet haben …«

Solchen Herausforderungen stand ich gegenüber, als ich diesen Roman geschrieben habe – *Overlord 2: Der dunkle Krieger.* Ich hoffe, ihr hattet Spaß beim Lesen.

Vielleicht könnt ihr die Geschichte ja jemandem empfehlen, der es satthat, Storys über irgendwelche Helden zu lesen, die Mädchen retten? Ein Protagonist könnte ja sehr wohl auch mal einen Jungen retten, oder? Das ist Geschlechtergleichheit! Ich hoffe, dass ihr diesen Protagonisten mögt, auch wenn er sehr durchtrieben ist und immer nur an seinen eigenen Vorteil denkt.

Ich muss mich auch noch bei ein paar Leuten bedanken:

Erst mal bei so-bin, der diese wunderschönen Illustrationen gezeichnet hat. Es ist wirklich Wahnsinn, wie du es immer wieder schaffst, dass sie am Ende noch besser aussehen, als ich sie mir in meinem Kopf ausgemalt hatte. Die fertigen Illustrationen haben mich dazu inspiriert, einige der Kampfszenen umzuschreiben.

Ein großes Danke geht auch an Code Design, die das wundervolle Cover geschaffen haben. Danke auch an den Korrekturleser Osako, der mir so dabei geholfen hat, unleserliche Sätze zu korrigieren. Und auch an meinen Redakteur, F-ta – danke für deine Mühen. Du kannst mir gerne noch mehr Sachen anstreichen. (Nein, ich verstehe schon, dass es eigentlich gut ist, wenn nicht so viele drin sind, aber ...) Und danke auch noch mal an meinen Unifreund Honey.

Darüber hinaus will ich natürlich allen danken, die dieses Buch gekauft haben, und allen, die mir ihre Eindrücke über die Webversion haben zukommen lassen. Ich schätze euer Feedback wirklich sehr. Eure Kommentare geben mir Energie.

Okay, zum nächsten Buch ... Das sollte einfacher sein, als dieses hier ... oder? Wenn ich es mir so ansehe, habe ich nicht das Gefühl, aber ... Nein, wenn ich etwas Interessantes schaffen kann, ist das die Mühe wert... Okay, ich denke, es ist Zeit, dass ich dieses Rumgeheule nun beende und Auf Wiedersehen sage.

Ich werde mein Bestes geben, also hoffe ich, dass wir uns in Band 3 wiedersehen!

Also dann, bis bald.

Kugane Maruyama
November 2012

Ah, die Jugend –

äh, ich bin echt alt.

Ich habe die ganze Zeit gegrinst, als ich dieses Bild für Kapitel 3 gezeichnet habe. Es ist wirklich schön, jung zu sein ...

so-bin

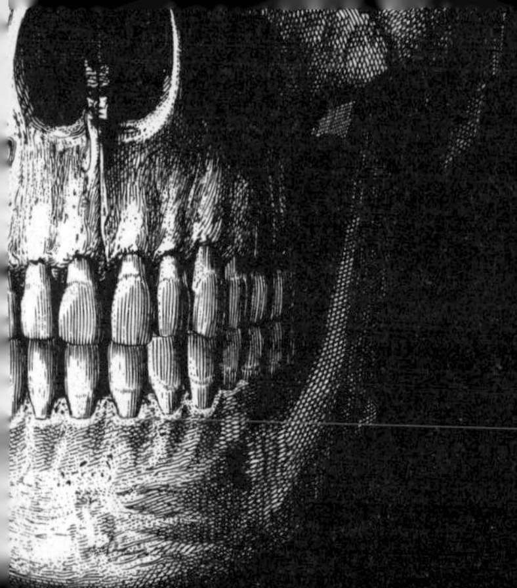

Vorschau

Shalltear tut das Unvorstellbare und startet eine Rebellion. Was in aller Welt ist in Nazarick vorgefallen, während Ainz als Abenteurer getarnt unterwegs war?

Wie wird die mächtigste Wächterin, Albedo, auf den Verrat ihrer Rivalin reagieren? Die Grundfesten Nazaricks werden in Band 3 erschüttert.

OVERLORD

Band 3: Die blutige Walküre

Kugane Maruyama | Illustration: so-bin

TOKYOPOP GmbH
Hamburg

TOKYOPOP
2. Auflage, 2024
Deutsche Ausgabe/German Edition
©TOKYOPOP GmbH, Hamburg 2021
Übersetzt von Franziska Kammer

OVERLORD vol. 2 SHIKKOKU NO SENSHI
© Kugane Maruyama 2012
First published in Japan in 2012 by
KADOKAWA CORPORATION, Tokyo.
German translation rights arranged with
KADOKAWA CORPORATION, Tokyo
through TUTTLE-MORI AGENCY, INC., Tokyo.

Redaktion: Markus Rohde
Lektorat: Katrin Aust
Lettering und Herstellung: Annika Meyer-Wülfing
Umschlaggestaltung: Anja Winteroll, Annika Meyer-Wülfing
Druck und buchbinderische Verarbeitung:
CPI – Clausen & Bosse GmbH, Leck
Printed in Germany

MIX Papier FSC® C083411

Wir achten auf die Umwelt.
Dieses Produkt besteht aus FSC®-zertifizierten und anderen kontrollierten Materialien.

Alle deutschen Rechte vorbehalten. Nachdruck, auch auszugsweise, verboten. Kein Teil dieses Werkes darf ohne schriftliche Genehmigung des Verlages in irgendeiner Form reproduziert oder unter Verwendung elektronischer Systeme verarbeitet, vervielfältigt oder verbreitet werden.

ISBN 978-3-8420-7059-2

www.tokyopop.de

KONOSUBA! GOD'S BLESSING ON THIS WONDERFUL WORD – LIGHT NOVEL

Natsume Akatsuki / Kurone Mishima

Kazuma glaubt, endlich mal eine große Heldentat vollbringen zu können – aber das Mädchen, dem er zu Hilfe eilt, schwebte nie wirklich in Gefahr und letztendlich stirbt er vor Schreck! Im Jenseits wartet eine zweite Chance auf ihn: Göttin Aqua bietet ihm an, sich in einer anderen Welt als Held zu beweisen. Dazu darf er sich ein legendäres Objekt aussuchen. Kurzerhand wählt Kazuma die freche Göttin! Das ungleiche Paar findet sich in einer an ein Game erinnernden Welt wieder. Doch statt dem erhofften Ruhm erwartet sie bloß harte Arbeit. Bis sie versehentlich die Burg des Dämonenkönigs beschädigen ...

TOKYOPOP®

www.tokyopop.de

THE RISING OF THE SHIELD HERO – LIGHT NOVEL

Yusagi Aneko

Beim Stöbern in der Bibliothek entdeckt der Nerd Naofumi ein Buch mit der Aufschrift *Traktat der Waffen der vier Heiligen*. Nur wenige Augenblicke später verliert er das Bewusstsein und erwacht in einer videospielartigen Welt. Diese steht kurz vor ihrem Untergang und allein vier legendäre Helden sollen in der Lage sein, den bevorstehenden Angriffswellen der Monster aus anderen Dimensionen Einhalt zu gebieten. Naofumi ist einer von ihnen – der Held des Schildes. Allerdings genießt seine auf Verteidigung spezialisierte Waffe wenig Ansehen. Von Verachtung und Verrat umgeben, steht Naofumi nun vor seiner größten Aufgabe: Der Held zu werden, den bisher niemand in ihm sieht!

TOKYOPOP®

www.tokyopop.de

SWORD ART ONLINE – LIGHT NOVEL

Reki Kawahara / abec

Dein Spiel, dein Leben!

Wir schreiben das Jahr 2022: Gamer auf der ganzen Welt warten gespannt auf das neue Virtual-Reality-Game *Sword Art Online*, in dem man die Spielewelt so real wie nie zuvor erleben kann! Doch als die Spieler in Massen online gehen, stellen sie geschockt fest, dass es keine Möglichkeit zum Log-out gibt. Eine Rückkehr in die Realität ist ihnen nur möglich, wenn sie das Game komplett durchspielen. Doch ein Game Over in der Welt von Aincrad bedeutet den Tod im wirklichen Leben!

TOKYOPOP®

www.tokyopop.de

ACCEL WORLD – LIGHT NOVEL

Reki Kawahara / HIMA

Welcome to the accelerated world!

Die Begegnung mit Kuroyukihime, dem schönsten Mädchen der Schule, krempelt das Leben des dicken dreizehnjährigen Haruyuki komplett um. Sie führt ihn in die »beschleunigte Welt« des Online-Games *Brain Burst* ein. Von dem Moment an ist der sonst stets verspottete Haruyuki ein »Burst Linker« und muss ritterlich seine Prinzessin beschützen. Eine neue unterhaltsame Scifi-Novel des talentierten japanischen *Sword Art Online*-Autors Reki Kawahara, der mit diesem Debütwerk den großen Newcomer-Preis des *Dengeki Bunko*-Magazins abräumte!

TOKYOPOP®

www.tokyopop.de

DIE BRAUT DES MAGIERS
LIGHT NOVEL – DAS GOLDENE GARN

Kore Yamazaki

Die erste Kurzgeschichtensammlung zu *Die Braut des Magiers*!

Die Welt von Elias und Chise ist viel größer, als es den Anschein hat! Unzählige Feen und Geister kreuzen abermals ihren Weg und entführen sie in unbekannte verborgene Winkel. Dieses Werk vereint die magische Geschichte von Kore Yamazaki, der Schöpferin von *Die Braut des Magiers*, mit weiteren Erzählungen japanischer Autoren – wie ein Wandteppich aus goldenem Garn, der Erinnerungen und Geheimnisse miteinander verwebt.

TOKYOPOP®

www.tokyopop.de

DIE BRAUT DES MAGIERS
LIGHT NOVEL – DAS SILBERNE GARN
Kore Yamazaki

Eine weitere Kurzgeschichtensammlung zu *Die Braut des Magiers*!

Die Welt von Elias und Chise ist viel größer, als es den Anschein hat! Unzählige Feen und Geister kreuzen abermals ihren Weg und entführen sie in unbekannte verborgene Winkel. Dieses Werk vereint die magische Geschichte von Kore Yamazaki, der Schöpferin von *Die Braut des Magiers*, mit weiteren Erzählungen japanischer Autoren – wie ein Wandteppich aus silbernem Garn, der Erinnerungen und Geheimnisse miteinander verwebt.

TOKYOPOP®

www.tokyopop.de

CHOCOLATE VAMPIRE – LIGHT NOVEL
DAS GEHEIMNIS DER FAMILIE KUROYURI
Nao Tsuzuki / Kyoko Kumagai

Die Droge in den totalen Wahnsinn …

Das Menschenmädchen Chiyo und der Vampir Setsu haben als Kinder einen Blutspakt geschlossen. Inzwischen groß geworden, besuchen die beiden eine Schule, an der Vampire und Menschen gemeinsam unterrichtet werden. Dort geht neuerdings das Gerücht über eine gefährliche Droge namens »Spice« um. Diese soll die Kräfte der Blutsauger schlagartig verbessern. Als Mitglied der Campus-Sicherheitstruppe wird Chiyo mit der Untersuchung beauftragt. Doch plötzlich entführen Unbekannte Setsus Bruder! Hat der Täter etwas mit der Droge zu tun …?

TOKYOPOP®

www.tokyopop.de

DEATH NOTE: LIGHT UP THE NEW WORLD

Tsugumi Ohba / Takeshi Obata
Masatoshi Kusakabe / Katsunari Mano

Das Notizbuch des Todes tötet wieder

Erneut häufen sich mysteriöse Todesfälle rund um den Globus und eine virale Videobotschaft des verstorbenen Light Yagami verkündet die Rückkehr Kiras, des »Herrschers über Leben und Tod«. Doch nicht nur Kira ist wieder aufgetaucht: Interpol schickt einen Privatdetektiv, den Nachfolger von L, nach Japan, um die Kira-Sonderkommission bei ihrer Arbeit zu unterstützen. Diesmal sind noch mehr Death Notes im Spiel, von denen jeder Besitzer seine eigenen Pläne hat. Schon bald entbrennt ein heißer Kampf um die Vorherrschaft der todbringenden Notizbücher ...

TOKYOPOP®
www.tokyopop.de